imaginist

想象另一种可能

理
想
国
imaginist

The Immortal Life of Henrietta Lacks

永生的海拉

Rebecca Skloot

[美] 丽贝卡·思科鲁特 著　刘旸 译

上海三联书店

著作权合同登记图字：09-2023-0967

图书在版编目（CIP）数据

永生的海拉 /（美）丽贝卡·思科鲁特著；刘旸译 .
－－ 上海：上海三联书店，2024.1
ISBN 978-7-5426-8298-7

Ⅰ . ①永… Ⅱ . ①丽… ②刘… Ⅲ . ①纪实文学 –
美国 – 现代 Ⅳ . ① I712.55

中国国家版本馆 CIP 数据核字 (2023) 第 233744 号

永生的海拉

[美] 丽贝卡·思科鲁特 著；刘旸 译

责任编辑 / 宋寅悦
特约编辑 / EG
装帧设计 / 高熹
内文制作 / EG
责任校对 / 王凌霄
责任印制 / 姚　军

出版发行 / 上海三联书店
　　　　（ 200030 ）上海市漕溪北路 331 号 A 座 6 楼
邮购电话 / 021-22895540
印　　刷 / 山东新华印务有限公司

版　　次 / 2024 年 1 月第 1 版
印　　次 / 2024 年 1 月第 1 次印刷
开　　本 / 1230mm × 880mm　1/32
字　　数 / 334 千字
图　　片 / 28 幅
印　　张 / 15
书　　号 / ISBN　978-7-5426-8298-7/I · 1847
定　　价 / 69.00 元

如发现印装质量问题，影响阅读，请与印刷厂联系：0538-6119360

没有海拉的海拉细胞

王一方

北京大学医学部教授

这是一个关涉生命信仰与价值、种族歧视与平权、患者与职业尊严、科学与医学的目的等一系列话题的传记故事。主人公既是海瑞塔·拉克斯，一位在 1951 年因宫颈癌全身转移而不治身亡的默默无闻的黑人少妇；也是"海拉细胞"，一种取自海瑞塔·拉克斯病灶的癌症细胞。海拉细胞在拉克斯女士死后给这个世界留下了一串谜，因为它是一种此前还从未发现过的生命力超强的不死细胞，在全世界的实验室里大批繁殖、广泛传播，成为体外培养的细胞系中的霸主，大部分实验室里的离体细胞都是海拉细胞。它为实验医学做出了巨大的贡献，曾助力脊髓灰质炎疫苗的研究与制备、众多抗癌药物的研究与开发，还引起人类延缓、抗击衰老的无限遐思：既然细胞在体外的培养基环境中都能不断繁衍，长生不死，那么人类只要找到那把钥匙，不就可以长生不老了吗？

人们热衷于海拉的另一个缘由是霍普金斯，它是一个慈善家的名字，也是世界上著名的大学（1876 年创立）与业内地位显赫的医学院（1893 年创立）和医院（1889 年创立）的名字。正是霍普金斯先生身后的巨大慈善遗赠使这所名校得以创办。霍普金斯大学的医学院曾是美国医学教育的翘楚，也是慈善医疗活动的大本营（遵循霍普金斯先生的遗愿）。20 世纪初叶美国四大名医威廉·奥斯勒（内科学泰斗）、威廉·韦尔奇（病理学及细菌学大师）、威廉·霍尔斯特德（外科学大师）和霍华德·凯利（妇产科大师）都出自该院。20 世纪美国最早获得诺贝尔生理学或医学奖的四组科学家中有三位来自霍普金斯医学院。威廉·韦尔奇对中国现代医学的进步也有过贡献，他曾受洛克菲勒基金会委派来北京考察，并规划了协和医院。霍普金斯这座白色巨塔的塔尖里发生了"伦理黑幕"，犹如道德圣人被揭露有失德行为，更容易引起人们的关注。

多年之后，海瑞塔·拉克斯的子女还在质疑：妈妈是怎么死的？为什么会死？霍普金斯的医生们究竟在妈妈身上做（取走）了什么？为什么不征求我们的同意（行使知情同意权），还一直瞒着我们？一些人利用海拉细胞大赚，究竟赚了多少钱？为什么不分我们一点点？为什么妈妈的名字一直给弄错也不改正？为什么全世界医学实验室里的人只知道海拉细胞，而不知道海瑞塔·拉克斯这个人，不感恩妈妈的贡献？仅仅因为妈妈是有色人种吗？联系当时发生在塔斯基吉的伦理恶性事件——

科研团队将非洲裔美国人作为梅毒研究的对照组不予治疗，以便观察梅毒的自然史，导致相当一部分人失治身亡——这分明是对非裔美国人的歧视甚至迫害，应该正名、补偿才对……

作者丽贝卡·思科鲁特通过翔实的一手资料和富有温度的生命书写笔触，回眸、还原了 60 多年前的一幕幕真相。霍普金斯医院以霍华德·琼斯为首的医疗团队还是遵循了霍普金斯先生的遗训，以当时最先进的诊疗路径和方法对海瑞塔·拉克斯进行了全力救治，使用了当时比较先进的局部放射治疗，无奈病情特别凶险，回天无力。病历被媒体公开后，人们找到了许多不尽如人意的地方，譬如误诊（是宫颈腺癌而非鳞状上皮细胞癌），但两种癌症在治疗上没有差别；疼痛管理差劲，生命终末期的护理也有可检讨之处，但将时间回拨 60 年，疼痛干预的手段不足，理念落后，追求安宁、安详、安顿的舒缓医疗尚未登场，我们实在不能苛求历史。既然临床处置没有明显疏漏，那问题出在哪里呢？

问题出在医学转型的夹缝里，技术进步的台阶上。英国医学思想家詹姆斯·勒法努将其特征归纳为三个转身：一是从医生（霍华德·琼斯）到科学家（乔治·盖伊与玛格丽特·盖伊夫妇），二是从患者（海瑞塔·拉克斯）到被试（海拉），三是从随取随弃的病理组织（海瑞塔·拉克斯女士的病理取样）到有目的、成系统地采集，送入体外培养实验流程，成为科研对象物（海拉细胞）。海拉细胞的命运恰恰映射着这个过程中的伦理脱序，告知不周，沟通不畅，知情同意阙如，细胞体内权利与体外权利的分野，以及技术进步中的异化，如非人化、工具化、功利化、技术化、商业化等。海拉成为石头缝里蹦出来的细胞，就像实验试剂，是实验室间交换而来（盖伊最早是免费赠送，海拉细胞被视为医学界的公共财产，集体共享），或是花上几十、几百美元（最初为50美元一小管，后涨至265美元一管）从实验室服务公司（"海拉工厂"）采购而来的器物。在许多研究者眼中，只有实验细胞，没有生命个体，更遑论其名誉和尊严。直到盖伊自己患了胰腺癌，在一系列干预无效之后，静静地等待死神的光顾时，他咀嚼着躯体的痛苦，心灵在反思，在临终前留下嘱托，请同事不必再隐瞒海瑞塔·拉克斯的真实姓名。然而，对泄露患者隐私的担心又浮出水面。

在实验室里，生理主义（科学主义的一种形式）与消费主义（功利主义的一种形式）交织，形成一种惯性，既驱动着科学研究的车轮滚滚向前，也驱动着人性朝着冷漠、冷酷的深渊迈进。著名生物学家文森特与商人里德合作的微生物联合公司就曾通过售卖海拉细胞大量盈利，后来这个角色被披着非营利外衣的美国典型培养物保藏中心（模式菌种收藏中心）取代。更为疯狂的是，曾供职于美国顶尖癌症临床研究组织纪念斯隆-凯特林医院，担任过美国癌症研究会会长的头面人物索瑟姆教授以健康人为对象，在未经知情同意的情况下向其体内注射海拉细胞，以观察癌症的传播效应，然后再进行检测、干预。他对被试的解释是测试他们的免疫系统功能，但对生命力奇强的海拉细胞的癌症播散风险闭口不谈。这项违背法理、违背人性的实验后来遭到团队里几位犹太裔医生（联想到奥斯维辛集中营里违背人权的人体实验及后来的纽伦堡审判）的集体抵制和控告，才只得罢手，索瑟姆们只受到停权一年暂缓执行的轻微处分。但这件事也促进医学界、法律界的道德自省与伦理觉悟，美国国家卫生研究院随后规定，凡是申请他们资助的项目必须经过伦理审查，政府也在酝酿出台在实验中规范使用人体材料的法案。

拿起这本书的每一个人都想知道，为什么海拉细胞有如此顽强的生命力？为何不能将其拓展到整个人体层面？细读完这本书，大家就会知其端倪——海拉是一个杂合细胞，一种被人乳头瘤病毒（HPV-18）感染（赋能）过的特殊细胞，它目前仍是体外培养的细胞系中的霸主。当下热门的宫颈癌疫苗就是根据这个原理发明的：通过接种减毒或灭活的 HPV 病毒来激发体内的抗体，以阻止宫颈癌的发病。海拉细胞永生不死的更深入原理是 HPV 病毒改变了细胞中的端粒酶，修改了有丝分裂的定数（50 次），从而改变了细胞复制的编程，将染色体末端的计数器不断往前拨，于是可以不断繁衍（分裂），一直疯长。作为整体的人有数万亿个细胞，修补其中一个细胞的端粒酶，改变其复制的程序可以做到，但目前还无法做到让所有的细胞都步入这个进程，也无法保证营养（能量）的充分供给。体外的培养基营养（能量）供给是无限的，而癌症的发生恰恰是部分细胞组织疯长，改变了体内的免疫和能量消耗的平衡，这才招致癌症的扩散，造成个体死亡。

人类长生不老、长生不死的愿望从没有消退过。在当下这个技术飙升、财富丰盈的时代，这份欲望会越来越强烈，以至于上升成为一份与人生必老、必死的宿命较量的信念、信仰。海拉细胞的永生虽然只是个例——许多离体细胞并没有海拉细胞这么强大的生命力，相反在体外十分脆弱——但它毕竟为生命永恒的希冀打开了一扇遐想的天窗。但读过《格列佛游记》之后，这份念头可能会消退一些，因为书中那些能活800—1000岁的"幸运儿"斯特鲁布鲁格，恰是那个世界上最痛苦的一群人，他们最大的解脱就是寻求一死，仿佛死亡才是生命最好的安顿之地。

2018.9

献给我的家人：

妈妈贝琪，爸爸弗罗伊德；他们的另一半，

特里和贝弗莉；

哥哥马特和嫂子勒妮；

还有最可爱的侄子尼克和贾斯汀。

为了写这本书，

我错过了很多本该和他们共度的时光，

可他们始终对我的书，还有我，充满信心。

我还要深深缅怀我的外公

詹姆斯·罗伯特·李（James Robert Lee，1912—2003），

他对书的热爱超过我所知的任何人。

关于本书的简短说明

　　这不是一本小说。书中用的全是真名，没有虚构的人物，也没有杜撰的情节。为了写这本书，我采访了海瑞塔·拉克斯（Henrietta Lacks）的家人和朋友，还有律师、伦理学家、科学家，以及报道过拉克斯家族的记者，粗粗算下采访的时间，前后加起来超过 1000 个小时。另外，我借鉴了大量档案照片和文件、科学和历史研究成果，还参考了海瑞塔的女儿黛博拉（Deborah）·拉克斯的日记。

　　我尽可能重现人物说话的语气和写作的风格，比如，对话中体现方言，日记和其他文字资料也是原文引用。正如海瑞塔的一个亲戚所言："如果你试图美化别人说的话，或者对别人的意思做加工，都是不诚实的，等于把他们的生命、体验和个性都给抹杀了。"很多地方，我干脆直接采用采访对象的原话，来准确呈现他们所描述的世界和亲身体会。我使用了很多他们那个时代和社会背景下的字眼，比如"有色人种"等。再有，拉克斯家族的成员很多时候把"约翰·霍普金斯（Hopkins）"（医院）念成"约翰·霍普金（Hopkin）"，在本书中，我也是他们说什么我就写什么。黛博拉·拉克斯的口述全部是直接引语，只是为了语句简练，有时是为意思明确，做了些微调整。

我开始动笔的时候，海瑞塔·拉克斯已经离开人世几十年，因此我只能借助采访、法律文件和医疗记录来重现她的人生。相关的对话均来自文献资料和对其他采访对象的原样转述。只要条件允许，我尽量做多方采访，以确保信息的准确。第 01 章出现的海瑞塔的医疗记录，就是多种不同渠道信息的汇总。

在本书中，"海拉"（HeLa）一词贯穿始终。这是一个细胞系的名字，这些细胞最初来自海瑞塔·拉克斯的宫颈。

至于书中的时间标示：科学研究中出现的日期指的是研究开始的时间，而非结果发表的时间；有些找不到确切的启动时间，因此只能是近似日期。另外，本书采取多线叙事的形式，时间会前后跳跃，加上有些科研成果是在许多年里才逐渐明晰的，为清楚起见，我把某些大致发生在同一时期的科学发现进行了一定的排序。

海瑞塔·拉克斯的生平和海拉细胞的历史引发了很多重要的问题，不仅涉及科学，还有伦理、种族和阶级等。我已尽我所能将它们渗透在拉克斯家族的故事中，清晰呈现。目前，关于细胞的所有权和科学研究仍然存在法律和伦理争议，我在本书的后记中进行了简要的罗列。关于这段历史，要说的话还有很多，可这些超出了本书的范围，就把它们留给相关的学者和专家吧，也望读者谅解。

目 录

我们决不能把任何人看成抽象的存在。相反，我们须从每个人那里发现一个宇宙，其中有他自己的秘密、自己的宝藏，还有只属于他自己的痛苦和不少的胜利。

——埃利·维瑟尔（Elie Wiesel）
摘自《纳粹医生和纽伦堡公约》

序章：照片中的女人

　　我屋里的墙上挂着一张女人的照片，我同她素未谋面。照片左下角撕破了，用胶布重新贴了起来。她面带微笑望着镜头，双手叉腰，穿一袭熨得平平整整的套裙，涂着深红色的口红。这张照片摄于 20 世纪 40 年代末，里面的女主角当时还不到 30 岁。她有着光滑的浅褐色皮肤，目光活泼，焕发着青春的光彩。此时此刻，她并不知道肿瘤正在自己体内生长——这肿瘤将让她的五个孩子幼年丧母，也将彻底改变医学的未来。照片下方写了一行注解，说她名叫"海瑞塔·拉克斯、海伦·拉恩或海伦·拉尔森"（Henrietta Lacks，Helen Lane or Helen Larson）。

　　没人知道这张照片究竟是谁拍的，可它仍然出现在杂志、科学教科书、博客和实验室墙上。多数时候这个女人被称作海伦·拉恩，不过更多时候她根本没有名字，就叫"海拉"，这是世上第一个长生不死的人类细胞系的代号——那全是她的细胞，是在她死前几个月从她的宫颈取下的。

她真正的名字是海瑞塔·拉克斯。

多年来，我就这样端详这张照片，想象她度过的是怎样的一生，她的孩子们又在哪里。如果这个女人知道自己的宫颈细胞在她死后获得了永生，被买进卖出，打包，数以万亿计地运往全世界的实验室，她会作何感想？这些细胞在第一次太空任务中飞入太空，验证人类细胞在失重的情况下会发生什么；它们还成就了医学史上几项最为重要的成果，比如脊髓灰质炎（旧称"小儿麻痹"）疫苗、化疗、克隆技术、基因图谱、体外受精……如果海拉知道这些，又会有何感受？我十分肯定，倘若她听说曾经栖居于自己体内的细胞已经在实验室中被扩增了亿万倍，她定会像我们大多数人一样震惊。

如今，海瑞塔的细胞究竟有多少活在世上，我们无从得知。一位科学家估算，如果把人们培养过的所有海拉细胞堆在一起，它们将重达 5000 万吨——这可是个天文数字，因为一个细胞几乎毫无重量。还有一位科学家进行了另一种估算：如果把世上所有的海拉细胞依次排开，总长度将超过 10 万公里，这个长度几乎可绕地球三周。而海拉本人的身高只有一米五多一点。

我第一次听说海拉细胞和它背后的这个女人是在 1988 年，那时她已离世 37 年。当时我只有 16 岁，坐在一所社区大学的生物课堂里。生物老师唐纳德·德夫勒（Donald Defler）矮矮秃秃，他在大教室的前边踱步，然后打开了头顶的投影仪。德夫勒老师指着映在身后墙上的两张示意图，画的是细胞复制周期，不过在我看来就像一堆五颜六色的箭头、方块、圆圈，还有一些我压根看不懂的文字，比如"MPF 触发连锁的蛋白活化反应"。

那时我先在一所普通的公立高中上学，第一年就没通过，因为我就没去上课。后来我转去了创新学校，那里有我特别喜欢的课程，唯独没有生物课，因此我去选德夫勒的课，给高中挣点学分。可那就意味着 16 岁的我坐在大学的阶梯教室里，茫然无措，任由"有丝分裂"和"激酶抑制剂"这样的词在四周乱飞。

"这幅图上所有东西都要记吗？"一个学生喊了一句。

德夫勒说：对，必须都记住，而且这幅图还是必考内容，不过现在这并不重要。他这会儿只想让我们明白细胞有多美妙：我们每个人的身体大约都有 100 万亿个细胞，每个细胞都非常小，几千个都盖不满一个小数点。它们组成肌肉、骨骼和血液等所有组织，这些组织又组成我们身体的器官。

在显微镜下，细胞看起来特别像个煎鸡蛋：细胞质相当于鸡蛋白的部分，其中充满水和蛋白质，为细胞提供营养和能量；细胞核相当于蛋黄，里边装着遗传信息，你之所以是你，就是这些信息决定的。细胞质里车水马龙，像嘈杂的纽约街道，不过细胞城市里塞的不是车，而是各式各样的分子，管道纵横交错，不停地把酶和糖类在细胞中四处传送，也将水分、营养物质和氧气在细胞内外转运。细胞质里有好多"小工厂"，它们一刻不停地制造糖类、脂类、蛋白质和能量，以维持自己的功能，也给细胞核提供营养。细胞核在细胞中的地位相当于"脑子"，每个细胞中都有你全套的基因组，正是它们给细胞下指令，告诉它什么时候该生长、分裂，并确保它们认真干活。此刻，你的心脏平稳跳动，你的大脑正思考着眼前这些文字，这都有赖于细胞正常发挥功能。

德夫勒继续在教室前边走来走去。他说，正是因为细胞会分裂（就是"有丝分裂"），胚胎才能长成婴儿，伤口才有新的细胞来帮助愈合，失去的血液也可以得到补充。这多么美妙，他说，宛如完美编排的舞蹈。

他语气一转：不过，细胞分裂过程中哪怕出现一点小失误，就可能使细胞生长失去控制。有时仅仅是一个蛋白错误地活化，一个酶擦枪走火，都会引起癌症。因为有丝分裂一旦发起疯来，癌细胞就会到处扩散。

"我们之所以能了解到这些，多亏了人工培养的癌细胞。"他咧嘴一笑，接着转过身去在黑板上写下一个大大的名字：海瑞塔·拉克斯。

他告诉我们，海瑞塔于1951年死于恶性极强的宫颈癌。但是在她死前，一位外科医生从她的肿瘤上取下一些样本并培养起来。要知道，科学家已经花费了数十年的时间，千方百计在体外培养人的细胞，全都以失败告终。但海瑞塔的细胞大不一样：这些细胞每24小时增殖一倍，而且永不停歇。第一株可以在实验室中永生的细胞系就这样诞生了。

"如今，海瑞塔的细胞在体外存活的年头已经远远超过了在她体内生存的时间。"德夫勒说，你随便走进世界上任何一间做细胞培养的实验室，拉开冰柜，基本都能看到埋在冰里的小管，里面装着几百万甚至几十亿个海瑞塔的细胞。

人们不光借助这些细胞研究致癌基因和抑癌基因，还利用它们开发了治疗疱疹、白血病、流感、血友病和帕金森病的药物。此外，海瑞塔的细胞也广泛用于各种研究，如乳糖的消化、性传染病、阑尾炎、人类长寿的秘密、蚊子的交配，甚至在下水道里工作对细胞的负面影响。科学家对这些细胞的染色体和蛋白研究得细致入微，对它们的每一点诡异秉性都了如指掌。如今海瑞塔的细胞已经和豚鼠、小鼠一样，成了实验室的主力实验材料之一。

"海拉细胞是百年来最重要的医学发现之一。"德夫勒说。

接着，他像突然想起了什么，补充说："海瑞塔是个黑人女性。"说着唰地一下把黑板上的名字擦掉，呼地吹去手上的粉笔末。下课。

其他学生纷纷离开教室，我则坐在原地，禁不住想：故事就这么完了？我们就只知道这些？真相一定比这复杂。

我追着德夫勒来到他的办公室。

"她是哪儿的人？"我问，"那些细胞后来变得那么重要，她自己知道吗？她有孩子吗？"

"我真的很希望能回答你，"老师说，"可惜对这位女士，所有人都是一无所知。"

放学后，我跑回家，抱着生物书扑到床上。我在索引里查"细胞培养"这个词，啊，她可不是在那儿吗，有一小段附注：

在人工培养的条件下，如果持续提供营养，癌细胞就可以不停地分裂，因此被称为"永生的细胞"。一个典型例子是1951年在人工培养条件下开始不断复制至今的一个细胞系（它们名叫海拉细胞，因为最初是从一个名叫海瑞塔·拉克斯的女性的肿瘤组织上取下的）。

仅此而已。我又端出爸妈的百科全书，查看"海拉细胞"，接着查我自己的字典。一概没有"海瑞塔"的内容。

后来我上大学学了生物，海拉细胞更是无处不在。组织学、神经生物学、病理学的课堂都会讲到它，连我做实验研究相邻细胞的通信也要用到这种细胞。不过，在德夫勒老师之后，再也没有一个人提到海瑞塔。

20世纪90年代中期，我有了自己的第一台电脑，并开始上网。我在网上搜她的信息，只找到含混不清的只言片语：几乎所有网站都说这个人叫海伦·拉恩；有的说她是在三十几岁时去世的；有的说她活到了40岁、50岁或是60岁。至于死因，有的说是卵巢癌，有的说是乳腺癌或宫颈癌。

　　最后，我终于从一些杂志上找到几篇20世纪70年代的文章。《乌木》(*Ebony*)杂志引用了海瑞塔丈夫的话："我只记得她得了那病，她刚去世他们把我就叫去了办公室，说是要征得我同意取个什么样本。我没答应。"《黑玉》(*Jet*)杂志的刊文显示，海瑞塔的家人很生气，因为现在海瑞塔的细胞卖25美元一小管，关于这些细胞还发表了很多文章，他们却对此一无所知。杂志上说："他们感觉像后脑勺挨了一棍，就这么被科学界和媒体占了便宜。"

　　这些文章都刊登了海瑞塔家人的照片：她的大儿子坐在巴尔的摩家中的餐厅里，正盯着一本遗传学教科书。二儿子身着军装，微笑着抱着个婴儿。但在所有照片中，有一张格外惹眼：照片上是海瑞塔的女儿黛博拉·拉克斯和她的家人，画面上所有人都面带微笑，互相搂抱着，明亮的目光中透着兴奋——黛博拉除外。她站在前排，看起来特别孤单，像是事后被人贴在上面的一样。当时她26岁，漂漂亮亮，留着褐色短发，双眼像猫一样迷人。但这双眼却直勾勾地瞪着镜头，目光非常严肃。照片旁边的文字说，几个月前这家人才得知，海瑞塔的细胞竟然还活着，可这时海瑞塔已经去世25年了。

　　所有文章都提到，科学家们开始对海瑞塔的孩子们开展研究，但这家人似乎并不清楚研究的目的。他们说科学家是在测试自己是不是患了海瑞塔当年所患的癌症，可记者们说，科学家研究海瑞塔的家人，为的是更好地了解海瑞塔的细胞。文章引用了海瑞塔的儿子劳伦斯 (Lawrence) 的话，他说他想知道，妈妈的细胞长生不死，是不是意味着自己也能永远活着。家里只有一个人从始至终保持沉默，那就是海瑞塔的女儿黛博拉。

　　研究生期间，我转而学习写作。我越来越觉得将来一定得写写海瑞塔的故事。有一次我甚至打电话到巴尔的摩的查号台，要查海瑞塔的丈夫戴维·拉克斯 (David Lacks) 的电话，可惜那边没有登记。我暗暗想，我要为这种细胞和这个女人——一位女儿、妻子和母亲——写一部传记。

　　这对当时的我而言本还无法想象，但那个电话就是这段漫长旅程的开始。十年间，我穿梭于实验室、医院和精神病院，见过诺贝尔奖得主、食杂店店员、重罪犯，还有职业的行骗高手。这里边有细胞培养的历史，还有围绕利用人体组织做科研所产生的复杂伦理争论，我想尽量将它们澄清理顺。在这个过程中，我被人怀疑图谋不轨，有时候冒着挨打的危险，更常常碰壁，甚至发现过别人针对我搞驱魔似的东西。最后，我终于见到了黛博拉，她是我见过的最坚强、最有韧性的女性之一。后来，我们交情日渐深厚，并在不知不觉中变成了彼此生活的一部分。

　　黛博拉和我的文化背景完全不同：我是个来自美国西北部的白人，不可知论者，父母分别出身于纽约犹太群体和中西部新教徒家庭；而黛博拉是南方的黑人，基督教信仰根深蒂固。我对宗教话题感到不适，唯恐避之不及；黛博拉一家却乐于祷告，相信信仰能治病，有时甚至使用伏都巫术。她在美国最穷最危险的黑人区长大；我则生活在安全平静、以中产阶级白人为主的城市，我所在的高中一共只有两名黑人学生。我是一名科学记者，对任何所谓超自然现象都只是听个笑话；黛博拉却坚信，海瑞塔的灵魂就活在每个海拉细胞里，不管谁接触了这些细胞，都会受到她灵魂的控制，包括我。

"不然你怎么解释，只有你的老师知道她的真名，别的所有人都叫她海伦·拉恩？"黛博拉问我，"她这就是在吸引你的注意。"这种想法可以用来解释我生活中的一切，比如在写作本书的过程中，我结婚了，那这就是因为海瑞塔的灵魂想找个人来照顾工作中的我；后来我又离婚了，这是因为海瑞塔觉得我的前夫妨碍了本书的进展；一位编辑坚持要我把书里提到拉克斯一家人的内容全删掉，后来他在一起神秘事故中受了伤，黛博拉说，都怪他把海瑞塔给惹火了。

拉克斯一家的出现，挑战了我从前自认为了解的一切，它们关于信仰、科学、新闻行业和种族。最后的结果，就是这本书。它不仅仅关于海拉细胞和海瑞塔·拉克斯这个人，它也记录了海瑞塔整个家族，尤其是黛博拉的故事，记录了这些人如何挣扎一生才接受了海拉细胞的存在，以及这些细胞得以存在的科学原理。

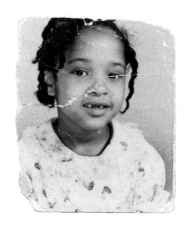

大约 4 岁的黛博拉·拉克斯。

黛博拉和哥哥桑尼的孙女贾布莉亚（左）和阿雅娜在一起，摄于 2007 年。

黛博拉的话

　　每当人们问起——而且似乎人们总是在问，我躲都躲不掉——我就说：对，没错，我妈叫海瑞塔·拉克斯，她1951年死了，约翰·霍普金斯医院拿了她的细胞，这些细胞到今天还活着，而且还增殖，长啊扩散啊——如果你不把它们冻起来。科学叫她"海拉"，全世界的医疗机构里都有她，电脑、网络上也全是。

　　每次去找医生检查，我都说我妈是海拉。他们立刻就兴奋起来，跟我说一堆东西，什么没有她的细胞就没有我的血压药和抗抑郁药，所有这些在科学上重要的东西能出现，都是因为她。可他们从不多解释什么，只是说："没错，你妈上过月球，被放在核弹里，制造小儿麻痹疫苗。"我不明白这些事儿她是怎么干的，可我想我还是为她高兴，毕竟她帮了好多人。我觉得她可能挺高兴的。

可我总觉得这事很奇怪，要是我妈的细胞真为医学做了这么多事，我们家怎么都看不起医生？没道理。好多人都靠我妈妈发了，可我们连他们从我妈身上拿了细胞都不知道，而且我们一毛钱也没落着。好长时间我一想到这就生气，后来因为这都病了，得吃药。可我现在一点也不想再争这个了。我只想知道我妈到底是谁。

第一部　生命

01 检 查

1951 年 1 月 29 日，戴维·拉克斯坐在他那辆老别克的方向盘后，看车窗外雨水纷纷。他的车停在约翰·霍普金斯医院外一株高大的橡树下，车里坐着他的三个孩子，其中两个还穿着尿布。他们一起等着孩子们的妈妈海瑞塔。几分钟前，她跳出车门，把外套拉上头顶，小跑着进了医院，经过她唯一能用的"有色人种"洗手间。旁边的楼里，一座三米多高的大理石耶稣像伫立在精美的铜制穹顶下，它展开着双臂，面向霍普金斯医院曾经的大门。海瑞塔一家进霍普金斯医院看医生之前，都要先来拜访这座耶稣像，在它脚下放一束花，祷告一番，再摸摸雕像的大脚趾，希望求得好运。可这一天，海瑞塔没有停步。

她径直走进妇科的候诊区，那是一片开敞空间，空空如也，只有一排排直背长椅，看着就像教堂的长凳。

"我子宫上长了个肿块，"她告诉接待护士，"医生得看看。"

过去一年多来，海瑞塔一直对好姐妹说感觉有点不对劲。一天晚饭后，她同表姐妹玛格丽特（Margaret）和萨蒂（Sadie）坐在床上，对她们说："我里面长了个肿块。"

"长了个什么？"萨蒂问。

"肿块。"她说，"我家男人要进来的时候，里边就特别疼，我的天啊，简直疼死了。"

在做爱时感到疼，刚开始她以为和几周前才生了黛博拉有关，或者是因为丈夫戴维出去和别的女人过夜后把性病带回来了——遇到这种情况医生就会给打点儿青霉素和重金属。

海瑞塔依次抓起两位姐妹的手拉到自己腹部——当初黛博拉在她肚子里踢腿的时候，她也会这么做。

"你们能摸出来吗？"

萨蒂·斯特迪文特，海瑞塔的表姐妹，也是闺密，摄于 20 世纪 40 年代初。

两姐妹用手指在她胃部反复按压。

"不知道。"萨蒂说，"也许是宫外孕——你知道这也不是不可能。"

"肯定不是怀孕。"海瑞塔说，"就是有个肿块。"

"海妮，你得去看看。万一很严重呢？"

但是，海瑞塔没去看医生，两位表姐妹也没把这段卧室密谈泄露出去。在那个时代，人们一般不会谈到癌症，不过萨蒂一直猜测海瑞塔之所以守口如瓶，是因为她怕医生摘除自己的子宫，这样她就没法再生小孩了。

这次谈话过去大约一个星期后，海瑞塔发现自己怀上了第五个孩子乔（Joe），这时她 29 岁。萨蒂和玛格丽特告诉海瑞塔，没准她感觉疼只是因为怀孩子。但海瑞塔还是说不对。

"我怀上之前就开始疼了，"她说，"肯定是别的事。"

之后三个人再没有谈起这个肿块，也没人把这件事告诉海瑞塔的丈夫戴维。然而就在乔出生四个半月之后，有一次海瑞塔去洗手间，发现内裤上有血迹，可这会儿并不是她的月经期。

她在浴缸里灌满温水，将身体浸入水中，缓缓打开自己的双腿。她把浴室门关上了，孩子们、丈夫和表姐妹都不知道门这边发生了什么。海瑞塔把一根手指伸进身体，在宫颈处摸索，终于发现了她冥冥中就知道自己会摸到的东西：一个硬硬的肿块，位置很深，就像一颗玻璃球被人塞在了子宫口左侧的位置。

海瑞塔爬出浴缸，擦干身体，穿好衣服，然后来到丈夫跟前对他说："带我去看医生吧。我流血了，时间不对。"

当地医生在她身体里看到了那个肿块，推测是重度梅毒。可检查了肿块后，梅毒的指标又呈阴性。于是这位医生让海瑞塔去约翰·霍普金斯医院的妇科门诊看看。

霍普金斯是美国最好的医院之一，1889 年成立伊始时是一所面向穷人的慈善医院。医院位于巴尔的摩东部，占地面积约 5 万平方米，建院前，这里曾是一座公墓和一所疯人院。医院的福利病房里人满为患，几乎全是付不起医药费的黑人。戴维带着海瑞塔开了三十来公里才到霍普金斯，他们远道而来不是因为对它尤为信赖，而是因为这是附近唯——所给黑人看病的大医院。当时种族隔离制度盛行，如果黑人出现在白人专属的医院，工作人员往往会把他们撵走，哪怕他们出门就会死在停车场里。即使是霍普金斯这样一所接纳黑人的医院，也会把黑人专划在有色人种病房，还有有色人种专用的储水。

护士终于叫到了候诊区的海瑞塔，领她穿过一扇门，来到一间有色人种专用检查室。那里有长长一排这样的屋子，彼此之间用透明玻璃间隔，这样护士就可以看到旁边屋子的状况。进了检查室，海瑞塔脱下衣服，套上一件浆过的白色病号服，在一张木质检查床上躺好，等着当值的妇科医生霍华德·琼斯（Howard Jones）过来。琼斯身材消瘦，头发已经开始变得灰白，低沉的嗓音在隐隐的南方口音下显得更为柔和。他进来后，海瑞塔跟他说了肿块的事。在开始检查前，琼斯医生翻看了海瑞塔从前的病

妇科医生霍华德·W. 琼斯，他诊断出海瑞塔体内的肿瘤，摄于 20 世纪 50 年代。

历——那就像她一生的速写，一笔笔记的全是没有治疗的疾病。

　　六七年级文化水平；家庭主妇，有五个子女。从小有呼吸问题，原因是复发性咽喉感染和鼻中隔偏曲。建议外科手术治疗，患者拒绝。一颗牙齿疼痛近五年，最终连同其他若干牙齿一起拔除。唯一导致焦虑的因素是大女儿患有癫痫并丧失话语能力。家庭融洽。极偶尔饮酒。从未远行。营养良好，能同人合作。患者共有十位兄弟姐妹（含本人），其中三位分别死于车祸、风湿性心脏病和中毒。近两次怀孕伴有原因不明的阴道出血和血尿。建议进行镰状红细胞测试，患者拒绝。15 岁结婚，不喜性交。患有无症状性神经梅毒，但自称感觉良好，遂取消梅毒治疗。数月前生下第五个孩子，此后，即本次来访前两月，开始明显出现血尿。检测显示宫颈细胞活性增强。建议进行进一步诊断，并转诊至专科确定是否为感染或癌症。患者取消预约。本次来访前一个月，患者淋病检测呈阳性。召患者再次就诊。患者不予回应。

从这份记录可以看出，海瑞塔虽然身体出过不少问题，但时常不来复查，这并不令人意外。对海瑞塔来说，走进霍普金斯医院就像来到一个语言不通的陌生国度。她对采收烟草和杀猪很在行，可这辈子也没听过"宫颈""活检"这样的词。她不怎么读书写字，在学校里也没接触过科学类课程。她同许多黑人患者一样，只在觉得万不得已的时候才来霍普金斯。

琼斯听海瑞塔给他描述自己的疼痛，还有出血。"她说她知道自己子宫的'脖子'有问题，"琼斯后来写道，"我问是怎么知道的，她说能感觉到那儿有个肿块。我也不知道她具体是什么意思，除非她真是自己行了触诊。"

海瑞塔重新在检查床上躺好，目光直视天花板，双脚用力蹬在脚托上。果真，琼斯医生发现就在她描述的地方确有肿块。用他的话说，那是一块凹凸不平的硬块，大小像一枚五美分硬币。如果把海瑞塔的宫颈想象成表盘，肿块就在四点钟方向。琼斯医生见过上千处宫颈癌病变，可还从没见过像海瑞塔体内这种：它带着紫色光泽（他后来将之比作"葡萄果冻"），还非常纤弱，轻轻一碰就流血。琼斯医生从海瑞塔的患处取了一些样本，送到走廊尽头的病理实验室做诊断，接着就让海瑞塔回家了。

海瑞塔走后不久，霍华德·琼斯坐下来口述病历，记录海瑞塔的情况及诊断结果："有意思的是，她就是在这所医院足月分娩，时间是 1950 年 9 月 19 日，可竟然没有相关病史的记录，六周之后复查也未发现任何宫颈异常。"

这就是海瑞塔今天又出现在霍普金斯的原因。上次检查三个月后，海瑞塔体内已经长出一块发育充分的肿瘤。要么就是上次的医生没检查出来——应该不太可能，要么就是这肿瘤的生长速度快得可怕。

1920—1942
02 克洛弗

1920 年 8 月 1 日，海瑞塔·拉克斯出生于美国弗吉尼亚州的罗阿诺克（Roanoke），她出生的时候叫洛蕾塔·普莱曾特（Loretta Pleasant），没人知道后来怎么成了海瑞塔。在接生婆范妮（Fannie）的陪伴下，海瑞塔在一条断头路尽头的小木棚里呱呱坠地。从屋里可以远眺火车站，那里每天有成百上千节货运车皮来来往往。海瑞塔同父母及八位哥哥姐姐住在一起，直到 1924 年，她的母亲伊丽莎（Eliza）·拉克斯·普莱曾特在生第十个孩子的时候去世了。

海瑞塔的父亲约翰尼（Johnny）·普莱曾特是个身材矮墩墩的男人，每天拄着拐杖一瘸一拐地走来走去，动辄抄起拐杖打人。家里传闻，有一次约翰尼的哥哥想调戏他老婆伊丽莎，结果被他亲手给杀了。约翰尼没有耐心抚养孩子，所以伊丽莎死后,他把他们全都带回弗吉尼亚州克洛弗（Clover）的老家。从前，他们的祖先在这里的烟草田上做奴隶，如今他们家仍在这里种植烟草。不过，克洛弗老家也没人能一下收养十个孩子，于是各路亲戚就把孩子们分别领走，这个给表姐，那个给姨妈。收留海瑞塔的是她的外公汤米（Tommy）·拉克斯。

汤米的小木屋过去是黑人奴隶集中居住的"家屋"，一共四个房间，地上铺着木板条，墙上挂着煤气灯。海瑞塔每天要爬长长的山路，把水从山下小溪拖上来。家屋坐落在山坡上，山风穿透墙壁，屋里都是冷空气，于是每当有亲戚死去，家人都可以把尸体放在前厅几天，供人们前来告别或吊唁，然后埋去后边的墓地。

海瑞塔的外公原本就和一个外孙住在一起，他的一个女儿把这孩子生在地板上就撇下不管了。男孩名叫戴维·拉克斯，不过所有人都叫他"戴"（Day）。因为当地人口音总是拖长声，房子（house）听起来像"烦——子"（hyse），而戴维就成了"戴"。

拉克斯家的人管戴这孩子叫"野种"：有个叫约翰尼·科尔曼（Johnny Coleman）的男的经过村子，九个月后，戴就出生了。为他接生的是12岁的表姐和一位叫曼齐（Munchie）的接生婆。戴出生的时候没有呼吸，浑身青黑，好像暴雨时的天空。白人医生顶着圆顶帽、挂着手杖来了家屋，然后在戴的出生证明上写了"死胎"二字，就驾着轻马车回镇上了，车后一片红土飞扬。

看着医生的背影，曼齐只好祷告道：主啊，我知道你并不想带走这个孩子。她用一浴缸温水洗净戴的身体，再把他放到

海瑞塔在弗吉尼亚州克洛弗镇长大，这是克洛弗的主街，
Frances Woltz 摄于 20 世纪 30 年代。

"家屋"，海瑞塔在这个位于克洛弗的四室小木屋中长大，
这里曾经是黑奴宿舍，摄于 1999 年。

白被单上，在他胸口又揉又拍，直到戴开始抽气，青色的皮肤逐渐变暖，转成柔和的褐色。

约翰尼·普莱曾特把海瑞塔送给汤米爷爷抚养的时候，她只有4岁，而戴将满9岁。没人能料到，海瑞塔从此将一生与戴相伴——开始是一同长在外公家的表兄妹，后来成了夫妻。

小海瑞塔和戴每天早上4点就要起床，给牛挤奶、喂鸡、喂猪、喂马，还要照料园子里的玉米、花生和各色蔬菜，等干完这些活儿，就和其他表兄弟姐妹一起去烟草田，这帮孩子之中就有克利夫（Cliff）、弗雷德（Fred）、萨蒂和玛格丽特。他们大部分年少时光是面朝烟草田度过的，主要是跟在马骡拉的犁后边种烟草，每个春天，他们把宽大的绿叶子从茎秆上扯下来，扎成小捆——尼古丁油把他们的手指浸得又糙又黏。采收完毕，他们就在外公的烟叶仓里架好橡条，把成捆的烟叶挂上去晾干。夏日时节，他们总盼望着暴风雨的洗礼，好让自己那饱受阳光暴晒的皮肤得一时凉爽。因此，每逢天降大雨，这些孩子便尖叫着在地里狂奔，从地上抓起一把一把被风吹落的成熟水果和核桃捧在怀里。

像拉克斯家其他孩子一样，戴没有完成学业。他四年级就辍学了，因为地里需要人手。海瑞塔则一直上到六年级。在那些年月，每天早上打理好菜园和牲畜，海瑞塔就要走三公里多的路去上课。途经一所白人学校，里面的孩子边朝她扔石头边出言侮辱。她去的是有色人种学校，是掩映在高树之下的三间

南波士顿的烟草拍卖场,摄于 1920 年前后。海瑞塔及其家人就在这个拍卖场里卖烟叶。

木头农舍。农舍前有个小院儿,学校的科尔曼(Coleman)夫人让男孩和女孩分两边玩耍。学校放学后,或者没课的时候,海瑞塔就和戴以及其他表兄弟姐妹一起下田。

他们住的房子后边有条小溪,每年,孩子们都用石块、木棍儿、沙袋和任何能沉入水中的东西搭水坝,阻住一段溪流,好在里面游泳。若是天气好,他们一做完农活儿便直奔这个自制泳池。他们朝剧毒的水蝮蛇扔石块,把它们吓跑;再爬上树杈往水里跳,或者从泥泞的河岸上扎下水去。

夜幕降临,这帮孩子用破旧的鞋子生起篝火来驱蚊,然后在大橡树底下仰望星空;橡树也挂上了绳子,用来荡秋千。他们在地里追逐打闹,围成一圈做游戏,跳房子,在野地里又唱又跳,直到汤米爷爷扯着嗓门吼他们回去睡觉才肯罢休。

离家屋一米来远有个小木厨房，每天夜里，兄弟姐妹们就在它低矮的顶棚里挤作一团。他们一个挨一个躺着，轮流讲恐怖故事，有人讲的是半夜三更无头的烟农在街上游荡，还有人讲生活在小溪边的无眼人。孩子们不知不觉沉沉睡去，直到早上，克洛伊（Chloe）奶奶在下边的柴炉里生火，新出炉的司康饼*冒出香气，孩子们才会醒来。

在收获的季节，每个月总有一天晚上，汤米爷爷吃完晚饭就把马都套好、备好，好驾着它们去南波士顿的城里。这里有全国第二大的烟草市场，市场上有烟草游行展示，能看到盛装的烟草小姐。镇上还有港口，里边停满了船，它们来这里收购干烟叶，再运往世界各地，供烟民享用。

出发之前，汤米爷爷把所有孩子都招来，让他们爬上平板马车。孩子们依偎在烟叶"床铺"上，硬挺着不睡，可不一会儿就在马车的节奏中败下阵来。和弗吉尼亚各地的农民一样，汤米·拉克斯和孙儿们要连夜把他们的收成拉去南波士顿。这样所有的马车就可以在一大早依次排好，只等竞卖场那巨大的绿色木门向他们敞开。

抵达目的地后，海瑞塔等兄弟姐妹会帮爷爷解开马，给马槽里倒上谷粒，再把自家的烟草卸到货栈的木板条地面上。这

---

* 实际是 biscuit，为美国南部流行的一种快速面包，类似英式司康饼（scone）。（本书脚注如无特别说明，均为编辑添加）

间卖场高近九米，房顶天窗已经被经年的老灰封得严严实实，拍卖官在这里喊着数字，声音在巨大的空间里回响。汤米·拉克斯站在自家的收成旁，祈祷卖个好价钱，而海瑞塔等孩子们则绕着一堆堆的烟叶跑来跑去，学拍卖官的口气用飞快的语速哇啦哇啦。夜晚收摊，孩子们帮爷爷把没卖掉的烟叶拖到地下室去，爷爷会把烟叶铺成床给他们睡。同是农民，白人都睡在楼上的阁楼或单间，黑人只能同骡马和狗一起待在黑乎乎的货栈，睡在落满灰尘的地上。地上竖着关牲畜用的木栅栏，空酒瓶子一直堆到天花板。

农民们尽情挥霍着本季的收入，货栈的夜晚成为酗酒、赌博和嫖娼的天下，有时还会发生凶杀事件。拉克斯家的孩子们躺在烟叶做的床上，仰面盯着一根根粗如大树的房梁，在干烟的气味中，在狂笑和酒瓶的撞击声中，慢慢睡去。

早上，他们几个都爬回马车，和没卖掉的收成继续挤在一起，开启漫长的归程。那些留在克洛弗的孩子都知道，每次有马车去南波士顿，都能给每个人带回来好吃的，要么是一角奶酪，要么是一大片博洛尼亚香肠。这些孩子眼巴巴地在主街边等好几个小时，然后欢天喜地地跟着马车一路回家屋去。

克洛弗宽阔的主街尘土飞扬，上面跑的满是福特 A 型汽车和骡马拉的大车。斯诺老头（Old Man Snow）拥有镇上第一辆拖拉机，他驾着这辆坐骑去商店，腋下夹一卷报纸，猎狗卡迪拉克和丹在左右护航，那派头就像开小汽车一样威风。主街边有

电影院、银行、首饰店、诊所、五金店，还有几间教堂。每当
天气晴好，从镇长到医生再到殡仪员，所有白人男性都会穿上
背带裤，戴着高帽子，叼着长长的雪茄，站在主街边，一边喝
装在果汁瓶里的威士忌一边聊天，或是在药店门口的木桶上面
下西洋跳棋。* 男人们的老婆则在杂货店里唠家常，她们的小宝
宝在柜台上排成一排，头枕着布匹睡大觉。

　　海瑞塔他们有时候出去为白人采摘烟草，只收 10 分钱，这
样他们就有钱去看巴克·琼斯（Buck Jones）的西部牛仔电影，这
是他们最喜欢的。电影院老板总是放黑白默片，他老婆在一边
弹钢琴配乐。她只会弹一支曲子，因此所有场景配的都是欢天
喜地的狂欢节音乐，哪怕里面的角色挨了枪子儿就要没命。看
电影的时候，拉克斯家的孩子们只能坐在有色人种区，这里挨
着放映机，自始至终机器都发出咔嗒咔嗒的声音，宛如节拍器。

　　海瑞塔和戴慢慢长大了。他们对孩童的游戏逐渐失去兴趣，
转而开始在满是灰尘的土路上策马狂奔，这条长长的路就在拉
克斯烟草种植园的边上，但如今这里改了名字，就叫拉克斯镇。
汤米爷爷养了一匹高大的枣红马，名叫查理，跑得比克洛弗所
有的马都快，男孩子们都抢着骑它；海瑞塔和其他女孩子则站
在山坡或是堆满了干草的马车上观看，每当男孩们骑马飞驰而

---

*　美国禁酒令期间（1920—1933），药店常有卖私酒的木桶。

过，她们都会上蹿下跳，尖叫着鼓掌。

海瑞塔经常为戴呐喊助威，但有时候也为一个叫"乔疯子·格利南"（Crazy Joe Grinnan）的表兄弟加油。弟兄们中的克利夫常说乔疯子是个"超常的人"，因为他长得高大壮硕，皮肤黝黑，鼻子直挺挺的，头上、胳膊、后背和脖子上的黑色毛发都一样浓密，到了夏天，他只得剃掉浑身的毛，免得它们烧着了。同伴之所以叫他"疯子"，是因为他爱海瑞塔爱得不行，愿意不惜一切代价赢得她的注意。海瑞塔是拉克斯镇最漂亮的女孩子，有迷人的微笑和胡桃色的眼睛。

乔疯子甚至会为了海瑞塔寻死觅活，第一次是在一个大冬天，海瑞塔放学回家，乔疯子绕着她跑来跑去。他求海瑞塔和他约会："海妮，求你了……给我一次机会吧。"海瑞塔大笑着拒绝了，结果乔疯子径直跳到了水塘的冰窟窿里，只要海瑞塔不答应就坚决不出来。

所有同伴都嘲笑乔疯子，说："也许他觉得冰水能给他降温，但他爱得实在热血沸腾，冰水都差点被他搞沸了！"海瑞塔的表姐妹萨蒂是乔疯子的姐姐，她对乔疯子破口大骂："你这家伙爱得都没脑子了，为了个女孩，你连命也不要了吗！太荒唐了。"

除了约约会、亲亲嘴，没人知道海瑞塔和乔疯子之间到底有没有发生过什么事。然而海瑞塔和戴可是从4岁就睡一间卧房，因此他俩后来的结合也是情理之中。海瑞塔刚满14岁几个月，就生下了第一个儿子劳伦斯；四年后，家里又添了女儿露西尔·埃尔西（Lucile Elsie）·普莱曾特。兄妹俩同他们的父亲、外祖父母一样，都是在家屋地板上出生的。

刚开始的几年，人们绝对不会把埃尔西同"癫痫""精神发育迟缓"或"神经梅毒"扯上关系。拉克斯镇的人说，她只是头脑比较简单，有点儿疯疯癫癫。她来到这个世界的过程太迅速了，戴还没来得及把接生婆带回来，埃尔西就已经从海瑞塔体内飞射出来，头撞到了地板上。人们都说，也许就是因为这一下子，她的心智停留在了婴儿水平。

海瑞塔所属的教堂有一些满是灰尘的老旧记录本，上边写满了因为生私生子被逐出教会的女人的名字。镇上甚至谣传海瑞塔的一个孩子是乔疯子的，可不知为什么，她的名字并没有列在教堂记录里。

乔疯子听说海瑞塔要嫁给戴之后，就用一把钝小刀在自己胸口捅了一刀。他爸爸发现他的时候，他喝得酩酊大醉，躺在自家院子里，上衣已经被血浸透。他爸爸拼命给他止血，乔却对他大打出手，结果血流得更厉害了。最后乔的爸爸抱起他甩进车里，用绳子绑在车门上，把他拉去了医生那儿。回到家时，乔浑身裹着绷带，萨蒂不停地说："你这样就是为了让海妮别嫁给戴？"乔疯子不是唯一一个试图阻止这桩婚事的人。

海瑞塔的姐姐格拉迪丝（Gladys）总是说，海瑞塔该找个更好的人。在拉克斯家族中，几乎所有人谈起海瑞塔和戴在克洛弗的童年，话语中都流露出一种童话故事般的诗情画意。但格拉迪丝不同。没人知道她为什么执意反对，有人说是出于嫉妒，因为海瑞塔长得比她好看。不过格拉迪丝总是坚持说，戴绝不会是一位好丈夫。

1941 年 4 月 10 日，海瑞塔和戴在他们牧师的家里举行了婚礼，没有亲朋在场。这一年海瑞塔 20 岁，戴 25 岁。婚后没有蜜月，因为家里有太多的活儿要干，他们也没钱出门远行。入冬之际，美国卷入战争，各烟草公司开始为军人提供免费香烟，烟草市场因此蓬勃发展。不过烟草农场也开始两极分化，大的越发繁盛，小的日渐艰难。每一季，海瑞塔和戴如果能卖掉足够的烟草，有钱买全家口粮再种下下一茬烟苗，就算是走运了。

因此，二人从婚礼殿堂直接回到地里，戴又握起老木犁那开裂的把手，海瑞塔紧随其后，推着自家打的独轮车，边走边把烟苗插进刚刚翻好的红土地里。

1941 年年底的一天，他们的表兄弟弗雷德·加勒特（Fred Garret）沿着烟草田边上的土路驾车飞驰而至。他刚从巴尔的摩回来，开一辆 1936 年的雪佛兰，衣着光鲜。也就是一年前，他和他的亲兄弟克利夫还是克洛弗的普通烟农，同海瑞塔和戴没什么两样。为了多赚点钱，他们曾经开了一家"有色人种"便利店，大多数来这里买东西的人都打白条。两人还用空心砖砌了一个小酒吧，海瑞塔没事就来，在红土地板上跳上一曲；人们往点唱机里投币点歌，喝皇冠可乐，可是这样赚头也没有多少。到头来，弗雷德带上自己仅有的三块二毛五分钱，买了张往北的长途汽车票寻找新生活去了。同拉克斯家族其他不少位弟兄一样，弗雷德在伯利恒钢铁公司下属的斯帕罗斯角（Sparrows Point）钢厂找到一份工作，晚上住在特纳车站（Turner Station），那是一片规模不大的黑人工人区，在帕塔普斯科河（Patapsco River）的一个半岛上，离巴尔的摩 30 多公里。

斯帕罗斯角钢厂是 19 世纪末开业的，那时的特纳车站基本只是一片片沼泽和农田，偶有一些小木屋，木屋之间搭了木板供人行走。一战期间，美国对钢材的需求猛增，成批的白人工人搬到附近的邓多克（Dundalk），与此同时，伯利恒钢铁公司为黑人提供的棚屋很快就住不下了，黑人们只好在特纳车站开辟新的居所。二战初期，特纳车站新铺了几条路，还住进了一位医生、一个卖冰人，开了一家杂货店。不过净水、污水管线和学校还是稀缺资源。

1941 年 12 月，日本轰炸珍珠港，特纳车站好似中了奖：因为这时对钢材的需求又直线飙升，当然对工人的需求也是。政府投了大把的钱在特纳车站兴建一层和两层的公屋，这些联排房前后左右盖得密密麻麻，有些联排房里甚至修了四五百个小间。建筑大部分是砖结构，少数由石棉瓦搭成，有的有院子，有的没有。从特纳车站多数房间望出去，都能看见斯帕罗斯角钢厂炼钢炉上方舞动的火焰，以及烟囱里滚滚而出的恐怖红烟。

斯帕罗斯角钢厂很快晋升为全世界最大的钢铁厂，其产品包括混凝土强化钢筋、带刺铁丝网、钉子，此外还有制造汽车、冰箱和军用船只所需的钢材。每年，为生产800万吨钢材，工厂得烧掉600万吨煤炭，雇用至少3万名工人。在那个贫穷蔓延的年代，伯利恒钢铁公司简直像一座金矿，对来南方的黑人家庭来说尤其如此。这个消息从马里兰一路传到弗吉尼亚和卡罗来纳的农场，特纳车站成了一片"应许之地"，南部黑人大批涌向这里，构成了美国历史上黑人大迁徙的一部分。

钢厂的工作非常辛苦，对黑人尤其如此，因为他们只能做白人挑剩下的工作。黑人往往只能从船坞最底层开始——比如猫在建造中的油罐船最深处，别人在十米高的地方钻孔、焊接，他们就在下边捡掉下来的螺栓、铆钉和螺母。弗雷德干的就是这样的活儿。最终，黑人的工作位置可以逐渐"提升"到锅炉房里。白天，他们负责把煤铲进炽热的熔炉，在这个过程中，对人体有毒的煤灰和石棉就都被他们吸进肺里；他们还把有毒的粉末带回家，妻子和女儿在帮男人脱下衣服抖落灰尘的过程中会把它们吸进去。斯帕罗斯角的黑人每小时最多挣80分钱，多数时候挣不到这个数。白人挣得多，但弗雷德不抱怨，要知道，拉克斯家的绝大多数人都没见过每小时80分这么多的钱。

弗雷德挣到了钱。现在他回到克洛弗老家，劝海瑞塔和戴跟他一起去钢厂。飞驰回克洛弗的第二天，他就给戴买好了去巴尔的摩的车票。兄弟俩达成共识，海瑞塔先留下照看孩子和烟草田，等戴在巴尔的摩赚了钱，够盖房子外加买三张车票，就接海瑞塔和孩子过去。几个月后，弗雷德收到一纸征兵令，

斯帕罗斯角钢厂的工人在清扫锅炉中熔化金属留下的有毒炉渣，摄于 20 世纪 40 年代。
供图：邓多克–帕塔普斯科河口历史协会（Dundalk–Patapsco Neck Historical Society）

即将漂洋过海。临行前，他把自己攒的钱一分不剩都给了戴，对他说该把海瑞塔和孩子接到特纳车站了。

不久，海瑞塔就一手牵着一个孩子，踏上了蒸汽火车。火车载着她从克洛弗主街尽头的木制小车站出发。就这样，她离开了那片洒满她童年的烟草田，还有那棵替她在下午挡住炎炎烈日的百年老橡树。在她 21 岁的年纪，海瑞塔第一次透过火车车窗望着连绵的山丘和广阔的水域，奔向崭新的生活。

03 诊断和治疗

从霍普金斯回来后，海瑞塔的生活一切如常，每天操持戴和孩子们的饮食起居；自己那些远房兄弟姐妹经常来访，也是她负责照料。几天之后，琼斯医生从病理实验室拿到她活体组织检查的结果："宫颈表皮样癌（鳞状细胞癌），一期。"

癌症最初都是由于一个细胞出现问题，其分类便是依据该异常细胞的种类而定。几乎所有宫颈癌都属于上皮癌，起于覆盖宫颈、保护其表面的上皮细胞。当海瑞塔出现在霍普金斯医院，向医生诉说自己有异常出血时，全美国正在热烈争论宫颈癌的诊断标准和最佳治疗方法，而琼斯和他的上级医生理查德·韦斯利·特林德（Richard Wesley TeLinde），刚好参与其中。

特林德是美国顶尖的宫颈癌专家之一，时年 56 岁，衣冠楚楚，神情严肃，只是十几年前一次滑冰摔了腿，跛得厉害，霍普金斯的人都叫他"迪克叔叔"*。他是世界上率先用雌激素治疗更年期症状的人，也在子宫内膜异位方面取得了重要的早期发现。他还写了临床妇科学中最著名的一本教科书，著成60年至今再版十次，并仍在广泛使用。特林德享誉国际，有一次摩洛哥王妃病了，国王执意要求只有特林德才能为妻子医治。海瑞塔是1951年来到霍普金斯的，在此之前，特林德已经独创出一套宫颈癌理论，这套理论如果正确，就能拯救数以百万计妇女的性命。可在当时，领域内少有人相信他。

宫颈癌可以分为两类：一种是浸润性的，就是说癌已经穿透了宫颈表面；而没有穿透的就是非浸润性的，这种有时被称为"糖衣癌"，因为这种癌会贴着宫颈表面均匀蔓延成薄薄一层，但它的官称是"原位癌"，意思是癌症就出现在原发的位置。

1951年，领域内的绝大多数医生都认为浸润癌是致命的，原位癌则不会。因此他们会用威力特别大的方式治疗宫颈浸润癌，而遇到原位癌则一般不怎么担心，因为他们觉得原位癌反正也不会扩散。特林德的看法大相径庭，他认为宫颈原位癌是浸润癌的一个早期阶段，如果置之不理，早晚会致命。因此他治疗宫颈原位癌时也一概使用极端手段，常常切除宫颈、子宫和大部分阴道。他的理由是，这种方法可以显著降低宫颈癌的

---

* Uncle Dick，美国俚语中对病人的称呼，Dick 和 sick（病）音近。

死亡率，而批评者则指责此种做法过于极端，也没有必要。

1941 年，希腊科学家乔治·帕帕尼古劳（George Papanicola-ou）发表了一篇文章，文中讲解了他发明的一种检测方法，如今人称"帕氏涂片法"。直到此时，对宫颈原位癌的检测才成为可能。具体操作是这样的：首先用一根弯曲的玻璃管从宫颈刮取一点细胞，然后放到显微镜下检测，看是否存在癌前病变。早在几年前，特林德等人就描述过这种改变。帕氏涂片法的发明是医学界一个极大的进步，因为癌前病变细胞只有通过显微镜才能观察到，此外别无他法。癌前病变不引发任何身体症状，而且既摸不出来，裸眼也看不到，一旦出现症状即已太晚，基本没有希望治愈。借助帕氏涂片法，医生能及早发现癌前病变细胞、行子宫切除术，宫颈癌几乎就能完全避免。

那时每年有超过 15000 名妇女死于宫颈癌。帕氏涂片法的应用有可能让死亡率降低 70% 以上，只是仍然有两个难点需要攻克：第一，包括海瑞塔在内的许多妇女根本不会去医院做测试；第二，即使她们做了，也没有几个医生知道不同时期的癌细胞在显微镜下是什么样子，所以就不知道如何准确解读结果。有些医生看到宫颈感染就误以为是癌，结果病人本来只需要点抗生素，却被摘除了整个生殖道；还有的医生错把恶性癌变当成感染，给病人开点抗生素就让她们回家了，过不了多久这些病人还是会回到医院，可那时她们已经因癌症转移而命不久矣。最后，即使有医生对癌前病变做出了正确诊断，他们往往也不知道该如何治疗。

　　为尽量减少他所谓的"无可辩驳的子宫误切除"，特林德详细记录了不该诊断为宫颈癌的情况，并且呼吁医生做切除手术前一定要做活检来验证涂片结果。除此之外，他还希望能向世人证明，即使是宫颈原位癌也应采取彻底而极端的治疗手段，从而消除浸润隐患。

　　就在海瑞塔去医院做第一次检查前不久，特林德刚刚在美国华盛顿参加了一个重要的病理学会议，会上他提出了自己关于宫颈原位癌的观点，结果被与会众人轰下了台。于是他回到霍普金斯，设计了一项研究来证明那些病理学家都是错的：他和同事计划重新查看过去十年间霍普金斯所有宫颈浸润癌病人的医疗记录和活检结果，他们要看看这些人的恶性癌变究竟有多少始于原位癌。

　　那个年代的医生往往直接用福利病房的病人做研究而根本不知会他们，特林德也不例外。很多科学家认为，反正福利病房的病人看病都不花钱，拿他们来做研究被试很公平，好歹也可以算是抵了医疗费。霍华德·琼斯就写道："霍普金斯接纳了大量贫困的黑人，绝对不缺临床素材。"

　　在所有针对两类宫颈癌关系的研究中，特林德的这项研究是截至当时规模最大的。从中，琼斯和特林德发现，在早期做过活检的宫颈浸润癌患者中，62% 最初的活检结果是原位癌。特林德并不满足于这项结果，他想，如果能找到一种方法，在实验室里分别培养正常宫颈组织和两种癌变组织的样本，他就能同时比较三种细胞——以前还从没有人这么干过。如果能证明宫颈原位癌和浸润癌组织的细胞在实验室里表现相似，他就能终结这场争论，让世人明白他才是始终正确的那个，而忽视他意见的医生，就是置病人生死于不顾。于是，他一个电话打给了乔治·盖伊（George Gey），霍普金斯组织培养研究组的负责人。

盖伊和他的夫人玛格丽特，30 年来一直致力于体外培养恶性肿瘤细胞，希望借此找到癌症的成因及治疗方法。但是大多数细胞都很快死去了，剩下那些没死的也是奄奄一息，基本完全不分裂。夫妻俩下定决心，一定要培养出第一种永生的人类细胞，即找到一种可以不停分裂的细胞系，而它们都来自同一个最初样本，这样这种细胞就相当于永生不死了。八年前，也就是 1943 年，美国国家卫生研究院（NIH）已经用小鼠细胞证明不死的细胞是存在的。盖伊夫妇的目标就是找到不死的人类细胞，用什么样的组织都无所谓，只要取自人体。

只要是能搞到的细胞，盖伊都拿来尝试，他说自己是"世上最显眼的秃鹫，不断以人类为食"。因此，当特林德提出要给他提供宫颈癌组织，让他帮忙培养一些细胞，盖伊毫不犹豫就答应了。此后，不管哪位宫颈癌患者碰巧走进霍普金斯，特林德都从她们身上采集样本，其中也包括海瑞塔。

1951 年 2 月 5 日，琼斯从实验室拿回海瑞塔的活检结果，就给她打了电话，告诉她是恶性的。海瑞塔没有把琼斯的话告诉任何人，也没有任何人问起。她就像什么都没发生一样继续生活，这正是她做事的风格——如果自己能解决，就绝不牵连其他人来一起烦恼。

那天晚上海瑞塔对她丈夫说："戴，我明天还得去医生那儿。他要给我做做检查，开点药。"第二天早上，他们的别克汽车又停在了霍普金斯门口，她走下车，叫戴和孩子们别担心。

"不是什么严重问题，"她说，"医生一定能治好我。"

海瑞塔径直走到接待台，告诉工作人员她是来接受治疗的。随后她签署了一份名为"手术同意书"的文件，内容如下：

> 本人同意约翰·霍普金斯医院的医护人员对我实施必要的手术，并允许他们在合理的手术和治疗过程中对我实施必要的局部或全身麻醉。签名：——————

海瑞塔在空白处一笔一画地写了名字。一位证人在文件末尾签了名，不过字迹模糊难以辨认，海瑞塔也在旁边签了名。

随后，她跟着护士穿过长长的走道，来到有色人种女病房。在这里，霍华德·琼斯和另外几位白人医生给她做了好多检查，比她此生做的所有检查加起来还多。他们给她验尿验血，还查了肺，在她的膀胱和鼻子里都插了管子。

住院的第二天晚上，值班护士早早让她吃了晚饭，保证她第二天早上是空腹。因为一早医生就要来给她麻醉，为她进行第一次治疗。海瑞塔的肿瘤是浸润性的，那个年代全美国的医院都用镭来治疗浸润性宫颈癌。镭是一种放射性白色金属，发着瘆人的蓝光。

这种金属发现于 19 世纪末，那时美国的报纸头条全是对它的吹捧，说它能"替代汽油和电，或许还能攻克一切疾病"。钟表匠在颜料里加入镭，让表针荧荧发光；医生拿这种金属的细粉治病，从晕船到耳部感染不一而足。可实际上，镭会把遇见的细胞都杀死，那些为了治小毛病而用了镭的病人陆续丧生。镭还会引发突变，而突变就有可能转变成癌；如果用量大，镭甚至能把病人的皮肤给烧下来。但镭也确实能杀死癌细胞。

20 世纪初，霍普金斯医院一位名叫霍华德·凯利（Howard Kelly）的外科医生拜访了法国的居里夫妇，他们正是镭的发现者，并发现镭能破坏癌细胞。打那以后，霍普金斯就开始用镭治疗宫颈癌。凯利不知道接触镭的危险，他把这种金属揣在口袋里就带回了美国，后来还时常跑到世界各地去收集。至 20 世纪40 年代，包括霍华德·琼斯在内的医生们开展了多项研究，证明在治疗浸润性宫颈癌方面，镭比手术更为安全有效。

为海瑞塔进行第一次治疗的那个早上，一个出租车司机从镇子另一端的诊所取来一只医用提包，里边装了几只盛有镭的试管。在包里面，试管插在一联插槽一般的帆布小袋里，那是巴尔的摩本地妇女手工缝制的。这种小袋叫"布拉克板"（Brack plaque），是以发明它的医生来命名的，这位医生就在霍普金斯工作，这次就是他来监督海瑞塔的治疗。他后来死于癌症，很有可能是经常接触镭的后果。还有一位住院医师后来也死于癌症——他和凯利一起出差，也把镭直接放在衣服口袋里运送。

一位护士把布拉克板放在不锈钢盘子里。另一位推着海瑞塔走进位于二楼的有色人种专用小手术室，内有几张不锈钢手术台，上边悬挂着巨大的手术灯。医护人员是清一色的白人，都穿着白大褂，戴着白帽子、白口罩和白手套。

海瑞塔不省人事地躺在手术室中央的手术台上，双脚放在脚托上，当天施行手术的是小劳伦斯·沃顿（Lawrence Wharton Jr.）医生，他坐在海瑞塔两腿之间的凳子上，撑开她的宫颈向里窥看，准备处理她的肿瘤。但在动手术前，沃顿先拿起一把锋利的手术刀，从海瑞塔的宫颈上切了两片 10 分硬币大小的组织，一片来自肿瘤，一片是旁边的健康组织，然后把样本放在培养皿里——样本是特林德要收集的，没人告诉海瑞塔这事，也没人问过她想不想捐细胞。

沃顿将一管镭塞进海瑞塔的宫颈，缝在合适的位置，接着又把一个装满镭的小袋缝在宫颈外表面，然后把另一个小袋固定在对侧。最后，他在海瑞塔的阴道里塞了几圈纱布来固定镭管，再往她的膀胱里插入一根导管，使她可以排尿而不影响治疗。

沃顿完成手术后，一名护士把海瑞塔推回病房。沃顿在她的病历上写道："病人手术耐受性佳，离开手术室时状况良好。"

接着又在另一页写道：“海瑞塔·拉克斯的……宫颈活组织切片……交予乔治·盖伊医生。”

一位住院医师照常把样本送去盖伊的实验室。盖伊每次拿到样本都特别兴奋，这次也不例外，但在实验室其他人眼里，海瑞塔的样本也没什么特殊的。这么多年了，这些科学家和实验员尝试了无数样本，每次都以失败告终。这次估计也没什么新意，海瑞塔的细胞肯定会和其他细胞一样，难逃死亡的命运。

21岁的玛丽·库比切克（Mary Kubicek）是盖伊的实验室助手。她正坐在石制休息台前吃金枪鱼沙拉三明治，这个休息台特别长，是两张培养台拼成的。她、玛格丽特，还有盖伊实验室其他女性，在这里度过了数不清的时间，她们的鼻梁上都架着近乎同款的粗黑框厚片猫眼形眼镜*，头发一律扎在脑后。

这间屋子乍看像一间工业化厨房。近4升大的铁皮咖啡罐里满满地摆了各种类似餐厨用具的东西和玻璃器皿；桌上放着奶精粉末、糖、勺子和汽水瓶；靠墙是一排巨大的金属冰柜；屋里还有深深的水槽，是盖伊亲手打造的，所用石料也是他从附近采石场挑回来的。可说它像厨房吧，茶壶旁边却摆着本生灯，冰柜里塞满了血液、胎盘、肿瘤样本和死老鼠（另外至少

---

* cat-eye glasses，20世纪五六十年代的流行眼镜形制。

玛丽·库比切克，盖伊实验室技术员。她负责处理海瑞塔的肿瘤样本，并培养了海瑞塔的细胞。供图：玛丽·库比切克

乔治·盖伊，约 1951 年。他领导的实验室首次成功培养了海拉细胞。©艾伦·梅森·切斯尼医学档案馆

玛格丽特·盖伊与实验室技术员明妮，20 世纪 60 年代中期摄于霍普金斯医院盖伊实验室。供图：玛丽·库比切克

还有一只鸭子，是盖伊 20 年前猎得的，鸭子太大，他家冰柜装不下）。盖伊还沿着一面墙放了好多笼子，里边关着尖叫的兔子、大鼠和豚鼠；他还在玛丽享用午餐的桌子前搭了个架子，专门摆放装小鼠的笼子，里边的小鼠全身长满肿瘤，玛丽经常一边吃饭一边盯着这些小鼠。这天，当盖伊端着海瑞塔的宫颈组织样本走进实验室的时候，正是这样的情景。

"我把一个新样本放去你的操作隔间了啊。"他对玛丽说。

玛丽假装没听见。"可别再来新的了，"她边啃三明治边想，"能不能等我吃完饭再说啊。"

可她知道不能等——这些细胞在培养皿里待的时间越长就越容易死。她做过无数次细胞培养，每次都仔仔细细地、像切牛排上的软骨一样切掉死亡的组织，而这么多小时的辛劳之后细胞还是都死了。她实在厌倦了这一切。

何必再费这些事呢？她想。

盖伊雇玛丽，是看中了她手巧。玛丽在大学学的是生理学，刚一毕业就被导师推荐来盖伊这里面试。盖伊先叫玛丽用桌上的笔写了几句话。然后：现在拿起这把刀，裁这张纸。转一转这根吸量管。

几个月后玛丽才知道，面试时的这些动作是在测试她的双手，只有灵巧有力的手才能胜任日后长时间的精细切割、刮擦、镊取和吸量。

到海瑞塔来霍普金斯的时候，几乎所有送进实验室门的组织样本都要玛丽来处理，而特林德所有病人的样本也都死了。

当时要成功地做细胞培养，有很多难点。首先，没人确切知道细胞到底需要什么营养来维持生命，也没人知道给细胞提供这些营养的最佳方法。多年来，包括盖伊在内的科研人员一直试图配制出完美的细胞培养液。盖伊夫妇不断改变组分的配比，想找到完美的平衡，"盖伊培养液"的配方也随之不断演化。不过，再怎么变，这些培养液听起来终归像"巫婆的浓汤"：原料有鸡血浆、牛胚胎熬的汁、特殊盐类，还有人的脐带血。乔治·盖伊甚至从院子那头的霍普金斯产房拉了根绳子过来，这头系在他实验室的窗户上，上面拴个铃铛。每当有婴儿出生，护士随时可以拉铃，玛格丽特和玛丽就跑过去把脐带血收回来。

搞到其他成分就没这么容易了。盖伊每周至少得去一次当地的屠宰场收鸡血和牛胎。他总开着那辆锈迹斑斑的老雪佛兰，车的左挡泥板拍打路面，直擦出火花。盖伊到屠宰场时，天还没亮。这里的木棚破损不堪，墙上裂着一条条大缝，地上落满木屑。鸡叫得声嘶力竭，盖伊会攥着鸡的双腿，头朝下地把它从笼子里猛拽出来，再把鸡仰面朝天摔在砧板上。他一手按住鸡爪，用另一只手肘抵住鸡头，再用空出的手往鸡胸上喷点酒精，接着拿针筒从鸡心里取血。抽完血，他总把鸡立起来，对它说句"抱歉老兄"，再把它塞回鸡笼。偶尔也有鸡应激而死，这时他就把鸡带回家交给玛格丽特，于是晚餐桌上就多了一只炸鸡。

"盖伊抽鸡血技术"和实验室的许多操作都是玛格丽特的发明。她先一步步研究出合理方法，再教给乔治，最后写成详细的指导，这样实验室其他许多成员想学的时候就有据可循。

要找到完美培养液固然得不断尝试，但当时细胞培养最大的问题，是污染。细菌和一众其他微生物可能通过没洗干净的手、人的呼吸或遍布的浮尘颗粒进入培养基并摧毁它们。不过玛格丽特是外科护士出身，无菌操作是她的专长——这是让手术室里的患者避免致命感染的关键。后来很多人都说，要不是玛格丽特的外科训练，盖伊的实验室根本没法培养细胞。因为培养细胞的人绝大多数都是生物学家，他们对防感染操作一无所知，乔治就是这样的。

玛格丽特把乔治所需的一切保证培养基无菌的操作都教给了他，所有来实验室工作或学习的技术员、研究生和科研人员也都要向玛格丽特学习操作。她从当地雇了一个叫明妮（Minnie）的妇女，专门负责洗玻璃器皿，而且只许用金沙双子牌（Gold Dust Twins）除垢剂。玛格丽特只认这种除垢剂，有一次听传言说这家公司可能关张，她立刻买了整整一车皮。

玛格丽特整天交叉着手臂在实验室巡视。明妮干活的时候，她就站在人家背后，以一个头的高度优势探身查看。即使玛格丽特有笑容，别人也看不见，因为她总戴着外科口罩。所有玻璃器皿她都要严格检查，稍有污点就放开嗓门大吼："明！妮！"每次都吓得玛丽一哆嗦。问题是玛格丽特常常发现污点……

　　玛丽严格遵循玛格丽特的无菌操作规则，免得后者发火。午饭吃完，玛丽套上一件干净的白大褂，戴上手术帽和口罩，来到自己的操作间，准备处理海瑞塔的样本。乔治在实验室中央亲手搭了四间气密室，玛丽的就是其中一间。气密室很小，各边都只有一米五，门像冰柜门一样可以密封起来，防止外面的空气进入造成污染。玛丽打开杀菌系统，然后从外面看着她这间气密室里充满热蒸汽，这个过程能杀死危害细胞的微生物。待蒸汽消失后，她就走进去将门密封好，然后用水清洗水泥地板，再用酒精擦净工作台。空气会经过过滤，通过天花板的通风口进入气密室。除菌完毕，玛丽点燃本生灯，将试管和手术刀在火焰上消毒，手术刀片是用过的，因为盖伊实验室负担不起每换一个样本都用新刀片。

　　待所有步骤做停当，玛丽才开始操作海瑞塔的两片宫颈切片。她一手拿组织钳，另一手拿手术刀，仔仔细细地把材料切成边长一毫米的小方块。接着她用吸量管把小块都吸起来，逐个放到铺了鸡血凝块的试管里。接着，她给这几十个试管都滴入培养液，让液体盖过血凝块，最后用橡胶塞堵住管口，并照她惯用的方式给试管进行标注，即分别取患者名和姓的头两个字母合成一个新词。

　　我们知道病人名叫海瑞塔·拉克斯（Henrietta Lacks），因此玛丽用黑笔在试管侧面写了 HeLa 四个大字母，接着就把它们统统放进培养室——这培养室也是盖伊所建，靠的是两只手和废物场的资源。他这个本领得益于一段变废为宝的人生经历。

1899 年，乔治·盖伊出生于美国的匹兹堡，家在山上，俯瞰山下的钢厂。工厂烟囱不断喷出煤烟，把他家的小白屋搞得像被火彻底烧焦了一样，也遮蔽了午后的天空。他母亲种着一片菜地，家里所有的吃食都来自这里。小时候，乔治就在家的后山挖出个小煤矿来，每天早上，他拿着锄头爬进潮湿的坑道，为家人和邻里背回一筐一筐的煤，好让他们取暖做饭。

盖伊靠做大木工和泥瓦匠念完了匹兹堡大学，取得了生物学学位。他几乎什么都能做，而且价格便宜甚至免费。在医学院的第二年，他就把延时摄影机安在显微镜上，用胶片捕捉到了活细胞的动态。整个仪器就是一个东拼西凑的怪胎，根本没人知道他究竟从哪儿搞来的配件，包括显微镜零件、透镜，以及一架 16 毫米摄影机，还有从沙皮罗 (Shapiro's) 废物场找来的金属废料和旧马达。他在霍普金斯医院停尸房楼下的地下室地上炸出个坑，把显微镜基座埋在地里，周围用软木做了一圈厚厚的缓冲层，这样当地面的有轨电车经过时，显微镜也不会晃。夜里，他派一名立陶宛来的实验室助手值夜班，助手就睡在摄影机旁的帆布折叠床上，留意机器的咔嗒声是否规律，确保拍摄过程整夜都正常。每过一小时，他都要给机器重新调焦。就是用这台摄影机，盖伊和他的导师沃伦·刘易斯 (Warren Lewis) 拍摄了细胞的生长。要知道这个过程非常缓慢，就像花朵生长一样，凭肉眼很难观察到。

他们快速播放影片，于是得以在屏幕上观看流畅的细胞分裂过程，就像快速翻动小本本看翻页动画那样。

盖伊花了八年才念完医学院，因为他有好几次中途休学去工地打工，挣钱为下一年攒学费。毕业后，他和玛格丽特用霍普金斯医院维护人员的宿舍建起了他们的第一间实验室。两人花了一个又一个星期布电线和水管、粉刷、搭实验台、打柜橱，工程的很大一部分是他们自掏腰包。

玛格丽特谨慎稳重，是实验室的顶梁柱。乔治虽然体格魁梧，却很调皮，像个大孩子。工作的时候他穿得干干净净，一回家就换上法兰绒上衣和卡其裤，背上背带。周末，他把院子里的大石头搬来搬去，一口气啃 12 根玉米，并且在车库里囤好几桶牡蛎，好让自己可以随时大快朵颐。他身高一米九三，体重 97.5 公斤，活像一个退役橄榄球线卫。他以前脊柱变形，为此做了脊椎融合术，因此如今后背直挺挺的，硬得不太自然。一个周日，他地下室的酿酒车间发生了爆裂，勃艮第起泡酒的洪流直冲过车库，漫到了马路上，盖伊只是将酒统统冲进排水井，邻居们去教堂经过这里，他还朝他们挥手致意。

盖伊是个停不下来的幻想家。心血来潮就立刻付诸行动，也不管这一下子是几十件事。因此他的实验室和家里地下室全是做了一半的机器、进行了一部分的发现，还堆满了从废料场捡的破烂儿——也只有他才会想到把这些废料用到实验室去。一有主意，不管是在办公室还是家里餐厅，也不管是在酒吧喝酒还是在汽车驾驶位，他都会坐下来，咬着不离左右的雪茄，抄起餐巾纸或者扯下酒瓶标，在上边写写画画。"转管培养法"就是这么诞生的，这也是他最重要的发明。

这套装置的主体是一个木制的"转鼓"，这是一个圆盘，上边有好多洞，用来插专门的试管，也就是"转管"。这个转鼓，盖伊叫它"旋转木马"，它转得特别慢，一个小时都不一定能转完两圈，但却可以像水泥搅拌机一样24小时不停歇。盖伊认为转动至关重要，他认为培养液必须时刻保持运动，要像身体里的血液和体液那样时刻在细胞周围流动，运送废物和营养。

玛丽终于完成了海瑞塔样本的切割，她将样本一小块一小块地放入几十根转管，然后拿到培养室，将转管一支支塞进转鼓，按下开关。盖伊发明的机器就在她的注视下开始缓缓转动。

做了第一次镭治疗后，海瑞塔在医院住了两天。医生们对她进行了里里外外的检查，按压她的腹部，给膀胱更换导尿管，给她的阴道和肛门做指检，还从静脉抽了血。医生在她的病历上写道："30岁有色人种女性，休养状况平静，无明显窘迫。"接着又写道："患者今晚感觉极好，精神佳，准备出院。"

出院前，医生让海瑞塔再次躺好，踏上脚托，取出镭管。他告诉海瑞塔可以回家了，有异常状况就和门诊联系，两周半之后回来做第二次镭治疗。

在实验室那边，自从开始培养海瑞塔的细胞后，玛丽每天继续例行公事地给操作空间消毒，然后开始一天的工作。她向管里瞅瞅，自嘲着想：什么也没长哦，好意外哦。然而海瑞塔出院后两天，玛丽发现每支试管底部的血凝块边缘都出现了一圈像煎鸡蛋白一样的东西。这是细胞在生长的迹象，可玛丽没多想，因为之前也有别的细胞在实验室苟活了一阵。

但海瑞塔的细胞可不仅仅是"苟活"。它们长势超乎想象，隔天早上数量已经增加了一倍。玛丽将每支试管里的内容物分成两半，好给它们空间生长，结果不到 24 小时细胞数目又翻了倍。她很快就将细胞分成四份，然后六份，结果，别管玛丽给它们多少空间，海瑞塔的细胞都能将其填满。

此时，盖伊认为还不是庆祝的时候，他对玛丽说："这些细胞随时可能死掉。"

但它们没死。它们以前所未见的势头持续生长，每 24 小时数量翻一番，细胞层层叠叠，每一层都有成百上千个，很快总数就达到了数百万。玛格丽特说："像杂草那样疯长！"海瑞塔的这些癌细胞长得比她的健康细胞快 20 倍，健康细胞在玛丽培养后没几天就死了，可是癌细胞似乎能永无止境地长下去，只要有营养和温暖的环境就可以。

不久，乔治·盖伊向几个比较亲密的同事表示，他认为自己的实验室可能培养出了第一种永生不死的人类细胞。

这几个同事听后都问：我能要点吗？乔治回答：好。

05 "黑色已经在我身体里扩散得到处都是"

海瑞塔全然不知自己的细胞在实验室里生长的事。出院后，她的生活又一如从前。她从没喜欢过城市，几乎每个周末都带着孩子回到克洛弗镇。在那里，她要么打理烟草田，要么整小时整小时地坐在家屋的台阶上搅拌黄油。镭经常引发剧烈的恶心、呕吐、乏力和贫血，但没有记录显示海瑞塔出现过什么副作用，也没人记得她抱怨过身体不适。

不在克洛弗的时候，海瑞塔就整天为戴和孩子们及偶然来访的某位表亲做饭。她做的米布丁、炖菜和猪大肠人人称道，家里炉子上也总是热着一锅一锅的肉丸意大利面，亲戚们不管什么时候饿了过来，都有的吃。戴不上夜班的时候，会陪海瑞塔待在家里，等孩子都上床了，他俩就一边玩牌一边听广播里放的本尼·史密斯（Bennie Smith）的蓝调吉他。如果戴上夜班，海瑞塔就和萨蒂悄悄等着，一听到戴的关门声，两人就一齐数到一百，然后嗖地跳下床，换上舞服，蹑手蹑脚地溜出门，省得把孩子们吵醒。一出门，姐妹俩就一路边扭边叫，连蹦带跳，一头扎进亚当斯和双子松酒馆（Adams Bar and Twin Pines）的舞池。

"我俩当年跳得可真够猛的，"多年后，萨蒂对我说，"跳得停不下来。那音乐让人神魂颠倒。我们跳两步舞，从屋子这头儿跳到那头儿，随着什么蓝调抖抖晃晃。有时候有人投个25分币点个慢歌，哦老天，我们准保会冲过去摇啊摆啊什么的。"她像小姑娘一样咯咯地笑，"那时候可真好。"萨蒂和海瑞塔长得都很漂亮。

海瑞塔长着胡桃色的眼睛、整齐的白牙和饱满的双唇。她身体结实，长着方下巴和翘臀，腿又短又壮，双手因为在烟草田和厨房的劳作变得粗糙。她不留长指甲，省得揉面的时候面粘在指甲缝里，但她总是把手指甲涂成深红色，好和脚指甲的颜色相配。

海瑞塔会花很多时间打理指甲，修掉指甲缺口，再刷上新指甲油。她总是手拿指甲油坐在床上，头发高高地盘在头顶，穿着心爱的真丝衬裙。这件衬裙是海瑞塔的最爱，每天晚上她都会把它手洗干净。她从不穿裤装，只要出门几乎一定会套上精心熨烫的下裙和衬衫，跐上小巧的露趾高跟鞋，把头发别起来，但脑门处留一点刘海。"就好像头发在朝着脸跳舞"，萨蒂总是这样形容。

"海妮能让日子活起来——和她在一起总会有乐趣，"萨蒂对我说，目视天花板，"海妮就是喜欢人。她就是那种能从你身上激发出好东西的人。"

只有一个人例外，那就是埃塞尔 (Ethel)，海瑞塔表兄盖伦 (Galen) 的妻子，最近才从克洛弗搬到特纳车站。她非常讨厌海瑞塔。兄弟姐妹们都说她是嫉妒。

"我想我也不能说应该怪她，"萨蒂说，"盖伦，就是她丈夫，喜欢海瑞塔超过喜欢埃塞尔。我的老天，简直是跟屁虫！海妮去哪儿他就去哪儿，只要戴出去上班，他就千方百计总是待在海妮家。老天，埃塞尔确实嫉妒，对海妮恨得要命，总显得要动手打人似的。"因此，海瑞塔和萨蒂只要在酒吧看见埃塞尔，就会咯咯笑着从后门溜出去，换一家酒吧。

不溜出去跳舞的时候，海瑞塔、萨蒂和萨蒂的姐姐玛格丽特会在海瑞塔的客厅里玩宾果游戏，为了一罐子分币又叫又笑，海瑞塔的宝宝小戴维 (David Jr.)、黛博拉和乔则在桌下地毯上玩宾果的筹码。劳伦斯当时快 16 岁了，已经有了自己的生活。只有一个孩子不在：海瑞塔的大女儿埃尔西。

海瑞塔生病前，每次回克洛弗都带着埃尔西。海瑞塔早早在菜地干活，埃尔西则坐在家屋的门廊上，凝望远山和日出。她长得很美，小巧精致，很有女人味，像妈妈一样。海瑞塔亲手给女儿做衣服，衣服上点缀着蝴蝶结，她还常花上几个小时把女儿那长长的棕色鬈发编成辫子。埃尔西从不说话，只会伸出双手在海瑞塔面前几寸的地方挥舞，同时发出呱呱啾啾的鸟叫声。她长着一双栗色的眼睛，所有人都会去盯着看，想洞悉她美丽的小脑袋里究竟在想什么。可埃尔西只会直勾勾地回望，眼神中带着挥之不去的恐惧和悲伤，只有在海瑞塔来回摇晃她的时候才柔和下来。

有时埃尔西在地里猛跑，追赶野火鸡，要么就抓住家里马骡的尾巴对它一顿抽打，直到劳伦斯把她拽开才肯罢手。海瑞塔的表兄弟彼得 (Peter) 总说，这孩子一定是一出生就落在了上帝手里，因为骡子从不伤她。这可是一只蛮不讲理的畜生，它会像疯狗一样对着空气连咬带踢，可似乎就是知道埃尔西是特殊的。尽管如此，埃尔西在成长的过程中还是会跌跤，会跑着撞到墙上和门上，还会在木柴炉上烫伤自己。海瑞塔时常叫戴开车带自己和埃尔西去参加复兴派集会，趁此机会让大帐篷里的牧师把手放在埃尔西的身上来为她治疗，但从未见效。* 在特纳车站时，埃尔西有时也会冲出家门，在街上狂奔尖叫。

等到海瑞塔怀上乔，埃尔西已经长大，加上家里添了两个小宝宝，海瑞塔一个人实在照顾不过来了。医生建议最好的办法就是把埃尔西送走。于是她住进巴尔的摩南边约一个半小时车程的克朗斯维尔州立医院 (Crownsville State Hospital)，也就是以前的"黑人疯人院"。

---

*　[灵魂]复兴派（revival）是在 19 世纪的美国兴起的一种基督教流派，集会常在可容纳上百人的大帐篷里，被称作"帐篷复兴"。

海瑞塔的兄弟姐妹们都说，自打埃尔西被送走的那一天，海瑞塔自己的一部分也死去了，这件事对她的打击比任何事都大。后来这将近一年，海瑞塔每周让戴或其他亲戚开车，把她从特纳车站带到克朗斯维尔，去和埃尔西坐上一会儿。母女俩玩着彼此的头发，埃尔西会大哭，黏着妈妈。

海瑞塔带孩子有一套，只要她在，孩子们就又乖又安静。可她前脚一踏出家门，劳伦斯就立马开始调皮。天气好的时候，他会跑去特纳车站的旧码头，这可是海瑞塔明令禁止的。码头栈桥几年前遭了火灾，烧得只剩些高木桩，劳伦斯这些孩子们正好可以从上边跳水。萨蒂的一个儿子有一次跳下去的时候一头撞在大石头上，差点没淹死；而劳伦斯几乎每次回来都眼睛感染，所有人都说是斯帕罗斯角的工厂污染了海水。海瑞塔只要一听说劳伦斯又跑去栈桥了，便冲过去把他从水里拎出来，抽打他一顿。

"我——的老天啊，"萨蒂说，"有一次海妮是拿着鞭子去的。真的，天——哪，她这一出我可从没见过。"但所有人都只记得就见过海瑞塔发过这么一次火。萨蒂说："她可真厉害，什么也吓不到海妮。"

一个半月下来，整个特纳车站没人知道海瑞塔病了。癌症很容易瞒过去，因为她只需要回医院一次，做点检查，并进行第二次镭治疗。复查时，医生们对观察到的治疗效果非常满意：经过了第一次治疗，她的宫颈略显红色，而且有点发炎，但肿瘤确实缩小了。尽管如此，她还是得做 X 射线治疗，这就意味着在接下来的一个月，海瑞塔必须每个工作日都往医院跑。她不得不求助了，因为自己家离霍普金斯有 20 分钟车程，戴晚上工作，很晚才能把她接回来。她想在治疗后先走去表姐妹玛格丽特家，她那儿离医院只有几条街，然后在那儿等着戴下班后来接她。但首先，她得把生病的事告诉玛格丽特和萨蒂。

在特纳车站一年一度的狂欢节上，海瑞塔跟姐妹们说了癌症的事。当时，三人像从前一样爬上摩天轮，等她们高得可以越过斯帕罗斯角看到远方的大海，摩天轮停止了转动，她们前后晃动双腿，享受着清凉的春风。

"你们记得我说过我里面长了个肿块吗？"她问。姐妹们点点头。"我得了癌症，"海瑞塔说，"这阵子一直在约翰·霍普金斯治病。"

"什么？！"萨蒂瞪着海瑞塔，突然感觉一阵眩晕，差点从摩天轮座椅上掉下去。

"没有大事，"海瑞塔说，"我挺好的。"

海瑞塔的说法在当时看似是对的。她的肿瘤经过镭治疗已经彻底消失。在医生看来，海瑞塔的宫颈又恢复了正常，其他地方也没有肿瘤的迹象。她的医生们非常确信她会康复，因此海瑞塔第二次去做镭治疗时，医生还给她的鼻子做了重建手术，矫正了从小一直引起鼻窦感染和头痛的鼻中隔偏曲。海瑞塔将开始新的生活，放疗只是为了确保她体内完全没有癌细胞残留。

第二次镭治疗结束后大约两周，海瑞塔来了例假，但这次经血量特别大，还一直不停。3 月 20 日，出血已经持续了几个星期，此时，戴要每天早上把海瑞塔送到霍普金斯接受放疗。海瑞塔换上病号服，在检查床上躺好，一台巨大的仪器装配在她上方的墙上。一名医生将几条铅片塞进她的阴道，以保护结肠和脊柱下段不受辐射。第一天，这位医生在对应她子宫位置的腹部两侧皮肤上用墨水暂时点了两个黑点。这两个是照射的位置，保证医生每天都能辐照到同一区域，但为避免过度灼烧同一块皮肤，每天会在两点间交替。

每次完成治疗，海瑞塔就换回自己的衣服，走几条街到玛格丽特家，等戴半夜来接她。治疗的第一周，她和玛格丽特每天都会坐在门廊里玩牌或玩宾果，男人、兄弟姐妹和孩子都是她们的话题。那一阵，放疗除了带来一些不方便，似乎没有任何其他影响。海瑞塔终于停止出血，至于治疗有没有带来不适，她从未向任何人提起。

但事情并非一切顺利。治疗快结束的时候，海瑞塔问医生她什么时候能恢复到可以再要孩子。到此时她都不知道，治疗已经让她失去了生育能力。

在癌症治疗前提醒病人会有不孕的后果，本来是霍普金斯的标准操作。霍华德·琼斯也说，他和特林德一直以来对所有病人都是这么做的。事实上，在海瑞塔来霍普金斯治疗前一年半，特林德就曾在一篇关于子宫切除术的论文中写道：

子宫切除术对女性，尤其是年轻女性造成的心理影响相当可观。患者方有权充分知情，获知对种种后果的简要解说，[包括]丧失生育功能……在让患者了解事实后，还应给予其充足的时间来消化相应后果，这种做法是有益的……应让病人在术前自己调整心态，这远比麻醉醒来发现木已成舟要好得多。

可这一回却出了问题。在海瑞塔的医疗记录中，一位医生写道："告知病人治疗已造成不孕。病人表示如果预先知情，则不会接受治疗。"等到海瑞塔知情，为时已晚。

事情还没有完。X射线治疗三周后，海瑞塔感觉体内灼烧，每次排尿，都像是尿里掺着碎玻璃那么疼。戴说他最近小便也不正常，一定是海瑞塔把她去霍普金斯治的病传给他了。

"我觉得事实恐怕正好相反，"琼斯为海瑞塔做了检查后，在她的病历上写道，"总而言之，病人目前……除了放疗反应以外，还感染了急性淋病。"

然而没多久，海瑞塔就顾不上为戴在外面寻花问柳而烦恼了。那段去玛格丽特家的路明明很短，却感觉越来越长，并且一到她家，海瑞塔就什么也不想做，只想睡觉。有一天她刚离开霍普金斯几条街就差点晕倒，后来花了将近一个小时才走完后面的路。那以后，她开始改乘出租车。

一天下午，海瑞塔躺在沙发上，撩起上衣给玛格丽特和萨蒂展示治疗在她身上留下的痕迹。萨蒂倒吸一口凉气：海瑞塔从胸部到骨盆的皮肤全被放射线烧得焦黑。其他部分还是原本较浅的褐色，可不像黑煤。

"海妮，"萨蒂轻声说，"他们把你都烤黑了，黑得像焦油。"

海瑞塔只是点点头，说："主啊，我觉得这黑色已经在我身体里扩散得到处都是了。"

06 "有个女的来电话"

我在德夫勒的课堂上听说海瑞塔的故事之后，一晃过了11年。27岁生日那天，我无意中看到一本论文集，大概叫"海拉癌症控制研讨会"什么的。研讨会是在全美历史最为悠久的黑人大学之一——亚特兰大莫豪斯医学院（Morehouse School of Medicine）召开的。研讨会的组织名义是向海瑞塔致敬，组织者是莫豪斯的妇科教授罗兰·帕蒂略（Roland Pattillo），他也是乔治·盖伊收过的少数几个非洲裔美国学生之一。

我拨通了罗兰·帕蒂略的电话，想知道他对海瑞塔有多少了解，我告诉他自己正在写一本关于她的书。

"真的吗？"他笑了，笑声低沉而缓慢，仿佛在说：噢，孩子，你根本不知道自己要遭遇什么。"海瑞塔的家人不会理你的，海拉细胞可把他们整惨了。"

"你认识她的家人？"我问，"能帮我联系上他们吗？"

　　"我确实能帮你联系上他们，但你必须回答我几个问题，首先就是'我为什么应该帮你'。"

　　接下来的一个小时，帕蒂略反复考问了我的意图。我告诉他自己为什么一直热衷于海拉细胞，他不停地嘟囔、叹气，不时发出"哼……""呃……"的声音。

　　后来他说："如果我没搞错，你是白人吧？"

　　"这么明显吗？"

　　"是。你对非裔美国人和科学发展间的关系了解多少？"

　　我像在历史课上做口头报告一样，给他讲塔斯基吉(Tuskegee)梅毒研究的例子：这件事发生在20世纪30年代，在塔斯基吉学院工作的美国公共卫生部*研究人员决定研究梅毒从感染开始如何致人死亡。他们招募了数百名患有梅毒的美国黑人男性，观察他们慢慢地、痛苦地死去。他们本不必死，因为研究人员后来发现青霉素可以治愈他们；但实验并没有停止。没有一个被试提出质疑。他们没钱，也没受过教育，研究者又给他们开出了诱人的报偿，包括免费体检、热乎乎的餐食、车接进城，他们死后家人还能得到50美元的丧葬费。之所以选择黑人来进行这项研究，是因为研究者们像当时的许多白人一样，都认为黑人是"著了名的被梅毒严重侵染的种族"。

---

*　Department of Public Health, 后改组更名为"卫生、教育与福利部"(Department of Health, Education and Welfare, [D]HEW, 1953—1979) 及"卫生与公众服务部"(United States Department of Health and Human Services, HHS, 1979 年以后)。

直到 20 世纪 70 年代，塔斯基吉研究才为公众所知，但几百名被试男性已然丧命。消息像疹子一般在黑人群体中迅速传开：医生一直在拿黑人做实验，一直在骗我们，对我们的死袖手旁观。到后来甚至谣言四起，说实际上医生为了研究，给那些黑人男性注射了梅毒。

"还有别的吗？"帕蒂略嘟囔着。

我告诉他我听说过所谓的"密西西比阑尾切除事件"，是医生对贫穷的黑人女性实施不必要的子宫切除术，从而阻止黑人生育，并给年轻医生练手的机会。除此之外，我还知道镰状细胞贫血缺乏研究经费，因为得这种病的几乎全是黑人。

"很有意思，你电话打得正是时候，"他说，"目前我正在组织下一届海拉大会，刚才电话铃响的时候，我刚刚坐下来，在电脑上打出'海瑞塔·拉克斯'几个字。"我俩都笑了，说这一定是某种征兆，也许海瑞塔的在天之灵想让我俩说上话。

"黛博拉是海瑞塔的小女儿，"他平铺直叙地说道，"家里人都叫她黛儿（Dale）。她现在快 50 岁了，还在巴尔的摩，自己也有了孙辈。海瑞塔的丈夫还活着，现在大约 84 岁——还时不常去约翰·霍普金斯医院看病。"最后这句话听起来像是调侃。

"你知道海瑞塔有个患癫痫的女儿吗？"

"不知道。"

"她 15 岁就死了，那时海瑞塔刚去世不久。黛博拉是唯一健在的女儿，"他说，"最近她差点中风，因为成天有人问她她母亲的死和她母亲那些细胞，把她搞得很痛苦。我不想像那些人那样对她。"

我刚要开口，他突然打断我说："我得去看病人了。我还没想好要不要帮你联系她的家人。但你说的目的我都相信，我想你很诚实。我先想想再说，你明天再打来吧。"

经过连续三天的考问，帕蒂略终于答应把黛博拉的电话号码给我。但他说：首先你需要知道几件事。他压低嗓音，急匆匆地告诫我在和黛博拉打交道的时候应该做什么、不该做什么：不要咄咄逼人；要坦诚；不要太有临床味儿；不要强迫她做任何事；不要居高临下，她讨厌这个；要有同情心，别忘了她因海拉细胞承受了许多；要有耐心，"这比什么都重要"，他说。

挂上电话，我捏着帕蒂略罗列的注意事项，拨了黛博拉的电话。电话接通，我开始在屋里踱步。一个女人拿起电话轻声说了声"你好"，我脱口而出："你接电话了，我太激动了，这些年我一直盼着和你说话！我在写一本关于你妈妈的书！"

"啥？"她说。

我不知道她已经几近耳聋，严重依赖读唇，而且只要别人说话一快，她就跟不上了。

我深深吸了口气，重新开始，这一次尽量发音清晰。

"嗨，我叫丽贝卡。"

"你好吗？"她的声音疲惫却不失亲切。

"能和你说话我很激动。"

"嗯。"她说，像是已经听过这句话好多遍了。

我把刚才的意思重复了一遍，说我想写一本关于她母亲的书，然后说我惊讶于似乎没人知道她母亲的故事，尽管她的细胞对科学那么重要。

黛博拉沉默良久，突然大喊："没错！"她咯咯笑着，一下打开了话匣子，好像我们早已熟识。"所有人说的都是她的细胞，根本没人管她叫什么，甚至连海拉是不是个人都不管。谢天谢地！要是有这么本书就太棒了！"

我完全没料到她是这种反应。

我生怕说错了话让她停下，于是只简单地答了句："太好了。"实际上从这时候起到挂电话为止，我再没说过一个字。我一个问题也没问，只是以最快的速度记笔记。

黛博拉把一生的故事压缩成 45 分钟，其叙述混乱不堪，没有逻辑，没有顺序，想到哪儿说到哪儿，从 20 世纪 20 年代到 90 年代，从她爸爸讲到爷爷、表兄弟姐妹还有母亲，甚至完全陌生的人。

"从来没人提过半个字，"她说，"我是说，我妈妈的衣服去哪儿了，鞋去哪儿了。我知道她有表和戒指，但都给人偷了。是在我哥杀了那个男孩之后。"她讲到一个男人，没提名字。"我觉得他不该偷我妈妈的病历和尸检报告。他在阿拉巴马关了 15 年。现在他说约翰·霍普金杀了我妈，还说那些白人医生拿我妈做实验，就因为她是黑人。"

"我崩溃了，"她说，"再也受不了了。我现在慢慢恢复说话了，两个星期里我差点中风两次，都是因为我妈细胞的那些事。"

接着她话锋一转，突然开始痛陈家史，其间提到一个"疯子黑人医院"，还说她妈妈的曾（外）祖父以前是奴隶主。"我们都是混血。我妈妈的一个姐妹成了波多黎各人。"

她喋喋不休地说："我再也受不了了，我们现在还能相信谁？"她说她现在最想知道的就是妈妈的事，还有妈妈的细胞究竟为科学做了什么贡献。她说几十年来人们总是信誓旦旦地表示会为她提供信息，但从来没人兑现。"我简直烦死了，"她说，"你知道我想要什么吗？我只想知道，我妈闻起来是什么味道。我这一辈子一无所知，连那些小小的平常小事也不知道。像是她喜欢什么颜色？她喜欢跳舞吗？她有没有用自己的奶喂过我？老天啊，我真的想知道。但是谁也不讲。"

她大笑着继续说："我告诉你一件事，这故事还没完呢。你算是选对活儿了，姑娘。太带劲儿了，足够写三本书的！"

接着有人走进她家的前门，只听她在电话那头大喊："早上好！有我的信吗？"听起来有点惊慌，"哦我的天！哦不！真的有信？！"

"好了，丽贝卡小姐，"她说，"我得走了。你星期一再打给我，一定？好的，宝贝儿。上帝保佑你。拜拜。"

说完她就挂上电话，我坐在那儿呆住了，话筒还夹在脖子上，疯狂地记下不懂的东西，比如：哥＝凶手，信＝坏事，某男子偷了海瑞塔的病历，还有黑人疯人院。

星期一，我如约给黛博拉打电话，但这一次她听起来判若两人。她说起话来单调、压抑且含糊，像是用了很多镇静剂。

"我不接受采访，"她语无伦次地咕哝着，"你给我走。我哥哥们说我该自己写这本书，但我又不是作家。抱歉。"

我想说点什么，却被她打断："我不能和你再说了。你只能去说服我家那些男人。"说完她给了我三个电话号码，一个是她爸爸的，一个是大哥劳伦斯的，还有哥哥小戴维的寻呼机。"大家叫他桑尼（Sonny）。"说完她就挂了电话。在之后的近一年里，我再没听过她的声音。

我开始每天给黛博拉、她的哥哥们和她父亲打电话，但是没人应答，我只好留言。几天之后，戴的家里终于有人接电话了，是个小男孩，连招呼也不打，只是冲着话筒喘气，背景里充满嘻哈乐的猛烈节奏。

我说我找戴维，男孩说了声"好"，就扔下电话。

"叫爷爷来！"他大吼，接着是长长的停顿，"很重要，叫爷爷来！"

没有回答。

"有个女的来电话，"他继续吼道，"快点……"

他又开始对着话筒喘气，这时候另一个男孩提起分机，说了声"你好"。

"嗨，"我说，"可以找戴维接电话吗？"

"你谁？"他问道。

"丽贝卡。"我说。

他把话筒从嘴边移开，喊道："叫爷爷来，有个女的来电话，想问他老婆的细胞。"

多年之后我才明白，这个小男孩为什么一听我的声音就知道我打电话的原因：白人只要打电话找戴，为的都是海拉细胞的事。不过我当时很纳闷，觉得自己一定是听错了。

一个女人提起电话："你好，请问有什么事？"听起来既严肃又不客气，仿佛在暗示：我可没空跟你聊这个。

我说希望和戴维聊聊，她问我是谁，我再次回答"丽贝卡"，怕多说一点她就会挂断电话。

"你等会儿。"她叹了口气，放下话筒。"拿给戴，"她对一个孩子说，"跟他说是长途，一个叫丽贝卡的人想打听他老婆的细胞。"

孩子抓过电话，扣在自己耳朵上，跑去找戴。半天没有声音。

"爷爷，起来，"孩子轻声说，"有人打电话打听你老婆。"

"谁……"

"起来，有人打听你老婆的细胞。"

"谁？哪儿？"

"你老婆的细胞，电话……起来。"

"她细胞在哪儿？"

"这儿呢。"男孩说。接着把电话交给戴。

"喂？"

"嗨，是戴维·拉克斯吗？"

"对。"

我报上姓名，开始解释我打电话的原因，还没说上几句，他先沉沉地叹了口气。

"怎么了，"他嘟嘟囔囔，带着浓重的南方口音，口齿不清，像中风过一样，"你有我老婆的细胞？"

"是。"我猜他想问我是不是来打听他妻子的细胞。

"真的？"他突然振作起来，警惕地说，"你有我老婆的细胞？她知道你来聊聊？"

"对。"这次我以为他是在问我黛博拉知不知道我打电话。

"那就让我老婆子的细胞和你讲，别再来烦我，"他厉声说，"你们这样的人我受够了。"然后他挂了电话。

07 细胞培养的死与生

1951 年 4 月 10 日，海瑞塔放疗已经三周了，乔治·盖伊出现在电视上，这是巴尔的摩 WAAM 电视台推出的一期特别节目，专门介绍他的成果。伴着富有戏剧性的背景音乐，主持人宣布："科学家相信癌症可以攻克，今晚我们就将了解来龙去脉。"

镜头转向盖伊，他正坐在一张办公桌前，背后的墙上挂满了细胞的照片。他长着一张英俊的长脸，鼻子挺拔，戴着黑塑料框双焦点眼镜，还留着卓别林式的小胡子。他僵直地坐着，花呢西服熨得笔挺，胸前口袋塞着一块白手帕，梳着油亮的背头。他的目光飞快地躲开镜头，然后开始拿手指叩击桌面，同时目光再次盯着镜头，面无表情。

"组成我们身体的正常细胞特别小，5000 个才能盖满一个大头钉帽，"他声音有点过于洪亮高扬，"正常细胞如何变成癌细胞，还是一个未解的谜。"

　　他用长长的木制教鞭指着一幅示意图，给观众概述细胞结构和癌的基本知识，还放了细胞的动态影片，这些细胞从屏幕上缓缓爬过，其边缘不断向周围的空间蔓延。他放大了其中一个癌细胞，只见细胞呈圆形，边缘光滑，过了一会儿开始剧烈颤动，突然就分裂成五个癌细胞。

　　演示中，他说："现在我要给大家展示一个瓶子，里面是我们培养的大量癌细胞。"他从桌上拿起一个 500 毫升的玻璃瓶，里面很可能装的就是海瑞塔的细胞，他把瓶子拿在手里晃了几晃，说他的实验室正在用这些细胞研究如何制止癌症。他说："通过诸如此类的基础研究，我们很可能会找到破坏甚至彻底清除癌细胞的方法。"

　　为了更快地实现这个预言，盖伊把海瑞塔的细胞陆续寄给了各个可能用它们做癌症研究的科学家。今天，邮寄活细胞已经是家常便饭，但当时还从没有人做过。盖伊把几滴细胞培养液滴在试管里，让它们刚好能短期存活，再把这些试管送上飞机。有时飞行员或乘务员会把试管插在前胸口袋里，这样细胞就好像仍然生长在接近体温的培养箱里。如果细胞必须放在货舱里，盖伊就在大冰块上钻洞，再把试管插进去，以免细胞温度过高，最后把整块冰放到塞满刨花的硬纸盒里。运输准备就绪，盖伊就联系收件人，提醒他们细胞即将"转移"到他们的城市，让他们做好准备领取包裹、飞速搬回实验室。假如一切顺利，细胞将在新的地方繁衍。如果失败了，盖伊就再打包一批寄出。

　　海拉细胞就这样被送到得克萨斯、纽约、阿姆斯特丹、印度和其他许多地方。收到细胞的研究者再把细胞分给更多的人，如是扩散。海瑞塔的细胞甚至被装在鞍袋里，由骡子驮进智利的山区。盖伊四处奔波，飞行于各实验室间，演示他的细胞培养技术，还帮人筹建新的实验室，每次出门总要在胸袋里揣上几管海瑞塔的细胞。其他科研人员来盖伊实验室学习技术，也总能带一两管回家。在盖伊和一些同行的通信中，他们开始把这些细胞称作他的"宝贝娃儿"。

　　海瑞塔的细胞之所以宝贵，是因为有了它，科学家就可以做那些不可能在活人身上进行的实验。他们把海拉细胞分装成许多份，让它们接触数不清的毒素、辐射和感染源。他们用各种药物对细胞进行狂轰滥炸，希望找到一种灵药，既能杀死恶性细胞，又不损害正常细胞。他们把海拉细胞注射到有免疫缺陷的大鼠体内，让它们长出和海瑞塔相似的恶性肿瘤，从而研究免疫抑制和癌症的进展。细胞在实验过程中死了也不要紧，科学家只要再从冻存管里取点细胞，重新开始就好了，因为海拉细胞可以无限繁殖。

　　尽管海拉细胞已经扩散到世界各地，新研究也因而如雨后春笋般层出不穷，但从来没有新闻稿件关注过神奇的海拉细胞系是如何诞生、又如何有可能制止癌症的。盖伊上电视那次，他对海瑞塔和细胞的名字只字未提，因此大众也对"海拉"一无所知——但即使知道了，人们估计也不会太放在心上。几十年来，媒体一直报道说，细胞培养技术将把世界从疾病的困扰中拯救出来，令人类获得永生，但到 1951 年，大众对此已经不买账了。在大家看来，细胞培养与其说是一项医学奇迹，毋宁说是恐怖科幻电影里的玩意儿。

　　细胞培养的故事始于 1912 年 1 月 17 日，那一天美国洛克菲勒研究所（Rockefeller Institute）的法国医生亚历克西·卡雷尔（Alexis Carrel）宣布培养出了"永生不死的鸡心"。

　　从 19 世纪末开始，科学家就开始尝试培养活细胞，但所有样本都难逃一死。很多研究者因此认为组织脱离了人体就不可能存活。可卡雷尔决心证明这些人都错了。他在 39 岁就发明了第一种将血管缝合在一起的技术，接着利用这种技术实施了人类首例冠状动脉搭桥术，并发明了一些器官移植的方法。他希望有一天能在实验室培养出完整的器官，用肺、肝、肾及其他组织装满巨大的保险库，还能把它们寄到世界各地去实施器官移植。不过首先，他试着培养了一小片鸡心组织，结果出人意料地获得了成功。鸡心细胞持续跳动，就仿佛仍在鸡的体内。

　　数月之后，卡雷尔因血管缝合术和在器官移植方面的贡献赢得了诺贝尔奖，这让他一夜成名。这次获奖和他培养鸡心毫无关系，但是媒体文章中却把不死鸡心细胞和他的器官移植工作相提并论，好像他发现了不老泉似的。全球新闻的头条标题往往都是：

· 卡雷尔的新奇迹有望阻止衰老！

· 科学家培养出永生鸡心

· 死亡或许不再是宿命

　　当时的科学家都说，卡雷尔的鸡心细胞是 20 世纪最重要的科学进展之一，细胞培养也将揭开一切生命之谜，从饮食、性爱到"巴赫的音乐、弥尔顿的诗歌和米开朗琪罗的天分"。卡雷尔是科学界的救世主。杂志把他的培养基称作"长生不老药"，宣称沐浴其中可能获得永生。

　　可卡雷尔对让大众获得永生没有兴趣。他是优生论者：在他看来，器官移植和生命的延长都应用于保护更优越的人种，也就是白人，而白人正在受低智、下等的人，也就是贫穷、低教育水平的非白人的污染。他唯愿让他认为有价值的人永生，让其他人都去死或强制绝育，后来还对希特勒采取的此类"有力措施"大加赞赏。

　　媒体疯狂地报道卡雷尔的工作，他的种种古怪之处正合他们的胃口。这个法国人身体壮实，说话飞快，双眼颜色不一——一只褐色、一只蓝色——出门时基本都戴着手术帽。他错误地认为光线会杀死体外培养的细胞，因此他的实验室看起来活像三 K 党集会照片的负片：技术员工作的时候都穿着长长的黑袍子，整个脑袋罩在黑色面罩帽里，只露出两只眼睛，所有人坐在黑凳子上，在黑色台面上操作，房间里没有影子，因为地板、天花板、墙壁都涂成了黑色。唯一的光亮来自一扇糊满尘土的小天窗。

卡雷尔还是个神秘主义者，他相信人有心灵感应和超时空视物的能力，认为人如果进入假死状态就有可能活上好几百年。最终他把自己的住所改成了一处小教堂，开始宣扬医疗奇迹，还对记者说自己梦想去南美当独裁者。其他研究者对他避而远之，批评他背离科学，但许多美国白人还是很买他的账，在他们眼里，卡雷尔是一个天才，一个灵性导师。

《读者文摘》杂志刊登了卡雷尔的一些文章，对女性建议说"丈夫不该被纵欲的妻子诱惑着做爱"，因为性会让心智枯竭。在畅销书《人，未知物种》(*Man, the Unknown*)中，他倡议美国修改宪法中关于人人平等的条款，说这根本就是"错的"。"在法律面前，心智脆弱的人和天才根本不该平等，"他写道，"那些愚蠢低智、不能专注和努力的人，无权享受高等教育。"

他的书卖了200多万册，译成20种语言。他的演讲总有成千上万的人来听，有时甚至需要防暴警察维持秩序，驱走无法进入爆满会场的信众。

然而这么多年来，媒体和公众始终痴迷着卡雷尔的不死鸡心。每当新年到来之际，《纽约世界邮报》总会致电卡雷尔，询问细胞是否完好；几十年来，每到1月17日，卡雷尔和他的助手们都会身着黑西装站成一排，冲着细胞高唱生日快乐歌，报纸和杂志喋喋不休地重复同样的故事："鸡心细胞存活十周年……十四年……二十年……"

每次，报道都言之凿凿地表示这些细胞会改变医学的面貌，但这些断言并未实现。同时，卡雷尔关于这些细胞的言论也越来越离奇。

他说这些细胞"会繁殖到比整个太阳系还大的体积"。《文学文摘》（*The Literary Digest*）杂志说这些细胞可能已经可以"覆盖整个地球"，英国一份小报甚至说："[细胞可能]今日已形成一只大公鸡……大到一步即可迈过大西洋。[这只鸟]大得要命，当它蹲在我们这个地球上时，两者整体看起来会像一支风信鸡*。"好多畅销书都警告组织培养的危险：其中之一预言说不久之后70%的婴儿都将来自体外细胞培养；另一本更夸张地想象，说组织培养将制造巨人"黑鬼"和双头癞蛤蟆。

但让对组织培养的恐惧进入美国千家万户的，是20世纪30年代的系列惊悚广播剧《熄灯》（*Lights Out*）。在其中一集里，虚构的艾伯茨（Alberts）博士在他的实验室培育出一只不死的鸡心。鸡心生长失控，像电影《幽浮魔点》（*The Blob*）中的怪物一样填塞了城市街道，把行进路上遇到的人和物全部吞噬掉，仅仅两个星期，整个国家都给毁了。

但真实的鸡心细胞长势没有这么乐观。事实上，最初的细胞大概根本没活多久。卡雷尔后来因与纳粹合作而遭审判，并

---

* 风信鸡是一种公鸡形金属风向标，鸡下有方向箭头，往往还有金属球。

死于候审期间。几年后，科学家伦纳德·海弗利克（Leonard Hay-flick）对他的鸡心产生了怀疑。从没有人重复出卡雷尔的实验，而且这些细胞还违背了一条基本生物学规则：正常细胞只能分裂有限次数，然后就会死亡。海弗利克对卡雷尔的实验进行了调查，发现卡雷尔最初加入培养基的鸡心细胞很快就死了，但也不知是出于无心还是有意，卡雷尔后来每次给细胞"投喂"研磨组织做成的"胚胎汁"时，都会同时往培养皿中引入新的细胞。至少有一位他的前实验室助手证实了海弗利克的质疑。遗憾的是，这个观点已经无法验证，因为在卡雷尔去世两年后，他的助手就随随便便把这些大名鼎鼎的鸡心细胞给扔了。

另一方面，1951 年，海瑞塔的细胞在盖伊实验室生长，此时距离卡雷尔鸡心神话的破灭只有五年，"永生细胞"的公众形象已然沾染了污点。组织培养是种族主义和纳粹的玩意儿，是怪诞恶心的科幻，是骗人的万金油，没什么值得欢欣鼓舞的。事实上，根本没人关注它。

08 "痛苦的病人"

6月初，海瑞塔反复对医生说她觉得癌症在扩散，她能感觉到癌细胞在体内蔓延，但医生却查不出任何异常。"患者表示感觉良好，"一个医生在她的病历上写道，"但持续诉称下腹部有隐隐的不适……无复发迹象。一个月后复查。"

没有证据表明海瑞塔质疑过医生的诊断——她也像20世纪50年代的大多数病人一样，对医生言听计从。在那个年代，"善意的欺骗"是一种司空见惯的做法，医生时常对病人隐瞒哪怕最基本的信息，有时连任何诊断结果也不告诉他们。医生们认为最好不要给病人讲类似"癌症"这样的可怕字眼，免得给病人徒增困惑和烦恼。医生最懂了，大多数病人不会质疑这一点。

福利病房的黑人尤其如此。这是在1951年的巴尔的摩，种族隔离是写入法律的，不用说，黑人对白人的专业判断丝毫不能质疑。医院里遍布歧视，因此对许多黑人病患来说，能得到治疗已经谢天谢地。

我们永远无法知道，如果海瑞塔是白人，她会不会得到不同的治疗。不过据霍华德·琼斯说，海瑞塔得到的诊治和白人一样，活检、镭治疗和后续放疗都是当时的标准手段。但不止一项研究显示，黑人病患的治疗和住院时机都晚于白人。即使在住院期间，他们得到的止痛处理也较少，死亡率也较高。

关于海瑞塔，我们唯一确定的信息就是病历上那些记录：她说自己感到不适，然而医生告诉她一切正常；但不出几个星期她又回到霍普金斯，说现在已经不仅是"不适"，而是两边都开始"疼"。这一次，医生写的话和上次一样："无复发迹象。一个月后复查。"

两个半星期过后，海瑞塔腹部痛得走路都费劲，而且难以排尿。她回到霍普金斯，可医生只用根导尿管帮她排光了膀胱就打发她回家了。这当然没有用，三天后她再回来看疼痛问题，这次医生按压了她的腹部，发现里面有个"硬得像石头一样"的肿块。X光片显示，这个肿块就长在她的骨盆壁上，几乎阻断了尿道。当天当值的医生找来琼斯和另外几个给海瑞塔看过病的同事，他们一起重新为海瑞塔做了检查，并看了X光片，结论是："无法施行手术。"距上次诊断海瑞塔一切正常仅仅几个星期，某位医生就又写道："患者似罹患慢性疾病，有明显疼痛。"然后他就让海瑞塔回家卧床休养。

海瑞塔的恶化过程，萨蒂都看在眼里，后来她说："海妮并没有一点点垮下去，你看，她的样子和身体，看起来并不虚弱。有些人得了癌症，就会病倒在床，样子很糟。海瑞塔没有。唯一的征兆是她的眼睛，那双眼睛在告诉你她活不了了。"

在此之前，除了萨蒂、玛格丽特和戴，没人知道海瑞塔病了。然后，突然之间，每个人都知道了。每次戴和亲戚们从斯帕罗斯角下班走回来，从一条街外就能听到海瑞塔哀号着向上帝求助。又过了一个星期，戴开车带她回霍普金斯检查，X光片清晰地显示，石块一样硬的肿瘤已经填满了她的腹部：一个在子宫上，一个在尿道上，两边肾脏上也各有一个。距离病历上写下"一切正常"只有一个月，另一个医生就写道："疾病迅速扩散，情况非常严峻。"他认为唯一的选择就是"继续放疗，但愿至少帮她缓解疼痛"。

海瑞塔无法从家里走到车上，但戴或其他兄弟姐妹中的某一位还是想方设法每天把她送到霍普金斯做放疗。他们没有觉察到她就要死了，以为医生还在努力治好她。

海瑞塔的医生逐天增加放疗的剂量，希望用这种方法缩小肿瘤，缓解她死前的疼痛。然而，海瑞塔的腹部皮肤被灼烧得越来越黑，疼痛却在日益加重。

8月8日，海瑞塔31岁生日的后一周，她照常来霍普金斯治疗，但这次她说想住院。她的医生写道："病人表示痛苦不堪，状况看起来确实十分悲惨。就医路途遥远，她应该住院，以便得到更好的诊疗。"

　　海瑞塔住进医院后，护士给她抽血，在小管上注明"有色人种"字样，然后把血存起来，以备回头输血之需。一名医生再次让她把脚放在脚托上躺好，又从她的宫颈取了一点细胞，因为盖伊想看看第二批细胞会不会和上次一样，也能在体外旺盛生长。可是这时候海瑞塔的身体已经毒素堆积（正常时本该由尿液排出）、重度感染，因此细胞拿出来培养后很快就死掉了。

　　海瑞塔住院的头几天，孩子们每天都和戴一起来看妈妈，他们走后，海瑞塔要伤心痛哭好几个小时。很快护士就跟戴说别带孩子来了，因为海瑞塔看到孩子会特别难过。那以后，戴还是每天那个时间在霍普金斯后面停好他的别克，然后带着孩子们坐在沃尔夫街（Wolfe Street）的一块小草坪上，就在海瑞塔的窗外。海瑞塔会挣扎着从床上起来，把手和脸贴在窗玻璃上，看孩子们在草地上玩耍。但不出几天，海瑞塔就无法再来到窗前了。

　　医生想尽办法为她缓解痛苦，但全归于徒劳："地美露™对疼痛起不到丝毫作用，"这位医生写道，于是他尝试了吗啡，"也没有大用。"然后他改用 Dromoran™。*"这个有效。"但也好景不长。最后，一位医生试图把纯酒精直接注射进她的脊柱。"酒

---

* "地美露"（Demerol）通用名"哌替啶"，另一种更有名的商品名是"杜冷丁®"；Dromoran 通用名"左啡诺"，是强效阿片类镇痛剂。

精注射以失败告终。"他写道。

　　每天都有新的肿瘤出现，从淋巴结、髋骨到阴唇。海瑞塔几乎每天都高烧40.5度不退。医生停止了放疗，癌症不仅击垮了海瑞塔，也让医生束手无策。他们写道："海瑞塔仍然是个相当痛苦的病人，她呻吟不止。""她不断犯恶心，说自己不论吃什么都会吐出来。""病人非常痛苦……非常焦虑。""就我看来，我们已经用尽了一切手段。"

　　没有任何记录显示乔治·盖伊来探望过住院的海瑞塔，更从未给她解释过她细胞的命运。我同一些可能知情的人谈过话，他们都说据他们所知二人从未谋面，只有洛儿·奥雷利安（Laure Aurelian）例外。她是盖伊在霍普金斯的同事，一位微生物学家。

　　"我永远忘不了，"奥雷利安说，"乔治跟我说过，他凑在海瑞塔床边对她说：'你的细胞会让你得到永生。'他告诉海瑞塔，她的细胞将有助于拯救无数人的生命。海瑞塔笑了，说很高兴自己的痛苦能给别人带去些好处。"

1999

09 特纳车站

　　和戴取得联系后几天，我开车从匹兹堡去巴尔的摩拜访他儿子，人称"桑尼"的小戴维·拉克斯。他最后终于给我回电话并答应见面，说我的电话号码整天在他寻呼机上显示个不停，实在把他弄烦了。当时我不知道，他在回电话前，已经惊慌失措地给帕蒂略打了五通电话，问了我的各种底细。

　　我们商量好，我到巴尔的摩后呼他，他来接我，然后带我到大哥劳伦斯家去见他们的爸爸，如果我走运，还能顺便见到黛博拉。于是我入住市区的假日酒店，坐在床上，电话放在腿上，拨打了桑尼的寻呼机。没有回复。

　　我顺着酒店窗户向外望，街对面是一幢哥特风格的砖塔，顶端挂着一面饱经风霜的银色钟，钟面刻了一圈字母：B-R-O-M-O-S-E-L-T-Z-E-R。我注视指针缓缓移过这些字母，每隔几分钟就呼桑尼一次，竖着耳朵等电话铃响。

巴尔的摩钟塔。Bromo-Seltzer 即 "溴塞耳泽®"，是缓解胃酸烧心的复方药物，由巴尔的摩爱默生药厂于 1888 年研发，最初配方是溴盐和乙酰苯胺。Robin Stevens 摄于 2006 年。

　　最后，我抓过厚厚的巴尔的摩电话簿，翻到字母 L，用指尖扫过一大串名字：安妮特·拉克斯……查尔斯·拉克斯……其实我可以给电话簿里每个拉克斯打电话问他们知不知道海瑞塔。可我没有手机，又不想一直占着酒店的电话线路，于是就又呼了桑尼一次，然后躺在床上，电话和电话簿还都放在腿上。

我拿起一本 1976 年出版的《滚石》杂志，翻开泛黄的书页，重读迈克尔·罗杰斯（Michael Rogers）的文章，他是第一位联系海瑞塔家人的记者。这篇文章我已经读过很多次，但仍然希望重温它的每一个字。

在大概一半的位置，罗杰斯写道："我坐在巴尔的摩市区假日酒店七层的房间里，透过双层观景窗，看到一面巨大的钟表，表盘上没有数字，而是代之以 B-R-O-M-O-S-E-L-T-Z-E-R 几个字母。我的腿窝里摆着电话，还有一本巴尔的摩电话簿。"

我立时坐直了起来，突然感觉自己像被吸进了《迷离境界》（*Twilight Zone*）的某一集。20 多年前，我只有 3 岁，罗杰斯竟曾翻过同样的电话簿。"'拉克斯'部分过半，我逐渐意识到几乎所有人都曾经和海瑞塔相识。"他写道。看到这里，我重新翻开电话簿，开始拨那些电话，希望这些人里有人认识海瑞塔。但这些人要么不接电话，要么立马挂断，还有的说从没听过海瑞塔这个人。我翻出一篇旧日的报纸文章，里面列出了海瑞塔从前在特纳车站的地址：新匹兹堡大街 713 号。我查了四份地图，终于在一份上看到了特纳车站，在其他地图上，这个地方要么掩在广告里，要么就是被其他街区网格的放大图盖住了。

事实证明，特纳车站不只在地图上是被掩盖起来的。在去那里的路上，我必须开过把它和州际公路隔开的水泥墙和围栏，横穿一组铁轨，经过一间间门面老旧的教堂和一排排钉了木板的空房子，还有一座像橄榄球场一样大的嗡嗡作响的发电机组。

终于来到一个停车场，一块深色木牌映入眼帘，上面写着：欢迎来到特纳车站。停车场里有个外墙烧黑的酒吧，窗户上还挂着粉色的流苏窗帘。

直到今天也没人确切地知道小镇到底叫什么，或者说它的名字怎么写。有的人写成"特纳家（Turners）车站"，有人写成"特纳的（Turner's）车站"，不过大多数时候还是"特纳车站"。这里原本的名字是"好运"，只是从来名不副实。

20世纪40年代海瑞塔来到这里时，镇子正在蓬勃发展。后来二战结束，斯帕罗斯角随之衰落。巴尔的摩天然气及电力公司（BGE）为建设新电站拆了300座房子，使1300多人无家可归，其中多数是黑人。越来越多的土地被划为工业用地，这意味着更多的房子将被推倒。人们跑去巴尔的摩东部，或者回了乡下。50年代末，特纳车站的人口已经减少了一半。在我去到那里之前，全镇只有1000人左右，由于工作机会稀少，这个数目还在稳步下降。

在海瑞塔生活的年代，特纳车站的居民从来不用锁门。如今，在她孩子从前玩耍的地方，一片住宅项目正在建设，周围筑了一道4公里长的水泥砖墙。商店、夜总会、小餐馆和学校全部关门，贩毒、帮派和暴力事件则日渐猖獗。不过即便如此，特纳车站的教堂仍有不下十所。

那篇写有海瑞塔家庭住址的报纸文章采访了一位当地妇女，名叫考特妮·斯皮德（Courtney Speed）。她在当地开了一家食杂店，并成立了一个基金会，致力于筹建一座海瑞塔·拉克斯博物馆。但当我开车找过去，原本该是食杂店的地点，却是一间灰蒙蒙、锈斑斑的移动房，破窗户前拉满了电线。房前牌子上只画了一朵红玫瑰，还有"复兴圣灵，重获神示。《箴言》29:18"的字样。六个男人聚在屋前台阶上说笑，年纪最大的 30 多岁，穿着肥大的红裤子和黑衬衫，系着红背带，戴着鸭舌帽。另一个穿了件特别大的红白两色滑雪夹克。他俩周围还有四个年轻黑人，穿着松垮的裤子，肤色深浅不等。两个穿红衣服的男人看见我的车后不再说话，等我慢慢开过去后继续谈笑风生。

特纳车站很小，方圆不到 1 公里，地平线尽头是高耸入云的船运起重机和冒着浓烟的烟囱，那里是斯帕罗斯角的所在地。我开着车到处兜圈子，寻找斯皮德女士的食杂店，路上的孩子停下游戏，朝我挥手。他们追着我的车，飞奔过两排红砖房，又飞奔过晾衣服的女人，他们的妈妈也面带微笑，一起挥手。

我好几次经过那间移动拖车房，拖车前那几个男人后来一看到我就开始招手。我也好多次经过海瑞塔的旧宅。她住在一幢棕色砖楼里，楼里住有四户人家。楼外围着铁网，铁网后有几米的草地，踏上三级台阶，就来到楼宇的小水泥门廊上。一个小男孩从海瑞塔的旧纱门后面看我，手里拿根棍子挥着玩。

我也冲他们挥手。跟我跑的孩子不断出现在各条街道上朝我笑，我假装很吃惊再看到他们。但我很紧张，没有停车求助。特纳车站的人就这样看着我笑，晃着脑袋，好像在说："这个白人小姑娘开来开去是在干什么？"

最后我还看见了浸信会新示罗教堂（New Shiloh Baptist Church），罗杰斯的报道里提到过这座教堂，当年社区居民就是在这里开会讨论建海瑞塔·拉克斯博物馆。但教堂这时没开。我把脸贴在高大的玻璃墙上，此时一辆黑色老爷车在路边停下，一位温文尔雅的英俊男子跳下车来，他40多岁，戴着金边眼镜和黑色贝雷帽，身穿黑西装，手拿教堂钥匙。他把眼镜扒拉到鼻尖上，从镜片上方看我，问我是否需要帮助。

我告诉他我到此地的缘由。

"从没听说过海瑞塔·拉克斯。"他说。

"听说过她的人不多。"我答道。接着我告诉他我以前看过有报道称，有人在斯皮德食杂店挂了块牌匾纪念海瑞塔。

"哦！斯皮德的店啊？"他突然笑起来，把一只手搭在我肩上，"我能带你去斯皮德的店！"他让我开车跟上他。

在街上，所有人看到我们都会招手大喊："嗨，杰克逊牧师！""最近好吗，牧师？"他连连点头并高声回应："你好吗！""上帝保佑你！"我们开了两条街便停下了，正停在灰色拖车前，牧师把车咔地一个急停，挥手让我下去。台阶上的男人们面露笑容，双手握住牧师的手说："嘿牧师，带朋友来啦？"

"是啊，"他回答，"她是来找斯皮德女士的。"

我才知道穿红色背带裤的男人其实就是斯皮德女士的大儿子基思（Keith），他说母亲出去了，谁知道什么时候回来，不如我也搬把凳子，和他们一起坐在门廊等。于是我照办，穿红白滑雪夹克的男人露出灿烂的笑容，自我介绍说是斯皮德女士的儿子迈克（Mike）。其他三个名叫赛勒斯（Cyrus）、乔（Joe）和泰隆（Tyrone），也都是她儿子。结果，门廊里的男的全是斯皮德女士的儿子，后来走进店里的也几乎全是……不一会儿，我就数出了 15 个儿子："等等，她难道生了 15 个孩子？"

"哦！"迈克高声说，"你不认识斯皮德妈妈吧？我特别高看她，她很厉害！整个特纳车站都归她管，好家伙，她天不怕地不怕。"

门廊里的男人们纷纷点头，连声称是。

"我们不在的时候，要是有人来攻击妈妈，也没什么好怕的，她会把他们吓得要死！"迈克讲至此处，其他儿子在一旁纷纷道起阿门。他继续道："有一次一个男的闯进店里大喊：'我要到柜台里把你抓出来。'当时我就躲在妈妈背后，特害怕！你知道妈妈怎么做的吗？她狠狠地摇着头，举起两条胳膊说：'你有种过来啊！来啊！你要是脑子进水了就过来试试！'"

迈克朝我后背拍了一下，其他人都笑了。

就在这时，考特妮·斯皮德出现在台阶下面，长长的黑发松松地盘在头顶，脸庞边垂下几缕发丝。她面容清瘦美丽，全无岁月的痕迹，浅棕色的眼睛边缘是一圈完美的海蓝色光晕。她长得如此精致，没有一处坚硬的线条。只见她怀里抱着一只购物袋，轻声说道："最后那人跳过柜台，朝我来了吗？"

迈克大喊着哈哈大笑，笑得连问题也顾不上答。

斯皮德看着他，平静地笑着说："问你呢，那人跳过来了吗？"

"没，根本没！"迈克咧嘴笑道，"那人就剩了撒腿就跑！所以妈妈店里根本用不着枪。她根本不需要！"

"我可不靠枪活着，"说着，她笑着转向我说，"你好吗？"随即拾级而上，一直走进店里，我们也都跟了进去。

"妈妈，"基思说，"是牧师带这女的来的。她是丽贝卡小姐，是来找你的。"

考特妮·斯皮德露出甜美得略显羞涩的笑容，眼神明亮而慈祥。"上帝保佑你，亲爱的。"她说。

店里地上到处铺着压平的纸板箱，偶尔露出一角地面，也都是多年踩踏造成的磨损痕迹。四面墙排满架子，有的空着，有的堆着面包、米、厕纸和猪蹄罐头。斯皮德女士在其中一个架子上摆了好几百份《巴尔的摩太阳报》，最早的出自20世纪70年代，那时候她丈夫就去世了。斯皮德女士说总有人打破窗玻璃闯进来，所以她干脆不修了。她在每面墙上都挂了些手写标牌，比如"雪球男山姆"，还有各种运动俱乐部、教会团体、免费普通教育发展考试班*和成人扫盲班的名字。她有六个亲生儿子，又收了几十个"教子"，对他们视如己出。这些孩子来买薯片、糖果或汽水的时候，她就让他们自己算找零，

---

* 普通教育发展（GED），相当于高中同等学力。

算对的就奖励一块好时巧克力。

斯皮德开始整理货架上的物品，让所有商标朝外，接着扭过头朝我大喊："你是怎么找到这儿的？"

我对她讲了四幅地图的事，她把一箱猪油扔到架子上，说："现在我们得了四幅地图综合征。他们想把我们赶出地球，可上帝不会让他们得逞。赞美主，他给我们带来了真正需要聊一聊的人。"

她在白衬衫上抹了抹手说："好，现在他把你带来了，有什么能为你效劳吗？"

"我想打听海瑞塔·拉克斯。"我说。

斯皮德倒抽一口气，突然面如土色，退后好几步，嘘了一声："你认识科菲尔德（Cofield）先生？是他派你来的？"

我听得一头雾水，告诉她我从未听说此人，也没有任何人派我来。

"那你怎么知道我的？"她退后几步，厉声说。

我从包里掏出那张皱皱的旧报纸，亮给她看。

"你和她家人说过话吗？"她问。

"还在试着联系。"我说，"前一阵和黛博拉说过一次，今天按说要见桑尼，可他没出现。"

她点点头，似乎对发生的事早有预料。"除非你得到她家人的支持，不然我不能跟你说。我不能冒这个险。"

"那你为建博物馆准备的牌子呢？"我问，"能看看吗？"

"不在这儿，"她厉声说，"这儿什么也没有，不然坏事儿马上就跟着来。"

她盯着我看了半天，脸色逐渐和缓下来，一手拉过我的手，另一只手抚过我的脸颊。

"我喜欢你的眼睛，"她说，"跟我来。"

她快步走出门，走下台阶，冲向自己那辆褐色的旧旅行车。一个男人坐在副驾驶座上，直勾勾望着前面，好像车在开一样。斯皮德跳上车说："跟我来。"这期间那男人连眼皮也没抬。

我们穿过特纳车站，直奔当地公共图书馆的停车场。我打开车门，考特妮·斯皮德已经站在旁边，拍手大笑，踮着脚尖蹦蹦跳跳。她大喊："2月1日是巴尔的摩郡的海瑞塔·拉克斯日，今年这天将在图书馆举行最重大的开幕活动！我们还在努力让博物馆梦想成真，尽管科菲尔德搞出一堆麻烦，吓着了黛博拉。博物馆按说现在快建好了，就差那么一点，结果发生了那么可怕的事。可我也很高兴他派你来。"她说着用手指向天空，"这故事要有人讲了！赞美主，人们要知道海瑞塔了！"

"谁是科菲尔德？"我问。

她哆嗦了一下，用手捂在嘴上："我真的什么也不能说，除非那家人说没问题。"说着抓起我的手，拉着我跑进图书馆。

"这是丽贝卡。"她又开始踮着脚尖蹦跳，并向图书馆员介绍我，"她正在写海瑞塔·拉克斯的事！"

"哦，太棒了！"图书馆员看着考特妮，"你要给她讲吗？"

"我要那个录像带。"考特妮说。

馆员沿着一排录像带走过去，最后从架子上抽出一个白盒子，递给考特妮。

考特妮接过来夹在腋下，接着又抓起我的手，拉我跑回停车场。她跳进车，出车位，招手叫我跟上。我们在一家便利店前停下，副驾位的那个人下去买了块面包。接着我们开到他家，把他放下，考特妮朝我大喊："他是我的聋子表弟！不能开车！"

最后我们终于来到她开的小美容店，离斯皮德食杂店不远。她打开前门的两道锁，用手扇了扇，说："闻闻，搞不好我那些捕鼠器上有战利品了。"店里很窄，一面墙边排着理发椅，对面摆着一排吹风机。洗头的水池是用胶合板撑起来的，下边连着一只巨大的白桶，经年累月，周围墙上已经溅满了各色染发剂。水池边上靠了一块价目板：剪发加造型 10 美元，烫卷 7 美元。后墙边的储物柜上放着一张海瑞塔双手叉腰的图片，图片是影印的，摆在一个大了十几厘米的浅色木框里。

我指着相片，扬起眉毛。考特妮摇摇头。

"我会把知道的都告诉你，"她轻声说，"只等你和那家人谈过，他们说没问题。我不想造成更多问题了，不想让黛博拉再为这个生病。"

她指了指一把裂开的红塑料理发椅，又把这椅子转到面向吹风机旁边的小电视。"你得看看这卷录像。"说着，她把遥控器和一串钥匙递给我，就向外走去。突然，她转过身说："除了我，不管发生什么事，不管是谁，都不能开门，听见没？还有，仔细看录像，不行就用这个倒带键，倒回去再看一遍，就是别漏掉任何内容。"

说完她就锁上门出去了。

录像原来是一部一小时长的 BBC 纪录片，内容正关于海瑞塔和海拉细胞，片名叫《众生之路》（*The Way of All Flesh*），好几个月来我一直在找这部片子。片头响起悠扬的音乐，一名青年黑人女性在镜头前翩然起舞，这人不是海瑞塔。旁白是英国口音的男性，语气抑扬顿挫，就好像在讲一个真实的鬼故事。

"1951 年，一个女人在美国巴尔的摩死了，"为营造气氛，他刻意停顿了一下，"她叫海瑞塔·拉克斯。"他开始讲海拉细胞的故事，音乐越来越响，越来越阴森："这些细胞大大改变了现代医学……对很多国家和领导人制定政策起了重大作用。连冷战也与它们有关。因为科学家们相信，她的细胞里隐藏着战胜死亡的秘密……"

影片中最吸引我的是克洛弗的镜头，它位于弗吉尼亚南部，旧时是种植园镇，海瑞塔的一些亲戚应该还生活在那里。最后一个画面是海瑞塔的表兄弟弗雷德·加勒特，他正站在一座旧黑奴工棚的后面，背对着家族墓地。这时旁白响起，说海瑞塔就葬在这里的某处，只是坟前没有标记。

弗雷德手指墓地，目不转睛地望着镜头。

"你觉得那些细胞还活着吗？"他问，"我是说坟里的那些。"

他顿了一下，接着长时间地高声大笑。"那就见鬼了，"他说，"才不可能呢。但那些细胞真的还在试管里长着，真是奇迹。"

影片结束，画面一片空白。我突然意识到，要是海瑞塔的孩子们和丈夫都不和我谈，我就得去克洛弗见见她那些表亲。

当晚，我回到酒店，桑尼终于回了电话。他说他又决定不见我，但不肯说为什么。我请他帮我联系克洛弗的亲戚，他让我自己过去找。然后他大笑了起来，并祝我好运。

10 铁路的另一侧

在弗吉尼亚州南部下 360 号公路，翻过几座小山，经过艰难溪（Difficult Creek），来到死河（River of Death）河畔，克洛弗就坐落在这里。12 月里，天空湛蓝，气候温暖如春，我把车开进镇子，仪表盘上粘着一张黄色即时贴，上面记着桑尼给我的唯一信息："他们没找到她的墓。一定要白天来，晚上没灯，一片漆黑。跟人打听拉克斯镇在哪儿。"

克洛弗镇的中心地带始于一个停业的加油站——门前用喷漆写了"安息"字样，止于一块空地——这里从前是火车站，海瑞塔就是从这里乘火车去巴尔的摩。镇子主街上的旧电影院屋顶已坍塌多年，昔日的银幕如今平躺在杂草丛生的地上。旁边还有其他商店，可看上去就像店主在数十年前出去午餐，再也没有回来。阿博特（Abbott's）服装店的一面墙前码着一盒盒新的"红翼"工作靴，一直摞到天花板，上面盖满厚厚的尘土；

在长长的玻璃柜台上有个古老的收银台，柜台里面摆着一排排男式正装衬衫，叠得挺挺的，还都装在塑料袋里。罗茜（Rosie's）餐厅的大堂里堆满了厚坐垫椅子、长沙发和粗毛地毯，一水儿的褐色、橘色和黄色，也都被尘土覆盖；前窗上挂了两个牌子，上面一块写着"七天营业"，下面一块就写着"休息"。"格雷戈里和马丁"（Gregory and Martin）超市里全是存了几十年的罐头，货架间停着一辆辆半满的购物车，墙上的挂钟指示着6:34——自从马丁20世纪80年代关了店去当殡仪员，钟的指针就再没动过。

尽管孩子们吸毒，老人也不断死去，但还是没有足够多的死人让殡仪员维持稳定的工作。1974年克洛弗有227名居民，1998年只剩198个。同年克洛弗失去镇的资格，但仍然拥有几座教堂和几间美容店，只是都不常开。唯一稳定营业的是邮局，只有一间砖房，不过我到的时候关着。

主街空空荡荡，仿佛静静坐在那里，几个小时也不会看到一个行人或一辆车。但我到的那天，罗茜餐厅门口站了一个白人男子，他靠在自己那辆红色的摩托自行车边上，看到有车经过就挥手。此人身材矮胖，脸颊红红的，看不出年纪，可能是50岁，也可能有70岁。本地人叫他"问好专业户"——他这辈子大部分时间就站在这个角落，对来往的车辆招手，面无表情。我问他知不知道去拉克斯镇怎么走，打算到了那儿再挨家挨户看信箱，遇到写着拉克斯的就敲门打听海瑞塔。矮胖男人不说话，只向我招手，然后慢慢指向身后铁路的另一侧。

拉克斯镇和克洛弗其他地方的分隔明显。一条双车道公路从镇中心延伸而来，路的一侧是连绵的丘陵，植被修剪齐整，大面积的地块上散落着马群，还点缀着一个小池塘，远离公路的地方有一座修葺良好的房子，围着白色栅栏，外面停着一辆小厢货。路的另一侧，紧贴路边立着一间宽两米、长三米的小木棚，木头没有刷漆，墙板的大裂缝里长满杂草和爬藤。

这间棚子就是拉克斯镇的起点，一条路延伸近两公里，两边立了几十间房舍，有些被刷成明亮的黄色或绿色，还有的没刷任何颜色，一半都破败坍塌或几乎烧毁。奴隶时代的木屋临着空心砖房和拖车，有的屋顶上架着卫星接收锅，廊前摆着摇椅；有的锈迹斑斑，几乎一半埋在土里。我沿着这条拉克斯镇路开来开去，经过"州级道路养护终点"的牌子，道路立刻变为砾石路面，后来又经过一片烟草田，田中央辟出一块红土地，边上饱经风霜的树干上挂了个光秃秃的篮筐，就成了篮球场。

我开的是辆破破烂烂的黑色本田车，消音器在从匹兹堡到克洛弗的路上不知掉到了哪里，这就意味着拉克斯镇的居民在我每次开车经过时都听得一清二楚。有些人走到门廊上，还有人从窗户向外看。最后，在我经过同一地点三四趟后，一位看上去70多岁的老先生穿着亮绿色毛衣，围着颜色相配的围巾，头戴黑色鸭舌帽，蹒跚地从他那绿色的两室木屋里踱出来。他抬起眉毛，举起僵硬的手臂朝我挥了挥。

"你迷路了啊？"他努力让声音盖过我的车。

我摇下窗户说也不算迷路。

"那你想到哪儿去？"他问，"我知道你不是本地人。"

我问他听没听说过海瑞塔。

他笑着自我介绍，说他叫"虱子"，正是海瑞塔的表弟。

他真名叫赫克托·亨利（Hector Henry），几十年前得了小儿麻痹，打那以后人们就改叫他"虱子"，他也从来不知道到底为什么。虱子肤色不深，差不多像拉美裔，因此他 9 岁得病的时候，当地一位白人医生就把他偷偷带到最近的医院，谎称虱子是他儿子，因为医院都不收治黑人。虱子在"铁肺"里躺了一年，借这个机器呼吸，之后，他便成了医院的常客。

这场病给他留下半瘫的脖子和胳膊，神经损伤也造成了伴随终生的疼痛。因此不管天气如何，他必须时刻戴着围巾，因为温暖有助于缓解疼痛。

我告诉他我到此地的缘由，他就前前后后地在街道上指点，说："拉克斯镇的所有人都是海瑞塔的亲戚，可她去世太久了，人们差不多把她忘得死死的了。"他说，"和海瑞塔有关的所有东西都死了，除了那些细胞。"

他指指我的车说："这玩意儿吵死了，快熄火进屋。我给你搞点果汁。"

他打开门，里边是一片小小的厨房区，厨房里摆着咖啡机和老式面包机，旧式柴炉上坐着两口锅，一口空着，另一口装

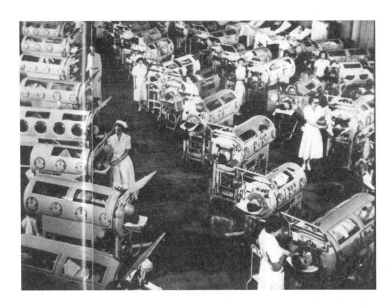

"铁肺"（iron lung），一种历史上的呼吸机，发明于 1927 年，脊灰患者除头以外的身体都密封在其中，靠机器改变内部压力辅助呼吸。曾在美国脊灰大流行时广泛用于临床。后随着脊灰疫苗的普及和现代呼吸机、插管等技术的发展，于 20 世纪 60 年代停产。图为 Rancho Los Amigos 医院，约 1953 年。

满了辣椒肉酱。他把厨房刷成和外墙一样的橄榄绿色，还在墙上拉了几根插线板，挂了几只苍蝇拍。他最近又在室内装了排水系统，不过还是喜欢用室外厕所。

　　虱子的双臂几乎不听使唤，可房子竟然是他自己摸索着盖的，他把胶合板墙钉起来，然后在里面抹灰泥。等他干完了，发现忘了加隔热层，只好把抹完的墙扒了重弄。没有几年，他盖着电热毯睡觉，又把整个房子烧塌了，但他又把它盖了起来。

虱子说他觉得墙还是有点弯，不过他用了好多钉子，这下应该再也不会倒了。

虱子递给我一杯红色的果汁，接着就轰赶着我出了厨房区，进到用木板钉成的阴暗客厅里。客厅里没有长沙发，只有几把金属折叠椅，另外还有一把理发椅固定在铺了油毡板的地面上，坐垫上贴满胶布。虱子在拉克斯镇做理发师有几十年了。"这椅子现在卖 1200 美元，我买的时候只花了 8 美元。"厨房里传来他的喊声，"理发只要 1 块钱，有时候我一天剪 58 个头。"后来他实在不能把胳膊举这么长时间，只好放弃了这工作。

客厅一面墙边靠着一台单卡收录机，大声放着福音来电直播节目，牧师大声吼叫，说主会治好打来电话的肝炎患者。

虱子打开一把折叠椅请我坐，自己走进卧室。他用一只手抬起床垫，支在头顶，在下面成堆的纸张里翻找。

"我记得这儿有海瑞塔的一些资料，"他在床垫底下嘟嘟囔囔地说，"到底给塞哪儿了……你知道有的国家花 25 块钱买她，有的出到 50，她家人一个子儿也没得着。"

那些纸看起来足有好几百张，他翻了半天，最后回到客厅。

"只找到一张她的照片，"他指着一篇复印的《滚石》杂志文章，上面正是那张常见的双手叉腰照，"我不知道文章里说的什么。我没上过学，懂的那点儿都是自学的，我不会数数，连读写自己的名字也几乎不行，你看我手抖成这样。"他问文章里有没有写她在克洛弗的童年时光。我摇摇头。

"所有人都喜欢海瑞塔，因为她特别好。"他说，"她又可爱又温顺，总是笑，我们去她家的时候她总把我们招呼得好好的。哪怕后来她得病了，也从不会说'我不舒服，拿你撒撒气'。她就不是那样的人，难受的时候也不会这么做。她好像根本没搞清楚自己出了什么事儿，实际上她不愿意去想自己会死。"

他摇着头说："你知道吗，我听说要是把世界上所有的她拼在一起，得有 300 多公斤。她一直不胖，只不过在不停地长。"

虱子说这些话的时候，广播里的牧师反复高呼"哈利路亚"。

"我小儿麻痹严重的时候，都是她在照顾我，"虱子告诉我，"她总说想把我给治好，实际上帮不上忙，因为我得病之后她也病了，但她看见我病得有多糟了。我猜这就是她为什么用那些细胞帮其他人，让他们省得也受罪。"他顿了一下说，"我们这儿没人知道为什么她死了但那些东西还一直活着。这是最神秘的地方。"

他环视四周，朝着墙和屋顶之间的空间点头，那里堆满了干蒜和洋葱。

"你知道，很多东西都是人造出来的，"他压低嗓音说，"你知道我说'造出来'是什么意思吧？"

我摇头说不知道。

"巫术，"他悄声说，"有人说海瑞塔的病和他们的细胞都是那些人——包括女的——造出来的，还有人说是医生造的。"

他说话时，广播里牧师的声音变得更加响亮："主会帮助你，但你必须现在就给我打电话。要是我的女儿或妹妹得了癌症，我一定现在就拿起电话，没时间了！"

虱子的吼声盖过了广播："那帮医生说他们从没听说过别的像海瑞塔这样的情况！我肯定不是人造的就是鬼造的。就这两种可能。"

接着他开始给我讲拉克斯镇的鬼魂，说他们有时候跑到人家里，让人得病。他说自己就在家里见过一个男的的鬼魂，他有时候靠在柴炉边的墙上，还有时就在床边。不过，据他所说，最危险的鬼魂要数一头好几吨重的无头猪，多年前他看见过这只无头猪在镇上游荡，也没有尾巴。扯断的链子挂在血淋淋的脖子上，在土路上拖得当啷直响。

"我看见那怪物过马路去了家族墓地，"虱子告诉我，"它的鬼魂就在路上这么站着，链子被小风吹得直摇晃。"虱子说猪鬼魂当时也看着他，不停地跺脚，搞得红土腾空、乌烟瘴气，好像随时都会冲过来。突然，一辆只有一只车灯的车飞驰而至。

"车开过来，一道光照在它身上，那绝对是一头猪。"虱子说。然后鬼魂就消失了。"我现在还能听见铁链子在地上拖的声音。"虱子推测，多亏这辆车，他才没再得上什么病。

"现在我也不知道究竟是鬼整了海瑞塔还是医生干的，"虱子说，"但我知道，她那可不是一般的癌，因为一般的癌不会在人死了以后继续长。"

11 "疼痛之魔"

到 9 月，海瑞塔的身体已经几乎完全被肿瘤占领。癌细胞长到她的膀胱、膈膜和肺上，甚至阻塞了肠道，使她看起来像怀胎六月。她的肾脏已经不能正常过滤血液，结果她被自己身体里堆积的毒素搞得连连作呕，只好不断输血。后来，她的用血量实在太大，医生就在她的病历里注明停止一切输血，"直到由她造成的血库欠血补足为止"。

海瑞塔的表弟埃米特（Emmett）·拉克斯从斯帕罗斯角的人那里听说她病了，急需输血，立马扔下手里正在切割的钢管，跑去找亲兄弟和朋友。他们都是工人，肺里全是钢屑和石棉，多年辛劳让他们手上长满了茧，指甲也裂开了。想当年这些人刚从乡下来巴尔的摩的时候，或是各种缺钱的时候，他们都在海瑞塔家地板上住过，吃过她煮的面条。不仅如此，在他们初来乍到的那几周，海瑞塔怕他们在市区迷路，每天都坐有轨电车到斯帕罗斯角给他们送午饭，直到他们能自己找到路。后来这些人在本地熟了，海瑞塔仍然让戴多带些吃的分给大家，好让他们在发工资前不至于饿肚子。她时常开玩笑，说他们得赶紧找个老婆或女友，有时候甚至帮他们介绍好女孩。埃米特在海瑞塔家待了很长时间，甚至在楼梯顶的楼道里占有一张固定床位，直到几个月前才搬出来住。

埃米特上次见海瑞塔，是把她接到克朗斯维尔医院看埃尔西。他们到那儿的时候，埃尔西就躲在砖头宿舍外的院子角落里，面前拦着铁丝网。她看见妈妈来看她，像鸟儿一样叫着跑过来，在他们面前站住，一动不动地盯着他们。海瑞塔把埃尔西拥在怀中，长时间凝望女儿，然后转向埃米特。

"她看上去好些了，"海瑞塔说，"没错，埃尔西看上去不错，干干净净，一切都好。"他们默默坐了很久。海瑞塔来之前颇为急切，现在见女儿蛮好，她看上去松了口气。这是海瑞塔最后一次见到埃尔西，埃米特估计她知道这次是来和女儿诀别。但她没料到的是，任何人都没有再来看过埃尔西。

几个月后，埃米特听说海瑞塔需要输血。他和他兄弟以及六个朋友立刻跳上卡车直奔霍普金斯。护士领他们走进有色人种病房，他们经过一排排病床，最后来到海瑞塔跟前。她已经从 60 多公斤迅速消瘦到 45 公斤。萨蒂和海瑞塔的姐姐格拉迪丝坐在她床边，眼睛都因哭得太多、睡得太少而红肿。格拉迪丝一听说妹妹住院，就立刻从克洛弗搭灰狗长途车赶来了。姐妹俩从来没有特别亲密过，大伙儿还时常调侃她，说她又丑又凶，不可能和海瑞塔有任何关系。但二人毕竟是姐妹，因此格拉迪丝还是坐在海瑞塔旁边，怀里抱着个枕头。

护士远远站在角落里看着八个彪形大汉把海瑞塔团团围住。海瑞塔试图挪动胳膊让自己坐起来，然而手脚都被带子绑在床上。埃米特看在眼里。

"你们干什么来了？"海瑞塔呻吟道。

"我们来帮你好起来。"埃米特说，其他男人纷纷称是。

海瑞塔一声不吭地把头躺回床上。

突然，她的身体变得直挺挺的，像木板一样，嘴里发出尖利的叫声。护士飞快地跑来床边，把海瑞塔手脚上的绳子拉紧，以免她像以前许多次那样摔到地上。海瑞塔疼得抽搐不止，为防止她咬到自己舌头，格拉迪丝拿起怀里的枕头塞进海瑞塔嘴里。萨蒂哭着抚摸海瑞塔的头发。

"主啊，"多年后，埃米特对我说，"当时海瑞塔从床上挣脱起来，大声哀号，就像被疼痛之魔附身了一样。"

护士叫埃米特和其他人保持安静，并让他们赶紧去有色人种采血室，在那里，他们将捐出近4000毫升的血。埃米特走过海瑞塔病床时，回头看了一眼，此时她的疼痛开始平息，格拉迪丝也把枕头从她嘴里抽了出来。

"那个景象我到死忘不了，"多年后，埃米特对我说，"疼痛撞过来的时候，就好像她心里在说：海瑞塔，你还是别活了。

我从来没见人病成这个样子。她以前就是你想认识的世界上最甜的姑娘，比谁都好看。可那些细胞，天哪，那些细胞完全是另一码事。怪不得连医生都杀不死……那癌症太恐怖了。"

1951年9月24日下午4点，就在埃米特和朋友们刚拜访过海瑞塔后不久，一名医生给海瑞塔注射了大剂量的吗啡，并在病历上写道："除镇痛药，停用一切药物和治疗。"两天后，海瑞塔突然惊醒，神志不清，不知道自己在哪里，也不记得医生做了什么，甚至一时间想不起自己的名字。接着她转向格拉迪丝，告诉她自己要死了。

"你一定要让戴照顾好孩子，"海瑞塔泪流满面，"尤其是我的小女儿黛博拉。"海瑞塔入院时，黛博拉才1岁多。海瑞塔多想像其他母亲一样，抱着女儿，好好地打扮她，给她编辫子，教她怎么涂指甲、卷头发，教她怎么对付男人。

海瑞塔望着格拉迪丝，喃喃道："我走之后，你千万别让孩子们出什么事。"

说完她转过身，背对格拉迪丝，闭上双眼。

格拉迪丝轻轻走出医院，坐上返回克洛弗的灰狗长途车。当晚她给戴打电话。

"海瑞塔活不过今晚了，"她说，"她叫你好好照顾孩子，我说我会转告你。千万别让孩子们出事。"

1951年10月4日凌晨0点15分，海瑞塔停止了心跳。

海瑞塔·拉克斯的死亡证明。

第二部　死亡

12 暴风雨

海瑞塔去世后没有发讣告，但消息很快传到了盖伊实验室。当海瑞塔的尸体冻在"有色人种"冰库中时，盖伊就向海瑞塔的医生申请了尸检。很久以来，全世界的组织培养实验室都千方百计构建一个细胞库，收集所有像海拉细胞一样永生不死的细胞。盖伊希望从海瑞塔体内尽可能多的器官上取样，看它们是不是也能像海拉细胞一样不断生长。但在海瑞塔死后，要想取得样本，必须征得她丈夫的同意。

在美国，没有任何法律或伦理规范要求医生从活着的病人身上取样前要征得谁的同意；但法律明文规定，对死者进行尸检或组织摘取，未经同意即属违法。

据戴回忆，霍普金斯有人打来电话，告诉他海瑞塔死了，问能不能进行尸检，戴拒绝了。几小时后，戴由一位亲戚陪同，赶去霍普金斯看海瑞塔的尸体并签署相关文件。医生再次提出尸检的请求，说希望做一些或许在未来对他的孩子们有所帮助的检测。随行的亲戚说反正海瑞塔也不会疼了，戴于是同意了，在尸检同意书上签了字。

不一会儿，海瑞塔的遗体已经躺在巨大的地下室停尸房的不锈钢台上，盖伊的助手玛丽站在门口，呼吸急促，感觉行将晕倒。她从没见过死人，可今天竟然端着一大摞平皿和尸体近距离接触。她身边站着病理学家威尔伯（Wilbur）医生，正探着身子观察尸检台上的海瑞塔。海瑞塔双臂伸展，好像在够头顶上方的什么东西。玛丽朝桌子走去，边走边低声喃喃自语：别出丑，千万别晕倒在这儿。

她绕过海瑞塔的一只手臂，站在威尔伯身边，胯冲着海瑞塔的腋窝。威尔伯和她彼此打过招呼，接着就一片寂静。戴希望海瑞塔在葬礼上能有全尸见人，因此只同意部分尸检，这意味着医生不能切开她的胸腔，也不能切除她的四肢或头部。威尔伯从海瑞塔的膀胱、肠道、子宫、肾脏、阴道、卵巢、阑尾、肝脏、心脏、肺部逐一取样，玛丽则把平皿一个个打开，端过去收集样本。最后，威尔伯还从海瑞塔那满是肿瘤的宫颈切下一块组织，泡进盛满福尔马林的容器里，以备将来之需。

海瑞塔确切的死因是晚期尿毒症：肿瘤完全阻塞了她的尿道，医生没法插入导管排空她的膀胱，因此通常由尿液排出的毒素在她的血液里严重堆积。棒球一样大的一个个肿瘤几乎完全取代了海瑞塔的肾脏、膀胱、卵巢和子宫，其他器官上也长满了白色的小肿瘤，像是给人塞满了珍珠。

威尔伯取完样，为海瑞塔缝合腹部，站在一旁的玛丽恨不得立刻跑出停尸房，回到自己的实验室，可她没有离开，而是注视着海瑞塔的四肢，她实在不想看到那双没了生气的眼睛。玛丽的目光落在海瑞塔的脚上，不禁倒抽一口气，那双脚的趾甲上涂了鲜艳的红色指甲油，可有些已经剥落。

很多年后，玛丽对我说："看到她的脚趾，我几乎要晕倒了。我想，天哪，她可是一个真人啊。我开始想象她坐在浴室，慢慢地把指甲油涂在脚指甲上。那一刻，我第一次猛地意识到，这么长时间以来我们用的细胞，寄到全世界的细胞，都出自这样一个活生生的女人。以前从来没这么想过。"

几天后，海瑞塔的遗体被装殓后抬上火车，顺着漫长而曲折的铁路从巴尔的摩运去克洛弗。棺材是白茬松木的，戴只买得起这种。海瑞塔的棺椁抵达克洛弗火车站时，天下着雨，殡仪员把棺材塞上一辆锈迹斑斑的卡车后斗。卡车驶过克洛弗镇中心，经过海瑞塔从前看白人老头下棋的五金店，又开上拉克斯镇路，在"棚屋"酒吧转弯——短短几个月前，海瑞塔还在这里跳舞。殡仪员开进拉克斯镇，兄弟姐妹们全都拥上门廊目送海瑞塔，有的双手叉腰，有的紧紧抓住孩子，一边摇头一边喃喃祷告。

虱子步履蹒跚地挪到院子里，直勾勾地看着天空落下的雨点大喊：“仁慈的耶稣，让那可怜的女人安息吧，你听见我说了吗？她受的苦够多了！”

附近门廊的人听到，纷纷念起阿门。

顺着路往前开 400 米，格拉迪丝和萨蒂坐在家屋前破败的木台阶上，一条粉色长裙搭在她们的腿上，脚边的篮子里装满化妆品、卷发棒、红色指甲油和两枚分币——回头她们要把硬币压在海瑞塔的眼皮上，这样别人来凭吊时，她的眼睛就会一直闭着。她们静静地看着殡仪员开着车，一寸一寸地穿过道路和房子间的田地，轮胎陷在红土的泥泞里。

克利夫和弗雷德站在屋后的墓园中，工装裤被雨淋得透湿。这一天他们几乎一刻不停地在满是石块的地里挥锹，好为海瑞塔掘出一块墓地。许多过世的亲戚埋在这里，没人知道他们是谁，地上连个记号也没有，兄弟俩的铁锹时不时碰到棺材，只好换地方挖。最后他们终于找到一块空地，正好在海瑞塔母亲的墓碑旁。

克利夫和弗雷德听见殡仪员的卡车声，就走向家屋，帮忙把海瑞塔的棺材抬下来。接着他们把棺材抬进门厅放下，打开松木棺材，萨蒂放声痛哭。最令她难过的不是海瑞塔那没了生机的身体，而是她的脚趾：海瑞塔宁可死，也不能容忍指甲油残破成这个样子。

“主啊，”萨蒂说，“海妮临死前肯定比死了还难过。”

海瑞塔的遗体就这样在家屋的门厅里停了好几天，门厅两头的门全部敞开，好让凉爽湿润的空气吹进来，保存住她的遗体。几天来雨水不断，家人和邻居跋涉过田地，向海瑞塔致哀。

葬礼那天早上，戴领着黛博拉、乔、桑尼和劳伦斯走过泥泞来了，但埃尔西缺席。她还在克朗斯维尔，对妈妈的死一无所知。

拉克斯家的兄弟姐妹已经不太记得葬礼了，只记得有人致了悼词，好像还唱了一两首歌。可他们都记得之后发生的事。克利夫和弗雷德将海瑞塔的棺材缓缓下葬，再双手捧土撒上去。突然间，天空漆黑一片，大雨瓢泼而至，随后是隆隆的雷声，婴儿全都尖叫起来。一阵狂风猛地卷起墓园山下烟叶仓的铁皮屋顶，掷到海瑞塔坟墓上方。屋顶的两个斜面不停扇动，好像银色大鸟的双翅。大风又引燃了烟草田，将树连根拔起，把电线吹出去好几公里，然后又把一位拉克斯表兄弟的木屋整个掀翻，把他客厅摔到园子里，接着木屋砸到他身上，人当即断了气。

多年后，海瑞塔的表兄弟彼得回忆起那一天，他摇晃着自己的秃头笑着说："海妮从不拐弯抹角，我们当时就该知道，她想用那场暴风雨告诉我们什么。"

1951—1953

13　海拉工厂

　　海瑞塔死后不久，海拉工厂就进入了筹划阶段。这是一项巨大的工程，人们希望这个工厂能达到每周数以万亿计的生产量。目的只有一个：制止脊髓灰质炎。

　　1951年年底，世界上出现了有史以来最严重的脊髓灰质炎疫情。学校纷纷停课，家长们极度恐慌，全民迫切期待疫苗的出现。1952年2月，匹兹堡大学的乔纳斯·索尔克（Jonas Salk）宣布，他已经研制出世界上第一支脊髓灰质炎疫苗，可现在仍然无法给孩子们施用，因为必须先进行大规模的试验，证明疫苗安全有效。而试验的前提是，他必须能得到大量的、工业量级的体外培养细胞，而这是史无前例的。

　　早先，富兰克林·罗斯福总统成立了一个慈善机构——美国国家小儿麻痹基金会（NFIP），因为他本人就是患者。这次，该基金会立马行动起来，开展了验证脊灰疫苗的规模最大的临床试验。索尔克将为200万名儿童接种，然后基金会为他们验血，看他们是否获得了免疫。这意味着他们必须做上百万次中和抗体试验，将接种儿童的血清、活性脊灰病毒和培养细胞混合在一起，如果疫苗有效，血清就能阻断病毒，保护细胞免受感染；如果疫苗无效，病毒就会感染细胞，科学家就能通过显微镜看到细胞受损。

问题是，当时用来做中和试验的都是猴子细胞，取细胞的过程会造成猴子死亡。今天我们会关心动物的福祉，可那时的顾虑是猴子太贵。做上百万次的中和试验，光买猴子就得花费好几百万美元。于是，NFIP开始到处寻找比用猴子便宜、还能大规模培养的细胞。

NFIP找了盖伊和其他几位细胞培养专家帮忙。盖伊意识到这对整个领域来说是绝好的搞钱机会。基金会发起"为一毛钱奔走"（March of Dimes）活动，每年都能募到5000万美元，它的负责人希望把大部分钱交给细胞培养专家，让他们专心研究大规模培养细胞的方法，而这正是他们多年的愿望。

时机太巧了：NFIP联系盖伊后不久，盖伊就发现了海瑞塔的细胞和他以前见过的任何人类细胞都不一样。

大多数体外培养细胞只能在玻璃表面长成薄薄一层，而且还会抱团儿，以这种生长方式，它们很快就没有生长空间了。而要增加它们的数量则相当费力：科学家必须不断把细胞从管壁刮下来，分进别的试管，让它们有更多的生长空间。然而海拉细胞却相当不挑剔，甚至无须附着在玻璃表面生长，只要把它们扔在培养液里，用磁力搅拌机不断把培养液搅起来，细胞就能悬浮生长。这种技术也是盖伊的重要发明，叫"悬浮培养"。也就是说海拉细胞不像其他细胞一样受空间的限制，它们能不断分裂，直到培养液里的养料耗光为止。容器越大，生长的细胞就越多。这一发现意味着，只要海拉细胞能被脊灰病毒感染（并非所有细胞都可以），它就能解决前述的量产问题，测试疫苗也无需几百万猴细胞了。

于是，1952 年 4 月，盖伊和他的同行威廉·谢勒（William Scherer）——他也是 NFIP 顾问委员会的成员和明尼苏达大学的年轻博士后——合作，尝试用脊灰病毒感染海拉细胞。几天后结果见分晓，他们发现海拉细胞竟然比之前培养的各种细胞都更容易受脊灰病毒感染。意识到这一点后，他们就明白，这正是基金会一直以来渴望寻找的细胞。

但他们也非常清楚，在着手量产任何细胞前，他们都必须找到一种新的运输方法。盖伊以前采用的是空运，这对寄送少量细胞给各地同行来说没有问题，可要是大批量寄送，运费就太贵了。如果不能把细胞寄给需要的人，哪怕能培养几十万亿个细胞也无济于事。于是，二人开始了新的实验。

1952 年的阵亡将士纪念日 *，盖伊准备了一把试管，里面装

---

* 当时是 5 月 30 日。1971 年后，该纪念日定在每个 5 月的最后一个周一。

着海拉细胞和足够让细胞活几天的培养基，然后把这些试管装进罐子，缝隙之间再塞上软木和冰块，以防细胞过热。包装就绪，他用打字机打了一份清晰的细胞培养与处理说明书，让玛丽一起拿去邮局寄给明尼苏达的谢勒。假日期间，巴尔的摩几乎所有邮局网点都关门了，玛丽只好换乘好几趟车，跑去市中心的分局。玛丽克服了困难，细胞也不负所望：四天后包裹抵达明尼苏达，谢勒把细胞放进培养箱，它们又开始生长。这是有史以来第一次成功通过邮政寄送活细胞。

接下来的几个月，为验证不同的邮寄方法，也为确保将来细胞能在各种气候下经受长途奔波，盖伊和谢勒把装着海拉细胞的试管通过飞机、火车、卡车送往全国各地，从明尼阿波利斯到诺维奇、纽约，再寄回起点。整个过程只有一支试管里的细胞死掉了。

NFIP 得知海拉细胞既能被脊灰病毒感染，还能很便宜地大量培养，就立刻联络谢勒，请他协助在全国最好的黑人大学之一塔斯基吉学院建立海拉细胞分发中心。基金会之所以选址在这里，是"黑人活动"主管查尔斯·拜纳姆（Charles Bynum）的意见。拜纳姆是一位科学教师和民权运动家，也是全国范围内第一个做基金会高管的黑人。如果细胞分发中心建在塔斯基吉，就能为这里带来几十万元资金，还能为年轻的黑人科学家提供很多的工作和培训机会。

短短几个月内，一个由六名黑人科学家和技术员组成的工作组在塔斯基吉建成了一座前所未见的细胞工厂。墙边摆满了用以进行蒸汽灭菌的不锈钢工业灭菌锅，以及好几排巨型机械搅拌缸用来搅拌培养液，培养箱、玻璃培养瓶堆在旁边，还有细胞自动分装机——这是一个神奇的高个儿东西，运转时，一根又长又细的金属臂会给一个接一个的试管里喷进去海拉细胞。每周，塔斯基吉的科研团队都要配置数千升的盖伊培养液，成分除了盐类、矿物质，还有血清——血是从学生、军人和棉农身上取的，这些人看到当地报纸广告，卖血换点钱。

为保证细胞活性，工厂还让数名技术员负责"品控流水线"，每周在他们的显微镜下接受检验的细胞数以十万计。工厂其他员工则按照严格的日程把细胞寄往全国 23 所脊灰检测中心。

后来，塔斯基吉细胞分发中心的科学家和技术员增加到 35 名，他们每周生产海拉细胞两万管，或说 6 万亿个。这里是世界上第一家细胞生产厂，而所有这些细胞，都是从盖伊最初尝试寄给谢勒的海拉细胞中的一小管繁衍来的，那时海瑞塔去世还没有多久。

借助这些细胞，科学家们证明了索尔克疫苗的有效性。《纽约时报》随即刊登了头条新闻：

·塔斯基吉团队同小儿麻痹展开斗争：
黑人科学家团队在评估索尔克医生疫苗中扮演重要角色
·海拉细胞大丰收

消息还配了图。画面上，一些黑人女性探着身子，从显微镜里观察细胞，黑色的手握着装有海拉细胞的小管。

黑人科学家和技术员，其中有很多女性，用一位黑人妇女的细胞拯救了上百万美国人的性命——多数是白人。而与此同时，就在同一片校园内，州政府官员恰恰也在进行另一项试验，那就是后来臭名昭著的塔斯基吉梅毒研究。

起初，塔斯基吉中心只把海拉细胞提供给做脊灰检测的实验室。可后来他们发现，以海拉细胞的长势来看，它们根本不可能短缺，于是无论哪个科学家只要愿意出 10 美元外加空运费用，他们就把细胞寄给他。比如，如果有科学家想知道细胞在特定环境下有何行为表现，或是对某种化学物质有何反应，又或是怎么产生某种蛋白，他们都想用海瑞塔的细胞。因为海拉细胞虽然是癌细胞，但许多基本特征和普通细胞是一样的，比如要制造蛋白，彼此通信，会分裂并产生能量，进行基因表达及基因表达调控，还会遭受各种各样的感染……正是这些特性，令海拉细胞成了合成及研究众多培养物，包括细菌、激素、蛋白，尤其是病毒的最佳工具。

病毒通过把遗传物质注入活细胞来繁殖，基本上就是给细胞重新编码，让细胞不进行自我繁殖，而改为繁殖病毒。因此，如果要培养病毒，海拉细胞就成了最佳选择，因为它们是恶性肿瘤细胞，生长极度旺盛，产生实验结果比正常细胞更快，在做很多其他实验的时候这也是一大优势。海拉细胞就像个廉价劳动力，吃苦耐劳，而且到处都是。

海拉细胞的出现也恰逢时机。20世纪50年代初，科学家对病毒刚有些了解，当海瑞塔的细胞出现在全国的实验室中时，科研人员立马让它们和各种病毒接触，包括疱疹、麻疹、流行性腮腺炎、禽痘和马脑炎等，以研究各种病毒是怎么进入细胞、繁殖并传播的。

海瑞塔的细胞促进了病毒学的兴起，这还只是故事的开始。在海瑞塔死后的岁月里，世界各地的研究人员用最初培养的那批海拉细胞做出的重要成果接踵而至。显示有研究团队用海拉细胞开发出了一些冻存细胞的好方法，不会造成细胞的损伤或改变。有了这个技术，人们就可以沿用现成的标准化冷链运输食品和种牛精液的方法，在全球范围更方便地运送细胞。另外，既然可以把细胞冻起来，科研人员就能在做不同实验的间隙停下手，把细胞冻起来，而不用担心持续培养和细胞污染等问题。这些还不是最激动人心的，令科学家最兴奋的，是冻存带来了让细胞暂停在不同生长阶段的办法。

冻存细胞就好像按下暂停键，细胞分裂、代谢等一切生命活动都暂时中止；而化冻后，所有生命活动都会恢复、继续，好像按下了播放键。有了这种技术，科学家就可以在实验的不同阶段把细胞冻住，之后可以同时比较某类细胞在接触特定药物后一周、两周、六周的反应；或者可以观察同样的细胞在不同时间点的状态，研究其衰老过程。另外，他们相信，通过把细胞暂停在不同的生长阶段，一定能真实地抓住正常细胞转变成恶性肿瘤细胞的那个瞬间，即"自发转化"现象。

冻存只是第一个例子，之后，海拉细胞还会带来诸多其他重大进步，推动组织培养领域的发展。其中最重要的是整个领域的标准化，在此之前细胞培养界可以说是一片混乱。仅仅为了给细胞配培养基，让它们活着，就要花去大把时间，盖伊和同行们为此怨声载道。可更让他们焦虑的是，每个人用的培养基成分、配方、细胞种类和培养技术都不一样，而且彼此不怎么知道同行的方法，这样就很难甚至不可能重复别人的实验。重复实验是科学研究中不可或缺的一部分，如果别人不能重复你的研究并得出同样的结果，那你的发现就没法为人接受。做组织培养的人都在担心，如果没有标准化的材料和方法，整个领域将停滞不前。

盖伊和几位同行以前就成立了一个委员会，专门研讨如何能"简化和标准化组织培养技术"。他们说服了两家新兴生物供应公司——"微生物联合公司"（Microbiological Associates）和"迪夫科（Difco）实验室"，让它们制造和销售现成的培养基原料，还教给他们必要的技术。等两家公司开始售卖培养基原料，研究人员还是要自己配置培养液，而所用配方都不尽相同。

直到后来发生了三件事，标准化才水到渠成：第一，塔斯基吉中心开始量产海拉细胞；第二，美国国家卫生研究院的哈利·伊格尔（Harry Eagle）用海拉细胞研发了第一种标准培养基，不仅可以大桶生产，而且运到后即可使用；最后，盖伊等数人用海拉细胞测试出了哪种玻璃器皿和试管塞对细胞最为无害。

直到这时，万事俱备，全世界的科研人员终于可以用到相同的细胞、相同的培养基和相同的设备，而且所有这些都可以方便地买到，直接寄来实验室。很快，这些人又用上了第一种克隆的人细胞，多年来的努力终于有了结果。

今天我们听到"克隆"这个词，一下就能想起著名的绵羊多莉（Dolly），我们想到的是科学家用一个亲本的脱氧核糖核酸（DNA）复制出整个活体动物。但在有能力复制出整只动物之前，海拉细胞已经被无数次地复制，这个过程也叫克隆。

要理解细胞克隆的重要性，你必须先记住两点。第一，海拉细胞不是从海瑞塔的一个细胞长出来的，而是基于她的一片肿瘤组织培养出来的，那片组织里有一群细胞。第二，不同的细胞即便来自同一片样本，其表现也常有不同，有的长得更快，有的能复制更多脊灰病毒，有的也许对某些抗生素具有耐受性。科学家希望得到的是真正的细胞克隆体，也就是从同一个细胞繁衍来的细胞系，这样才有可能保证特征的单一，然后才谈得上保留这些特征。后来，借助海拉细胞，科罗拉多的一组科学家做到了，于是世界上有了上百种继而上千种海拉细胞的克隆。

早期利用海拉细胞所发展的细胞培养和克隆技术，是日后很多依赖单细胞培养技术的重要进展的基础，如分离干细胞、克隆完整动物体、体外受精等。另外，在多数实验室，海拉细胞都被当作标准人类细胞，因此在推动了后来人类遗传学兴起的各项研究中也有它的身影。

过去，科学家一直以为人的细胞里有 48 条染色体，每条染色体就是细胞内的一条 DNA 长链，合起来就包含了人的全部遗传信息。但染色体全都团成一团，根本数不清楚。1953 年，得克萨斯一位遗传学家不小心把错误的液体加进了海拉细胞和其他一些细胞里。谁知歪打正着，细胞里的染色体全都膨胀铺散开来，这是科学家第一次看到清晰可辨的人染色体。经过这次偶然发现和后面几项进展，终于，两位分别来自西班牙和瑞典的科学家发现，常人的细胞实际上只有 46 条染色体。

知道了人在正常情况下应该有多少染色体，那么待到发现染色体数量增加或缺失，科学家们才有可能做出遗传病的判断。全球的研究人员很快便找出多种染色体异常，比如唐氏综合征患者是第 21 对染色体多出一条，克氏综合征（先天性睾丸发育不全）患者多出一条性染色体，特纳综合征（先天性卵巢发育不全）患者则缺失部分或整条 X 染色体。

这些新进展反过来也增加了对海拉细胞的需求，这就不是塔斯基吉中心能满足的了。微生物联合公司的所有者塞缪尔·里德（Samuel Reader）是军人出身，对科学一窍不通，好在他有个合伙人叫门罗·文森特（Monroe Vincent），他是科研人员，知道细胞的潜在市场。需要海拉细胞的科研工作者数量很多，但其中少有人有时间或能力大批量地培养细胞，只希望能买现成的。因此，里德和文森特联手，以海拉细胞为起点，成立了全世界第一家工业量级的营利性细胞分发中心。

该细胞中心是从马里兰州的贝塞斯达起家的，里德津津乐道地把这里称作他的细胞工厂。工厂开在一所现成的大库房里，这里以前是芙乐多（Fritos）薯片的厂房。他在厂房中央搭了一座玻璃房，里面有一条不断运转的传输带，上面内建着几百个试管座。玻璃房外面的设计和塔斯基吉的中心很像，也摆着庞然大物似的培养缸，比塔斯基吉的还大。当细胞准备好，可以运输的时候，他就会按铃，发出巨大的声音，这时候厂里所有工人，包括收发室的职员，必须全都停下手边的工作，在消毒站刷手，抓过白大褂和白帽子穿戴好，在传送带边上列队。有人负责装管，有人塞上橡胶塞，有人封口，还有人负责把试管堆进巨大的步入式培养箱，到需要运输的时候再取出来包装。

微生物联合公司最大的客户中就有 NIH，他们和联合公司签下长期订单，定期购买上百万管海拉细胞。全世界其他地方的科学家也都能订购，只需付 50 美元不到，就能在第二天收到联合公司寄来的细胞。里德已经和数家主要航空公司签约，这样，不管什么时候接到订单，他都能立马叫人把细胞送到机场，并让细胞乘上最快一班飞机。抵达目的地后，细胞由专人从机场取走，坐上出租车直奔实验室。一个销售人体生物材料、产值达几十上百亿美元的产业就这样慢慢起步了。

里德召集了领域内最顶尖的科学家，把他们最迫切的需求随时告诉他，并让他们教自己相关的制作技术。其中一位顾问就是伦纳德·海弗利克，他可算是今日还健在的早期细胞培养专家里最著名的一位。在交谈中，他对我说："微生物联合公司和山姆·里德给这个领域带来了翻天覆地的革命。我可不是随便用'革命'这个词的人。"

里德的生意蒸蒸日上，塔斯基吉中心却一落千丈。NFIP 关闭了这里的海拉细胞生产中心，因为像微生物联合公司这样的大机构已经能给科研界提供足够的细胞。由于培养液和设备的标准化，细胞培养变得越发容易，于是科研人员也开始培养各种细胞。不久，海拉细胞就不再是为研究而供买卖的唯一细胞种类了，只是无论哪种都达不到海拉细胞的繁殖量。

后来，冷战局势日益严峻，有些科学家看到可能的危险，开始用大剂量的辐射照射海瑞塔的细胞，以研究核弹会如何破坏细胞，以及如何逆转这种破坏。还有的科学家尝试把细胞放在特殊的离心机里，其转速高到可使其内部压力是重力 10 万多倍，从而模拟人类细胞在深水或航天器等极端环境下的反应。

细胞研究突然之间展现出无限的可能性。基督教女青年会（YWCA）的一名健康教育主管听说了组织培养这回事，于是给一些研究人员写信，请求他们用这项技术帮助会里那些年纪大些的成员。"她们经常抱怨自己脸上和脖颈上的皮肤和组织被岁月的摧残留下了无法逆转的痕迹，"她写道，"我想你们既然知道怎么让组织不停地生长，一定也可以让脖子和脸也有'储备供应'可用。"

海瑞塔的细胞没办法帮女人的脖子重获青春，但欧美的化妆品公司和制药公司都开始用海拉细胞取代实验动物，来检验新化妆品或新药会不会给细胞造成损伤。科学家切开海拉细胞，证明细胞在移除细胞核之后仍可存活。他们还用海拉细胞研究向细胞内注射某些物质而不损伤细胞的方法。有人用海拉细胞测试类固醇、化疗药物、激素、维生素和环境压力对细胞的影响；还有人让细胞感染结核杆菌、沙门氏菌和引起阴道炎的细菌。

1953 年，盖伊应美国政府要求，携海瑞塔的细胞前往远东地区研究出血热，这种病已经让很多美国驻军丧生。此外，他还给大鼠注射海拉细胞，想看看人类的癌细胞会不会在老鼠身上引发癌症。但以海拉细胞为基础，他最想研究的重点是培养从同一个病人身上取得的正常细胞和癌细胞，进而相互比较。可他总是无法摆脱其他科学家的穷追猛打，关于海拉细胞和组织培养，他们似乎总有问不完的问题。每周都有科研人士数次造访他的实验室，想学习他的技术。他自己也经常出差，帮助全世界的实验室建立细胞培养系统。

盖伊的很多同事都催他赶紧发文章，这样他的成就才能得到认可，但他总说自己太忙。在家里，他也经常彻夜工作。他申请延长科研基金资助期限，往往要花好几个月来回复各种信件，甚至有一次发现还在给一名去世三个月的雇员发薪，竟一直没人察觉。玛丽和玛格丽特在乔治·盖伊耳边念叨了一年，他才终于答应就培养海拉细胞发表点儿什么，最后，他也只是为了一个会议写了一段短短的摘要，交由玛格丽特帮他发表。那以后，玛格丽特经常替盖伊写文章，并协助他发表研究结果。

至 20 世纪 50 年代中期，越来越多的科学家进入组织培养领域，这让盖伊心生倦意。他给朋友和同行写信说："应该发明一个新词，至少用来描述目前这种'全世界都围着组织培养及其种种可能性团团转'的情形。我当然希望这些乱七八糟的组织培养研究至少能出点有意义的成果，帮到一些人……不过目前我主要还是希望情况能冷静下来一些。"

全球都执着于海拉细胞，这令盖伊不满。毕竟世界上还有别的细胞可供研究，他自己也成功培养出了 A.Fi. 和 D-1 Re 两种细胞系，和海拉细胞一样，它们也是根据相应病人的名字命名的。盖伊经常把这些新细胞提供给其他科学家，但它们都不太好培养，因此从来没像海拉细胞那么流行。好在已经有专门的公司负责海拉细胞的分发，他不必亲力亲为，这令他稍感宽慰；但海拉细胞如今也已完全脱离了他的控制，这又为他所不喜。

自从塔斯基吉建立海拉细胞生产中心以来，盖伊就不断给其他科学家写信，试图限制他们使用海拉细胞的方式。有一次他还写信给自己的老朋友和同事查尔斯·波米拉 (Charles Pomerat)，抱怨包括波米拉实验室一些成员在内的很多人在用海拉细胞做一些他"最有能力"来做的研究，其中有的他已经做过了，只是还没发表。波米拉回信说：

> 如今海拉细胞系的使用范围日益膨胀，你说你不认可，但我不明白你怎么会有意阻止这一进展态势。毕竟是你四处分发这些细胞，现在它们已经可以商业性购买。你的要求有点儿像叫人别用金仓鼠做实验一样！……我明白你最初是出于好心，让大家能用上海拉细胞，而这也就是为什么现在你发现所有人都想加入这项研究。

波米拉还说，盖伊当初应该先把自己的海拉细胞研究做完，再"[把细胞]分发给大家，因为一旦分发，它就成了科学界的公共财产"。

可惜盖伊不是这么做的，如今为时已晚。并且一俟海拉细胞成了"科学界的公共财产"，人们就开始好奇这细胞背后的女人了。

1953—1954

14　海伦·拉恩

　　既然那么多人知道海瑞塔的名字，就一定会有人透露出去。盖伊就告诉过明尼阿波利斯的威廉·谢勒和他的导师杰罗姆·赛弗顿（Jerome Syverton），NFIP 的人也从盖伊口中听过海瑞塔的事，之后大概又告诉了塔斯基吉的团队。盖伊实验室的每个人也都知道海瑞塔的名字。还有霍华德·琼斯、理查德·特林德，以及其他为海瑞塔做过治疗的霍普金斯的医生。

　　果不其然，1953 年 11 月 2 日，《明尼阿波利斯星报》（*Minneapolis Star*）率先报道了海拉细胞背后的女人，她的名字出现在版面上。只不过，记者把名字搞错了，报道说，海拉细胞"来自一位名叫海瑞塔·雷克斯（Lakes）的巴尔的摩妇女"。

　　究竟是谁把这个几乎正确的名字泄露给星报，无人知晓。文章见报不久，盖伊就收到杰罗姆·赛弗顿的信，信中称："我可以向你保证，威廉和我都绝没有把病人的名字告诉 [《明尼阿波利斯星报》]。你知道，威廉和我都同意你的观点，对外只能说细胞系的名字是海拉，绝不能提病人的名字。"

但无论如何，名字已经不胫而走。文章发表后两天，NFIP新闻处的罗兰·H.伯格（Roland H. Berg）写信给盖伊，说他打算为一份著名杂志撰文，更详细地写写关于海拉细胞的故事。伯格说他对"这种故事背后的科学和人情味元素非常感兴趣"，因此希望更深入地了解。

盖伊答复："我和特林德医生讨论了这件事，他同意让大众杂志发表文章。可我们一定不能把病人名字公布出去。"

但伯格不肯让步：

关于这篇文章，我可能需进一步给你解释一下我的想法，尤其是您表示一定不能公布病人姓名……想要有效传达［给公众］，就必须让他们感兴趣……如果文中没有基本的人情味元素，就抓不住读者的注意力。就我目前有限的了解，海拉细胞的故事包含所有此类元素……

这篇报道必不可少的内容是介绍这些细胞最初怎么从海瑞塔·雷克斯体内取得的，又是怎么在体外生长并造福人类的……像这样的故事，人物的名字必不可少。事实上，如果能做这篇报道，我计划采访雷克斯夫人的家人。没有他们的充分合作和同意，我也不会发表这篇文章。顺带一提，你可能没注意，其实病人的身份已经进入公开领域，媒体报道已经完全确认了她的身份。比如，我推荐你看看 1953 年 11 月 2 日《明尼阿波利斯星报》上的文章。

我完全理解你不愿公布患者名字，以保护其隐私不受侵犯的考虑。然而我相信，在我打算写的这种文章中，每个人的权利都会得到充分的保护。

公布了海瑞塔的名字还怎么能保护她家人的隐私和权利，这点伯格没有解释。事实上，一旦这么做，海瑞塔和家人必将永远同海拉细胞，同一切从他们的 DNA 中取得的医学信息联系在一起。这不仅不能保护拉克斯家族的隐私，更是一定会改变他们的生活轨迹。故事一经发表，他们就会知道海瑞塔的细胞还活着，有人把细胞从海瑞塔体内取出来，拿去培养、繁殖、买卖、用于科研，而这一切海瑞塔和她家人都不知情。

盖伊把信转给特林德和霍普金斯的同事，包括公共关系部门的主管，问他们觉得自己该如何回复。

特林德回答说："我看不出为什么没有她的名字就不能把故事写得有趣。既然并非理当如此，我看就不应该冒险公开病人的名字，以免惹上麻烦。"

他也没有解释如果公布海瑞塔的名字，自己担心惹上的"麻烦"具体是什么。为病人的信息保密，在医疗界已渐成为一种通行做法，但它不是法条，因此公布也并非不可以。事实上他也在给盖伊的信中表示："如果你坚决不同意我的看法，我很乐意和你当面解释。"

盖伊于是回复伯格说："围绕一个编造的名字，同样可以写出有意思的故事。"但他也没有完全反对公布真名。"我充分理解此类基本的人情味元素对一篇报道的重要性，所以我建议你过来一趟，跟我和特林德医生当面谈谈。"

盖伊没有告诉伯格《明尼阿波利斯星报》上的文章把海瑞塔的名字搞错了，伯格后来也没有写他自己的那一篇。但媒体没有就此罢休。几个月以后，一位自称比尔·戴维森（Bill Davidson）的《柯里尔》(Collier's) 杂志记者联络了盖伊，他的写作构想和伯格如出一辙。这一次盖伊采取了强硬立场，或许是因为戴维森不像伯格，他并不供职于盖伊的某家主要出资组织。盖伊同意接受采访，但有两个条件：第一，文章定稿要让他审核，批准后才可发表；第二，对于细胞供体患者，杂志不能涉及其个人信息或全名。

杂志的编辑犹豫了。像伯格一样，她写道："对公众来说，细胞背后的人的故事会特别有意思。"但盖伊丝毫不肯让步。他说如果编辑还想让自己或任何同事接受戴维森的采访，《柯里尔》发表的文章就必须不带病人的姓名。

编辑最终答应了。1954 年 5 月 14 日，《柯里尔》刊登了相关报道，讲的是组织培养的强大力量和光明前景。戴维森写道，目睹海拉细胞在屏幕上分裂，"就像瞥见了永生不朽的秘密"。

他还说，借助细胞培养，世界"即将迎来充满希望的崭新时代，到那时，癌症、精神疾患甚至可以说今日的近乎所有绝症，都将不再折磨人类"。这些成就和前景大部分该归功于一种细胞，而它们来自一个女人，"一个医学史上的无名女英雄"。文章称，这名女子名叫"海伦·L"，是"一名30多岁的青年女性，她被约翰·霍普金斯医院收治，是因为有不治的宫颈癌"。文章还说，盖伊培养的细胞，其来源样本不是在海伦·L死之前取的，而是取于她死后。

没有记录表明这两点错误信息来自何处，但我们庶几可以推断，消息出自霍普金斯的院墙之内。按预先的协议，《柯里尔》的编辑在发刊前把文章发给了盖伊审核。一个星期后她收到来自霍普金斯公关总管约瑟夫·凯利（Joseph Kelly）的修订版。凯利应该是在盖伊的协助下把文章重写了一遍，修改了不少科学事实错误，但留下了两处不属实的细节：一个是获取细胞的时间，另外就是病人的名字——海伦·L。

几十年之后，《滚石》杂志的记者就假名从何而来询问玛格丽特·盖伊，她答道："哦，我不知道。是被明尼阿波利斯的某个媒体人搞错的。病人的名字根本不该出现，准是有人搞错了。"

盖伊的一名同事却对我说，假名是盖伊编的，好让记者在探究海瑞塔的真实身份时偏离轨道。果真如他所说，那盖伊的目的是达到了。从《柯里尔》的报道到20世纪70年代，人们基本上以为海拉细胞背后的女人叫海伦·拉恩，有时以为叫海伦·拉尔森，但没有人知道海瑞塔·拉克斯。也正因为这个假名，海瑞塔的家人始终不知道她的细胞还活着。

15 "那时你还太小，不记事"

海瑞塔的葬礼过后，兄弟姐妹纷纷从克洛弗和特纳车站赶来，帮她家做饭，照顾幼儿。他们每次都拖家带口，带着子女、孙辈，甚至侄男甥女。其中一个人还带来了结核杆菌——只是没人知道是谁。海瑞塔死后几星期之内，桑尼、黛博拉和小宝宝乔经检测全都患上了结核病，当时他们都在1—4岁之间。

医生给黛博拉开了治疗结核的药，药丸像子弹那么大。可她好歹可以回家，弟弟乔的情形完全不同，他才1岁，结核差点要了他的小命儿。乔1岁到2岁的这一年大部分是在医院度过的，他在隔离病房不停咯血。出院后的好几个月里，他被辗转寄养在不同的亲戚家。

因为戴同时做两份工，劳伦斯被迫辍学，每天大部分时间在家照顾弟弟们和黛博拉。可他时常想溜出门去打台球，只是他那时只有16岁，台球厅不让进，于是他谎报年龄，还搞到一张选民证表明自己年满 18 岁。没人能证明他撒谎，因为他是在家屋的地板上出生的，既没有出生证明也没有社会保障卡。然而小聪明让他搬起石头砸了自己的脚：后来朝鲜战争爆发，美国国会把服兵役的最低年龄降到了 18 岁半，就这么阴差阳错，16 岁的劳伦斯应征入伍了。他没去朝鲜，而是被派到弗吉尼亚，在贝尔沃堡（Fort Belvoir）当了两年医护兵。劳伦斯一走，拉克斯家的孩子就急需别人抚养。

从来没人告诉桑尼、黛博拉和乔他们的妈妈怎么了，他们也不敢问。当年家里的规矩是，大人说什么就照做，否则有你好看。他们就该好好坐着，双手交叠，别人问话再开口。当时他们只知道，妈妈前一天还在，第二天就没了，之后再没回来，埃塞尔接替了她的位置。

埃塞尔就是萨蒂和海瑞塔从前在舞池刻意躲开的那个女人，也就是萨蒂和玛格丽特发誓说嫉妒海瑞塔的那个。她们叫她"可恶的女人"。埃塞尔和她丈夫盖伦搬进海瑞塔家，说他们是来照顾孩子的，萨蒂和玛格丽特就觉得她是瞄准了戴。不久，流言四起，说埃塞尔作为盖伦的妻子，却上了戴的床。直到现在还有好几个海瑞塔一辈的兄弟姐妹说，埃塞尔搬过去和戴乱搞，就是为了折磨海瑞塔的孩子们，好发泄她对海瑞塔的恨意。

海瑞塔的孩子们是饿着肚子长大的。每天早上，埃塞尔只给孩子每人一块凉司康饼，让他们一直挨到晚饭。她给冰箱和橱柜门都上栓落锁，孩子是拿不到食物的；孩子们的水里从来不许放冰块，省得发出声响。有时候，如果孩子们表现良好，埃塞尔就赏他们一片博洛尼亚大香肠或一根冷的维也纳小香肠，或者把煎培根剩的油汤浇在他们的司康饼上，要么就用糖和醋调水给他们当饮料喝。只是她绝少认为孩子们表现不错。

1953 年，劳伦斯退役回家。此时他自己住，因此并不知道埃塞尔如何对待弟弟们和黛博拉。等孩子们稍微长大一点，每天一大早埃塞尔就把他们轰起来，让他们打扫房间、做饭、买东西、洗衣服。夏天，她把孩子们带回克洛弗，让他们去烟草田里干活，徒手摘除烟草叶上的虫子。烟草叶的汁液把他们的手指都染上了颜色，有时弄进嘴里，搞得他们想吐。可孩子们逐渐习惯了这些。拉克斯家的孩子被强迫着从日出干到日落，即使烈日炎炎也不能休息，不到天黑就没有饭吃没有水喝。埃塞尔有时坐在沙发上，或者从窗户里监督他们干活，要是其中哪个没有吩咐就停手，她就把他们所有人都打得皮开肉绽。有一次她用一根电源延长线狠狠地抽打桑尼，直把他打得住了院。不过乔被她修理得最惨。

即使乔只是躺在床上或者坐在饭桌前，她有时也会毫无缘由地打他，或是施以老拳，或是眼前有什么就抄起来——鞋子、椅子、棍子，什么都用。她让乔一个人在漆黑的地下室墙角单脚罚站，鼻子贴墙，搞得眼睛里全是土；有时候把他绑起来，让他在地下室一待几个小时，甚至整夜都不理他。罚站期间要是给她检查到乔把脚放下了，她就用皮带抽他的后背。如果乔哭，她只会抽得更狠。桑尼和黛博拉也帮不上他：他俩胆敢多嘴，埃塞尔就把他们仨一起狠狠打。然而不久，乔就习惯了，他再不觉得疼，只有狂怒。

警察不止一次来家里，勒令戴或是埃塞尔把乔从房顶上抓下来，因为他总是趴在那儿用波波枪打人行道上的行人。警察问乔他在那儿到底想干什么，他说这是在为长大当狙击手做练习。警察觉得这小孩在闹着玩。

长大之后，乔成了拉克斯家族所知范围内最刻薄、最愤怒的孩子。家族里开始说，这一定和海瑞塔怀他时得了癌有关，当时他脑子里一定发生了什么不同寻常的变化。

1959年，劳伦斯和女友博贝特·库珀（Bobbette Cooper）搬进了新居。五年前，库珀第一次看到劳伦斯穿着制服走在街上，就对他一见钟情。她奶奶警告她："别惹那男孩儿，你看，他眼珠是绿的，制服是绿的，连开的车都是绿的。这人不能信。"博贝特怎么听得进去。他们同居了，这时博贝特20岁，劳伦斯24岁。同年，他们就生下了第一个孩子。很快他们也发现了埃塞尔长期殴打弟弟们和黛博拉。博贝特坚持让孩子们搬来和他们同住，并对桑尼、黛博拉和乔视如己出。

这一年黛博拉10岁。搬家固然让乔和桑尼摆脱了埃塞尔的魔爪，可黛博拉的灾难并未终结。埃塞尔的丈夫盖伦才是她最大的麻烦，他对她纠缠不休，跑到哪里都躲不掉。

她试着对戴诉苦，说盖伦用很不应该的方式摸她。戴却从不相信。埃塞尔也对黛博拉恶语相加，都是她前所未闻的脏字，像是"婊子""荡妇"之类。戴开车出门，埃塞尔坐在副驾，所有人都在喝酒，只有黛博拉没有。她坐在后排，紧紧贴着车门，尽量离盖伦远远的。可盖伦总会慢慢挪向她。戴在前面搂着埃塞尔开车，盖伦就在后边抓住黛博拉，把手强伸进她的衬衫和裤子里，再到两腿间。自从第一次发生这种事后，黛博拉就发誓再不穿带按扣的牛仔裤，改回了带拉链的。可拉链也拦不住盖伦。再紧的腰带也是枉然。于是，黛博拉只得盯着窗外，不停地把盖伦的手扒拉开，祈祷戴把车开得再快一点。

有一天盖伦给黛博拉打电话，说："黛儿，来这儿拿钱。埃塞尔想让你给她买点儿汽水。"

可当黛博拉去到盖伦那儿，却发现他一丝不挂地躺在床上。她从来没见过男人的阴茎，不知道勃起意味着什么，也不知道盖伦为什么揉搓它。她只知道事情不对劲。

"埃塞尔想要一包六听的汽水，"盖伦拍拍身边的床垫说，"钱就在这儿。"

黛博拉双眼紧盯着地面，用最快的速度跑过去，抓起床边的钱，避开盖伦来抓她的手，疯狂地冲下楼梯，盖伦光着身子在后面追她，边跑边喊："给我回来，黛儿！咱俩的事儿还没完呢！你这个小婊子，看我怎么跟你爸说！"这一次，黛博拉逃脱了，盖伦却因此更加怀恨在心。

尽管遭到殴打和猥亵，黛博拉还是觉得和盖伦从来都比和戴更亲近。盖伦不打她的时候，对她还算关怀有加，会送她礼物，给她买漂亮衣服，带她去吃冰激凌。这些时候，黛博拉就在心里假装盖伦是她爸爸，也感觉自己是一个正常的小女孩。但自从那次盖伦光着身子满屋子追她，她就觉得盖伦对她的好一点也不值得，后来她告诉盖伦不想再要他的礼物了。

"我要给你买双鞋子，"他顿了一下，抚摸黛博拉的胳膊，"你什么也不用担心。我会戴套，你不用担心怀孕。"黛博拉从没听说过"套"这种东西，甚至不知道怀孕是什么，她只想让盖伦离她远远的。

当时，黛博拉已经开始挣点小钱。她给别人擦地、熨衣服。工作完，她是宁可自己走回家去，但盖伦总是开车在路上接她，她一上车就要摸她。黛博拉12岁生日后不久，有一次盖伦又把车开到她身边让她上车。这次黛博拉没有停下脚步。

盖伦咔地一个急停，狂吼道："你他妈快给我上车，姑娘！"

黛博拉不同意："凭什么？我又没做错什么，大白天的，我只是在街上走。"

"你爸找你呢！"他厉声说。

"那让他过来找我！你老是对我做那些事，那不该是你做的，"她喊道，"我到哪儿也再不想和你单独待着了！主还没让我那么迟钝。"

她掉头就跑，却被盖伦追上去打。盖伦抓起她的胳膊，把她扔进车里为所欲为。几个星期后，黛博拉下班回家，和一个邻居男孩走在一起。男孩名叫阿尔弗雷德·卡特（Alfred Carter），绰号"猎豹"。盖伦把车停在他们身边，对黛博拉大吼，叫她上车。黛博拉不肯，盖伦就猛踩油门冲出去，轮胎摩出刺耳的声音。几分钟后他又在黛博拉身边停下，这次戴坐在副驾上。盖伦跳下车对黛博拉咆哮，骂她是妓女，又抓住她的胳膊，把她扔到车上，猛打她的脸。戴一言不发，向风挡玻璃外面凝望。

黛博拉在回博贝特和劳伦斯家的车上哭了一路，开裂的眉弓滴着血。车一停她就跳下来跑进房子，冲进衣柜躲起来，手紧紧拉住柜门——每次难过的时候她都会躲在这里。博贝特看到黛博拉哭着跑过屋子，脸上还有血，就追到衣柜前。黛博拉在里面啜泣着，博贝特就拍着门问："黛儿，发生了什么啊？"

博贝特进入这个大家庭已经很长时间，深知家族里的男女表亲之间有时会发生点那些事。可她对盖伦伤害黛博拉并不知情，因为黛博拉从没对任何人讲过——她怕惹麻烦。

博贝特把黛博拉从衣柜里拽出来，抓住她的肩膀说："黛儿，你要是不说，我就什么也不知道。我知道你喜欢盖伦，把他当成你爸爸，但是你得告诉我到底发生了什么。"

黛博拉说盖伦打了她，两个人单独待在车里的时候还会说一些污秽的话。可她没说盖伦对她动手动脚，因为她确定，要是博贝特知道了，准会去把盖伦杀了。她怕盖伦没了命，而博贝特也会因为杀人而坐牢，这样她就失去了这个世界上最关心她的两个人。

博贝特冲到盖伦和埃塞尔家，推开门怒吼，说要是他们俩谁再敢碰拉克斯家的哪个孩子，她就来亲手把他们杀了。

这事没过多久，黛博拉突然问博贝特什么是"怀孕"。博贝特解释给她听，接着抓住她的肩膀，叫她听仔细。"我知道你爸爸妈妈和其他所有亲戚都彼此乱搞，但你绝对不许那么做，黛儿。表亲之间不应该发生性关系。那么做完全不对。"

黛博拉点点头。

"你必须向我保证，"博贝特说，"要是他们想占你便宜，你必须反抗。我不管你是不是会伤害他们。别让他们碰你。"

黛博拉连连保证。

"你只要好好上学，"博贝特接着说，"别和那帮男孩子乱搞，长大之前绝对不能有小孩。"

其实黛博拉压根没想过这几年生小孩，不过她 13 岁的时候确实在想嫁给邻家男孩"猎豹"，主要是因为她觉得自己要是有丈夫了，盖伦就不能再对她动手动脚。而且她也在想退学的事。

黛博拉和兄弟们一样，也听不清老师讲话，因此上学很费劲儿。这是拉克斯家孩子的普遍问题，除非你挨在他们身边，大声而且慢慢说话，否则他们基本上听不见。可大人们一直教育他们，大人说话就要安静地听着，因此他们从没和老师讲过自己的问题。直到长大成人，他们才意识到自己的听力有多差，才开始戴助听器。

黛博拉告诉博贝特她想辍学，博贝特说："要是上课听不见，

就坐到前排去。我不管
你用什么办法，你得把
书念完，这是你唯一的
希望。"

于是黛博拉就继续
上学。夏天她就待在克
洛弗，表兄弟们总想抓
她，对她做那些事。有
时候他们要把她拉到田
里或者房子后边，黛博
拉就用拳头和牙齿回应。

13 岁左右的黛博拉，
此时正奋力躲避表舅盖伦的纠缠。

不久兄弟们都放弃了，转而对她冷嘲热讽，说她长得丑，还说：
"黛儿是贱货——天生是贱货，永远是贱货。"尽管这样，还是
有三四个表兄弟说希望娶她，她只是大笑着说："老兄，你疯了？
这不是闹着玩的，你懂吗？会影响孩子的！"

博贝特曾经告诉黛博拉，她和自己的亲兄弟都有听力问题，
或许就是因为近亲结婚。黛博拉也知道，有些亲戚生下了侏儒
或者智障。她猜或许埃尔西的问题也在这里。

黛博拉在童年的大部分时间里都不知道自己有个亲姐姐。
后来戴终于告诉了她，但只是说这个姐姐又聋又傻，15 岁就死
在了一家医疗机构。黛博拉非常震惊，她很想知道有没有人教
过姐姐手语。实际上从来没有。

黛博拉求劳伦斯多讲讲姐姐的故事，他只是说埃尔西很漂亮，还说他到哪里都得带着她，好让她不受伤害。一个想法在黛博拉头脑中挥之不去，她想，既然埃尔西不能说话，那她肯定不能像自己一样对男孩们说不，要是有什么坏事发生了，她也不能告诉任何人。黛博拉缠着劳伦斯不放，叫他把他记得的关于姐姐和妈妈的事儿都告诉她。最后劳伦斯终于崩溃了，呜咽不止，黛博拉只好停止追问。

高中时期，黛博拉常在深夜哭泣，躺在床上久久不能入睡，她为自己的妈妈和姐姐忧虑，不知道她们究竟经历过什么样的坏事。她去问戴和其他长辈："我姐姐到底怎么了？我妈是什么样的人？她发生了什么事？"戴只是把同样的话说上一遍又一遍："她叫海瑞塔·拉克斯，早就死了，那时你还太小，不记事。"

16 "永远待在一起"

　　我第一次见到海瑞塔的表弟虮子那次,我俩坐在一起喝饮料,他告诉我从没有人问起过海瑞塔。生病的时候没有,死后没有,如今也没有。"我们从不提'癌'这个词,"他说,"也不谈论死了的人。"他说家族中很长时间没人聊起海瑞塔了,要不是有她的那些孩子和那些细胞,这人简直就像从来没存在过。

　　"听起来很奇怪,"他说,"可她的那些细胞真的活得比别人对她的记忆长久。"

　　他还对我说,要是我真想知道海瑞塔的什么事儿,应该沿着路往上走,去和她的表弟克利夫聊聊,他俩是一起长大的,克利夫就像她的亲弟弟。

　　当我开车拐进克利夫家的车道停下时,他以为我是"耶和华见证人"来传教的或是卖保险的,因为通常只有这两种机构的白人才会来找他。可他还是笑着招手,对我说:"你好啊?"

　　克利夫已经 70 多岁，仍然操持农舍后面的烟叶仓，这是他父亲几十年前亲手盖的。克利夫每天要检查好几次火炉，确定炉温维持在 50 度左右。他屋子的墙壁原本是天蓝色和白色，此时已因油污和尘垢变得暗沉。他用纸板和毯子挡住了通往二楼的楼梯，免得暖和的空气从上面的破窗户散走，天花、墙壁和窗户上的破洞都被他用报纸和布基胶带糊住了。他自己在楼下睡一张窄窄的单人床，连床单也没有，床对面摆着冰箱和柴炉，床边还有张折叠桌，上面堆满了药片，他自己都不记得这些药是干什么用的了，他说可能是治前列腺癌的，也可能是降压的。

　　一天的大部分时间，克利夫都坐在门廊的花格呢单人沙发躺椅上朝来往的车挥手，这沙发破得基本只剩下顶出来的海绵和弹簧。他人已经佝偻，身高因此减了好几寸，但饶是如此还有一米八高。他浅棕色的皮肤干枯、粗糙得如同鳄鱼皮；眸子靠中间是海绿色的，周围是深蓝色的边。他在船坞和烟草田工作了几十年，双手磨得像粗麻布一样，指甲发黄开裂，表面磨损严重。克利夫说话的时候会盯着地，扭动他患关节炎的手指——十根指头交叉起来两两相扣，就好像在祈祷好运。一阵过后，他会把手指全部松开，然后再来一次。

　　他听说我在写一本关于海瑞塔的书，立刻从他的沙发椅里起来，穿上外套，走到我车旁大喊："那就快过来，我带你看看她埋在哪儿！"

　　顺着拉克斯镇路向下开出不到一公里，克利夫让我把车停

海瑞塔的母亲伊丽莎·普莱曾特在海瑞塔4岁时去世，这是她的墓碑。海瑞塔死后埋在她母亲的墓旁，但未做任何标记。

在一座空心砖和压制板搭建的房子前，房子绝对不超过30平方米。克利夫把一扇木桩和铁丝网做成的大门啪的一下推开，走上一片草场，并示意我跟上。草场的尽头，在绿树掩映中，有一间奴隶时代的小木屋，墙体木板空隙很大，足可看进去。窗户上都没有玻璃，只是钉了几块薄木板和生锈的20世纪50年代可口可乐招牌。屋子歪歪斜斜，四角就撑在大大小小的四堆石头上，撑了200年。房子离地面有一定高度，个头小一点的孩子可以爬到下面去。

"海瑞塔就是在这间老家屋里长大的！"克利夫指着房子喊道。我们向它走去，踩过红土和枯叶，它们就在脚下碎裂。空气里充斥着野蔷薇、松木和牛只的味道。

"海瑞塔把它张罗得挺好，真正有家的气息。现在我都快认不出它来了。"

走进屋子，地板上满是麦秆和牛粪，还被牛踩得多处坍塌——这些牛现在会大摇大摆地在屋子里乱跑。楼上有海瑞塔和戴一同居住过的屋子，地板上散落着从前生活的遗迹：一双金属扣眼的破工作靴，但没了鞋带；贴着红白标签的 TruAde 汽水瓶；旁边还有一双小巧的露趾高跟鞋，我问是不是海瑞塔的。

"可能还真是！"克利夫说，"看着就像她的鞋。"

他指着曾经是后墙的地方说："海瑞塔以前就睡这儿。"后墙已倒塌多年，几乎只剩两扇高窗户的窗框。

海瑞塔从前喜欢趴在床上，透过这两扇窗子向外凝望，那里是树林和家族墓园，墓园占地面积只有约 1000 平方米，如今只剩几条铁丝网围着零星散落的墓碑。踩塌屋子地板的那些牛似乎也来此祸害过，它们拱翻了好几段围栏，在墓地留下蹄印和粪便，还把昔日陈列的花圈踩成一堆堆茎秆、缎带和零散的泡沫塑料，几座墓碑也被撞倒，躺在基座旁边。

走出屋外，克利夫摇摇头，拾起寄语的碎片，一段写着"我们爱"，另一段写着"妈妈"。

有的墓碑是自家用水泥浇筑的，少数是从店铺买来的大理石材质。"那些是有钱人的。"克利夫指着一块大理石墓碑说。不少坟上插着索引卡大小的金属牌，上面写了长眠者的姓名和生卒年月。其他坟上则没有标记。

　　"以前我们就用石头在这些坟上做标记，省得找不到，"克利夫告诉我说，"后来墓园用推土机整过一次，把石块基本都清理走了。"他说，拉克斯墓园埋的人已经太多，几十年前就塞满了，后来只好一个摞一个地埋。

　　他指着地上一块没有墓碑的凹陷说："这儿埋着我的一个好友。"接着他逐一给我指出墓园的土地上其他像人一样大的凹陷："看那边的坑……还有那边那个……还有那个……全是没标记的坟。过上一阵子，埋人的地方土压实了，就陷下去了。"他还时不常指着一些突出地面的大石头，说是某个同辈或姨妈。

　　"那儿是海瑞塔的妈妈。"他指着墓园尽头一块孤零零的墓碑说。那块墓碑被树丛和野蔷薇环绕，有一米多高，已被岁月和风尘侵蚀得粗粝发黑。碑文写道：

伊丽莎

J. R. 普莱曾特之妻

1888 年 7 月 12 日

至 1924 年 10 月 28 日

音容宛在

　　看到墓碑上的日期，我才不禁做起算术：海瑞塔 4 岁就失去了母亲，和桑尼失去海瑞塔是一个年纪。

　　"海瑞塔以前常来和她妈讲话，把她的坟打理得非常好。如今她就睡在这里的某个地方，和她妈妈在一起。"克利夫说着，在伊丽莎的墓碑和五米开外一棵树之间，挥手划过一片空地。"从来没个记号，所以我也不知道她具体在哪儿，不过直系亲属都是埋在一起的。所以我估计她就在这一片儿。"

他又指向空地上三处人形凹陷说："没准就是这三个之一。"

我们就静静地站着，克利夫用脚尖踢地上的土。

"我不知道海瑞塔身上那些细胞后来到底怎么了，"最后他终于开了口，"这里谁也不提它一个字。我只知道她得了一种少见的病，因为她死了好久了，可是细胞还活着，神了。"他又朝地上踢了两脚，"我听说有人拿这些细胞做了好多研究，有人还用她的一些细胞搞出好些治病的东西。真是奇迹。我就知道这么些了。"

突然，他朝地上大喊，好像在直接对海瑞塔说话："他们管它叫海拉！还活着呢！"说完他继续踢土。

过了几分钟，他指着地，没头没尾地说："你知道，在这片土地上，白人和黑人都是一个摞着一个地埋。我猜'白人老爹'(old white granddaddy) 和他兄弟也埋在这儿。真的，现在谁也不知道谁埋在这片地里。"他说只有一件事确凿无疑，那就是拉克斯家族的白人奴隶主埋在他们的黑人家庭成员下面，这多么美妙啊。

"他们永远待在一起了。"说着，他笑起来，"无论他们有什么问题，这会儿一定都解决了吧！"

海瑞塔的曾曾祖母是一名黑奴，名叫莫宁（Mourning）。使唤他们的白人是克洛弗第一批奴隶主。他出身贵格会家庭，有个弗吉尼亚的远房亲戚，这亲戚是那个州第一个通过法律程序成功解放家里黑奴的人。不过，莫宁的主人没有继承反对奴隶制的家族传统。这个白人死后，就把莫宁和她丈夫乔治当遗产给了儿子约翰·史密斯·普莱曾茨（John Smith Pleasants）。

莫宁和乔治在克洛弗的烟草种植园做奴隶。他们的儿子，也就是海瑞塔的太爷爷埃德蒙（Edmund），改用主人的姓，但是变了个音，叫普莱曾特。他40岁那年终于获得了自由身，后来却因为失智住进了精神病照护院。还是奴隶的时候，他就有很多孩子，这些孩子当然生为奴隶，其中就有个女孩叫海瑞塔·普莱曾特，就是海瑞塔·拉克斯的姑奶奶。

至于母亲那边，海瑞塔的曾外祖父是个名叫艾伯特（Albert）·拉克斯的白人，他在1885年去世，把拉克斯家族种植园分给了三个白人儿子——温斯顿（Winston）、本杰明（Benjamin）和艾伯特。

温斯顿长得五大三粗，大胡子长到肚脐。这人嗜好喝酒，几乎每晚都在杂货店地下室的酒馆畅饮。当地人都知道，一旦温斯顿喝得大醉，开始打人，就赶紧叫最清醒的人去找范妮。关于范妮没留下什么文字记录，她很有可能像拉克斯家的其他黑奴一样，在拉克斯农场出生，奴隶制被废除后一辈子在种植园做佃农，从未离开。她总陪温斯顿并排坐在他的马车里，每次他喝多了，范妮就冲进酒馆，揪着温斯顿的胡子把他捵下酒吧椅，再拽他回家。

另外两兄弟艾伯特和本杰明的生活就颇为低调了，除了身后遗嘱和一些土地买卖记录，他俩几乎没留下任何信息。这些年来，我采访过的拉克斯家黑人大多管本杰明叫"白人老爹"，尽管有一些人会随着自己的父母亲叫他"本老爷"（Massuh Ben）。

1889 年 2 月 26 日，艾伯特去世，此时奴隶制度已被推翻，不过还是没有多少黑人真正拥有自己的土地。艾伯特的遗嘱是把土地分成大约 4 公顷的小块，分给五个"有色"继承人，其中一个便是海瑞塔和戴的外祖父——汤米·拉克斯。艾伯特在遗嘱中没有说明自己和五个继承人的关系，但是拉克斯镇的人都知道，这五个是他和从前的奴隶玛丽亚生的。

艾伯特死后，他哥哥本杰明上诉法庭，要求从艾伯特五个黑人继承人手里收回一部分土地，他表示，既然这些土地最初是自己父亲的财产，他就有权挑选自己喜欢的部分。法院认可了他的申诉，把拉克斯种植园分成"价值相等的"两半，地势低的河边土地归本杰明，地势高的部分归拉克斯家的黑人——这片地就是今日的拉克斯镇。

在这次判决 16 年后，本杰明·拉克斯也大限将至，他在死前几天留下遗嘱，把几小块地分给姐姐妹妹，然后把剩下的 50 公顷土地和所有马匹全分给了自己的七个"有色"继承人，包括他的侄子汤米·拉克斯。没有记录表明本杰明和艾伯特是否娶妻、是否有白人孩子，而且和艾伯特一样，本杰明的遗嘱里也没有提到这七个继承人是否自己亲生。但他把他们称作自己的"黑孩子"，而且拉克斯家族黑人口口相传，在克洛弗，住在原拉克斯种植园一带的所有人，都是这白人两兄弟和他们一度为奴的黑人情妇的后代。

我到克洛弗的时候，还是能感受到种族之别。罗斯兰（Roseland）是罗茜餐馆倒闭前的"好黑人老板"；"山猫"（Bobcat）是小超市的"白人老板"；海瑞塔经常去的是圣马太"黑人教堂"。虱子见到我后说的第一句话是："我是黑人，你见到我没有什么奇怪的表现，你肯定不是本地人。"

每一位我攀谈过的克洛弗居民都信誓旦旦地表示本地种族关系和睦。但他们同时说，距拉克斯镇20公里就是三K党的"私刑树"，直到20世纪80年代，那帮人还在离克洛弗主街十五六公里的学校棒球场聚会。

我们站在墓园里，克利夫告诉我："拉克斯家那些白人都知道自己的亲戚和我们的亲戚是埋在一起的，我们其实是一家人。他们明明知道，却决不承认。他们就会说：'他们黑人拉克斯和我们没关系！'"

卡尔顿·拉克斯和鲁比·拉克斯夫妇（Carlton and Ruby Lacks）是克洛弗镇拉克斯家族中年龄最大的白人成员。我去拜访他们时，他们谈笑风生地领我进了前门，来到客厅。这里摆满鼓鼓的淡蓝色椅子，南北战争时期南方邦联的旗子随处可见，所有烟灰缸上都插了一支，咖啡桌上有几支，屋角还有一面全尺寸的挂在支架上。同海瑞塔和戴一样，卡尔顿和鲁比原本也是表兄妹。两人都是艾伯特、本杰明和温斯顿的父亲罗宾（Robin）·拉克斯的亲戚，因此说起来同海瑞塔和戴是远房表亲。

卡尔顿和鲁比结婚几十年，儿孙甚至曾孙多得数不过来，他们只知道总数肯定超过 100 人。卡尔顿年近九十，弱不禁风，皮肤苍白得近乎透明。一丛丛毛发乱蓬蓬地从头顶、眉骨、耳朵和鼻孔冒出来，像长荒了的棉花。他窝在安乐椅里，喋喋不休地诉说当年在烟草货栈管账的岁月。

"我负责签支票，"他像在自言自语，"烟草行当我说了算。"

鲁比也年近九十，但头脑似乎比羸弱的身体年轻好几十岁。她不顾卡尔顿正在讲话，开始给我介绍经营拉克斯种植园的祖辈人，以及这些人同本杰明和艾伯特两个拉克斯兄弟的关系。我提到海瑞塔就是从拉克斯镇来的，鲁比从椅子里直起身来。

"哎，那里住的可是有色人种！"她勃然大怒，"我不知道你在说什么。你说的不是有色儿的人吧？"

我说我对拉克斯家的白人和黑人成员都想了解。

"我们两边儿可从来不认识，"她说，"那时候白人和黑人没有往来，不像现在。我不喜欢现在这样儿，我不知道有什么好。"她顿了一下，摇摇头说："要是黑人和白人混在一起，从学校到教堂等等，之后他们就会在一起，结婚什么的……我实在看不出这有什么好。"

我问他俩和拉克斯家的黑人有什么关系，他们从咖啡桌的两端对视了一眼，那神情就好像我在问他们是不是出生在火星。

"我爸爸的叔叔有好多有色儿的奴隶，"鲁比说，"他们的姓准是这么来的。很明显，后来他们离开种植园的时候就用拉克斯当自己的姓了。我只想到这点。"

后来，我把这个答复告诉海瑞塔的姐姐格拉迪丝，想听听她的看法。格拉迪丝 90 岁了，这么多年基本都住在离卡尔顿夫妇不到两公里的地方，但她说她从没听说过他们。

"拉克斯家的黑人和白人确实是亲戚，"她说，"但从不往来。"她指着我坐的长沙发下面。

"把莉莲 (Lillian) 的信拿出来。"她招呼儿子加里 (Gary)。

据格拉迪丝所知，海瑞塔所有的亲兄弟姐妹都死光了，只有最小的莉莲可能还活着。但莉莲在 20 世纪 80 年代寄了封信之后，就音讯全无。格拉迪丝把这封信保存在沙发下的鞋盒里。莉莲在信里说："我听说爸爸被烧死了。"她还问这是不是真的。是真的。她父亲死于 1969 年，差不多 20 年后她才寄了这封信。莉莲真正想打听的是谁和别人提起过她。她说她中了彩票，觉得有人要杀害她，因为突然有白人来询问她当年在克洛弗的生活和她家人的情况，尤其会问起海瑞塔。"他们说的有些事连我都不知道，"她写道，"我觉得谁都不应该议论别人。"从此家族里再也没人收到过她的任何消息。

"莉莲后来变成波多黎各人了。"格拉迪丝把信贴在胸口说。

我看看她身边的加里。

"莉莲的肤色特别浅，比妈妈的还浅。"加里解释道，"她在纽约什么地方嫁了个波多黎各人。她因为皮肤白，能蒙混过关，所以否认了黑人身份，变成了波多黎各人。她不想再当黑人了。"

17 违法悖德，可悲可叹

随着海拉细胞像野草一般在世界各地的实验室不断增殖，有一位叫切斯特·索瑟姆（Chester Southam）的病毒学家想到了一件可怕的事：要是海瑞塔的癌细胞能够感染研究它的科学家，那可怎么办？盖伊和其他科学家已经证明，大鼠注射了活的海拉细胞后会长肿瘤，人难道不会吗？

科研人员呼吸着海拉细胞周围的空气，整天把它们从一个小管移到另一个小管，有可能碰到它们，甚至就在海拉细胞旁边的实验台上吃饭。有个科学家用海拉细胞研制出一种对抗普通感冒病毒的疫苗，并注射给了400多人，可是疫苗不纯，里面含有少量海拉细胞。还没有人知道海拉细胞或者其他癌细胞会不会让人患上癌症。

"可能有危险，"索瑟姆写道，"如果生产抗病毒疫苗时要用到这些细胞或其产物，那么它们在实验室研究中就可能被人不小心接种到或说注射进体内，从而有可能引发肿瘤。"

索瑟姆是一位颇具声望的癌症研究专家，他还是美国斯隆-凯特林癌症研究所*病毒学方面的负责人。他和许多科学家都认为，癌症是由病毒感染或免疫系统缺陷所致。索瑟姆决定用海拉细胞检验相关理论。

1954年2月，索瑟姆装了一针管掺有海拉细胞的盐溶液，把针头扎入一位女士的小臂，她是最近因白血病住进医院的患者。他缓缓推动针柄，将大约500万个海拉细胞注射进这位女士的胳膊。注射部位鼓起一个小包，索瑟姆换了个针头，在小鼓包旁边刺了个小墨点留作印记。这样不管几天、几周还是几个月后，他都能找到注射部位，检查海瑞塔的癌症有没有长到这位女士的胳膊上。用这种办法，他把恶性肿瘤细胞注射到了十几位癌症患者的身上。他给他们的解释是测试免疫系统，对真相绝口不提。

注射后几小时之内，病人的小臂开始红肿；五至十天后，注射部位出现硬结节。索瑟姆切下一些结节，检验发现它们都是癌细胞，但他还有意留下了一些，好看看病人的免疫系统是否产生排异，或者这些癌细胞是否会扩散。不出几个星期，有的结节已经长到直径两厘米——当初海瑞塔开始接受镭治疗时，

---

* 时名为 Sloan-Kettering Institute for Cancer Research（SKI），1960年与纪念医院（Memorial Hospital）合并为"纪念斯隆-凯特琳癌症中心"（Memorial Sloan-Kettering Cancer Center，MSK），亦称为"纪念斯隆-凯特琳医院"。

体内的肿瘤就是这么大。

索瑟姆最终为大部分接种者切除了"海拉肿瘤"，未经他切除的，几个月后也自行消失了。可其中的四位病人不久后又复发了结节。索瑟姆不断为他们切除，但结节却一次又一次地长回来。一位病人的癌细胞甚至转移到了淋巴结。

但这些病人本身已经患有癌症，为了比较，索瑟姆决定看看健康人接受注射后有何反应。1956 年 5 月，他在俄亥俄州立监狱的通讯上刊登广告：医生欲召集 25 名志愿者进行癌症研究。几天后他就征集到了 96 名志愿者，很快又增加到 150 名。

之所以选择俄亥俄监狱，是因为之前这里的犯人曾经非常配合地参与过好几次科学研究，有一次还让他们感染可能致命的兔热病。15 年后，在犯人身上做实验要经过审核，而且受严格管控，因为那时人们意识到犯人无法给予知情同意，应被视为弱势群体；可在索瑟姆做实验的年代，全国犯人都被用来做各种各样的实验，比如检测化学武器制剂的效果，再比如判定用 X 射线照射睾丸对精子数的影响。

1956 年 6 月，索瑟姆开始给犯人们注射海拉细胞。细胞是他的同事爱丽丝·穆尔（Alice Moore）用手提包从纽约带到俄亥俄的。65 名犯人，有杀人犯、盗用公款犯、抢劫犯和伪造犯，他们在木板凳上坐成一排，等待注射。有人穿着白色病号服，有的刚劳动回来，还穿着蓝色工作服。

不久，肿瘤纷纷从接受注射的犯人胳膊上冒了出来，和之前在癌症患者身上一模一样。媒体接二连三地报道俄亥俄监狱的勇者，表扬他们"是世界上第一批同意接受这么严谨的癌症实验的健康人"。他们还引用了一个犯人的话："如果我说一点也不担心，那是骗人。你躺在铺位上，想着癌细胞就在自己的胳膊上……好家伙，你怎么想！"

记者一遍又一遍地问："你为什么报名当志愿者？"

犯人的回答千篇一律："我对一个女孩做了大错事，我想我这么做，能有一点弥补吧。""我相信从社会的眼光看，这么做算是为我之前犯的错做了一点补偿。"

索瑟姆给每个犯人都做了多次的癌细胞注射，和之前那些病入膏肓的人不同，这些人靠自身完全战胜了癌细胞，而且注射次数越多，他们的身体做出反应也越快，像是这些细胞提升了犯人们对癌症的免疫力。索瑟姆公开了他的结果，媒体大肆宣传，称此项研究是可能带来抗癌疫苗的大突破。

在接下来的几年中，索瑟姆继续用海拉细胞和其他活性癌细胞做人体实验，他又给600多人进行了注射，其中一半是癌症患者。此外，每个来纪念斯隆－凯特林医院及其下属的詹姆斯·尤因医院 (James Ewing Hospital) 做妇科手术的病人，也都逃不过他的手掌。即使解释，他也只是简单地说在给他们做癌症检测。而且他真是这么想的：由于癌症患者排斥这些细胞的速度比健康人慢，索瑟姆认为只要把握住排异发生的速度，他就能发现尚未诊断出的癌症。

　　针对这项研究，索瑟姆有一项陈词，他在后来的多次听证会上也反复如此申明，他写道："当然，这些细胞是不是癌细胞是无所谓的，因为它们对受体而言是外来物，自然会引起排异。使用癌细胞的唯一弊端只有公众对'癌'这个词的恐惧与无知。"

　　索瑟姆写道，正因为考虑到这种"恐惧与无知"，他才没有告知病人给他们注射的是癌细胞，因为他不想引起不必要的恐慌。照他的话说："把'癌'这个可怕的词和针对病人的任何临床操作联系起来，都可能损害当事人的健康，因为他可能觉得（可能对，也可能不对）自己被诊断为癌症，或是预后很差……而这种严重扰乱情绪的细节在医学上又无关紧要，隐瞒它……是符合负责任的临床实践这一优秀传统的。"

　　但索瑟姆并不是这些病人的医生，他隐瞒的也不是病人的病情。欺骗病人只是为了他自己的利益——要是病人知道他给自己注射的是什么，可能拒绝参与他的研究。1963 年 7 月 5 日，索瑟姆同布鲁克林犹太人慢性病医院的医务主任伊曼纽尔·曼德尔（Emanuel Mandel）商定，要用该院的病人做实验。要不是这次合作导致事情败露，索瑟姆的实验大概还要继续多年。

　　索瑟姆打算让曼德尔管理的医生给该院的 22 位病人注射癌细胞。曼德尔令手下依计划行事，并禁止他们向病人透露注射的是什么，结果有三位年轻的犹太医生拒绝遵命，说他们不会在没有病人知情同意（informed consent）的情况下做这种实验。这三位医生都知道纳粹对犹太囚犯做过什么，也都听说过著名的纽伦堡审判。

＊

16年前，也就是1947年8月20日，美国主持的纽伦堡国际战争法庭对七名纳粹医生判处了绞刑。罪名是：在未经参与人同意的情况下用犹太人进行惨无人道的实验，比如把兄弟姐妹缝合成"暹罗双胞胎"（即连体双胞胎），为研究器官功能进行活体解剖，等等。

法庭立下十条伦理准则来约束全世界的人体实验，即今日我们所知的《纽伦堡公约》(Nuremberg Code)。公约第一句便是：人类被试的自愿同意必不可缺。这个概念是前所未有的。写于公元前4世纪的"希波克拉底誓言"中并没有病人知情同意这一项。而且，虽然美国医学会早在1910年就制定了保护实验动物的规范，但在《纽伦堡公约》之前竟然没有任何规则保护人的利益。

尽管如此，《纽伦堡公约》毕竟只是"公约"，同后来出现的许多公约一样，它们并非法律，本质上只能算一系列建议。医学院里未必教，许多美国科研人员——包括索瑟姆——号称根本不知道它的存在。而那些确实听说过《纽伦堡公约》的人，很多以为它是"纳粹公约"，是为野蛮人和独裁者制定的，和美国的医生没有关系。

索瑟姆给人注射海拉细胞的时间是1954年，当时美国还没有正式的研究监管。其实自20世纪初开始，就不断有政治家尝试把监管条款写入州法和联邦法，但总是遭到医生和科研人员的抗议。因为担心其干扰科学进展，这类提案一次次遭到否决。然而在其他国家，早在1891年就制定了规范人体实验的法规，讽刺的是，在这些国家中，就有德国的前身普鲁士。

在美国，唯一能强制推行科研伦理的办法就是通过民事法庭。律师在庭上可以用《纽伦堡公约》来评判科学家的行事是否在职业伦理界限之内。但想把科研人员推上法庭并非易事，得有钱、有办法，并且需要知道自己正被用于科研实验。

"知情同意"一词最早出现在 1957 年的一份民事裁决中。原告是一个名叫马丁·萨尔戈（Martin Salgo）的病人。他以为医生要给他做的是一项常规手术，结果从麻醉中醒来后，竟发现腰部以下已永久瘫痪。医生从没告诉他手术的风险。法官裁定医生败诉："医生如果隐瞒必要信息，致使病人无法对计划进行的医疗理智地表示同意，那他就违背了对病人应尽的职责，应承担侵权责任。"他还写道："对于形成知情同意所必需的事实，须有完全的披露。"

"知情同意"强调的是医生必须把相关信息告知病人，但并未提及如何适用于索瑟姆这类研究：被试并非研究者的病人。得再过几十年，才有人开始质疑，"知情同意"原则是不是也适用于海瑞塔这样的情况，即科学家所研究的组织取自海瑞塔，但已经脱离了她的身体。

但对那三位拒不配合索瑟姆的医生来说，未经病人同意便往他们体内注射癌细胞，无疑违背了基本人权，也违反了《纽伦堡公约》。曼德尔却不这么看，他要一名住院医生代替这三位医生给病人注射。1963 年 8 月 27 日，三位医生联名写了辞职信，信中给出的理由是"有违伦理的研究实践"。他们把信交给曼德尔和至少一名记者。曼德尔收到信后，就叫来了三位医生中的一位，指责他们因为自己的犹太血统而过分敏感。

医院董事会中有一位名叫威廉·海曼（William Hyman）的律师，他并不认为三位医生是过于敏感。得知他们辞职后，他要求查看参与研究的病人的资料，但遭拒绝。另一方面，就在三位医生辞职后几天，《纽约时报》恰好刊登了一篇小报道，题为《瑞典惩罚癌症专家》（SWEDEN PENALIZES CANCER SPECIALIST），故事主人公名叫贝蒂尔·比约克隆德（Bertil Björklund），是癌症研究人员。他利用海拉细胞做疫苗，然后给自己和病人做静脉注射。他的细胞全是从盖伊的实验室弄来的，数量之庞大，以至于大家都开玩笑说与其拿细胞来注射，还不如把细胞灌到游泳池里——甚至湖里，人在里面游泳就能获得免疫。由于用海拉细胞进行注射，比约克隆德被实验室开除。海曼希望索瑟姆也得到同样的下场，因此于 1963 年 12 月将一纸诉状递到法院，要求医院提供该项研究的医疗记录。

海曼把索瑟姆的研究同纳粹作比，并从三位辞职医生那里获得正式书面陈述，他们用"违法悖德，可悲可叹"来形容索瑟姆的做法。海曼也从另一位医生那里取得书面陈述，这位医生表示，即使索瑟姆问了，病人也无力给予知情同意，因为其中一位患有晚期帕金森病，不能说话，其他人只会说意第绪语，还有一个人患有多发性硬化和"抑郁性精神病"。无论如何，海曼写道："他们告诉我没必要签署同意书……那些犹太病人不太可能对注射活的癌细胞表示同意。"

这件事引起了媒体的关注。医院说诉讼充满"误导和谬论"，可报章杂志还是刊出新闻，题为：

・病人被注射癌细胞却不知情……医
学专家谴责注射癌细胞有违伦理

报道说《纽伦堡公约》在美国一贯遭到无视，目前全国还没有保护科研对象的相关法律。《科学》杂志将此事件称为"自纽伦堡审判以来，关于医学伦理最激烈的公共争论"，并表示"目前形势对每个人都不容乐观"。该杂志一名记者质问索瑟姆：如果注射诚如你说的那么安全，你为何没有给自己注射？

"我们现实点儿，"索瑟姆回答，"现在有经验的癌症研究者屈指可数，拿自己做实验即使只冒一丁点危险，也是愚蠢的。"

在不知情的情况下被注射了癌细胞的病人看到报道，纷纷联系记者。纽约州检察长路易斯・莱夫科维茨（Louis Lefkowitz）也从媒体报道得知了索瑟姆的研究，随即展开调查。之后，他写了一份五页的报告，其中慷慨陈词，指控索瑟姆和曼德尔有欺诈及违背职业道德的行为，并要求纽约州立大学评议委员会吊销二人的行医执照。莱夫科维茨写道："每一个人都有不可让渡的权利来决定别人对自己的身体能做什么、不能做什么。因此，病人有权知道……针筒里装了什么。如果知情导致恐惧和焦虑，他们有权表达恐慌的情绪并对实验说'不'。"

但不少医生站出来，在评议委员会和媒体面前为索瑟姆做证，说医学界开展此类研究已有几十年。他们主张没必要向科研对象披露所有信息或在所有情况下都取得知情同意，索瑟姆的做法符合科研伦理。索瑟姆的律师也辩称："如果整个领域都是这么做的，那怎么能将索瑟姆的做法称为'违背职业道德'？"

这件事在评议委员会激起了不小的波澜。1965 年 6 月 10 日，评议委员会下辖的医事申诉委员会裁定索瑟姆和曼德尔"在医学实践中存在欺诈和违反职业道德的行为"，并建议暂停二人的行医执照一年。评议委员会写道："从整个事件过程的记录可明显看出，某些医生认为他们可以对病人为所欲为……病人的同意只是可有可无的形式。对此我们不敢苟同。"

委员会在评议中也号召针对临床研究制定更加具体的准则，他们表示："我们相信此类纪律措施能起到严肃警告的作用，使科研热情不致发展到违反基本的人权和豁免权的地步。"

后来对索瑟姆和曼德尔的处理是，暂停执照暂缓执行，给予二人一年察看期。但此事似乎对索瑟姆的学术地位无甚影响，察看期一结束，索瑟姆就当选美国癌症研究协会（AACR）主席。不过，事件终究在人体实验监管史上写下了重要的一笔。

评议委员会宣布决议之前，媒体对索瑟姆的负面评价就引起了美国国家卫生研究院的注意。该机构一直为索瑟姆的研究提供经费，可它也早就规定研究人员进行一切涉及人身的研究前必须征得同意。索瑟姆事件出现后，NIH 对其资助的全部 52 个研究机构进行了审查，发现只有 9 个有保护实验对象权利的规定，只有 16 个会让被试签署知情同意书。NIH 的结论是："对于病人参与实验研究的情况，研究人员的判断不足以作为依据，用以在涉及伦理道德的问题上达成结论。"

此次调查后，NIH 规定：所有涉及人类被试的研究必须经过审查委员会评议，判断它们是否符合 NIH 的伦理要求，其中必须包括被试签署内容详尽的知情同意书。审核通过才给予经费。而审查委员会应是一个独立实体，由不同种族、阶级和背景的专家及社会人士共同组成。

科学家纷纷表示医学研究前途堪忧。其中一位甚至给《科学》杂志的编辑写信说："如果明显无害的人体癌症研究都遭到制止……那么 1966 年将为所有医学进展画上句号。"

同年晚些时候，哈佛大学的麻醉学家亨利·比彻（Henry Beecher）在《新英格兰医学期刊》上发表了一份调查，结果显示，索瑟姆并不孤单，像他这样的悖德研究足有数百项。比彻把其中最恶劣的 22 个公之于众，比如，有研究人员曾给儿童注射肝炎病毒，还有人给麻醉中的病人吸二氧化碳，导致病人中毒。索瑟姆的研究名列第 17 位。

尽管科学家们忧心忡忡，科研并未因伦理规范的出台而减缓进展，反而是突飞猛进，而且其中很多都有海拉细胞的影子。

18 "最诡异杂交生命体"

到20世纪60年代，科学家经常开玩笑说，海拉细胞这么顽强，恐怕在下水口或门把手上都能存活。它们无处不在，甚至只要照着《科学美国人》的教学文章，一般大众也能在家繁殖海拉细胞；苏联和美国的科学家也都已成功把这种细胞带到了太空培养。

苏联于1960年发射了人类第二颗人造地球卫星，海瑞塔的细胞就是乘着它首次进入的太空。美国国家航空航天局（NASA）随即就发射了"发现者18号"卫星，上面也装了不少盛着海拉细胞的小管。科学家以前曾用动物模拟过失重状态，推测太空旅行可能导致心血管异常、骨骼和肌肉流失及红细胞减少。他们还知道在臭氧层以上，辐射水平会显著升高。但他们不了解这些改变会对人体产生什么影响。细胞会出现改变甚至死亡吗？

首批进入轨道空间的人类也带上了海瑞塔的细胞，于是科学家就能看到这些细胞在太空旅行中表现如何，有没有特殊的营养需求，以及正常细胞和癌细胞在失重状态下的反应可能有怎样的不同。经过一次又一次的航天实验，结果令人烦恼：正常细胞在轨道空间就是正常生长，而海拉细胞到了太空则长得更旺盛，而且每次再升空，分裂速度还变得更快。

反应奇怪的并不只有海拉细胞。20世纪60年代初，科学家们新发现，体外培养细胞都具有两个特征：首先，体外培养的正常细胞最后总逃不过两种命运，要么死亡，要么自发转化成癌细胞。研究癌症机理的科学家对此特别兴奋，因为这意味着他们有可能捕捉到正常细胞变成恶性的瞬间。可对想利用细胞培养技术开发医疗方法的人来说，这一现象却是个大麻烦。

乔治·海厄特（George Hyatt）是美国国家癌症研究所（NCI）的海军军医，他就亲眼见过这种现象。他培养人的皮肤细胞，想用来给严重烧伤的士兵做治疗。首先他找来一名年轻军官做志愿者，在他胳膊上划出一个创口，然后把培养出的皮肤细胞抹上，希望细胞能长成一层新的皮肤。要是这种方法管用，那将来医生就能给在战场上受伤的士兵移植皮肤细胞。细胞确实长起来了，但几个星期后，海厄特对新的细胞进行活检，却发现它们都是癌细胞。他吓坏了，赶紧清除了军官胳膊上的这些细胞，从此再没做过皮肤细胞移植的尝试。

关于培养细胞的第二个新发现是，细胞一旦癌变，就变得极为相像，不仅分裂方式相同，还产生完全一样的蛋白质和酶，哪怕恶变之前的产物颇有差别。著名细胞培养学家刘易斯·科里尔 (Lewis Coriell) 认为他可能找到了原因。他发表论文称，或许"转化"细胞表现得与癌细胞相同，不是因为它们变成了癌细胞，而是因为它们遭到了污染——污染源很可能是某种病毒或细菌。在近乎题外话的地方，他还提出了一种别人没想过的假说：所有转化细胞看起来都和海拉细胞一样，所以海拉细胞很可能就是污染源。

他的文章发表后不久，科里尔和另外几位组织培养权威召开紧急会议讨论领域现状，生怕其中的研究会带来一场人类灾难。他们已将细胞培养技术掌握得炉火纯青，还将其大大简化，正如一位研究人员所说，现在"连业余人士也可以做一点儿细胞培养"。

那些年，科学家用自己、家人和病人的组织样本，培养出了各式各样的细胞，有前列腺癌细胞、阑尾细胞、包皮细胞，甚至角膜细胞——常常简单得惊人。科研人员用这个不断扩充的细胞库取得了许多划时代的发现，包括吸烟导致肺癌，X射线和某些化学物质怎样让正常细胞恶变，为什么癌细胞不会像正常细胞那样有限地生长，等等。用包括海拉细胞在内的多种细胞，NCI 对超过 3 万种化学物质和植物提取物进行了筛查，其中不少发展成了今日应用最广泛、最有效的化疗药物，包括长春新碱和紫杉醇。

虽然此类研究非常重要，但许多科学家似乎对自己培养的细胞漫不经心，几乎没人仔细记录细胞的供体来源，很多细胞贴错了标签，甚至根本没贴。有的科学家做的研究不需用特定种类的细胞，比如研究辐射对 DNA 的损伤，这种情况下，即使不知道细胞种类，对结果恐怕也没什么影响。然而多数实验都要使用特定的细胞，这时，如果细胞被污染或标错种类，结果就会毫无价值。总之，与会专家纷纷表示，严谨对科研至关重要，科研人员必须明确所用细胞种类，亦须注意细胞是否遭到污染。

列席会议的科学家罗伯特·史蒂文森（Robert Stevenson）说，他们希望避免该领域"陷入完全混乱"。与会成员鼓励科研人员采取防护措施，比如在顶部连接着吸气装置的通风橱下操作，这样就能把空气和混在其中的潜在污染物吸进过滤系统。他们还建议 NIH 建立一个参考细胞保藏库，这相当于一个"中央银行"，所有培养细胞都要用最先进的无菌技术进行操作，并在最安全的环境里接受检测，然后分门别类地储存。NIH 采纳了这一建议，并组建了细胞培养保藏委员会，委员会成员全是组织培养专家，如威廉·谢勒、刘易斯·科里尔、罗伯特·史蒂文森等。他们的主要任务是建立一个非营利的联邦细胞库，并将其归在美国典型培养物保藏中心（ATCC）之下，该中心从 1925 年就开始分发各种细菌、真菌（包括酵母）和病毒，并监控它们的纯度，只是还从未涉足培养细胞。

就这样，保藏委员会的科学家开始着手打造这个纯净无污染的细胞培养物堡垒。他们用带锁的手提箱运送培养的细胞，并制定了一系列细胞入库前必须达到的标准，如每批细胞都必

须经过检测，确保未受任何污染，再比如入库细胞必须直接取
自原代。

入编 ATCC 的一号细胞是 L 细胞，这是威尔顿·厄尔（Wilton
Earle）早先培养的原代不死小鼠细胞系。接着，保藏委员会又联
络了盖伊，想取点原代海拉细胞作为第二号，谁知当初盖伊兴
奋过了头，把原代海拉细胞全分给了其他研究者，自己一点也
没留。最后，他终于顺藤摸瓜，从威廉·谢勒实验室找到了一些，
当初谢勒曾经用这些原代海拉细胞研究过脊髓灰质炎。

起初，委员会只能检测细胞是否被病毒或细菌污染，不久，
委员会的一些成员又发明了一种检测方法，能从一种细胞里检
出混入的其他物种细胞，这样他们就能知道培养物的种类标记
是否有误。用这种新技术，他们果然很快发现了问题：有十种
细胞系本应来自九个物种，包括狗、猪、鸭等，结果除了一种
以外，其他九种其实全来自灵长类动物。他们立刻进行了重新
标定。看起来，一切尽在掌控，没有惊动公众。

没想到媒体却死死咬住海拉细胞的一点新闻大做文章，兴
致之浓，堪比当年报道亚历克西·卡雷尔的不死鸡心。这一切
都是从细胞交配开始的。

1960 年，法国科学家发现，体外培养的细胞如果受到某些
病毒的感染，就会粘在一起，有时还彼此融合。一旦融合，两
个细胞的遗传物质就会结合在一起，好像精子遇到卵子。这一

过程有专业名称，叫"体细胞融合"，可也有些科学家管它叫"细胞交配"。体细胞融合同精卵结合有本质区别：顾名思义，体细胞是非生殖细胞，比如皮肤细胞；它们融合后每隔几个小时就会"产生后代"；最重要的是，所谓细胞交配，完全是研究人员人为控制的过程。

从遗传学角度来看，人是很糟糕的实验对象。我们通常是自主选人与之配对，基本上不会听科学家说什么生殖配对建议，所以遗传情况杂乱。另外，不像植物和小鼠，人类生产后代数量不多，要指望我们给科学家提供有意义的数据，那得等上几十年。从 19 世纪中叶，科学家就开始研究基因，他们用特殊的方法繁育动植物，比如杂交光滑的和皱皮的豌豆，或者让棕色的和白色的小鼠交配产崽后再让子代自交，观察结果，就能看出遗传性状是如何从一代传给下一代的。但人类的遗传问题没法这样研究。"细胞交配"就解决了这个问题，科学家可以让具有他们感兴趣性状的细胞相结合，再研究这些性状如何传递。

1965 年，英国科学家亨利·哈里斯（Henry Harris）和约翰·沃特金斯（John Watkins）在"细胞交配"领域迈出了重要的一步：他们把海拉细胞和小鼠细胞进行了融合。这是人类细胞和动物细胞有史以来的第一次杂交，细胞里含有等量的海拉 DNA 和小鼠 DNA。科学家可以用这些细胞研究基因有何功能以及如何发挥这些功能。

除了小鼠细胞，哈里斯还把海拉细胞和失去增殖能力的鸡细胞融合在一起。他预感到，如果让失去部分活性的鸡细胞同海拉细胞融合，海拉细胞里的某些东西就可能重启鸡细胞的增殖能力。他猜的完全正确。虽然不知道具体机制，但他的发现表明，细胞里有些东西能够调控基因的表达。如果科学家能想办法关掉致病基因，那就有可能创造出某种基因疗法。

哈里斯的海拉-鸡细胞融合实验后不久，纽约大学的两位科学家发现，人鼠杂交细胞随着一代代的分裂，会逐渐失去人类染色体，最后只剩下小鼠染色体。这么一来，科学家就可以一代一代地看细胞失去了什么遗传性状，从而判断某个基因位于哪段染色体上。比如，如果一条染色体消失，同时细胞也不再制造某种酶，科学家就知道这种酶的编码基因就在刚刚丢失的染色体上。

遍布北美和欧洲的科学家闻风而起，不断在实验室进行细胞融合，在染色体上定位了一个又一个遗传性状，这也成为我们今日人类基因组图谱的先声。他们用杂交细胞研制出第一种单克隆抗体，之后用这些特殊的蛋白质做出了赫赛汀®（曲妥珠单抗）等抗癌药物。利用单抗技术，科学家还能确定血型从而使输血更为安全，以及研究免疫系统对器官移植的影响。杂交细胞的成功让人们看到，来自不同个体甚至不同物种的 DNA 可以在同一细胞之内相安无事，不会有排异现象，因此器官移植的排异必定不能归因于细胞，而是细胞外的层面出了问题。

科学家为杂交细胞研究欢欣鼓舞，可与此同时美英两国的各媒体都发表了标题耸动的文章，引起了公众恐慌，如：

· 实验室繁殖人兽细胞……下一步或
是"树人"……科学家制造怪物

伦敦《泰晤士报》将海拉-小鼠融合细胞称作"实验室内外前所未见的最诡异杂交生命体"。《华盛顿邮报》社论表示："我们不能接受人造的'鼠人'。"文中称此类研究"耸人听闻"，科学家应该放过人类，"回去继续搞他们的酵母和真菌"。一篇文章配了幅半人半鼠图，画面上的怪物拖了一条覆着鳞状表皮的长尾巴；还有一篇文章配了幅漫画，画的是女河马人在公交车站看报。英国媒体说海拉杂交细胞"侮辱生命"，将哈里斯描绘成疯狂科学家。而哈里斯也忙中添乱，他在一部BBC纪录片中说人和猿的卵细胞可以结合成"人猿"，这一言论在公众中造成了极度的惶恐。

哈里斯和沃特金斯写信给报刊编辑，控诉他们的话遭到断章取义，他们的科研成果也被添油加醋地"歪曲、误解和恐怖化"。他们向公众保证只是在做细胞，绝非"尝试制造人兽杂交怪物"。但怎么解释也没用，民意调查显示，公众对他们的研究持压倒性的负面评价，说他们的研究毫无意义又很危险，俨然某种"凡人妄想当神"的例子。此后，细胞培养的名声每况愈下。

19 "现在就是这世上最关键的时刻"

黛博拉高二那年怀了第一个孩子，那时她只有 16 岁。博贝特得知后痛哭失声。后来，黛博拉就不去上学了，博贝特说："别过得太优哉了，你必须得毕业。"黛博拉立马吼回去，反问大着肚子怎么上学。

"这你不用操心，"博贝特说，"你就去特殊的女子学校，那儿有的是和你一样的大肚子女孩儿。"

黛博拉不肯，但博贝特替她填了申请表，拽她去报到。1966年 11 月 10 日，黛博拉生下个儿子，随爸爸阿尔弗雷德·卡特叫小阿尔弗雷德，这位父亲就是盖伦以前吃过醋的男孩儿"猎豹"。每天早上，博贝特给黛博拉做好午饭，把她送到学校，然后回家照顾小阿尔弗雷德一整天外加多数晚上，好让黛博拉有时间上学完成学业。黛博拉毕业后，博贝特又帮她找了第一份工作。总之，不管黛博拉是不是乐意，博贝特都要对她和儿子帮助到底。

黛博拉的哥哥们已经能自力更生。劳伦斯自己做生意，在一栋老房子的地下室开了家小便利店；桑尼高中毕业后加入空军，成了一个讨女人喜欢的帅哥。他四处拈花惹草，但也知道不要惹麻烦。他们最小的弟弟乔，却是另一回事了。

乔和体制格格不入。他和老师吵架，和同学斗殴，初一退学，17岁便被告上法庭，罪名是"动手威胁"。乔18岁参军，可他的臭脾气给他在军中找了更多麻烦。不管是对上级还是其他士兵，乔一概大打出手，有时候打到自己受伤住院，但多数时候是被关禁闭。禁闭的小屋四壁土墙，活像个黑色洞穴，这倒和他小时候被埃塞尔关在地下室的情形差不多。而他宁可被关禁闭，这样就没人能烦他。每次一被放出来，他就再去打兵士、斗军官，并再被关进去。他服役九个月，几乎全是在小黑屋里度过的，人也变得越发易怒。经过多次的心理评估和治疗，部队以情绪无法适应军旅生活为由，把乔赶走了。

乔的家人本来希望军队能管住他的怒气，让他学会服从纪律，尊重权威。谁知他从军营回来后，反而比从前更加暴躁。

乔退伍回家一周左右，邻居一个叫艾维的瘦高个儿男孩拿着刀来找他挑衅。一般人可不敢这么做。因为19岁的乔虽然比艾维起码矮10厘米，体重也只有70公斤，但这一带的人也都叫他"乔疯子"，因为他看起来特别热衷于暴力。但艾维不把乔放在眼里，他酗酒成性，注射海洛因好多年，身上全是打架留下的伤疤。他对乔说要杀了他。

乔起初没理他。过了三个月，到了 1970 年 9 月 12 日。时值周六的夜晚，乔和朋友琼（June）走在巴尔的摩东区的街上。他们已经喝上了酒，并开始和一群年轻女孩攀谈，这时三个男子迎面走来。其中一个就是这位埃尔德里奇·李·艾维（Eldridge Lee Ivy）。

艾维见乔和琼跟姑娘们说话，立刻大吼，号称其中一个姑娘是他表妹，警告他俩趁早滚远点儿。

"少废话。"琼也吼道。

就这样，两人开始吵架，艾维扬言要给琼脸上来一拳，乔跳到两人中间，面不改色地对艾维说他不敢。

艾维于是掐住了乔的脖子，差点让他窒息，艾维的两个朋友拼命想把他拉开。乔双腿乱踢一气，大喊："你他妈不想活了吧！"可艾维把他打得头破血流，琼吓呆了，只顾在一旁哆嗦。

当晚，乔敲开黛博拉的门，浑身是血。黛博拉帮他清理脸上的血，他只是直勾勾地盯着前方，眼里喷着怒火。黛博拉把他扶到沙发上，替他冰敷，让他平静下来。整整一夜，乔恶狠狠地盯着墙壁，黛博拉从没见过如此可怕还愈加可怕的表情。

第二天早上，乔走进黛博拉的厨房，拿走一把锋利的黑色木柄切肉刀。两天后，也就是 1970 年 9 月 15 日，乔照常去当地卡车货运公司上班。5 点还没到，他和一个工友就已经干掉了 1/5 瓶老爷爷（Old Granddad）威士忌，随后又灌下 400 多毫升。乔下班时，天色还早，他走到东区蓝威尔大街（Lanvale Av.）和蒙特福德大街（Montford Av.）的交口，艾维正站在自家房子的前门廊上和几个朋友聊天。乔走过了街，说了句"嘿，艾维"，就把黛博拉的刀插进了他的胸口。刀刃直透心脏。乔追着跌跌撞撞的艾维跑进邻居的房子，艾维倒在自己的血泊里，嘴里大喊："我要死了，叫救护车！"但根本来不及。几分钟后消防员赶到，艾维已经断了气。

乔离开杀人现场，把刀扔在附近小巷，然后找到公用电话打给父亲。但警察已经抢先一步通知了戴，说他儿子杀了个小伙子。桑尼和劳伦斯叫父亲把乔送去克洛弗的烟草农庄，兴许能躲过恢恢法网。黛博拉却说他们全都疯了。

"他必须自首，"她对他们说，"警察已经发了通缉令，不论死活都要逮住他。"

可家里男人们对此充耳不闻。戴给乔塞了 20 美元，把他送上了去克洛弗的 Trailways 大巴。

在拉克斯镇，乔整日喝酒，在亲戚间生事打架，扬言要把他们杀上几个，连虱子也遭过他的威胁。才过一周，虱子给戴打电话，说最好找个人把乔带走，别等哪天乔再杀人或者被人崩了。桑尼开着父亲的车把乔从克洛弗接走，拉到华盛顿一位朋友家。可乔在那里也不安生。第二天一早他就给桑尼打电话，说："过来接我，我要自首。"

1970 年 9 月 29 日早晨，乔走进巴尔的摩警察总署，镇定地说："我是乔·拉克斯。我在受通缉，因为我杀了艾维。"接着他填了下表：

被告有无工作？	无
随身携带现金或银行有存款？	无
父母姓名？	戴维·拉克斯
父母最近是否见过你？	没有
朋友或家人能否为你请律师？	不能，没钱

此后，乔就剩了等着。他知道自己会认罪，只想赶快走完这些程序。五个月后，他在牢房里等开庭等得不耐烦了，给刑事法庭的法官写了封信：

亲爱的先生或法官阁下，

现在就是这世上最关键的时刻在今天我反错的气氛下我要说对我自找的败坏的里解没错。是非常不咳发生的矢足问题。感觉特崩塌，心里觉得我可恶。求你（快点审我）让我知道我的讲来是什么，我觉得好向我一定为我做过的错误受严厉惩罚。所以我准备现在就完事。

乔·拉克斯

（快点审我）

（谢谢你）

（法官阁下）

1971 年 4 月 6 日，也就是艾维死后七个月，乔终于站在法庭上，承认自己犯了二级谋杀罪，桑尼列席旁听。法官反复警告乔，认罪意味着自动放弃接受审判、做证和上诉的机会。法官一边说，乔一边答着"是，女士"或"不，女士"。他告诉法官全是因为喝了酒他才那么做，他本来没想杀艾维。

"我就想给他肩膀头来一下，他慌了，一拧身，胸口就迎了上来。"乔继续说，"我只想让他受点皮肉苦，让他别再害我……周六晚上我们干了一架，他说要杀了我。我就想让你知道我完全是在保自己的命。我没想给任何人找任何麻烦。"

可艾维 14 岁的邻居当时目击了全部经过，邻居说亲眼看见乔径直走上来朝艾维胸口猛刺，艾维跌跌撞撞地逃跑，乔还想上去给他后背一刀。

乔走下台子，法院指派的辩护律师走到法官面前做最后陈述：

我只想补充一点，法官阁下，我和这个年轻人的哥哥聊过他的经历，包括他在军队的问题，他今天之所以站在法庭上，可能就是由于这些问题。出于某种原因，他在成长过程中获得了一种自卑情结，还颇为强烈。似乎无论何时，任何人只要和他稍有冲突，他就觉得那人敌意很强，敏感程度远超一般人……有件事希望法庭参考，他曾在服役期间接受过精神方面的扶助，不过迄今从未入院治疗。

但这位律师对乔的经历一无所知，更不知道他小时候受的那些虐待。她继续说："较比常人，他感受到了更迫切的自保需要。所以可能有的情况不会让一般人发怒，却会让乔爆发。"

"大家都叫你'乔疯子'？"法官问。

"有几个朋友这么叫我。"乔说。

"知道他们为什么这么叫你吗？"

"不知道，女士。"他说。

法官接受了乔的认罪，但是在作出判决之前，她要求先看看乔的医疗和精神状况报告。这些文件是保密的，但里面的内容让他只被判了 15 年——本来可能判 30 年的。就这样，乔被送到了马里兰惩教所，这是一家中等戒备的监狱，在巴尔的摩以西 120 公里。

开始，乔的表现和在部队一样，经常因打架或违抗命令被关禁闭。后来他突然不打了，转而将能量聚向内心。乔接触了伊斯兰教，把在牢里的所有时间都用来学《古兰经》，不久后还把名字改成了扎喀里亚·巴里·阿卜杜勒·拉赫曼 (Zakariyya Bari Abdul Rahman)。

在监狱外面，拉克斯家其他兄弟的生活蒸蒸日上。桑尼从空军光荣退伍，劳伦斯也在铁路上找到一份好工作。可黛博拉的情况就没这么妙了。扎喀里亚入狱时，黛博拉已经嫁给了"猎豹"。婚礼是在博贝特和劳伦斯家的客厅举行的，黛博拉 18 岁，穿了一条蓝色雪纺裙。回想两人初遇的那天，黛博拉正站在自家门前的便道上，猎豹朝她扔了个保龄球。她以为猎豹在开玩笑，没想到婚后情况变本加厉。他们第二个孩子拉敦娅（LaTonya）出生后不久，猎豹染上毒瘾，只要一吸高就对黛博拉大打出手。后来他改在街上混，去和别的女人过夜，每次回家只是为了在家里卖毒品，而黛博拉的孩子们就坐在旁边看着。

一天，黛博拉在水池边洗盘子，手上全是肥皂泡，猎豹冲进厨房大吼，说她到处跟别的男人睡，接着就扇了她一巴掌。

"别再这样。"黛博拉直挺挺地站着，手还泡在水池里。

猎豹从沥水架上抓起一只盘子朝她打去，盘子越过她的一侧脸颊，打碎了。

"你再也别碰我！"黛博拉声嘶力竭地喊道，把一只手从水里抽出来，抓过一把带锯齿的牛排刀。

猎豹抬手想再打她，可酒精和毒品让他动作迟钝。黛博拉用另一只手挡住他，把他顶到墙上，将刀刺向他的胸口，不过刺得不深，刀尖恰好捅破了皮，黛博拉把刀一直向下划过他的肚脐，猎豹尖叫，骂她疯子。

之后，猎豹给了她几天清静，可不久又来找麻烦。每次都喝得烂醉还吸了毒，进门就打。一天晚上他来到客厅，冲着黛博拉就是一脚，黛博拉喊道："你为什么总要骂我、折腾我？"猎豹没有作答，黛博拉当即决定要他死。他转过身，跌跌撞撞朝楼梯走去，边走边喊，黛博拉使出全力把他推下楼梯。猎豹滚下去，血流不止。黛博拉从楼梯顶端看着他，一点感觉也没有——没有恐惧，也没有任何情绪。猎豹动了一下，黛博拉就走下楼梯抓住他，把他从地下室拖到外面的人行道上。当时正值严冬，还下着雪，猎豹没穿外套。黛博拉就把他扔在屋外，摔上门上楼睡觉。

第二天早上醒过来，黛博拉希望猎豹已经冻死了，谁知道他正坐在门廊上，浑身淤青，冻得够呛。

"我觉得好像有人扑过来把我打了一顿。"他说。

黛博拉让猎豹进屋，让他洗澡吃饭，心想他真是笨到家了。猎豹睡着后，黛博拉给博贝特打电话，说："就这样了。他活不过今晚了。"

"你说什么呢？"博贝特问。

"我有个活动扳手，"黛博拉说，"我要敲碎他的脑壳，让脑浆溅在墙上。我受够了。"

"可别，黛儿，"博贝特说，"你看看扎喀里亚的下场——他进了监狱。你要是杀了这男人，你孩子怎么办？快把扳手收走。"

第二天，猎豹出去上班后，一辆搬家公司的车就停在了房门口。黛博拉把孩子和全部家当搬上车，暂时躲进了父亲的家，直到给自己找到新住处。她同时做两份工作，并努力过好做单亲妈妈的新生活。她还不知道，比对付猎豹还要难得多的事即将发生。

20 海拉炸弹

　　1966 年 9 月，美国宾夕法尼亚州贝德福德市（Bedford）一家酒店里，遗传学家斯坦利·加特勒（Stanley Gartler）走上讲台，当着乔治·盖伊和其他细胞培养领域的巨擘，宣布自己发现了一个"技术问题"。

　　这是细胞组织与器官培养第二届十年回顾大会的现场，与会科学家超过 700 人。他们或来自生物技术公司，或来自学界，从纽约、阿拉斯加以及英国、荷兰、日本等世界各地赶来，在此讨论细胞培养的未来。会议厅里气氛活跃，人们兴致勃勃地谈论细胞克隆及杂交、人类基因图谱，以及用培养技术治疗癌症。

　　没几个人听说过斯坦利·加特勒，但他很快就要名声大振。加特勒凑向麦克风，说自己在寻找新的遗传标记的过程中发现 18 种最为常用的培养细胞全都含有一个罕见的遗传标记——葡萄糖-6-磷酸脱氢酶 A（G6PD-A），这种标记几乎只出现在美国黑人体内，而且即使在黑人中也极为罕见。

"我还没法确定全部 18 种细胞系的种族来源，"加特勒对听众说，"但已知的是，至少有几种来自高加索人，至少有一种来自一位尼格罗人，那就是海拉细胞。"他对此非常确定，因为几个月前他已经致信乔治·盖伊：

> 我想知道您的海拉细胞系最初是从什么人种取得的。我查了讲海拉细胞发展史的一些早期论文，没有一篇提到过供体的种族。

盖伊回信说海拉细胞取自一名"有色人种女性"。加特勒明白问题出在哪儿了。

"我认为最简单的解释是，"他对听众说，"所有培养细胞都被海拉细胞污染了。"

科学家们都知道必须避免培养物被细菌和病毒污染，也知道如果不同的细胞在培养中混到一起，可能造成交叉污染。但现在摆在科学家面前的是海拉细胞，他们还根本不知道它的厉害。这些细胞能附着在尘粒上在空气中飘浮，可以粘在没洗过的手上或者用过的吸量管上在培养物间传递；也可能附着在科研人员的工作服和鞋上，甚至通过换气系统，从一个实验室转移到另一个实验室。这些细胞还异常强壮：哪怕只有一个海拉细胞在培养皿里着陆，它也可以占领此处，消耗掉所有培养基，填满全部空间。

加特勒的发现可不怎么受欢迎。从 15 年前乔治·盖伊刚培养出海拉细胞至今，和细胞培养有关的论文以每年三倍以上的速度增长。科学家花费了百万千万美元，用培养细胞研究不同类型组织的特性，把不同细胞做比较，检验不同类型细胞对特定药物、化学物质和不同环境的反应。要是所有细胞其实都是海拉细胞，那之前大把的钱就白花了，而那些观察到不同类细胞有不同特性的科学家也要再做解释了。

多年后，已成为 ATCC 主席的罗伯特·史蒂文森回想当年加特勒的演讲，这样对我说："他没有任何背景，在细胞培养领域名不见经传，可他就这么来到会上，把局给搅了。"

加特勒指着墙上的图表列举被海拉细胞污染的 18 种细胞系，以及向他提供这些细胞的人的名字和地址。史蒂文森和细胞培养保藏委员会的其他成员坐在台下，听得目瞪口呆，这 18 种被污染的细胞系中至少有 6 种来自 ATCC。海拉细胞显然已经突破了堡垒。

当时，ATCC 已经收藏了几十种细胞，全都经过检测，确定没有病毒、细菌和异种细胞污染。但从没检测过一种人类细胞有没有被另一种人类细胞污染。何况大多数培养细胞肉眼看上去都一样。

现在加特勒其实是在告诉听众，他们这么多年来一直以为自己建立了一个人体组织的细胞库，实际上可能只是反复不停地在培养海拉细胞。他指出，自从科研工作者们几年前开始使用防范措施避免跨物种污染——比如在通风橱下进行无菌操作，培养新细胞系就突然变得很难了。事实上"从那之后几乎再没听说过培养出来［新的人类细胞系］"。不仅如此，他还指出从那之后"再没人观察到所谓的人类细胞培养物自发转化"。

在座的每个人都知道这句话是什么意思。加特勒不仅在告诉他们，大家大概已经浪费了十几年的时间和千百万研究经费，他还暗示自发转化也许根本就不存在，当时人们对这个发现本来寄予了极大的期望，觉得能从中发现治疗癌症的方法。加特勒说，正常细胞不会自发癌变，它们只是被海拉细胞代替了。

加特勒这样总结他的发言："无论科研工作者认为自己的细胞系是什么起源，不管是肝脏……还是骨髓，所有研究都面临着很大的疑问。我认为这些工作都该被摒弃。"

演讲厅一片死寂，在座所有观众瞠目结舌。直到本场主持人徐道觉（T. C. Hsu）开口打破沉默。徐是得克萨斯大学的遗传学家，他早先用海拉和其他细胞做了一系列研究，为后来找出人类染色体的正确数目做了铺垫。

"几年前我就提出过细胞系污染的疑虑，"徐说，"因此看到加特勒博士的论文我很高兴，但我也肯定他让很多人不高兴了。"

他说得没错，这些人很快开始发问。

"这些细胞系在你的实验室培养了多长时间？"一位科学家问，言下之意是细胞许是在抵达加特勒实验室后遭到的污染。

"分析是细胞在我的实验室培养之前做的。"加特勒回答。

"细胞不是冷冻着寄给你的？"这位科学家知道细胞解冻过程中也会被污染，因此穷追不舍。

加特勒说这没关系，因为细胞无须化冻也可以检测。

另一位科学家质疑，或许是加特勒培养的细胞系全部自发转化成了癌细胞，所以看起来才全部一样。

最后，细胞培养保藏委员会的罗伯特·史蒂文森发话了："看来还需要做更多测试才能判断……我们是不是必须重新分离新的人类细胞系。"

徐接言道："我想邀请加特勒博士在演讲中点到的细胞系培养者先发言。有没有人想做任何辩护，我们想听听这样的声音。"

哈佛大学的罗伯特·张（Robert Chang，音）坐在下面，盯着加特勒。他培养的"张氏肝细胞系"已获广泛应用，他自己更是用这种细胞发现了肝细胞特有的一些酶和基因，但这一细胞系却在加特勒的污染细胞表上榜上有名。如果加特勒说得对，即这些肝细胞实际上全都来自海瑞塔的宫颈，那张博士的肝细胞研究就一钱不值了。

伦纳德·海弗利克的人羊膜细胞系所来自的羊膜囊，孕育过他尚未出世的女儿，因此他对这一细胞系有着特殊的私人感情，将它命名为"希望"（WISH）。他的细胞也上了加特勒的名单。他问加特勒，白人的样本里是不是也可能有 G6PD-A 标记。

加特勒对他说："目前还没发现有这个变异型的高加索人。"

　　当天晚些时候，在乔治·盖伊主持的另一场论坛上，海弗利克宣读了一篇文章，主题是体外培养细胞自发转化的"现象及理论"。演讲前，海弗利克站在讲台上，说刚听说"希望"细胞系里检测出了只有黑人才有的遗传标记后，他趁休息的空当打电话给妻子，问自己到底是不是女儿的父亲。"她跟我保证，说我这糟糕的担心根本毫无来由。"他的话引来哄堂大笑，之后再没有人公开议论加特勒的发现。

　　不过有几个人非常重视加特勒的意见：会议结束前，史蒂文森同几位顶尖的细胞培养学专家共进午餐，叫他们大会结束回到实验室后一定要检测自己的细胞到底有没有 G6PD-A 遗传标记，好看看细胞污染问题到底有多普遍。结果，他们的好多细胞系里真的检测出了这个标记，包括乔治·海厄特几年前移植到军官手臂上的那些皮肤细胞。可当年海厄特的实验室里根本就没有海拉细胞，所以细胞必然是在运抵之前就被污染了。同样的事情发生在全世界若干实验室，只是少有人觉察。

　　但很多科学家仍不愿承认"海拉污染"是真的。人们说加特勒在会议上的言辞如同扔出一枚"海拉炸弹"，可大多数学者离开会场回到他们的实验室，仍然继续使用有污染嫌疑的细胞。只有史蒂文森和其他几名科学家认识到海拉污染可能带来的严重后果，因此马上着手研究新的基因检测法，希望开发出比检测 G6PD-A 更精确的方法，来专门检出培养细胞里的海拉污染。而这些基因检测方法最终又把这些科学家引向了海瑞塔的家人。

21 暗夜医生

桑尼·拉克斯放我鸽子后两个月，我又一次呆坐着等他，这次是在巴尔的摩假日酒店大堂。这天是元旦，约定时间过了快两个小时他还没出现。我猜他又要爽约，于是收拾东西准备离开，这时听见一个男人朝我大喊："你就是丽贝卡小姐吧！"

桑尼突然站到我身边，咧着嘴露出甜美、羞怯的笑和嘴中间的豁牙口子，像个50岁老顽童。他大笑着拍了拍我的后背。

"你就是不肯放弃，对吧？"他说，"我不得不说，我认识的人里只有一个比你头还铁，那就是我妹妹黛儿。"他继续咧嘴笑着，扶正头上的黑色鸭舌帽。"我劝她今天一起来见你，但她就是不听。"

桑尼笑起来声音很大，眼神里透着顽皮，笑的时候眼睛几乎眯成一条缝。他身材瘦削，身高最多只有一米七五，留着精心修剪的髭须，脸庞温暖而英俊，看上去开朗外向。他伸手来拎我的包。

"那好,"他说,"咱们就开始吧。"

我跟着他朝一辆沃尔沃走去,车没锁也没熄火,就停在酒店旁的停车场。他说车是管一个女儿借的,"没人想坐我那辆破厢货,"说着他挂上挡,"准备好去见大法师了吗?"

"大法师?"

"没错,"桑尼咧嘴笑道,"黛博拉说你得和大哥劳伦斯先聊聊,其他人才能和你聊。让他先探探你的底,做到心里有数。如果他说行,也许我们其他人就会和你聊一聊。"

我们默默地开过好几条街。

"劳伦斯是我们兄妹里唯一记得妈妈的人,"桑尼终于又开了口,"黛博拉和我对她毫无印象。"接着,桑尼就把他知道的关于母亲的一切都讲给我听,目光一直没离开前方的路面。

"所有人都说她人真好,做饭也好吃。长得也漂亮。她的细胞曾经在核弹里炸了。好些发明创造都是从她的细胞里来的,好些医疗奇迹,什么小儿麻痹疫苗,癌症的什么疗法,还有别的,比如艾滋病疗法什么的……她就喜欢照顾人,所以她通过细胞做了这些好事也合情合理。我是说,大家总说她真是特别殷勤,你知道,把什么都安排得好好的,把家里整得妥妥帖帖,一起床就给所有人做早饭,哪怕来二十几号人也没问题。"

他在一排红砖房后面的空巷里停下车,然后扭头看我,这是我们坐上车后他第一次看我。

"科学家和记者要打听妈妈的事儿,我们就带他们来这儿,我们一家子人一起对付他们。"他说着大笑了起来,"可你看上去人不错,所以我也给你特殊对待,这次就不叫我弟弟扎喀里亚来了。"

我从车里下来,桑尼边把车开走边探身出车窗大喊:"祝你好运!"

对于桑尼的弟弟们,我只知道他们脾气都不小,其中一个还杀过人——我也不确定是哪个或者为什么。几个月前,当黛博拉把哥哥劳伦斯的电话号码给我的时候,她发誓再不和我讲话,她说:"每次白人来打听我们妈妈,兄弟们就暴跳如雷。"

我穿过巷子旁一片铺了一半水泥的狭长院落走向劳伦斯的房子,一缕青烟透过他厨房的纱门飘出来,折叠桌上的小电视发出刺啦刺啦的声音。我敲敲门,然后等着。没人回应。我把头探进厨房,只见几块肥猪肉在炉子上滋滋冒油。我喊道:"有人在吗?"仍然寂静无声。

我深深吸了口气,壮着胆子走进屋,转身把门关好,突然就出现了劳伦斯。他差不多有一米八,体重超过 120 公斤,看上去比两个我还大。他一手撑着操作台,一手抵着对面的墙,宽宽的身体几乎挡住了狭窄的厨房。

"你好啊,丽贝卡小姐。"他打量了我一眼,"想尝尝我做的肉吗?"

我差不多有十年没吃过猪肉了,但当时我突然觉得这有什么关系。"听上去太诱人了。"我说。

劳伦斯脸上绽开了一片和善的笑容。他已经64岁了，榛子色的皮肤平整光滑，棕褐色的眼睛透出活力，要不是有灰白的卷发，他看起来要年轻好几十岁。他提了提松垮的牛仔裤，把手在沾满油渍的T恤上蹭了几下，又拍了拍说："好，不错，非常好。我还要给你煎几个蛋。你实在瘦得不像样儿。"

劳伦斯一边忙活一边给我讲乡下的生活。"每次大人进城卖烟草，总能给我们这帮孩子带一片博洛尼亚大香肠。要是我们听话，他们就允许我们拿面包蘸煎培根的汤儿吃。"他对细节有着惊人的记忆。比如，他在纸上给我画了他爸爸戴用2×4木板条*钉的马车，还拿绳子和餐巾给我示范他小时候晾烟叶之前怎么把它们绑成捆儿。

可我一问到他妈妈，劳伦斯顿时沉默了，只说了句"她特别好看"，就继续说他的烟草。我再次询问海瑞塔，他说："我爸爸和他朋友以前老在拉克斯镇路上赛马。"我们就这么来回来去周旋了几个回合，他终于叹了口气，说不记得妈妈的事儿了。他说事实上他对自己十几岁时的岁月基本都不太记得了。

"因为那段日子实在悲惨痛苦，我就把它们从脑子里抹掉了。"看来他再不想去揭这块伤疤。

"我只记得妈妈很严格。"他回忆说，海瑞塔让他在水池里

---

*　tow-and-four，切面标称为2×4英寸（实际成品因加工而略小，为1.5×3.5英寸，即38×89mm）的实木板条。

手洗尿布，他刚把尿布晾起来，妈妈就又把它们丢到水里，说洗得不干净。可妈妈只打过他一回，就是他跑到特纳车站码头游泳那次。"她让我回去拿一条鞭子，好让她抽我，我拿来以后她又让我回去拿条粗的，然后再回去拿条更粗的。最后她把三条绑在一起追着我屁股打。"

就在他说话的当口，厨房里又漫起油烟，我俩都忘了炉子上的东西。他把我从厨房打发到客厅，在我面前的圣诞图案餐垫上摆上了一盘煎蛋和一大块焦黑的猪肉，猪肉有我手掌那么大，可比我的手还厚。然后他一屁股坐在我旁边的木头椅子上，手肘放在膝盖上，一言不发地盯着地面，我就在一边吃着。

"你在写我妈妈？"他终于开了口。

我边嚼边点点头。

"她的细胞长得和全世界一样大，把整个地球都盖满了，"说着，他伸出手臂，在空中画出一个星球，眼里泛起泪花，"不可思议……它们一直不停地长啊长，把其他的都给比下去了。"

他探了探身子，脸都快贴上我的脸了，悄声说："你知道我听说什么了吗？我听说到 2050 年所有婴儿都会注射用我妈的细胞做的血清，那样他们能活到 800 岁。"他冲我笑，好像在说"我打赌你妈做不到"。"有了它们，什么病都不怕了，"他说，"简直是奇迹。"

劳伦斯靠回椅子，低头盯着双腿，笑容逐渐消失。长长的沉默之后，他又抬头望着我的眼睛，喃喃地说："你能告诉我我

妈的细胞到底干了什么吗？我知道它们很重要，可从没有人告
诉我们情况。"

　　我问他知不知道细胞是什么，他像没做作业被老师拎起来
的孩子一样，盯着脚尖说："有点儿吧。不怎么知道。"

　　我从自己的笔记本上撕了张纸，画了个大圆，中间点上个
小黑点，给他解释什么是细胞，然后讲海拉细胞对科学做出的
几项贡献，最后给他讲了细胞培养在那之后的长足进展。

　　"科学家现在甚至能在实验室培养出角膜，"我边说边从包
里取出一页剪报递给他，说细胞培养技术因为海拉细胞得到了
大大的发展，现在科学家能从一个人的角膜上取样培养，然后
移植到另一个人的角膜上，让他重见光明。

　　"想想，"劳伦斯边说边摇头，"真是奇迹！"

　　此时桑尼突然撞开纱门进了来，边走边喊："丽贝卡小姐还
活着待在这儿？"说着从厨房区和客厅之间的门厅探身过来。

　　"看来你过关了。"他指着我空了一半的盘子说。

　　"丽贝卡小姐给我讲了咱妈的细胞，"劳伦斯说，"她给我讲
的事可是不可思议。你知道妈妈的细胞能让史蒂维·旺德*获得
视力吗？"

　　"哦，其实，并不是把她的细胞放到别人眼睛里，"我结结
巴巴地说，"科学家是用她的细胞发展了技术，然后再用这种技

---

*　Stevie Wonder，黑人音乐家、歌手，出生即眼盲。

术培养别人的角膜。"

"真是奇迹。"桑尼说，"我一点也不知道这些事儿，不过前一阵克林顿总统说小儿麻痹疫苗属于 20 世纪最重要的一项发明，她的细胞也和这个有关。"

"真是奇迹。"劳伦斯说。

"这也是。"桑尼说着慢慢伸开手臂退到一边，在他身后颤巍巍地站着 84 岁的老父亲戴。

戴已经快一周没出家门了，因为一直流鼻血。他穿着褪色的牛仔裤和法兰绒衬衫站在门厅，虽然时值 1 月，脚上却穿着蓝色塑料人字拖。他身体又瘦又弱，几乎直不起腰来，浅棕色的脸上满是岁月的痕迹，沟壑纵横但又柔和，像饱经风霜的工作靴。他戴着和桑尼一样的鸭舌帽，盖不住满头银发。

"他脚上长疽了。"桑尼指着戴的脚趾说。我低头一看，他的脚趾多处溃烂，比身体其他部位都黑好多。"他的脚穿一般的鞋太疼了。"坏疽已经从戴的脚趾向膝盖蔓延；医生建议把脚趾截掉，可戴不同意。他说不想像海瑞塔那样被医生乱切。52 岁的桑尼也有一样的想法，医生说他需要做血管成形术，他表示死也不肯。

戴坐到我旁边，棕色塑料框太阳镜挡住他不断流泪的双眼。

"爸，"劳伦斯吼道，"你知道妈的细胞能让史蒂维·旺德看见东西吗？"

戴像慢动作一样摇摇头，嘟囔着说："不知道。你告诉我之前都不知道，不过一点也不意外。"

这时房顶发出砰的一声响，接着有人窸窸窣窣在上边走。劳伦斯从桌边一跃而起，冲进厨房："我老婆要是早上没咖啡喝准要火冒三丈，我得赶紧做一点儿。"这时是下午2点。

几分钟后，博贝特·拉克斯走下楼梯，慢慢走进客厅，穿着一件褪色的蓝色毛巾睡袍。她一句话也没说，也没看任何人，穿过客厅走向厨房。大家停止了谈天。

博贝特看上去是个聒噪的女人，笑起来一定很大声，也像随时会对人大发脾气，只不过暂时安静着。她身上散发着一股"别惹我"的气场，脸上表情严肃，直勾勾看着前方。她知道我为什么在这儿，对我的疑问看起来有很多想说，但似乎完全懒得和我说话——不过又是一个来打听她家往事的白人。

博贝特走进厨房，桑尼把一张皱皱巴巴的纸塞在戴手里，是影印的海瑞塔的老照片，双手叉腰的那张。接着他从桌上抓起我的录音机，递给戴说："好吧，丽贝卡小姐有问题要问你，爸。把你知道的都告诉她。"

戴从桑尼手中接过录音机，却一句话也不说。

"她就是想知道黛儿一直问你的那些东西。"桑尼说。

我问桑尼，要不要让戴打电话给黛博拉，看她想不想也过来。这些男人全都摇头大笑。

"黛儿现在和谁也不想说话。"桑尼说。

"因为她受够了，"戴喃喃说道，"人们总是问东问西，她没完没了地回答问题，但自己什么也没得到。人们过后甚至连张卡片也不给她寄。"

"对，"桑尼也说，"一点不错。人们就想知道前因后果。丽贝卡小姐想的也是这个。所以爸爸你就说吧，说完就没事了。"

可戴不想再谈海瑞塔。

"我先是知道她得了癌。"他几乎是逐字逐句地重复多年来给数十位记者讲过的故事，"后来霍普金斯打电话让我过去，说她死了。他们让我把海瑞塔交给他们，我说不行。我说：'我不知道你们干了什么，我只知道她死在了你们手里。别再把她切来切去。'之后亲戚说这样对谁也没害处，我就又说行。"

戴紧紧咬着仅剩的三颗牙。"我从没签过文件，"他说，"我就跟他们说他们可以剖，其他什么也没说。医生从没跟我说过要让她活在什么管子里，也没说要养什么细胞。他们只告诉我想剖她，看能不能帮到我的孩子。我从来知道的就这些：他们是医生，说什么你就得照办。我没他们懂得多。他们说我要是把我的老婆子交出来，他们就能用她研究癌症，兴许能帮到我的孩子，还有我的孙子。"

"对！"桑尼大喊，"他们说他的小孩儿要是得了癌症，就能帮上忙。他有五个孩子，他听了这话还能怎么办？"

"她死后，我去医院，他们知道她的细胞已经长起来了，"戴摇头说，"可他们什么也没告诉我，就问能不能把她切开，看看癌症怎么样。"

"你能指望霍普金斯干点什么？"博贝特的声音突然从厨房传来，她正坐在那儿看肥皂剧，"我剪脚指甲也不会去那儿。"

"嗯——哼——"戴吼着，把银色拐杖在地板上狠狠一敲，像在地上点了一颗感叹号。

"当时他们就干这种事，"桑尼说，"尤其是对黑人。谁都知道约翰·霍普金斯拿黑人做实验，他们会从街上抓人……"

"没错！"博贝特说着出现在厨房门口，手里端着咖啡，"人人都知道。"

"他们就从街上抓人。"桑尼在一边帮腔。

"抓人！"博贝特喊道，声音更大了。

"拿人做实验！"桑尼也咆哮起来。

"你要知道我小时候巴尔的摩东区有多少人突然消失，得吓一大跳。"博贝特摇着头说，"告诉你，他们把海瑞塔弄进去的时候我就住在这儿，那还是50年代，大人也不许我们接近霍普金斯。天一黑，我们是小孩嘛，就得回家门口，不然霍普金斯可能就把我们抓走了。"

不只有拉克斯家的人，很多黑人从小就听说霍普金斯和其他医院会绑架黑人。至少从19世纪初，"暗夜医生"（night doctors）绑架黑人做实验的故事就在黑人群体内部口口相传。而这些传说背后，有着可怕的真相。

有些故事是白人种植园主编造的。在非洲有一种流传已久的观念，说疾病和死亡都是鬼魂带来的。奴隶主就利用这个观念，先放出谣言说有人拿黑人的尸体做可怕的研究；等到了深更半夜，再自己披上白布单假扮幽灵飘来荡去，假装是来让黑人得病或者抓他们去做实验的。这些白布单就是三 K 党白袍的前身。

然而，"暗夜医生"的说法可不仅是吓人的鬼把戏。在现实中很多医生确实在奴隶身上测试药效，甚至拿奴隶试验新的手术方法，很多时候连麻醉也不用。20 世纪初，黑人向北方的华盛顿特区和巴尔的摩迁移，人们纷纷传说这些大城市的医学院出钱买尸体，因此对"暗夜医生"的恐惧与日俱增。有人说医院经常从坟里挖出黑人做研究，还说有一整个地下产业不断为北方学校的解剖课从南方运来黑人的尸体，这些尸体十几个一批装在桶里，桶上标的是"松节油"的字样。

由于对这段历史的记忆，霍普金斯周围的黑人居民长期认为医院在这么个贫困的黑人社区选址，肯定是为了让科学家更容易获得实验对象。可实际上刚好相反，医院建在这里，为的是方便巴尔的摩的穷人。

约翰·霍普金斯其人出生于马里兰州一个烟草种植园，后来他父亲把自己的黑人奴隶全释放了，那时距美国正式解放黑奴还有将近 60 年。霍普金斯靠经营银行和食杂店成了百万富翁，还销售自创的威士忌，可他终身未婚，也无子嗣。1873 年，即将辞世的他捐出 700 万美元建立医学院和慈善医院。他亲自选了 12 个人组成理事会，并写信给他们，列举自己的遗愿，表示霍普金斯医院旨在救助那些在别的地方得不到治疗的人：

> 本市及周边的贫困疾苦的人，不论性别、年龄、肤色，凡是需要手术或医疗，只要入院不伤及他人，就应该收治入院；本市及本州的穷人，不论种族，不管因何种意外而受伤，都应该免费收治入院。

他特意指出，只有对能轻松支付医疗费的病人才能收费，并且他们的一切收入都应用于给没钱的人治疗。除此以外，他还另外留下价值200万美元的地产和每年2万美元的现金，专门用于帮助黑人儿童：

> 你们有责任为……有色人种孤儿提供适当的住所、生活费用及教育。我要求你们必须为三百到四百名有色人种孤儿提供上述便利。你们也有权自行斟酌决定是否接纳如下类型的有色人种儿童实施照护：失去单亲的，或个别情况下父母健在但其所处环境可能需要慈善扶助的。

写下这封信后不久，霍普金斯就离开了人世。理事会成员中有许多是他的家人和朋友，他们在霍普金斯死后组建了美国数一数二的医学院，同时创办医院，其中的福利病房也确实为穷人提供了价值成百上千万美元的免费医疗服务，这些获益者里许多都是黑人。

不过，霍普金斯医院救治黑人患者的历史上也不是毫无污点。1969 年一位霍普金斯研究人员从该地区 7000 多名儿童身上采血，寻找所谓犯罪行为的"遗传倾向"。这些儿童多数来自穷困的黑人家庭，研究人员也没有获取知情同意。美国公民自由联盟提出诉讼，状告该研究侵犯了被试男孩的人权，而且研究者还将结果透露给州法院和青少年法庭，这也违背了医生对病人的保密义务。该研究被叫停，然而几个月后又重新启动，因为这次他们开始使用知情同意书。

20 世纪 90 年代末，两名妇女又把霍普金斯医院告上法庭，说该院研究人员在明知的情况下让她们的孩子暴露在含铅的环境中，而且在测知孩子的血铅含量明显上升，甚至其中一名孩子已经发展为铅中毒后，也没有及时告知他们。该实验其实从属于一项检验除铅方法的研究，参与研究的全是黑人家庭。研究人员先对一些房间进行了不同程度的处理，然后叫房东把房子租给有孩子的家庭，好让他们对孩子体内的铅含量进行监测。刚开始这个案子竟然遭到驳回，后来两位妇女继续上诉，一位法官将这项研究同索瑟姆的海拉细胞注射实验、塔斯基吉研究和纳粹研究相提并论。最终双方庭外和解。美国卫生与公众服务部启动调查，最终认定该研究所使用的知情同意书对房子接受的不同程度的除铅处理"缺乏充分描述"。

可今天每当说起霍普金斯同黑人群体的关系，许多人总是

拿海瑞塔·拉克斯的事作为最糟糕的反面典型。他们说是一帮
白人医生瓜分利用了这位黑人妇女的身体。

　　桑尼和博贝特坐在劳伦斯的客厅，来回来去喊了将近一个
小时，控诉霍普金斯抓黑人的种种罪行。最后桑尼靠在椅背上说：
"约翰·霍普金什么也没告诉我们。这点最坏了。不是让人伤心，
是坏，因为我不知道他们不告诉我们是为了私自赚钱，还是专
门就不想让我们知道。我觉得他们肯定赚钱了，因为他们满世
界卖她的细胞，送出去细胞，换回来钱。"

　　"霍普金斯说他们只是把细胞送人，"劳伦斯大吼，"可他们
赚了成百上千万！不公平！她是全世界最重要的人，可她家人
还这么穷。要是我们的妈妈对科学这么重要，我们怎么连医疗
保险也没有？"

　　戴患有前列腺癌和石棉肺，桑尼心脏有问题，黛博拉则患
有关节炎、骨质疏松、神经性耳聋、焦虑和抑郁。不仅如此，
全家人还都有高血压和糖尿病，拉克斯一家觉得他们真算是养
活了制药业和不少医生。然而他们的保险却时有时无，有人能
享受联邦政府的红蓝卡（Medicare）老年医疗保险，其他人可能
有时被配偶的保险覆盖，可他们所有人都承受着很大的经济压
力，都有因为没有保险或没钱而没办法治病的时候。

　　拉克斯家的男人大谈霍普金斯和保险，博贝特却对此嗤之
以鼻，只管走进客厅，坐在她的沙发躺椅上。"我血压又上来了，

我可不想因为这个死,知道吗?"她说整件事根本不值得生气,可她还是控制不住。"所有人都知道很多黑人消失了,全是霍普金斯抓去做实验了!"她提高嗓门,"我相信这里边很多都确有其事。"

"大概吧,"桑尼说,"可能好多也是瞎传。你也没法判断。不过我们都知道,关于我妈妈那些细胞的事肯定不是瞎传。"

戴又拿拐杖在地上敲了一下。

"你知道这件事里哪些是瞎掰吗?"博贝特突然从沙发椅里欠起身,厉声说,"人们都说那些细胞是海瑞塔·拉克斯捐的。她什么也没捐。是那帮医生自己拿的,问都没问。"她深吸了一口气,让自己稳定情绪。"真正会让海瑞塔伤心的,是盖伊医生什么也没告诉我们家,我们对细胞一无所知,他也不在乎这个。就是这种态度让我们受不了。我见人就问:'他们为什么对我们家什么也不说?'他们明明知道怎么联系我们!要是盖伊医生没死,我一定亲手把他给杀了!"

1970—1973
22 "她当之无愧的名誉"

1970 年晚春的一个下午，乔治·盖伊穿着他心爱的防水鱼裤，站在波托马克河（Potomac River）岸边。他和霍普金斯的一些科研人员每周三都来一起钓鱼，已经持续了很多年。盖伊突然感到精疲力竭，几乎连钓竿也拿不住。同行的人赶紧把他拖上堤岸，抬上他的那辆白色吉普。这辆车是用某项癌症研究奖金买的。

那次钓鱼之旅后不久，71 岁的盖伊得知自己竟然患上研究了一辈子的病，而且是最致命的种类之一：胰腺癌。盖伊清楚，如果不做手术，他活不过几个月；手术或许能争取到一些时间，但也只是或许。

1970 年 8 月 8 日早上 6 点许，玛格丽特把盖伊实验室的人召齐，包括前一天夜里刚乘红眼航班从欧洲飞来的博士后。

"快点来实验室，越快越好，"她通知所有人，"今天早上有个紧急手术。"可她没说这个紧急手术是什么。

进手术室前，乔治嘱咐医生从自己的肿瘤上取样，像几十年前沃顿医生对海瑞塔做的那样。他也仔细地跟实验室成员交代了培养"乔盖"（GeGe）这个将取自自己胰腺的癌细胞系的注意事项。他希望自己的细胞也能像海瑞塔的一样，永生不死。

"要是有必要，夜以继日地干，"他告诉自己手下的博士后和助理，"一定要成功。"

不一会儿，手术台上的盖伊全身麻醉，医生打开他的腹腔，发现他的癌症已经扩散得不可救药，遍布胃、脾、肝、肠。他们担心贸然对癌组织动刀可能会要了他的命。因此，尽管盖伊术前千叮咛万嘱咐，他们还是没有取样，而是直接进行了缝合。他从麻醉中醒来后，发现"乔盖"细胞系成了泡影，气得火冒三丈。他想的是，如果这些癌细胞注定要让他一命呜呼，他希望自己的死能有助于推动科学的进步。

等他稍微恢复，可以出远门的时候，盖伊就开始联系全国的癌症研究人员，问有没有人要研究胰腺癌并需要病人做实验。回复像雪片一样飞来，有不认识的科学家，也有朋友和同人。

手术后到死亡前的三个月，盖伊先到明尼苏达州的梅奥诊所接受了一个星期的某种日本实验药物的治疗，结果产生了严重的药物反应。他儿子小乔治刚从医学院毕业，他陪父亲扛过整个疗程，确保他每天都能穿上新熨的西装。离开梅奥诊所后，盖伊又跑到纽约市的斯隆-凯特林待了几天，参与另一项研究，后来回霍普金斯做化疗，用的是一种尚未批准供人使用的药。

　　刚确诊胰腺癌的时候，盖伊身高两米，体重将近 100 公斤，发病之后身体很快萎缩下去。他常因腹痛直不起腰，还呕吐不止；各种治疗迅速把他打垮，他只能坐轮椅。可他仍坚持去实验室，不停地给同行写信。死前不久，盖伊告诉从前的助理玛丽·库比切克，如果有人问海瑞塔的真名，那就告诉他吧，毕竟已经这么多年了。可玛丽自始至终没跟任何人提起。

　　1970 年 11 月 8 日，盖伊离开了人世。

　　盖伊死后几个月，霍华德·琼斯和其他几位霍普金斯的同事决定撰文讲讲海拉细胞系的历史，从而缅怀盖伊的职业贡献。执笔人中有顶尖的遗传学家维克多·麦库西克（Victor McKusick）。动笔之前，琼斯查看了海瑞塔的医疗记录，好让自己回忆起更多细节。当看到海瑞塔的活组织切片的照片时，琼斯瞬间意识到，当初她的肿瘤被误诊了。为确定自己的判断，他去翻出了最初的切片样本，自 1951 年起它就一直封存着。

　　1971 年 12 月，琼斯和同事在《产科与妇科学》期刊上发表了他们向盖伊致敬的文章，并指出当年的病理学家“误读”并“误标”了海瑞塔的癌症。文章称，她的肿瘤是浸润性的，但不是最初诊断的“上皮癌”，而是“极具侵袭性的宫颈腺癌”，也就是说癌细胞源自腺体组织而非上皮组织。

　　在当时，此类误诊并不稀奇。琼斯对海瑞塔的肿瘤做切片是在 1951 年，同年，哥伦比亚大学的研究人员发表报告，指出两种癌症非常容易混淆，也确实经常遭到混淆。

霍华德·琼斯和其他我采访过的妇科肿瘤学家都说，哪怕当年诊断对了，海瑞塔还是会得到同样的治疗。到 1951 年为止，至少 12 项研究都表示宫颈腺癌和上皮癌对放射疗法的反应并无二致，所以两种癌症都会如此治疗。

诊断的差别虽然不能影响治疗方式，却能解释为什么海瑞塔的癌症扩散得如此迅速，让医生都措手不及。这是因为宫颈腺癌往往比上皮癌发病更猛（其实她的梅毒可能也是原因之一，梅毒能抑制免疫系统，让癌症扩散得更快）。

尽管发现了这个瑕疵，琼斯和同事仍然写道，新的诊断结果"在乔治·盖伊天才的一生中不过是一个注脚……人们总说，科学发现是有正确的人在正确的时间做正确的事"，他们说，盖伊恰恰就是这么一个人。海拉细胞就是这一切巧合的结果。"假如可以在最适宜的培养环境不受限制地生长，那［海拉细胞］此时早就占据全世界了。活组织切片……让病人海瑞塔·拉克斯作为'海拉'获得了永生，而今已'永生'了 20 年。如果未来的人继续培养，她会不会永远活下去？即使只看到今天，先是海瑞塔而后是海拉，她也已经活了 51 年。"

这是海瑞塔的真名首次见刊。同时首次发表的，还有她那张如今无处不在的双手叉腰照，图注叫她"海瑞塔·拉克斯（海拉）"。借着这篇文章，海瑞塔的医生及其同事就把海瑞塔、劳伦斯、桑尼、黛博拉、扎喀里亚，他们的孩子和所有的未来后代，以及他们的 DNA，永远地和海拉细胞联系在了一起。而海瑞塔的真实身份也如同当年的海拉细胞，很快在实验室间流传开去。

海瑞塔的名字初次见刊后仅仅三周，美国总统理查德·尼克松就签署了《国家癌症法案》，正式向癌症宣战，预计在未来三年拨款 15 亿美元开展癌症研究。他宣称科学家将在五年内找到癌症的治愈之法，向美国建国二百周年献礼。但很多人认为尼克松此举是意在转移公众对越战的注意力。

此次拨款给科学家带来了巨大的政治压力，他们必须努力在限期内完成总统的任务。研究人员拼了命地要找到他们心目中那让人捉摸不定的"癌症病毒"，以期研发出有效的疫苗。1972 年 5 月，尼克松许诺，美国和苏联科学家将联手开展一项生物医学交流计划，一起找出癌症病毒。

尽管抗癌大战全赖基于体外培养细胞的研究，但几乎没人了解这些细胞早就被海拉细胞污染了。虽然加特勒早就在细胞大会上宣布了污染问题，《华盛顿邮报》的一位记者也在场，可这位记者事后没有报道此事，大多数科学家依然否认问题的存在，甚至有人开展研究，想证明加特勒是错的。

但这个问题不会消失。1972 年年底，苏联科学家宣布从苏联癌症病人的细胞里找到了一种癌症病毒，美国政府就派人把细胞样本送到加州的海军生物医学研究实验室检测，结果发现这些细胞根本不是苏联癌症病人的，而是来自海瑞塔·拉克斯。

查明真相的是海军实验室细胞培养主管、染色体专家沃尔特·纳尔逊–里斯（Walter Nelson-Rees）。当年加特勒做那次著名的报告时，纳尔逊–里斯也在听众席，并且是为数不多的相信加特勒的人之一。之后，纳尔逊–里斯受聘于美国国家癌症研究所，致力于解决细胞污染问题。他后来在《科学》杂志发表"海拉污染名单"（HeLa Hit List），列出他发现的所有受污染细胞系，并附上提供细胞系的研究者的名字，因此在人们心中成了海拉监督员。他发现细胞系被污染后压根儿不通知提供者，而是直接公布他们的姓名，这等于是在人家实验室门上直接刷上了红 H。

虽然证据层出不穷，多数科研人员还是不愿相信有污染问题，媒体似乎也未予留意，直到苏联的细胞被美国细胞污染的事报了出来。伦敦、亚利桑那、纽约和华盛顿的报纸纷纷刊出消息，称"去世多年妇女之细胞侵入其他培养物"，表示污染"[带来了] 严重混乱""误导了研究"，还浪费了成百上千万美元。

自20世纪50年代《柯里尔》杂志报道后就沉寂下去的媒体，如今突然兴致大发，又将目光聚焦到了海拉细胞背后的女人身上，连篇累牍地报道这个女人的"永生不死如何非比寻常"，可用的名字还是海伦·拉尔森或海伦·拉恩，自始至终没有出现海瑞塔·拉克斯，因为琼斯和麦库西克的文章是在一份读者寥寥的科学期刊上发表的。

关于这个神秘人物"海伦·L"的流言迅速传开。有人说她是盖伊以前的秘书甚至情人，有人说她是霍普金斯附近的妓女，还有人说她只是盖伊为了隐瞒真实信息而杜撰出来的人物。

由于"海伦"每次在媒体上出现时用的姓都不一样，有些科学家觉得有必要纠正信息。1973 年 3 月 9 日，《自然》杂志刊出伦敦布鲁内尔大学生物学家 J. 道格拉斯 (J. Douglas) 的信：

> 乔治·盖伊从一名美国黑人的宫颈肿瘤中培养出海拉细胞，至今已 21 载。有人估算，如今世界上这种细胞的总重量已经超过她本人的体重。这位女性获得了真正的永生，不仅在试管中，也在全世界科学家的心里，因为海拉细胞为科研和医疗诊断做出了不可估量的贡献。可我们还不知道她的真名！我们都知道"海"（He）"拉"（La）是她名和姓的简写，可有的教材上说是"海伦·拉恩"，有的说是"海瑞塔·拉克斯"。我曾写信给各种文章的作者，包括盖伊发表论文时所属的医院，询问他们的信源，但一直未获答复。就没有人确切知道真相吗？如今海拉细胞已发展成熟，那么还"海 ____ 拉 ____"一个真实身份，让她享有她当之无愧的名誉，难道违背医学伦理吗？

道格拉斯收到了无数的回应。但据资料显示，读者并没有直接回答他关于医学伦理的问题，倒是纠正了他的语法和用词，比如应该说"黑人女性"（negress）而不是"黑人"（negro）。许多人也提供了可能的姓名，比如海尔加·拉尔森（Helga Larsen）、海瑟·兰特里（Heather Langtree），甚至女影星海蒂·拉马尔（Hedy Lamarr）的名字也在其列。终于，1973 年 4 月 20 日，道格拉斯发出了一篇后续，郑重宣布所有提名都该"优雅退场"，因为他收到了霍华德·W. 琼斯的来信，"确定海拉细胞是以海瑞塔·拉克斯的名字命名的"。

琼斯并不是唯一一个站出来纠偏的人。不久，他的合作作者维克多·麦库西克也致信《科学》的记者，纠正她的错误：名字不是"海伦·拉恩"。记者随后在《科学》上发表短文，题为"海拉（代表海瑞塔·拉克斯）"。她承认自己由于疏忽，"在细胞来源问题上采用了不确凿的消息"。接着，就在这本可能是全球读者最多的科学期刊上，她改正了之前的错误："看来海伦·拉恩从来不存在，但这个从不存在的假名字却长期掩盖了海瑞塔·拉克斯这个真实存在的人。"文中还提到了海瑞塔的肿瘤当初被误诊的事。

"这些都不会改变使用海拉细胞做出的科研成果的有效性，"她写道，"但真相或许值得一提——只为还原历史。"

第三部　永生

　　1973 年一个雾蒙蒙的日子，博贝特·拉克斯坐在自己家这一排褐色砖房沿街向下的另一家客厅餐桌旁。这里是朋友加德妮亚的家，离她家只隔四户。加德妮亚的姐夫从华盛顿来访，他们家的人刚吃过午餐，加德妮亚在厨房丁零当啷地刷盘子，姐夫就随口问博贝特是做什么工作的。博贝特说自己在巴尔的摩市立医院做护工，姐夫说："真的吗？我在国家癌症研究所。"

　　他们从医疗聊到加德妮亚种的植物，这些植物铺满了窗台和厨台。"它们在我家准得死。"博贝特说，说完两人都笑了。

　　"你是哪里人？"他问。

　　"巴尔的摩北部。"

　　"不骗你，我也是。你姓什么？"

　　"唔，库珀，可我嫁人了，改姓拉克斯。"

　　"你姓拉克斯？"

"是啊，怎么了？"

"太有意思了，"他说，"我在实验室拿一种细胞做了好些年研究，最近又读到一篇文章说这些细胞都来自一个叫海瑞塔·拉克斯的女人。我以前从没听过这个名字。"

博贝特笑了。"我婆婆就叫海瑞塔·拉克斯，不过我知道你说的不是她，她差不多 25 年前就死了。"

"海瑞塔·拉克斯是你婆婆？"他立马兴奋起来，"她是死于宫颈癌吗？"

博贝特的笑容僵住了，厉声说道："你怎么知道的？"

"那我实验室的细胞准是她的，"他说，"它们来自一个叫海瑞塔·拉克斯的黑人妇女，她 50 年代在霍普金斯死于宫颈癌。"

"什么？！"博贝特从椅子上跳了起来，高声叫道，"你实验室有她的细胞，你这话什么意思？"

他吓了一跳，举起双手，好像在说"哇哦，等一下"。"我和其他所有人一样，都是从供应商那儿买的。"

"什么叫'其他所有人'？！"博贝特勃然大怒，"什么供应商？谁拿了我婆婆的细胞？"

简直像一场噩梦。博贝特从报纸上读过塔斯基吉梅毒研究，这项耸人听闻的研究持续了 40 年之久，最近刚被政府叫停。而这会儿加德妮亚的姐夫又告诉她霍普金斯让海瑞塔的一部分活了下来，全世界的科学家都在拿她做研究，而她家人却对此一无所知。当时她只感觉这辈子听说的那些霍普金斯恐怖故事突然一下全都成了真的，还就发生在自己身上。她想，要是他们现在拿海瑞塔做研究，那早晚也会来找海瑞塔的子女甚至孙辈。

这位姐夫告诉博贝特，最近新闻里到处都是海瑞塔的细胞，因为它们污染了其他细胞，引起了不少问题。可博贝特只管摇着头说："她的一部分还活着，为什么没人告诉她家里人？"

"我真希望知道为什么。"他说。和大多数科研工作者一样，他从没想过海拉细胞背后的女人当初是不是自愿捐的细胞。

博贝特告辞跑回家，冲进纱门来到厨房区，喊劳伦斯出来："你妈妈的一部分，还活着！"

劳伦斯打电话给父亲，把博贝特听说的事告诉他，戴听了不知如何是好。海瑞塔还活着？这完全说不过去。他在克洛弗亲眼看见她的尸身下了葬。难道他们去把她挖出来了？还是解剖的时候做了手脚？

劳伦斯又打电话给霍普金斯的总机："我是来打听我妈海瑞塔·拉克斯的，听说你们拿着她的一部分，这部分还活着。"可接线员就是找不出一条记录说有个病人叫海瑞塔，劳伦斯只好挂上电话，不知还能打给谁。

劳伦斯打电话给霍普金斯后不久，也就在同年 6 月，人类基因图谱第一届国际研讨会在耶鲁大学召开，向着"人类基因组计划"迈出了第一步。一群科研人员坐上会议桌，讨论如何解决海拉污染问题。有人提出，如果能找到一种海瑞塔特有的遗传标记并用以确定哪些细胞是海瑞塔的而哪些不是，这样一来混乱局面就能迎刃而解。但要找到海瑞塔特有的遗传标记，必须有她直系亲属的 DNA 样本，最好是她丈夫的和孩子的，然后同海拉细胞的 DNA 做对比，这样就能做出海瑞塔的基因图谱。

维克多·麦库西克，这位最先公开海瑞塔名字的科学家之一，恰好在讨论现场。他说他有办法：海瑞塔的丈夫和孩子都还是霍普金斯的病人，因此找到他们并非难事。麦库西克自己又是在职医生，有权查看他们的病历和联系方式。

在场的遗传学家全都振奋了起来。有了海瑞塔子女的 DNA，他们不仅能解决细胞污染问题，还能从前所未有的新高度研究海瑞塔的细胞。麦库西克对此完全赞同，于是他对自己的博士后苏珊·许（Susan Hsu，音）说："你回巴尔的摩就赶紧把这件事搞定。"

麦库西克没告诉苏珊怎么跟拉克斯家的人解释这件事背后的科研目的，只交代她给拉克斯家打电话。

多年后，苏珊告诉我："那时候他就像神一样，是特别、特别有名的人，世界上其他著名遗传学家大多出自他门下。麦库西克大夫说'回巴尔的摩把这血抽到'，我就照办了。"

会议结束，苏珊回到巴尔的摩，立马打电话给戴，问能不能从他家人身上抽点血。"他们说我老婆在他们那儿，一部分还活着，"多年后，戴这样对我说，"他们说一直在拿她做实验，现在还想测测我的孩子，看他们身上有没有让海瑞塔送命的癌。"

其实苏珊完全没提过给海瑞塔的子女测癌症的事。因为世上根本没有"癌症检测"这回事，即使有，麦库西克的实验室也不可能做，因为他就不是研究癌症的。麦库西克是著名的遗传学家，世界上第一个人类遗传学系就是他在约翰·霍普金斯大学成立的，在这里他维护着一份包含数百个基因的编目，其中几个还是麦库西克亲自从阿米什（Amish）人群中发现的。他把已知基因的相关信息，以及就这些基因做出的科研成果，汇集成为"人类孟德尔遗传"（MIM）数据库，该数据库成了该领域的圣经，如今已有近 2000 个条目，而且依然在扩充。

麦库西克和苏珊希望用细胞杂交手段来测试拉克斯一家人细胞中几个不同的遗传标记，包括一种特殊蛋白——人白细胞抗原（HLA）标记。他们希望通过测试海瑞塔的孩子，推测出海瑞塔的 HLA 标记，之后就能用这些标记确定她的细胞。

那时候，苏珊刚从中国来到美国，英语不是她的母语。据苏珊回忆，1973 年她打电话给戴时，是这么说的："我们想抽点血，好提取 HLA 抗原，我们要做一些遗传标记分析，因为根据海瑞塔·拉克斯的孩子和丈夫的情况，我们能对她的基因型做出很多推断。"

我问她，戴明不明白这话的意思，苏珊说："从电话里听，他们似乎挺理解的。他们很聪明。我觉得拉克斯先生应该已经知道他妻子做出了很多贡献，也很清楚海拉细胞的价值。他们很可能听别人说过海拉细胞系有多重要。那时这细胞可是谈论的焦点。拉克斯家的人很好，他们特别慷慨，允许我们抽血。"

　　苏珊口音很重，戴也好不到哪儿去——他带着浓重的南方乡村口音，发音含糊，拖着长音，有时连自己的孩子也不懂他在说什么。可语言并不是二人唯一的交流障碍。不管苏珊有没有口音，戴都不可能明白永生不死的细胞意味着什么，也不懂什么 HLA 标记。戴这辈子只上过四年学，也从没学过科学。他只听说过一种"胞"，就是儿子扎喀里亚在黑格斯敦 (Hagerstown) 城外待的监狱"包间"。* 因此，戴像以前对别的医生一样，如遇不懂，一概点头称是。

　　若干年后，我问麦库西克，是否有人尝试获得拉克斯家成员的知情同意，他答："我猜从来没人给他们特别细地解释过。但我也不信有人会跟他们说我们要做癌症检测，因为这根本不符合事实。去联系的人只可能说：'你们的妈妈死于癌症，那些癌细胞被培养出来，现在全世界都有，人们特别细致地研究这些细胞，想更好地了解癌症。所以我们想从你们身上抽点血。'"

　　我拿相同的问题问苏珊·许，她也给了否定的答案："我们从没出具过同意书，因为只是抽血，不是做某种医学研究，你知道，不是长期的。我们只是想采几管血，用来做遗传标记检测，和人体研究委员会什么的没有关系。"

　　尽管这种态度在当时并不少见，但美国国家卫生研究院确

---

* 英语中，"细胞"与"牢房"两词都是 cell。——译注

实明文规定，凡是它资助的项目（就比如麦库西克的研究），只要用到人类被试，必须签署知情同意书，而且还须经过霍普金斯一个审查委员会的批准。此项规定从 1966 年索瑟姆审判之后就开始实施，1971 年又得到了补充，加入了对知情同意的详细定义。苏珊·许给戴打电话那会儿，规定即将被写入法律。

麦库西克对拉克斯家人展开研究的时候，正好是科研监管政策剧烈波动的时期。仅仅一年前，塔斯基吉和另几项不道德的研究被曝光，当时的美国卫生、教育与福利部（HEW）* 于是启动了一项调查，想看看涉及使用人类被试的研究时，联邦监管的情况如何，结果发现非常不足。一份政府报告说，当今"关于如何进行风险评估充斥着广泛的混乱"，"有些研究人员甚至拒绝配合"监管，"还有的地方机构，负责科研管理及相关规则制定的人态度漠然"。在终止了塔斯基吉研究之后，HEW 拟了一份新的"保护人类被试"规范的草案，内容之一便是强调知情同意必不可少。到 1973 年 10 月，就在苏珊打电话给戴几个月之后，HEW 就会在《联邦公报》上刊出公告，征集大家对草案的意见。

戴挂下苏珊的电话，立刻拨给劳伦斯、桑尼和黛博拉，叫他们第二天都过来："霍普金斯的医生要来给你们几个查血，看

---

* 见 065 页脚注。

你们有没有你们妈妈的癌症。"

海瑞塔死的时候，戴同意让医生解剖，因为他们说没准将来对他的孩子有好处。戴想，他们当初一定是说了真话。海瑞塔患癌症的时候怀上了扎喀里亚，因此这个儿子从小脾气暴躁。如今黛博拉已经快 24 岁了，再有几年就到了海瑞塔去世的年纪，医生这个时候说黛博拉该接受检查，正是合情合理。

黛博拉慌了神。她知道妈妈 30 岁得病，所以猜相同的事也会发生在自己身上，所以对 30 岁这个年纪长期以来都非常恐慌。她无法想象自己的孩子要是跟自己一样从小就没了妈，日子要怎么过。拉敦娅才 2 岁，阿尔弗雷德 6 岁，猎豹则是连抚养费都没出过，根本指望不上。黛博拉领过三个月的社会福利，但对这种感觉很不爽，于是找了两份工作，白天去郊区的"玩具反斗城"(Toys "R" Us) 上班，那地方很远，单程要一个多小时，换两次公交车；晚上再去家后面的吉诺 (Gino's) 汉堡店上班。

黛博拉请不起保姆，因此汉堡店老板允许拉敦娅和阿尔弗雷德在店面的角落里等妈妈。晚上 8 点半是黛博拉的晚餐休息时间，她会趁这段时间匆匆带孩子回家，安顿他们睡觉——两个孩子知道除非听见妈妈敲门的暗号，否则决不开门，也知道不要把煤油灯放在窗帘或地毯边上。不过，黛博拉仍然担心自己上班的时候家里出意外，所以还带孩子做"防火演习"：她一直在床腿绑一条被单拧成的绳子，然后教孩子们匍匐着爬到窗边，把被单绳扔到窗外，顺着它爬到安全的地方。

黛博拉只有孩子们了,她不会允许任何意外发生在他们身上。因此,当她父亲打电话说霍普金斯想查查她有没有患上她妈妈当年的癌症,黛博拉哽咽着说:"主啊,千万别在这个时候把我从孩子们身边带走啊,我们一起经历了那么多事,好不容易才走到今天。"

就在苏珊联系戴之后不几天,戴、桑尼、劳伦斯和黛博拉齐坐在了劳伦斯家的餐桌边。苏珊和麦库西克实验室的另一位医生从他们每人身上都抽了几管血。

接下来几天,黛博拉反复给霍普金斯医院打电话,每次都跟接线员说:"我想问我的癌症检测结果。"可没有一位接线员明白黛博拉说的是什么检测,也不知道把电话往哪里转。

不久,苏珊又写信给劳伦斯,问她能不能派个护士到黑格斯敦的监狱给扎喀里亚取个样,信中还附了麦库西克和琼斯缅怀乔治·盖伊的那篇文章的复印件,她说也许劳伦斯想看看关于他母亲细胞的报道。可事后家里人全说没见过文章,他们觉得可能是劳伦斯顺手塞在抽屉里忘记了。

拉克斯家的男人们对妈妈的细胞和所谓癌症测试都没多想。劳伦斯整天在铁路上工作,家里还有一帮孩子;扎喀里亚还在牢里;桑尼的日子已然不好过,这阵子他正忙着卖毒品。

黛博拉可不一样。她每时每刻都在担心,怕自己患上癌症,还有着挥之不去的念头:科学家们曾经对母亲做过可怕的事,没准现在还在做。她以前就听过霍普金斯抓黑人做研究的故事,还在《黑玉》上看到过对塔斯基吉研究的报道，报道暗示医生可能为了研究而给黑人注射梅毒。"在美国的医药科学领域，以前就有医生给不知情的人类被试注射致病物质的先例，"文章解释道，"八年前，纽约市的癌症专家切斯特·索瑟姆医生就曾给患有慢性病的老年病人注射活性癌细胞。"

黛博拉心里开始犯嘀咕，没准苏珊和麦库西克根本不是给他们检查癌症，而是把要了母亲命的血也注射给他们。于是她开始向戴问好多关于母亲的问题，比如妈妈是怎么得病的，死了以后发生了什么情况，医生们又对她干了什么。戴的答复似乎印证了她的疑惧。戴说，本来一点也看不出海瑞塔有病，他把海瑞塔带到霍普金斯，他们就开始给她治疗，把她的腹部搞得像炭那么黑，之后她就死了。萨蒂和其他亲戚也是这么说。可当黛博拉问到妈妈得的具体是哪种癌，医生们是怎么治的，还有妈妈到底哪一部分还活着，家里竟无一人知晓。

因此，当麦库西克的一名助手打来电话，叫黛博拉去霍普金斯再多抽一些血时，她二话没说就去了，心想，如果家人回答不了关于妈妈的那些问题，科学家们兴许能回答。她并不知道，这次抽的血会被加州的一位科学家取走做海拉细胞研究；她也不知道麦库西克的助手为什么只叫她而没叫她的兄弟们，她猜也许妈妈的病不影响儿子，只传女儿。她依旧以为是要检测癌症。

1974 年 6 月 26 日，黛博拉走进麦库西克的办公室再次抽血。

仅仅四天后，新的联邦法案生效，其中规定，经由联邦资助的所有研究都必须经过机构审查委员会（IRB）审核批准，且必须获得知情同意。这份法案的草案一个月前就登在了《联邦公报》上，里面明确说明适用于所有"面临风险的被试"，意思是"任何作为被试参与实验，从而可能遭受生理、心理或社会性伤害的个人"。但关于什么才构成"风险"和"伤害"，存在着激烈的争论。很多研究人员上书 HEW，申诉说采集血液和组织样本不应在新法规定范围之内。毕竟医生为检测和诊断而抽血，已经有几百年历史，而且除了扎针时有点疼之外，也不会给病人造成什么风险。但 HEW 否定了他们的意见，不仅如此，后来他们还对法案做了进一步说明，明确了抽血和取组织样本就在规定之内。

麦库西克研究拉克斯家人的时候，遗传学正迎来新的纪元，对何谓病人承受的风险也有了完全不同的认识。科学家可以用血样甚至单个细胞做基因检测，这就意味着抽血的风险不再只是轻微感染或针扎一下那么简单——而是别人有可能获取你的遗传信息。这就涉及侵犯隐私权的问题了。

黛博拉同麦库西克只有一面之交，就是她去霍普金斯抽血那次。麦库西克同她握手，告诉她海瑞塔为科学做出了重要贡献。接着黛博拉就对他展开了问题轰炸：妈妈到底为什么生病？人都死了怎么会有一部分还活着？海瑞塔到底为科学做了什么？还有，麦库西克几次给自己抽血，是不是意味着自己也会和妈妈一样，年纪轻轻的就死？

麦库西克没有解释为什么叫人给黛博拉抽血。相反，他告诉她，海瑞塔的细胞用于了脊灰疫苗的研发和遗传学研究；另外，她的细胞也已经在早期太空计划中上了天，还参与了原子弹试验。听了这些事，黛博拉想的是妈妈在月亮上或者被炸弹炸飞。她觉得特别可怕，还止不住琢磨，既然科学家拿妈妈的一部分做研究，那这些部分会不会对发生在自己身上的事有所感知？

黛博拉请麦库西克多给自己讲讲妈妈细胞的事儿，麦库西克送她一本自己编著的《医学遗传学》（*Medical Genetics*），这本书后来是这个领域最重要的教材之一。他告诉黛博拉，她的所有问题都能从这本书里找到答案，接着就在封面内侧签了个名，又在下面写了个电话号码，说将来再抽血可以打这个电话预约。

交代停当，他翻到导言的第二页，在"婴儿疾病死亡率"图表和"加罗德氏先天性代谢缺陷的纯合状态"说明文字之间，是海瑞塔那张双手叉腰的照片。他指着描述文字给黛博拉看：

　　顺带一提，医学遗传学家利用细胞研究取代人体，这才让细胞生物学中的形态学、生物化学等领域的信息宝库"兑了现"。而这些信息有很大一部分来自对一个细胞系的研究，这个著名的细胞系就来自本页插图中的这位病人：*海瑞塔·拉克斯*。

书中写满了难懂的句子，比如说海瑞塔的细胞"组织学特性不典型，这可能同癌变区域非比寻常的恶性表现相关"，还提到了"该肿瘤之特异性的相关物"。

黛博拉连看杂志都要花很长时间，因为她需要经常停下来查字典。现在她坐在医院，端着麦库西克的书，更是一点也读不下去。她满脑子都是妈妈这张照片，自己以前从没见过。"她是怎么跑到这本书里来的？"她想，"他怎么拿到的这张照片？"戴发誓说自己从没把海瑞塔的照片给过麦库西克或任何一个给海瑞塔治过病的医生，黛博拉的兄弟也坚称没有。戴觉得，唯一的可能是霍华德·琼斯管海瑞塔要过照片，好放在病历里。可据戴所知，后来人们刊登这张照片，从没征求过他们家的许可。

麦库西克是在 2008 年去世的。在那之前的几年，我与他交谈，那时他已经 79 岁高龄，仍然坚持做研究、培养年轻科学家。他也不记得自己是怎么得到海瑞塔的照片的，据他推断，应该是海瑞塔的家人给霍华德·琼斯或是霍普金斯的其他哪个医生的。他还记得自己关于拉克斯家人的研究，不过对会见黛博拉和给她书的事儿没有半点印象，还说自己从没和拉克斯家的人有过直接接触，每次都是叫苏珊·许去联系。

我又找到苏珊，她现在是美国红十字会医学遗传学方面的负责人。苏珊说，在麦库西克手下研究海拉细胞的经历是她职业生涯中的高光时刻。"我非常自豪，"她说，"我应该会把当时发表的文章复印出来，告诉我的孩子们这些工作很重要。"我告诉她拉克斯家的人一直以为当年她是给他们检查癌症，还对科学家们使用海拉细胞而他们家人却不知情感到不满，苏珊听了非常震惊。

"我觉得很难过，"她说，"应该告诉他们的。你知道，我们那时根本想不到他们会不懂。"

她还说，等我下次联络拉克斯家人的时候，希望我带个话。"请转告他们，我由衷感激他们，"她说，"他们应该为自己的妈妈或是妻子感到自豪。我觉得他们之所以生气，大概是因为没有意识到这些细胞今天在全世界是多么著名。事情变成这样非常不幸，可他们还是应该为海瑞塔而骄傲。只要医药科学还在继续，他们的妈妈就永远不会死，她会永远为人所知。"

那次交谈的最后，苏珊说要是如今能再给拉克斯家人做血检，她能得到更多信息，因为今日的 DNA 技术已经比 20 世纪 70 年代进步了不知凡几。接着她问我能不能再帮她给拉克斯家的人转达一件事："要是他们愿意，我也愿意回去再给他们抽点血。"

24 "至少应该把名誉给她"

麦库西克和苏珊找到拉克斯一家，是为了解决海拉污染问题，但这家人对此并不知情，直到留着长发、穿着摇滚范儿的迈克尔·罗杰斯闯进他们的生活。

此人是《滚石》杂志的一名年轻记者，称得上新闻界奇才，19岁就拿到创意写作和物理学的学位，还在《时尚先生》杂志发表了第一篇报道；在20岁出头开始研究海拉细胞的故事时，他已经出过两本书，并成为《滚石》的雇员。此后他做到《新闻周刊》的编辑，接着转战《华盛顿邮报》。

罗杰斯头一次听说海拉细胞是在医学院的厕所里——小便池上写着"海伦·拉恩万岁！"的字样。此后，他开始查阅关于海拉细胞的报道，还了解到细胞污染的问题。在整个故事中，科学和人的利益关切错综复杂，直觉告诉他这将成为《滚石》上一篇精彩的文章。于是他着手寻找神秘女子海伦·拉恩。

罗杰斯打电话给玛格丽特·盖伊。夫人本来友善、健谈，直到罗杰斯开始打听海伦·拉恩。她说他们二人还是不要见面为好，接着就挂了电话。后来罗杰斯想方设法联系上沃尔特·纳尔逊－里斯，后者顺嘴提到，海瑞塔·拉克斯才是细胞背后女人的真实姓名。很快他就坐在了巴尔的摩酒店的床上，窗外就是那面 B-R-O-M-O-S-E-L-T-Z-E-R 钟。他低头翻阅当地电话簿，找到了劳伦斯·拉克斯的名字。

那是 1975 年的冬天，街道结着冰。罗杰斯坐出租车去劳伦斯家，经过一个路口时被另一辆车拦腰撞上。出租车原地转了五六圈，像某个巨人伸下来大手，在把它当玻璃瓶转。罗杰斯以前满世界跑，做高风险的报道；这回他坐在出租车后排，手紧紧抓住车门扶手，心想：妈的！要是我出了那么多次任务，最后是为了这次的报道死在巴尔的摩，那真是蠢透了。这故事连危险的边儿都沾不上！

30 年后，当我俩坐在他位于纽约布鲁克林的房子里，我们半开玩笑地达成共识："旋转飞车"也许并非偶然。黛博拉后来就说，这是海瑞塔在警告罗杰斯离她家人远远的，因为他将给这家人带来令他们不高兴的消息。罗杰斯的房子后来遭遇加州奥克兰的那场著名大火，关于海拉细胞和海瑞塔家人的笔记和资料全部付之一炬，黛博拉也说这火是海瑞塔放的。

最后，罗杰斯总算到了劳伦斯家，他本是来采访拉克斯家的人，结果自己却遭遇了问题轰炸。

"非常明显，他们没有得到恰当的对待，"罗杰斯告诉我，"他们真的不知道自始至终究竟发生了什么，他们也真的很想弄明白。可那些医生只是采了血样，什么也没解释，就留下这家人自己担惊受怕。"

劳伦斯问道："我纳闷的是，那些细胞……他们说这些细胞更强，把其他细胞都取代了——这是好还是不好？是不是说要是我们得病，就能比其他人活得长？"

罗杰斯告诉拉克斯一家，事情不是这样的，那些细胞不死，既不代表他们家人也能永生，也不意味着他们都会死于癌症。可他不确定他们是不是认可他的说法。罗杰斯尽他所能给他们讲解细胞是什么，也给他们转述了媒体上对海拉细胞的报道，还答应会把这些报道的复印件寄给他们看。

当时，海瑞塔的直系亲属中似乎没有谁对海瑞塔的故事和那些细胞的存在有什么抵触情绪，只有黛博拉例外。

多年后，桑尼对我说："我刚知道这些细胞还活着的时候，对它们没有太多感觉，只要它能帮到人。我当时就是这么想的。"

可当他和兄弟们看到罗杰斯的文章，知道了下面的事，态度就变了：

> 各种细胞系在全世界的研究机构之间交换、买卖、转寄、索求、借用……如今细胞的机构来源有[政府]资助机构，如纳尔逊－里斯实验室；还有各种商业团队，

他们设立了免费的 800 电话，只要打个电话，付上 25 美元，就能拿到一小玻璃瓶海拉细胞。

这段话让拉克斯兄弟们对海拉细胞的故事兴趣陡然大增。他们认定乔治·盖伊和约翰·霍普金斯医院偷了妈妈的细胞，从相关的买卖中捞了百万千万的钱。

但实际上，从盖伊的经历来看，他对拿科学赚钱没有多大兴趣：20 世纪 40 年代初就有人请他成立并运营第一个商业性的细胞培养实验室，盖伊拒绝了。如今为细胞系申请专利已是标准操作，但在 50 年代却闻所未闻；哪怕不是这样，盖伊或许也不会给海拉细胞申请专利。他连转鼓的专利也没申请，这个仪器直到今天还在用，他要是早想着专利，肯定已经发了。

盖伊在霍普金斯的工资也不少，但最终完全称不上富有。他和玛格丽特的住宅很朴素，是从朋友那里买的，预付款只要一美元，后来很多年一直在修缮和还房贷。玛格丽特帮盖伊打理实验室，十几年一直没领过工资。盖伊还总动用自家的账户为昂贵的实验室设备凑钱，搞得玛格丽特有时候连还房贷和买食品的钱也没有。最后她只好逼盖伊单开一个实验室账户，尽量拦着他用家里的钱。两人结婚 30 周年那天，盖伊送给玛格丽特一张 100 美元的支票，铝箔包装纸的背面潦草地写了一句话："往后 30 年再不会那么艰辛。爱你的乔治。"玛格丽特从未兑现这张支票，他们的生活也没有好到哪儿去。

这些年来，约翰·霍普金斯的好几位发言人，包括至少一位大学的前校长，给我和其他记者发出过声明，说霍普金斯从没用海拉细胞赚过一分钱，乔治·盖伊总是把它们免费送人。

从现有记录来看，霍普金斯和盖伊都没有因为海拉细胞收过钱，可的确有许多营利性细胞库和生物技术公司这么干了。微生物联合公司靠出售海拉细胞起家，后来成为 Invitrogen 和 BioWhittaker 这两家世界级生物技术大公司的一部分。当时，因为它是私人企业，并且还销售其他多种生物制品，所以无法估计它到底从海拉细胞赚了多少钱。许多其他公司也有此类情况。我们只知道，如今 Invitrogen 公司仍然在卖海拉细胞制品，一小管的价格介于 100—10000 美元之间。如果搜索美国专利商标局的数据库，会找出超过 17000 条涉及海拉细胞的专利。而那么多科学家用海拉细胞做科研，取得的职业成就更是难以量化。

ATCC 是非营利机构，经费基本上用于为科研工作保存和提供纯净的培养细胞。他们从 20 世纪 60 年代起售卖海拉细胞，在本书付梓之际，价格是每小管 256 美元。ATCC 不肯透露每年从海拉细胞盈利多少，不过数目想必不低，因为海拉细胞一直是世界上使用最广泛的细胞系之一。

劳伦斯和桑尼不知道这些细节，他们只知道盖伊在霍普金斯培养妈妈的细胞，然后有地方有人靠它们赚钱，而这些人和海瑞塔·拉克斯并无关系。因此，为了让霍普金斯把他们心目中自己该得的那份给他们，拉克斯兄弟就在劳伦斯的店里向顾客发传单，控诉说海瑞塔·拉克斯的家人没有得到应有的报偿。

黛博拉可没兴趣和霍普金斯医院干架。她忙着养孩子，还努力自学妈妈细胞的知识。她搞了几本基础的科学教材和一本不错的字典，把从生物教材上的内容整段整段地摘抄在本子上。"细胞是生物体的微小组成部分，"她写道，"它们组成并更新身体的所有部分。"但本子里大多数时候记的是当时发生的事：

带着痛苦继续

……我们应该知道所有拿到她细胞的人都用她的细胞干了什么。你恐怕得问这个消息为什么有这么长时间，好多年反复出现在全世界的录像资料、书本、杂志、广播、电视上……我吃惊极了。问他们，没人回答我。从小，大人就让我悄悄的，别说话，就听着……现在我必须说，海瑞塔·拉克斯怎么搞得都失控了，我妈妈经受了那么多痛苦，一个人应付那些冷血医生。噢，我爸爸说，他们用放射治疗活活地烤她啊！那短短几个月她心里都想些什么啊。病也不见好，离家里人越来越远。你瞧，我试着在心里重过一遍那些日子。最小的孩子因为结核住院，最大的女儿在另一家医院，还有三个孩子在家，然后丈夫不得不，你听我说，不得不玩儿命工作，好让孩子们不挨饿。妻子还快死了……她就在约翰·霍普金医院那个样子冷冰冰的病房里，还是专门给黑人待的那一边，没错，我都知道。到了我妈死的那天，人家抢了她的细胞，约翰·霍普金斯医院研究那些细胞，把它据为己有，谁要就给谁，还把名字改成海拉细胞，瞒了我们20+年。他们说是"捐"的。不不不，绝对是抢！

　　我爸没签过任何文件……我要他们给我看证据。在哪儿呢。

黛博拉越是努力去了解妈妈的细胞，越觉得海拉细胞的研究格外可怕。有一次她看见《新闻周刊》上一篇文章叫"人植体"（PEOPLE-PLANTS），说科学家把海拉细胞和烟草细胞做杂交，黛博拉以为他们会造一个"人植体怪物"出来，一半是她妈妈，一半是烟草。她还看见科学家拿海拉细胞研究艾滋病和埃博拉病毒，于是不禁想象妈妈不断被两种疾病的各种症状折磨：疼痛刺骨，双目流血，无法呼吸。此外，还有报道称有一位"通灵疗愈师"拿妈妈的细胞研究灵力能否治疗癌症——他把手放在海拉细胞上，看能否杀死它们。他写道：

　　我拿着烧瓶，精神高度集中，心中只想着这些细胞的样子，想象细胞场内部出现扰动，细胞破裂……过程中我感到我的双手在和细胞强大的黏着力展开较量……后来我的力量穿透细胞场，使它不断瓦解……就好像有人把微小的手榴弹放进每个细胞，培养基里的所有东西突然爆炸，分崩离析！漂浮的死细胞数量增加了 20 倍！

　　在黛博拉看来，这段话讲的就是对妈妈的暴力攻击。可她最生气的是全世界那么多科学家和记者还在管她妈妈叫海伦·拉恩。她想，既然他们已经擅自把她的细胞拿走了，这些细胞对科学又那么重要，他们至少应该把名誉给她。

　　1976 年 3 月 25 日，登着迈克尔·罗杰斯文章的那期《滚石》出现在报摊上，这是第一次有人真实记录海瑞塔·拉克斯及其家人，也是主流媒体第一次明确指出海拉细胞背后的女性是黑人。这篇报道出现得恰是时机，引起了轰动效果：塔斯基吉事件尚有热度；黑豹党在街区公园为黑人设立免费门诊，抨击现有的种族主义医疗系统。在这样的情势下，海拉细胞背后的种族主义故事就不容忽视。海瑞塔生来是黑人奴隶和佃农，后来逃去北方寻找新生活，最后的命运竟然是她的细胞未经她同意就被白人科学家用作了工具。这是白人买卖黑人的故事，是黑人通过一个细胞污染所有白人"产物"*的故事。而就在不久前，谁人只要有"一滴黑人血"，就都没有与白人结婚的合法权利。而且海拉细胞已经成为医学上最了不起的工具之一，然而细胞背后的黑人女性从没得到过认可。这绝对是大新闻。

　　罗杰斯的报道又引起其他一些记者的关注，他们纷纷联系

---

* 即 cultures，兼有"培养物"和"文化"之义。

拉克斯一家。之后的三个月,《黑玉》《乌木》《史密森》(*Smith-sonian*)杂志和其他若干报纸纷纷报道海瑞塔,说她是"抗癌圣战中的关键人物"。

与此同时,维克多·麦库西克和苏珊·许同其他几位作者在《科学》上发表了研究结果。一个表格占据了半页版面,表头是"丈夫""孩子1""孩子2""海瑞塔""海拉细胞"等,下面是这些样本的43个遗传标记的具体信息,所有结果全是利用戴和他的两个孩子的DNA做出来的。这一团队利用这些标记做出了海瑞塔的DNA图谱,据此科学家们就能更好地辨认培养物中有没有海拉细胞。

如今,科学家绝对别想公开被试的任何基因信息或真名,因为我们已经知道从DNA能推知多少信息,包括此人患上某些疾病的风险。1996年,美国《健康保险流通和责任法案》正式生效,其中规定,如果公开被试的医疗信息,比如这样的基因信息,将面临最多25万美元的罚款和10年徒刑。2008年美国又颁布《反遗传信息歧视法案》,同样禁止公开遗传信息,以保证人们不会因基因歧视而失去工作或健康保险。但在30年前可没有这样的联邦监管。

律师可能可以帮拉克斯一家想出办法,比如让他们以"侵犯隐私"和"没有知情同意"为由诉讼。可这家人从没咨询过律师,他们甚至不知道有人拿自己的DNA做研究,遑论公开相关信息了。黛博拉仍然在等她心目中的"癌症检测结果",桑尼

和劳伦斯还在忙着琢磨怎么从霍普金斯得到些钱。他们根本不
知道，在这个国家的另一端，一位名叫约翰·穆尔（John Moore）
的白人正怀着同样的目的展开一场战斗。与拉克斯家不同的是，
穆尔非常清楚是谁取走了自己的细胞，也知道他们从中赚了多
少钱。而且他也有能力请律师。

25 "谁允许你卖我的脾脏？"

1976年，也就是罗杰斯在《滚石》发表文章、拉克斯一家发现一直有人买卖海瑞塔的细胞那年，约翰·穆尔正在阿拉斯加石油管道公司做测量员，一天工作12小时，一周七天无休。他突然开始牙龈出血，腹部肿胀，全身淤青，他本以为是工作在要他的命，结果是在31岁这一年，他得了毛细胞白血病。这是一种罕见且致命的癌症，不久，他的脾脏就塞满了恶性血液细胞，鼓胀得像充气过多的内胎。

当地医生把穆尔转给戴维·戈尔德（David Golde）——加州大学洛杉矶分校（UCLA）的著名癌症专家。戈尔德告诉穆尔，摘除脾脏是唯一的办法。穆尔签署了同意书，表示医院可以"把切除的组织和身体部位做焚烧处理"。接着戈尔德摘除了穆尔的脾脏。一般人的脾脏不到半公斤重，而穆尔的重达10公斤。

手术后，穆尔搬到西雅图，改卖牡蛎为生。不过从1976年到 1983 年，他每隔几个月就要飞到洛杉矶让戈尔德为他复查，取骨髓、血液和精液。起初穆尔没多想，可折腾了几年后他不禁琢磨，西雅图的医生不能做这些事吗？穆尔告诉戈尔德，他想在离家近点儿的地方复查，而戈尔德却提出要帮穆尔付机票钱，还出钱让他住比弗利山威尔希尔（Beverly Wilshire）这样的昂贵酒店。穆尔觉得事有蹊跷，但也没怀疑什么，直到 1983 年，也就是手术七年后，一名护士递给他一张新的知情同意书：

　　本人（自愿，不愿）将从本人或后代身体培养出的细胞系，以及可能从本人血液和／或骨髓衍生出的所有产品的一切权利，授予加州大学。

　　起初，穆尔圈了"自愿"。但几年后，他告诉《发现》杂志："谁也不想惹麻烦。谁也不知道这些人会不会停掉你的治疗，让你死掉什么的。"

　　但穆尔怀疑戈尔德对他有所隐瞒，因此下次检查前，当护士递给他一张一模一样的文书让他签，他转而问戈尔德这些后续检查是不是有商业价值。据穆尔说，戈尔德当时的回答是没有，不过穆尔还是圈了"不愿"，以防万一。

　　检查结束，穆尔回附近的父母家，一进家门电话就响了。来电的是戈尔德，自穆尔离开医院后，他已经打了两次电话，他说穆尔肯定是没留神，在同意书上圈错了地方，让穆尔回医院改回来。

"我不想顶撞他，"多年后，穆尔告诉记者，"就说：'哎呀，医生，我不知道怎么就圈了错的。'可我还说自己回不去，得马上飞回西雅图。"

穆尔回去不久就收到一封信，信中正是那份知情同意书，另外还附有一张纸条，写着"圈'愿意'"。他没有照办，结果几周后又收到戈尔德另一封信，叫他别再找麻烦，赶紧签同意书。这一次他终于把同意书寄给了律师，律师发现穆尔术后这七年，戈尔德一直致力于研发和推广一个新的细胞系：Mo。

穆尔对另一位记者说："在别人心里我就是一个代号 Mo，在病历里也被写成 Mo，'今天会见了 Mo'，这种做法非常剥夺人性。忽然之间，我觉得自己不再是戈尔德搂抱的那个活生生的人，而变成了 Mo，一个细胞系，就像一块肉。"

戈尔德为穆尔做了七年的"复查"，就在让穆尔签署新同意书前几周，他刚给穆尔的细胞系和基于该细胞系生产的几种极有价值的蛋白质申请了专利。戈尔德尚未出售专利权，但是根据穆尔最后提出的诉讼，戈尔德已经同一家生物技术公司达成协议，他将获得价值超过 350 万美元的公司股票和经费，用于对 Mo 细胞系开展"商业性研发"和"科学研究"。在当时，该细胞系的市场估价高达 30 亿美元。

直到 1980 年，也就是穆尔上诉的前几年，生物制品才被纳入专利保护范围。改变源自最高法院对阿南达·莫汉·查克拉巴蒂（Ananda Mohan Chakrabarty）的判案。查克拉巴蒂是通用电气公司的科学家，他用遗传工程的方法开发出一种嗜油细菌，可以用来清除泄漏的石油。他提出专利申请，却遭到驳回，理由是生物体不属于发明。查克拉巴蒂的律师申辩说，平常的细菌都不能吃石油，查克拉巴蒂的细菌并不是自然产生的，它们之所以存在，皆因他凭借"人类的才能"进行了改造。

查克拉巴蒂胜诉了，"生物专利"成为可能。经基因改造的动物和细胞系都在许可范围之内，因为它们并不会在机体外自然产生的。同时，给细胞系申请专利也无需"细胞供体"的知情或许可。

科学家们很快就会指出，约翰·穆尔的细胞很是特殊，实际上真正值得申请专利的细胞系屈指可数。穆尔的细胞能合成一些罕见的蛋白质，制药公司可用以治疗感染和癌症；这些细胞里还带有一种罕见的病毒：人类嗜 T 细胞病毒（HTLV），是人类免疫缺陷病毒（HIV）的远亲。研究人员希望利用它开发疫苗，以阻止艾滋病的流行。正因为看到这些价值，制药公司才愿意出巨资支持 Mo 细胞系的研究。假如穆尔在戈尔德申请专利前得知这些信息，他就能直接联系公司，谈成自己细胞的售卖生意。

此种做法在 20 世纪 70 年代初就有先例。那人名叫泰德·斯莱文（Ted Slavin），卖的是从自身血液中提取的抗体。斯莱文生于 50 年代，天生患血友病，当时这种病只有一种治疗方法，就是从供体血液中提取凝血因子，输入病人体内。可那时对献血不做疾病筛查，于是他就这么输了几十年血，直到验血结果显示他血液中有高浓度的乙肝抗体，大家才知道他因输血反复接触过乙肝病毒。同穆尔的遭遇相反，验血结果出来以后，斯莱文的医生如实告诉他，他的身体能产生一种非常珍贵的东西。

全世界的研究人员一直在研发乙肝疫苗，而此类研发必须有稳定的抗体供给，因此制药厂都愿意花大价钱买斯莱文的抗体。恰好，当时斯莱文需要钱。他靠打零工为生，做餐厅服务员，当建筑工，后来因血友病再次发作而陷入失业状态。因此得知上述消息后，斯莱文主动联系了实验室和制药公司，问他们要不要买自己的抗体，他们当然趋之若鹜。

刚开始，斯莱文只是卖血清挣钱，一毫升10美元，每次最多500毫升，谁出钱他都卖。可他想的绝不仅仅是钱，而是希望有人最终找到治疗乙肝的办法。于是他给诺贝尔奖得主、病毒学家巴鲁克·布伦伯格（Baruch Blumberg）写了信。布伦伯格是乙肝抗体的发现者，从斯莱文的血液中检出这种抗体的方法也是他发明的。斯莱文允许布伦伯格无限次免费取用他的血和组织用于研究，于是二人开始了多年的合作。在斯莱文血清的帮助下，布伦伯格终于揭示了乙肝和肝癌的联系，并制造出第一支乙肝疫苗，挽救了千百万人的生命。

之后，斯莱文意识到自己很可能不是唯一一个携带宝贵血液的病人，于是他召集其他有此特质的人，合伙创办了"要素生物制品"公司（Essential Biologicals），公司后来同另一个更大的生物制品公司合并。自斯莱文以后，又有很多人把自己的身体变成了生意。今天美国就有将近 200 万人售卖自己的血浆，其中许多人还是定期出售。

话说回来，穆尔却不能卖自己的 Mo 细胞，因为戈尔德已经抢先申请了专利。于是，1984 年，穆尔一纸诉状控告戈尔德和他所在的 UCLA 欺骗病人，并未经同意擅用他的身体进行研究；他还对自己的身体组织主张"产权"，因此戈尔德的行为属于偷窃。因为这一事件，穆尔成了对自己的组织主张产权并针对利益损害提出诉讼的第一人。

接手案子的是约瑟夫·瓦普纳（Joseph Wapner）法官，他最出名的身份是在电视节目《人民法庭》（The People's Court）中担任法官。穆尔本来预期没人会重视这个案子，谁知全世界的科学家惊慌失措：要是包括血细胞在内的人体组织样本都成了病人的财产，那科研人员取样就必须事先取得同意及产权，否则就有被诉"偷窃"的风险。媒体接二连三地刊出律师和科学家的声音，说如果穆尔胜诉，"科研领域会一片大乱"，说这是"[敲响了] 给大学的医生兼科学家的丧钟"，"威胁着对以科研为目的的生物组织共享"，并担心病人会为索求超额利益而阻碍科学进步，哪怕他们的细胞不会像穆尔的一样价值数百万。

可实际上，科学的许多部分已经受到了阻碍：科研人员、大学和生物技术公司已然为各种细胞系的所有权纷纷对簿公堂，而其中只有两案提到了细胞的原主。第一次在 1976 年，涉及一种重要的人类胚胎细胞系的所有权。伦纳德·海弗利克是细胞最初的培养者，他主张任何培养细胞的合法产权都该归多方所有，包括培养该细胞系的科学家、各种相关研究的出资方，以及原代样本的"供体/捐献人"。他表示这些因素缺一不可，否则培养细胞就不可能存在，遑论售卖盈利。最后案子庭外和解，因此没能成为判例；细胞所有权被参与诉讼的各方瓜分，唯独不包括细胞"供体"。不久之后的另一个案子也有类似的结局，一位年轻科学家带着他在美国培养的细胞系飞回祖国日本，声称细胞理应归自己所有，因为原代细胞来自他的母亲。

可直到穆尔的案子被媒体高度曝光，公众才意识到细胞系关乎巨大的经济利益。全国的媒体都刊出消息：

· 细胞所有权引发棘手争端……

· 病人的细胞应权属谁人？

· 谁允许你卖我的脾脏？

科学家、律师、伦理学家和政策制定者更是对这一问题争辩不休：有人呼吁立法禁止医生获取病人细胞，或禁止医生未经病人同意将细胞商业化并隐瞒潜在收益；反对方则认为这样做必然造成一场资源调配噩梦，为医学的进步画上句号。

最终法官驳回了穆尔的诉告，不予立案。讽刺的是，他对

Mo 细胞系作出裁决，竟是援引了海拉细胞系作为"先例"。他指出，没人对海拉细胞系的培养和所有权提起过诉讼，这表明病人并不在意医生取细胞并进行商业化。法官认为穆尔的反对是个案，但事实上，穆尔不过是第一个意识到这种状况可以反对的人。

穆尔继续上诉。1988 年，加州上诉法院对他作出有利判决，依据的是 1978 年通过的《医学实验中人类被试保护法案》，该法案规定针对人类的研究必须尊重"个人对自己身体可被如何处置的决定权"。法官写道："对自身组织遭何种处理，病人应有最终控制权，否则势必会为以医学进步为名侵害个人隐私及尊严大开方便之门。"

但戈尔德也继续上诉，并且赢了。媒体的口径也随着判决的改变翻来覆去，一会儿是"法院判决细胞为病人所有"，一会儿又成了"法院支持医生有权使用病人的组织"。直到穆尔最初提起诉讼的将近七年之后，加州最高法院判穆尔败诉，而这是最终判决。判决如下：一旦组织从贵体取下，无论是否有您的同意，您本可对该组织的所有权提出的一切主张皆随之消失。您一旦把组织留在医生诊室或实验室，即代表将其视为废物而放弃，任何人都可以获取这些垃圾并出售。既然穆尔放弃了自己的细胞，这些细胞就不再是他身体的产物。此时它们已经"转变"成一种发明，是戈尔德的"人类才能"和"创造性努力"的产物。

穆尔没有得到一分钱利润，不过法官确实认同他提出的两点指控：第一是缺乏知情同意，因为戈尔德未向穆尔透露细胞的经济价值；第二是违反了诚信义务，即戈尔德利用自己的医生身份，违背了病人的委托。法庭表示，尽管没有相关法规的约束，科研人员也应该坦诚交代病人组织的潜在商业利益。法庭还指出现今的组织研究缺乏规范，也缺乏对病人的保护，呼吁立法机构寻求解决办法。可它同时表示，如果判决穆尔胜诉，便会"破坏进行重大医疗研究的经济激励"，如果赋予病人对自身组织的产权，可能"因限制对必要原材料的获取，从而阻碍科研"，最终让这个领域的"研究人员每拿到一个细胞样本都仿佛买了一张诉讼彩票"。

科学家为自己的胜利得意扬扬、沾沾自喜。斯坦福大学医学院院长告诉记者，只要科研工作者公开样本的经济价值，病人就不该反对医生使用自己的组织。他说："否则，我想你也可以忍着阑尾破裂，坐在那儿和医生讨价还价。"

尽管媒体已经极为广泛地报道穆尔的案子，拉克斯一家仍然对此一无所知。当全国上下都在为人体组织的所有权争得不可开交之际，拉克斯家的兄弟们依然在四处宣传约翰·霍普金斯偷了他们妈妈的细胞，欠他们成百上千万美元。黛博拉也开始散发有关妈妈细胞的报道，逢人便说："我只想让你们看看报纸上写了什么！告诉所有人！把消息传出去。我们希望全世界的人都知道我妈妈。"

26 侵犯隐私

　　黛博拉担心的事没有发生，她迎来而立之年，活得好好的。她继续抚养小孩，做各种工作，包括理发师、公证人、水泥厂化学品搅拌员、食杂店收银员、加长轿车司机，等等。

　　1980 年，也就是同猎豹离婚四年后，黛博拉把车开到机修工詹姆斯·普鲁姆（James Pullum）那儿修，普鲁姆也在当地钢厂工作。二人次年就结了婚，当时黛博拉 31 岁，普鲁姆 46 岁。结婚前不久，普鲁姆刚应主的召唤做了兼职牧师。此前他曾经小小地犯过几次法，可黛博拉和他在一起还是觉得很有安全感。他那时老骑着他的哈雷摩托在巴尔的摩转悠，口袋里揣着刀，手枪也不离身。他问黛博拉为什么从没见过她妈妈，黛博拉就把《滚石》的文章放在床上让他看，普鲁姆读过后说她应该找个律师，黛博拉却叫他少管闲事。后来，两人一起临街开了间小教堂，有那么一阵子，黛博拉不再为妈妈的细胞那么焦虑了。

扎喀里亚原本判了 15 年，实际上 7 年就出了狱。他拿到了修空调和开卡车的执照，可还是控制不住自己的脾气，加上时常酗酒，因此就算偶然找到工作也做不长。他付不起房钱，经常在巴尔的摩市中心的联邦山（Federal Hill）公园的长椅上过夜，有时也睡在父亲房子对面教堂的台阶上。戴有时从卧室窗户望出去，见儿子躺在混凝土地面上，就让他进屋，可扎喀里亚往往报以怒吼，说睡地上更好。扎喀里亚怨恨父亲，觉得妈妈的死全是父亲的责任，还恨他把妈妈胡乱一埋，连个墓碑也没有。最让他无法原谅的是，爸爸竟然把孩子们都交给埃塞尔。戴终于死心了，即使有时从睡在便道上的扎喀里亚身边经过，也不再叫他进屋。

有一次，扎喀里亚看到一则霍普金斯招募志愿者参与医学研究的广告，他想，何不去当一次研究对象，不仅能换点小钱和餐食，有时甚至还有过夜的床位。他需要钱买眼镜，于是就自愿让科研人员令他感染疟疾，好让他们试一种新药。他还主动参加酗酒研究，好赚钱去参加职业技能培训项目。有一次扎喀里亚报名参加一项艾滋病研究，可以让他将近一星期有床可睡，可研究人员说起了注射，把他给吓跑了，他以为他们要让他感染艾滋病。

由于扎喀里亚早已改名换姓，没有一个医生知道他们研究的是海瑞塔的儿子。扎喀里亚和黛博拉后来都说，要是当初医院发现他是拉克斯家的人，准保不放他走。

拉克斯家孩子见到的最大一笔钱还是来自爸爸。戴和其他工人集体诉讼一家锅炉制造厂，事项是他们当年在伯利恒钢厂

黛博拉与她的孩子拉敦娅、阿尔弗雷德及第二任丈夫詹姆斯·普鲁姆,
摄于 20 世纪 80 年代中期。

工作时因暴露在石棉环境中导致的肺部损伤。戴拿到 12000 美元赔偿,给了每个孩子 2000 美元。黛博拉用她那份在克洛弗买了一小片地,这样有朝一日就能搬回乡下,住在妈妈的墓旁。

　桑尼的处境每况愈下,他主要依靠在劳伦斯的便利店外组织贩售食品券赚钱,可没过多久就因为倒卖毒品进了监狱。黛博拉的儿子阿尔弗雷德似乎也要步舅舅的后尘:还不到 18 岁,他已经因为入室盗窃这样的小罪多次被捕。黛博拉为儿子保释了几次后干脆不管他,让他在监狱受点教训。她说:"你就在里头待着吧,直到自己付得起保释金。"后来阿尔弗雷德加入海军,可很快又擅离职守(AWOL)。黛博拉找到他,逼他向军事警察自首,希望一段时间的最低安全级别监禁能让他老实点,别落得最后进了州立大监狱。可事与愿违,阿尔弗雷德破罐子破摔,不仅偷东西，回家时还成了瘾君子，黛博拉终于意识到自己无能为力。她说："你邪魔缠身了，孩子，你沾的那东西把你搞疯了。我不认识你，你也别再来这儿了。"

这段时间，有人告诉黛博拉，作为海瑞塔的直系亲属，她可以向霍普金斯索要海瑞塔的病历，从而了解她的死因。黛博拉没有照办，她怕会从中发现可怕的事实，让自己无法承受。1985 年，一家大学出版社出版了一本名为《细胞阴谋：一个女人的不朽遗产及其引发的医疗丑闻》(*A Conspiracy of Cells: One Woman's Immortal Legacy and the Medical Scandal It Caused*) 的书，作者是《科学 85》(*Science 85*) 杂志的记者迈克尔·戈尔特 (Michael Gold)，书中记述了沃尔特·纳尔逊-里斯为排除海拉污染而付出的努力。

拉克斯家的人不记得具体是如何得知这本书的，总之书一到手，黛博拉就迫不及待地从头到尾翻阅了一遍，想从中找到对妈妈的描述。书的开头就是海瑞塔那张双手叉腰的照片，第一章末尾又提到她的名字。她激动得身体颤抖，一个人把这段大声念了出来：

> 这些细胞全部来自一位美国女性，她家住马里兰州的巴尔的摩，可能一辈子也没怎么离开过这里……她名叫海瑞塔·拉克斯。

接下来的一章有十页，戈尔特从她的医疗记录中引用了大量内容，如内裤被血沾染，患上梅毒，还有后来病情迅速恶化。海瑞塔的家人从没见过这些记录，更别说允许霍普金斯的任何人对记者公开病历内容，后者再写进书里，给全世界观瞻品评。黛博拉继续往下读，谁知一下子撞到了母亲去世的细节：剧痛、发热、呕吐；毒素在血液中积累。一位医生写道："除镇痛药，停用一切药物和治疗。"书中还描述了解剖过程中海瑞塔的身体所受的摧残：

> 死去妇女的胳膊被反复抬起、放下，以便病理学家检查胸腔……尸体从中间一剖到底，大敞开来……灰白色的肿瘤小球……充满尸体内部，像塞满珍珠。肝脏、膈膜、小肠、阑尾、直肠及心脏的表面都覆着成串的肿瘤。卵巢和输卵管表面堆满厚厚的一团。膀胱附近最为糟糕，厚实的癌变组织盖了一大片。

这段话让黛博拉崩溃了。她整天整夜地哭，想象妈妈经受的痛苦，只要一闭眼，眼前就出现妈妈被一切两半的样子，双臂斜耷在两侧，肚子里塞满肿瘤。她开始失眠，很快就和兄弟们一样，对霍普金斯深恶痛绝。夜里睡不着，她就琢磨，到底是谁把妈妈的病历交给了记者？劳伦斯和扎喀里亚认为迈克尔·戈尔特和乔治·盖伊或霍普金斯的其他医生有牵连，否则他怎么可能拿到妈妈的病历？

后来我打电话给迈克尔·戈尔特，他也记不得到底是谁把病历给他的，只记得同维克多·麦库西克和霍华德·琼斯有过"长谈"，而且非常肯定海瑞塔的照片是琼斯给他的，不过病历就没有太多印象了。"我记得病历放在谁的抽屉里，但不记得是维克多·麦库西克的还是霍华德·琼斯的。"我又去找琼斯谈，他对戈尔特其人其书没有半点印象，也表示自己或麦库西克不可能把海瑞塔的病历给任何人。

记者把从某些渠道获取的医疗信息公之于众并不违法，可不联系当事人家属进一步取证，核实信息，把如此私密的信息公布出来也不告知他们，确实很成问题。我问戈尔特有没有试着联系拉克斯一家，他说："我觉得我写了几封信，打过几次电话，可几个地址和电话号码似乎都已经不对了。实话说，拉克斯的家人并不是我的重点……我只是觉得他们的出现可能为这个科学故事锦上添花。"

无论如何，医生把病人的病历交给记者都是罕见做法。为病人保密已经是几十个世纪以来的伦理信条：几乎每个医学院的毕业生都要宣誓遵守"希波克拉底誓言"，里面提到医生必须承诺保守秘密，不然病人就不会把最为私人的，但又是做出诊断所必需的信息，毫无保留地告诉医生。《纽伦堡公约》和《美国医学会伦理准则》也明确表示医生必须对病人信息进行保密。不过所有这些公约、准则、誓言，都不是法律。

如今，未经许可公布病历可能触犯联邦法律。然而在 20 世

纪80年代早期，也就是戈尔特拿到海瑞塔病历的年代，还没有
这样的联邦法律。当时美国有许多个州（超过30个）通过了为
病人的医疗记录保密的州法，但马里兰州不在其中。

　　病人控告医生侵犯隐私，颇有过一些成功案例，其中一位
病人告的正是医生未经她同意将她的病历公之于众；其他案例
则是医生在未获同意的情况下公开病人的照片或视频。然而这
些病人都有一项海瑞塔没有的特质：他们活着。死人还谈什么
隐私？哪怕他们的一部分还活着也不顶用。

27 永生的秘密

海瑞塔的癌症是如何发病的，她的细胞又为什么永生不死？直到她死后30多年，答案才借由对海拉细胞的研究获得揭晓。1984年，德国病毒学家哈拉尔德·楚尔·豪森（Harald zur Hausen）发现了一种通过性传播的新病毒株：人乳头瘤病毒18型（HPV-18）。他认为宫颈癌正是由这种病毒和他前一年发现的HPV-16所致。豪森在自己实验室的海拉细胞中检出了HPV-18株，不过他还是管霍普金斯要来了海瑞塔的原始活组织样本，用以确认自己实验室的细胞不是在培养过程中遭到了这种病毒的污染。原始样本的检测结果呈阳性，不仅如此，结果还显示海瑞塔当初感染了多份HPV-18拷贝，而它正是这种病毒中毒性最强的毒株之一。

HPV的毒株有100多种，其中13种会引发宫颈癌、肛门癌、口腔癌和阴茎癌。今天，所有有性生活史的成年人中，90%都会在一生的某个时刻感染至少一种HPV。整个20世纪80年代，科学家都在用海拉细胞和其他细胞研究 HPV 的感染和致癌原理。他们发现 HPV 会把自己的 DNA 插入宿主细胞的 DNA 中，从而在宿主细胞中制造新蛋白质，诱发癌症。科学家还发现，阻断 HPV 的 DNA 表达，能有效防止宫颈细胞癌变。这些发现促进了 HPV 疫苗的研发，楚尔·豪森也因此获得了诺贝尔奖。

　　后来，人们通过对 HPV 的研究，终于搞清了海瑞塔癌症的起因：HPV 将自己的 DNA 插入海瑞塔第 11 号染色体的长臂，关闭了 p53 肿瘤抑制基因。但科学家仍然困惑：一个基因的关闭为什么会造就出病毒特性如此之强的癌细胞，不但在海瑞塔体内肆虐，拿到体外依然猖獗生长？要知道，宫颈癌细胞是最难体外培养的。

　　后来我见到了 90 岁高龄的霍华德·琼斯，自 50 年前发现海瑞塔的宫颈肿瘤起，他已经见识过数千例宫颈癌。可当我问起他记不记得海瑞塔，他笑着说："我永远忘不了那个肿瘤，在我此生所见中，它独一无二。"

　　我同许多科学家聊过海拉细胞，没人说得清为什么这些细胞生长这么旺盛，而其他许多细胞连存活都成问题。今天，科学家们已经可以用某些病毒或化学物质使细胞不死，但依然没有几个细胞能像海瑞塔的细胞那样自行永生不死。

　　关于这一点，海瑞塔的家人有自己的见解。当初海瑞塔搬去巴尔的摩，把年迈的父亲留给姐姐格拉迪丝照顾，格拉迪丝永远不会原谅她。在她眼里，癌症是上帝对海瑞塔的惩罚。格拉迪丝的儿子加里则认为，人之所以生百病，都是因为亚当吃了夏娃给他的苹果，引得上帝盛怒。虱子说得病是因为邪灵。海瑞塔的表姐妹萨蒂则不确定该怎么想。

"主啊，"她对我说，"听说那些细胞的时候，我就想，会不会有什么活的东西跑到她身体里了，你知道吗？我吓坏了，因为我俩总是形影不离。海妮和我从不会像其他人一样，随便到特纳车站的脏水里去泡，我们没去过海滩什么的，出门从来都穿内裤，所以我真不知道那些东西怎么钻到海妮身体里的。可真就进去了。什么活的东西从她下面进到她身体里。她死了，可那东西还活着。就让我想啊，你知道，也许是从外太空掉下来的什么东西，她恰好从上面跨了过去。"

萨蒂笑起来，她也觉得这想法听起来太离谱了。"可我真这么想过，"她说，"我没骗人，脑子里就是冒出了好多怪想法，你知道吗？不然你要怎么解释这些细胞像现在这样疯长？"

每个十年，海拉细胞研究都有其标志性事件，HPV 同宫颈癌的联系只是 20 世纪 80 年代诸多著名成就中的一例。在艾滋病开始蔓延的时候，一群科研人员尝试用 HIV 感染海拉细胞，后来的诺贝尔奖得主、分子生物学家理查德·阿克塞尔（Richard Axel）也在其中。HIV 通常只感染血细胞，阿克塞尔把血细胞的一段特殊的 DNA 序列插入海拉细胞，于是 HIV 就也能感染后者了。这么一来，科学家就得以判断出 HIV 感染细胞的先决条件，向了解病毒并最终制服它迈出了重要的一步。

阿克塞尔的科研结果引起杰里米·里夫金（Jeremy Rifkin）的注意。里夫金是一位作家及社会活动家，当时公众正越发热烈地争论科学家是否该改造生物的 DNA，里夫金也深度参与其中。包括他在内的很多人认为，对 DNA 的任何操纵都有隐患，即使在受控的实验室环境也不例外，因为涉及 DNA 的操作可能引发基因突变，甚至有一天让"人为设计婴儿"成为可能。可当时还没有任何法律条款限制基因工程，因此里夫金经常千方百计从现有法律里找依据，力图通过诉讼阻挠 DNA 改造。

1987 年，里夫金向联邦法庭提起诉讼，状告阿克塞尔尚未证明其研究对环境无害，因此违反了 1975 年颁布的《国家环境政策法案》。里夫金指出，众所周知，海拉细胞是"一种极具病毒特性和感染能力的细胞系"，可能污染其他体外培养细胞。他还说，一旦阿克塞尔用 HIV 感染海拉细胞，这些受感染的海拉细胞就可以进一步感染其他细胞，让全世界的科研人员都暴露在 HIV 之下，"从而增加病毒的宿主范围，可能导致艾滋病病毒基因组扩散，造成更大的威胁"。

阿克塞尔应诉的说法是，细胞离开组织培养无法繁殖，而且细胞污染和 HIV 感染有天壤之别。《科学》杂志深入报道了这起官司。文章写道："连里夫金也承认，把这些事件放在一起，听起来与其说是这个国家生物医学研究实验室里的常见事项，倒更像 B 级恐怖电影里的情节。"最后他败诉了，阿克塞尔继续拿海拉细胞搞 HIV 研究，里夫金的恐怖电影情节也没有成真。

与此同时，另两位科学家针对海拉细胞发展出了另一种理论，听起来比里夫金提出的任何说法都还要更为科幻。他们说，海拉细胞已经不算人类细胞了。

细胞在一代代的培养过程中会起变化，就像它们在人体内会变化一样。它们暴露在化学物质、日光等不同环境中，而这些都可能造成 DNA 的变化。而后，细胞会通过分裂把这些变化传给下一代，而细胞分裂本身也是一种随机过程，还会产生更多变化。像人一样，细胞也会演化。

海瑞塔的细胞一进入培养过程后也经历了这些变化，还把变化传给了子细胞，如此便造就出一代又一代新的海拉细胞，它们虽然都来自同一祖先，但也像人类的旁系亲属那样，每过一代，不同会增加。

20 世纪 50 年代，玛丽在盖伊实验室把一小片海瑞塔的宫颈样本投入了培养；到 90 年代初期，当初的小样本已经长成数以吨计的别的细胞。尽管我们还把它们称作海拉细胞，但其实它们彼此之间，以及同原代的海瑞塔细胞之间，都已略有不同。正因如此，芝加哥大学的演化生物学家利·范·瓦伦 (Leigh van Valen) 写道："我们严肃提出，它 [海拉细胞] 已经变成了另一个物种。"

范·瓦伦后来解释这个想法说："海拉细胞同人类是各自独立演化的，而独立演化正是一个物种的定义。"遗憾的是，"海拉"（Hela）作为物种名，已经被一种螃蟹抢先占去了，所以科学家们提议应该把新的海拉细胞物种叫作"加特勒氏海拉细胞"（Helacyton gartleri），Hela 自然就是"海拉"，后面的 cyton 是希腊语中的"细胞"，种加词 gartleri 则是向斯坦利·加特勒致敬，此人于 25 年前扔出一颗"海拉炸弹"，轰动了学术圈。

没人表示反对，也没人据此行动，所以后来海瑞塔的细胞还是被归为人类细胞。不过即使在今天，仍然有科学家主张，既然二者的遗传信息不再一致，说海拉细胞同海瑞塔有亲缘关系就是一种事实错误。

罗伯特·史蒂文森几乎把自己的职业生涯都搭在解决海拉污染的烂摊子上了。他听到上述观点不禁发笑。"太荒谬了，"他对我说，"科学家不想把海拉细胞想象成海瑞塔的一小部分，是因为如果能把实验材料同它们的供体人类完全分离，做研究会方便得多。可今天要是还能从海瑞塔身上取样并做 DNA 指纹鉴定，她的 DNA 肯定还是和海拉细胞的吻合。"

就在范·瓦伦提出海拉细胞不再是人类细胞的时候，其他科研人员已经开始探索海瑞塔的细胞中是否包含着令人类延寿甚至永生的奥秘。媒体标题这次又宣称科学家们找到了不老泉。

20 世纪初，卡雷尔的鸡心细胞本想证明所有细胞都蕴藏着永生不死的潜能。可正常人类细胞，不管是在人体内还是体外培养，都无法像癌细胞那样不停地生长。它们只能分裂有限次，接着就停止生长，走向死亡。细胞能分裂的次数是一定的，伦纳德·海弗利克1961年发表论文，证明正常细胞的分裂次数极限约为50次，因此这个数字就以他命名，叫"海弗利克极限"。

海弗利克的这篇论文刚开始一直受到其他科学家的怀疑和反驳，但多年以后，此文成了该领域获引用最广的文献之一。科学家们花了几十年时间，期望用正常细胞而非肿瘤细胞培养出不死的细胞系，却从没成功过。他们本以为问题出在技术上，现在终于恍然大悟：答案很简单，正常细胞被预先编了程，寿命只有这么长。只有被病毒感染或者发生基因突变，细胞才可能拥有永生不死的潜能。

通过研究海拉细胞，科学家们知道了癌细胞可以无限分裂。很多年来他们一直猜想，癌症之所以发生，会不会是因为细胞在达到海弗利克极限时，让细胞死亡的机制出了问题。后来他们发现，原来每条染色体末端有一段特殊的DNA，叫"端粒"，细胞每分裂一次，端粒就缩短一小段，好像计时器一样。在正常细胞的生命周期中，端粒随每次分裂而缩短，直到几乎完全消失，这时细胞就会停止分裂、走向死亡。这个过程与人的衰老是有关系的：随着人年龄的增加，端粒的缩短，细胞在有生之年可分裂的次数也越来越少。

20世纪90年代初，耶鲁大学的一名科学家借助海拉细胞发现人的癌细胞里有一种"端粒酶"，这种酶可以把端粒重新加回去，让端粒无限再生。这就解释了海拉细胞永生的机制：端粒酶不断地把海瑞塔染色体末端的计时器往回拨，于是它们就永远不老不死。这正是海拉细胞赖以不断分裂的力量，靠着它，海拉细胞才得以侵占其他培养细胞的领地并取而代之——它们无论遭遇什么细胞，都能比对方活得更久、增殖更快。

28 伦敦之后

后来，海瑞塔·拉克斯的故事终于引起了英国广播公司（BBC）一位制作人的兴趣，这人在伦敦，名叫亚当·柯蒂斯（Adam Curtis）。他于1996年着手制作海瑞塔的纪录片，就是我后来在考特妮·斯皮德女士的美容院看到的那部。柯蒂斯带着助手、摄像机和麦克风来到巴尔的摩时，黛博拉以为一切都会改变，她和全世界都能看到海瑞塔·拉克斯和海拉细胞的真实故事，她自己也终于可以走出阴影，继续前行。她开始把这次经历看成自己人生的分水岭，把人生分成"伦敦之前"和"伦敦之后"。

柯蒂斯和他的制作组以前所未有的深度报道了拉克斯家的故事，光对黛博拉的采访就留下几十小时的影像资料，他们还在镜头外提示，好让她说完整的句子并不要跑题。比如黛博拉会说："结婚之后，我常跑到角落里一个人待着。我丈夫甚至都不知道我的事，你知道，就像是一个人伤心掉眼泪这些……我就在心里问……为什么啊，上帝，为什么在我这么需要妈妈的时候把她带走？"

其实采访者的问题是："癌症是什么？"

BBC 是在克洛弗的家屋门口采访的黛博拉。他们还拍摄了戴和桑尼。两个男人倚在海瑞塔母亲的墓碑上，聊着海瑞塔的厨艺有多好，他们还说从没听说过细胞，直到做研究的人找他们取血。拍摄团队还随拉克斯家人去了亚特兰大，出席罗兰·帕蒂略以纪念海瑞塔之名举办的会议。而帕蒂略正是不久后把我引向黛博拉的科学家。

帕蒂略成长于 20 世纪 30 年代，父亲先是铁匠，后在路易斯安那州的一个种族隔离小镇当铁路工。帕蒂略是家族里第一个上学的人。他在盖伊实验室做博士后的时候听说了海瑞塔的故事，当即觉得心有戚戚。从那以后，他总希望能找机会纪念海瑞塔对科学所做的贡献。这一天终于来了。1996 年 10 月 11 日，帕蒂略在亚特兰大的莫豪斯医学院举行了第一届"海拉癌症控制年度研讨会"，邀请全世界的科研工作者来讲述他们对少数群体的癌症研究。他还组织联名请愿，让亚特兰大市把 10 月 11 日，也就是会议日这天，定为"海瑞塔·拉克斯日"。请愿通过，市长办公室还向他出具了正式公告。帕蒂略还特意请霍华德·琼斯写文章回忆为海瑞塔诊断肿瘤的经过。琼斯写道：

从临床角度看，拉克斯夫人的病情始终没有半点起

色……正如查尔斯·狄更斯在《双城记》开头所说："这
是最好的时代，也是最坏的时代。"对科学来说，这终
究是最好的时代，因为这种奇特的肿瘤造就了海拉细胞
系……但对拉克斯夫人和她身后的家人来说，这却是最
坏的时代。科学进展——其实是所有进展——常常建立
在巨大的代价之上，就像海瑞塔·拉克斯付出的这种牺牲。

帕蒂略从霍普金斯的医生朋友那里拿到黛博拉的电话号码，
给她拨了过去。她在听说了帕蒂略的会议计划，得知亚特兰大
已经正式设立"海瑞塔·拉克斯日"后，当即欣喜若狂——终
于有科学家要纪念她妈妈了。不久，拉克斯一家，包括戴、桑尼、
劳伦斯、黛博拉、博贝特、扎喀里亚，还有黛博拉的外孙达文
(Davon)，一起挤上帕蒂略给他们租的旅行房车，直奔亚特兰大。
后面还跟着 BBC 的纪录片小组。

途经一座加油站时，黛博拉对着镜头露出微笑，解释一家
人为什么要去莫豪斯。

"他们请来好多医生，一起讨论科学的不同问题，不同领域，"
她说，"他们还要给我哥哥、爸爸和我发纪念牌，感谢我妈妈。
所以我觉得一定非常盛大。"

事实也正是如此。拉克斯一家头一次被当成名人：住宾馆，
被人索要签名。可也有一些小差池。桑尼在等待庆典活动时兴
奋过度，血压危高，结果住进了医院，差点错过整个活动。扎

喀里亚把自己房间里小酒吧的酒干得一滴不剩，后来又喝光了爸爸和黛博拉屋里的。当他发现日程表把自己的名字写成"约瑟夫·拉克斯"*，还说海拉细胞是海瑞塔"捐献"的，扎喀里亚暴跳如雷，把日程表摔了一地。

黛博拉尽量不往心里去。她走上台的时候，由于太紧张，手一碰讲台，讲台都颤了起来。几个星期以来，她一直担心观众席里会坐着个枪手——有科学家想拿她的身体去做研究或者威胁她的家人别找麻烦。但帕蒂略向她保证，她很安全。

"要是我的发音有错，请原谅，"她对所有与会者说，"我有一些问题，上学的时候没人好好教，长大之后别人才给我戴助听器。不过我从不觉得这个丢脸。"

帕蒂略在一边鼓劲儿，黛博拉清了清嗓子，开始演讲：

帕蒂略医生给我打电话的时候，一切都成了真。好多年来都像做梦一样。不知道这么些年在发生什么，甚至连怎么说它都不知道。关于我母亲的这个事，会是真的吗？不知道去问谁才能明白。整个医学界都没人花这个时间。

接着，没做多少停顿，黛博拉突然开始直接对妈妈说话：

---

* "约瑟夫"（Joseph）是"乔"（Joe）的全称。

　　我们想你，妈妈……我每时每刻都想你，期望看你一眼，搂着你，就像你以前搂着我那样。我爸说你临死前躺在病床上嘱咐他，照顾黛博拉。谢谢，妈，总有一天我们会见到你。我们尽量读你的事，尽量去理解。我心里总想，要是上帝让你留在我身边，事情会是什么样子……我把对你所知的一切藏在灵魂深处，因为我就是你的一部分，你也是我的一部分。我们爱你，妈妈。

　　事情仿佛在对拉克斯一家人出现转机，海瑞塔仿佛终于要像黛博拉期望的那样，得到世人的承认。

　　不久 BBC 的人又出现在特纳车站，向当地人打听 20 世纪四五十年代的往事。他们到来的消息像这里的其他所有消息一样不胫而走，迅速传到斯皮德食杂店，考特妮·斯皮德就是这时候第一次听说了海瑞塔·拉克斯的故事。机缘凑巧，她和镇上另外几位女性刚刚联手成立了"特纳车站遗产委员会"，正想方设法筹办活动挖掘特纳车站的黑人为世界做出的贡献，引起世人的注意。比如说这里出过前国会议员，后来这人还成了美国有色人种协进会（NAACP）主席；出过宇航员；还出过给《芝麻街》里的埃尔莫（Elmo）配音的那个人，他也因此得了好几次艾美奖。

　　当斯皮德和摩根州立大学的社会学家芭芭拉·威奇（Barbara Wyche）得知海瑞塔和海拉细胞的故事后，马上行动了起来。她们给国会和市长办公室写信，要求他们承认海瑞塔对科学的贡献。她们还联系了史密森学会下属国立美国历史博物馆馆员特里·沙雷尔（Terry Sharrer），后者已然邀请了拉克斯一家来博物馆出席一场小型活动。活动当天，戴在博物馆里欣赏了旧式农具，还坚持要看看老婆的细胞（博物馆某处确实存了一烧瓶海拉细胞，培养液已经像泥塘那么黑，没有公开展示）。观众眼含热泪来到黛博拉跟前，说她母亲的细胞帮他们战胜了癌症，黛博拉很受感染。后来她听了一位科学家就细胞克隆问题做的报告，就问沙雷尔有没有可能从海拉细胞里取 DNA，放进黛博拉自己的卵细胞里，让妈妈重生。沙雷尔说不行。

活动后，沙雷尔写信给威奇，建议她和斯皮德可以考虑在特纳车站建一座非裔美国人健康博物馆，以此纪念海瑞塔。不久，两位女士就成立了海瑞塔·拉克斯健康历史博物馆基金会公司，斯皮德任基金会主席。她们组织了"装扮海瑞塔·拉克斯"活动，特纳车站几位妇女梳起海瑞塔的发型，穿上她那张经典照片上的套装。为了让海瑞塔的贡献广为人知，斯皮德自掏腰包制作并发放海瑞塔·拉克斯 T 恤衫，也有人做出海瑞塔·拉克斯笔。当地报纸报道了斯皮德和威奇的 700 万美元博物馆计划，她俩在银行给海瑞塔·拉克斯基金会开了户，申请了税号，开始尽力为博物馆筹资并收集资料。她们的第一个目标就是为海瑞塔塑一座等身蜡像。

黛博拉不是基金会董事，也未被委任行政工作，不过斯皮德和威奇不定期会请她在各种纪念海瑞塔的活动上发言，有一次在斯皮德食杂店旁的小帐篷里，其他时候在附近的教堂。后来有人建议黛博拉把海瑞塔的《圣经》捐出来，外带夹在里面的黛博拉和埃尔西的发束。他们说是出于安全考虑，怕黛博拉的房子失火。黛博拉听后，跑回家把《圣经》藏了起来，还跟丈夫说："我妈妈就留给我这么点儿东西，他们还想拿走！"

在发现斯皮德和威奇以母亲的名义成立了基金会并开了银行账户后，黛博拉暴跳如雷。"我们家不需要博物馆，也绝对不需要蜡做的海瑞塔，"她说，"真要说筹钱，海瑞塔的孩子最需要筹钱看病。"

黛博拉对博物馆没兴趣，只有当斯皮德和威奇可能给她提供母亲消息的时候，她才给点帮助。三人在斯皮德食杂店里和特纳车站其他地方张贴手写传单，问："谁知道她最喜欢的圣歌？谁知道她最喜欢《圣经》里哪段经文？谁知道她最喜欢什么颜色？谁知道她最喜欢什么游戏？"前两个问题是斯皮德提的，后两个来自黛博拉。

有一次，斯皮德和威奇请盖伊以前的助手玛丽·库比切克来参加活动，讲她当初如何培养出了海拉细胞，活动在特纳车站浸信会新示罗教堂的地下室举行。玛丽的眼睛已经快看不见了，她身上裹着围巾，站在小小的台子上，紧张得要命。拉克斯家的远房亲戚还有和海瑞塔无亲无故的当地人在台下大声质问，想知道有谁从海拉细胞里捞了钱，以及盖伊有没有拿细胞申请专利。

"噢没有，"玛丽说着，紧张得左摇右晃，"绝对没有，没有没有……那时候根本没法给细胞申请专利。"她说 20 世纪 50 年代的时候根本没人想过有朝一日能这么做。盖伊为了科学发展，把细胞免费送给了别人。

台下怨声四起，气氛愈加紧张。一个女人起身说："那些细胞治好了我的癌，要是我也有细胞能帮到别人，就像她的细胞帮到我那样，我就让人随便拿！"另一个女人说她还是相信盖伊为细胞申请了专利，她大喊："我希望将来这个情况能得到纠正！"黛博拉则在屋里走来走去，说妈妈已经治好了癌症，大家都该冷静。接着她让玛丽回忆解剖过程中看见妈妈红色脚指甲的情景，她在戈尔特的书里读到过这段。玛丽讲了，全场陷入沉静。

斯皮德从其他特纳车站的居民那里搜集关于海瑞塔的记忆，威奇则一封接一封地写信，努力为海瑞塔争取认可，并吸引人来给博物馆捐钱。她的辛劳没有白费，马里兰州参议院寄来一纸华丽文书，上面是他们的决议："在此请周知：马里兰州参议院向海瑞塔·拉克斯献上最诚挚的敬贺。"1997 年 6 月 4 日，小罗伯特·埃利希（Robert Ehrlich Jr.）议员在众议院发言："议长先生，今天我要向海瑞塔·拉克斯女士致敬。"他向国会介绍了海瑞塔的故事，表示"拉克斯女士的细胞供体身份至今尚未获得承认"，还说如今到了改变的时候。所有人似乎都认为，此时应该让霍普金斯站出来澄清问题了。

　　威奇也一直在致力于落实此事，她给约翰·霍普金斯当时的校长威廉·布罗迪（William Brody）写信，整整三页，细节满满，单倍行距，密密麻麻。信中说海瑞塔是"当地的无名女英雄"，阐述了海拉细胞的重要性，还引用了一位历史学家的话，说海瑞塔的故事是"约翰·霍普金斯医学院研究史上最跌宕、最重要的事件之一"。她写道：

　　　　[拉克斯]这一家承担了巨大的痛苦……他们同当今许多其他家庭一样，力图应对围绕着海拉细胞"诞生"和拉克斯夫人"死亡"的诸多问题以及道德和伦理事项……问题包括：（1）当年究竟有没有得到"捐献人"或其家人的许可，在世界范围"使用"海拉细胞，并将拉克斯夫人的细胞"大规模"商业化生产、分发和推广……（2）科学家、大学、政府人员和其他人在上述两个方面，以及在同这一家人沟通的过程中，行为是否符合伦理……拉克斯夫人是非裔美国女性，这也牵扯到其他社会议题。

　　一个月后，霍普金斯大学校长助理罗斯·琼斯（Rose Jones）回信表示"不确定霍普金斯应在纪念拉克斯夫人生平的活动中扮演什么角色"，不过他也想同威奇分享如下信息：

　　请让我强调，霍普金斯从未将海拉细胞用于商业性风险活动，从未从研发、分发或使用海拉细胞中谋求或获取利益。不仅在霍普金斯，当时全世界几乎普遍认可的方式都是，医生和其他领域的科学家可以使用在诊断和治疗过程中移除的病人组织而无须征求许可。另外，根据当时学术研究的传统，培养细胞是自由共享的，世界上不管什么地方的科学家需要，都要无偿善意分享。事实上，对海拉细胞的使用日后产生了这么多益处，霍普金斯的科学家慷慨提供或许就是主要原因。

　　我确信我们双方都了解，近年来，医学学术实践的标准有了极大的转变，我希望并且坚信，病人今后在寻求医疗服务或参与研究时，其愿望和利益会得到更多觉察和认知。这对医学学术和我们所服务的人群都是有益的。

　　琼斯还告诉威奇，他已经把威奇的来信传阅给"霍普金斯的其他人，请他们评论和思考"。不久，霍普金斯的一小圈人开始举行非正式会议，讨论大学应该采取什么行动，来表达对海瑞塔和拉克斯一家的敬意，但没有告知威奇和斯皮德。

　　接着他们却听说了科菲尔德。

　　基南·凯斯特·科菲尔德勋爵爵士（Sir Lord Keenan Kester Cofield）是黛博拉现任丈夫前妻女儿的表亲，或者其他什么类似的关系，家里没人记得准，也不知道他什么时候或怎么知道的海瑞塔的细胞。他们只记得有一天，自称律师的科菲尔德打电话给黛博拉，劝她为海瑞塔·拉克斯这个名字申请版权，以保护她自己和她的母亲。科菲尔德还说，他认为霍普金斯有医疗损害责任，应该起诉他们，他们从 20 世纪 50 年代就开始拿海拉细胞赚钱，现在总该把属于拉克斯家的份额还回来。至于律师费嘛，不用先给，等从霍普金斯拿到钱后分他一定比例即可。要是他打不赢官司，拉克斯一家拿不回钱，他分文不取。

黛博拉从没听说过要给什么东西申请版权，不过这家人倒是一直想找个律师聊聊细胞的事儿，而且科菲尔德提的付费方式也不给他们增加负担。黛博拉的兄弟们兴奋不已。不久，黛博拉就把科菲尔德作为"家族律师"介绍给了斯皮德和威奇。

此后，科菲尔德整天泡在霍普金斯，翻检医学院的档案并做笔记。这些年，很多人来拉克斯家谈细胞，他是第一个告诉他们海瑞塔在霍普金斯究竟经历了什么的人。据拉克斯家人回忆，他的发现证实了他们最恐惧的猜测。科菲尔德说，给海瑞塔治疗的医生里，一个没有行医执照，另一个已被美国医学会除名。不仅如此，他还说，这些医生误诊了海瑞塔的癌症，并可能因过量施用放疗而致海瑞塔死亡。

科菲尔德跟黛博拉说，他必须看看她妈妈的病历，调查医生是怎么给她治疗的，记下其中所有或可算作医疗损害的处置。鉴于只有海瑞塔的家人才有权向医院索要海瑞塔的病历，因此黛博拉同意跟他去一趟霍普金斯，提交申请表。但当天复印机坏了，前台的接待员让黛博拉和科菲尔德等复印机修好再来。

然而几天后科菲尔德单独返回时，工作人员却拒不给他病历，因为他既不是医生，也不是病人家属。于是他报上自己的姓名：基南·凯斯特·科菲尔德勋爵爵士医生。霍普金斯管病历的工作人员于是联系了霍普金斯的一位律师，理查德·基德韦尔（Richard Kidwell）。基德韦尔一听说有人用"勋爵爵士医生"这样的头衔在霍普金斯打探消息，立刻警觉起来，做了个快速的背景调查。

这一查不要紧，基南·凯斯特·科菲尔德根本不是什么医生，也不是律师。事实上，他还因为诈骗罪蹲过不止一所监狱，蹲了好几年，其中大部分是因支票诈骗。而他也利用在监狱的时间上了些法律课，打了几个被法官称之为"无聊"的官司。比如科菲尔德曾经控告所在监狱的狱警及相关州政府官员，可他自己也遭到控告，因为他从监狱打电话给阿拉巴马州州长，威胁要杀了他。科菲尔德告过麦当劳和汉堡王快餐店，说他们拿猪油炸薯条，污染了自己的身体；还扬言要起诉几家餐馆食品有毒，包括纽约市的四季酒店餐厅——可当时他身陷囹圄，根本不可能去这些餐馆就餐。他状告可口可乐公司，说自己买了一瓶汽水，里面全是玻璃碴，实际上监狱里只提供铝罐装的百事可乐。还有一次他被判诈骗罪，那次他刊登自己的讣告，再告报纸诽谤，索赔一亿美元作为损失费。他跟美国联邦调查局说自己已经递交了至少 150 份类似的诉状。

在法院文件中,有的法官说他是"行骗高手",有的说他"不过是个成天找法院系统漏洞的刺儿头",还有人叫他"最爱打官司的囚犯"。科菲尔德找上拉克斯家,让他们告霍普金斯的时候,他已经被两个县剥夺了起诉的权利。

但黛博拉对此一无所知。科菲尔德自称医生和律师,并且看似确实能从霍普金斯获取信息并理解其含义,这一点比拉克斯家的人都强。他还风度翩翩,考特妮·斯皮德几年后这样对我描述科菲尔德:"太有个人魅力了,哇哦! 我是说,他八面玲珑,谈吐不俗,对任何事都略知一二。"

了解了科菲尔德的底细,基德韦尔立刻去保护黛博拉——拉克斯家的人可从没想过霍普金斯的人会保护他们。基德韦尔告诉黛博拉,科菲尔德是个行骗高手,他还让黛博拉签了文件,禁止科菲尔德接触她家的医疗记录。和我聊过的每个霍普金斯人都记得,当科菲尔德再次出现,得知拉克斯家已经先下手为强,禁止他接触病历时,他暴跳如雷,坚决要求复印病历,直到医院保安威胁要把他架出去并报警他才罢休。

结果科菲尔德反倒起诉了黛博拉、劳伦斯、考特妮·斯皮德和海瑞塔·拉克斯健康历史博物馆基金会,上了被告名单的还有一大串霍普金斯人员,包括校长、病历主管、档案保管员、理查德·基德韦尔,以及尸检部门负责人格罗弗·哈钦斯(Grover Hutchins)。在他的十名被告中,好几位霍普金斯的雇员甚至连科菲尔德和海瑞塔·拉克斯的名字也没有听说过，就收到一纸传票。

科菲尔德控告黛博拉、斯皮德及博物馆基金会违约，因为他们先同意让他去弄海瑞塔的医疗记录，后又加以阻挠。他称黛博拉不能依法禁止他为海瑞塔·拉克斯健康历史博物馆基金会做调研，因为黛博拉既不是基金会董事，也不参与基金会运作。他还拿种族歧视说事，说自己"遭到约翰·霍普金斯的黑人保安和档案室工作人员的骚扰"，称"被告和霍普金斯员工的行为全都带有种族主义动机，对黑人抱有极大的歧视"。他强烈要求查看海瑞塔和黛博拉姐姐埃尔西的医疗记录和尸检报告，同时要求被告每人给他 15000 美元赔偿金，外加利息。

科菲尔德的诉讼中最为匪夷所思的细节是，他宣称拉克斯一家无权查看海瑞塔·拉克斯的任何信息，因为海瑞塔本名叫洛蕾塔·普莱曾特。科菲尔德辩称，既然没有官方的姓名变更记录，那么海瑞塔·普莱曾特就根本没存在过，遑论海瑞塔·拉克斯。不管她是谁，从法律上说拉克斯一家都和她没有关系。科菲尔德递交了一份满是语病、常人难懂的声明，宣称拉克斯家人的行为是"赤裸裸的诈骗和阴谋"，他的诉讼将"最终把正义结局只还给海瑞塔·拉克斯夫人一人，现在还要加上已然沦为事情虽小但干系重大的诈骗行为牺牲品的原告"。

几乎每天都有成堆的法律文件送到黛博拉的家门口，包括传票、申诉书、进展报告及各种动议。她大惊失色，跑到特纳车站，冲进斯皮德食杂店大吵大嚷，让斯皮德把她收集的关于海瑞塔的所有东西都交出来，包括收在超人枕套里的文件、海瑞塔·拉克斯 T 恤衫、海瑞塔笔，还有威奇在斯皮德美容院采访戴的录像。黛博拉控诉斯皮德和科菲尔德串通一气，扬言要是斯皮德不立马关了基金会，停止关于海瑞塔的一切活动，她就请 O. J. 辛普森的律师约翰尼·科克伦，告到斯皮德倾家荡产。*

可斯皮德家徒四壁，而且和黛博拉一样恐慌。她是单亲妈妈，有六个儿子，还指望靠理发和卖薯片、糖果、香烟赚的钱供他们全部念完大学。她的店总是遭抢，最近又接二连三收到科菲尔德寄来的法院文件，一点也不比黛博拉的少。后来，斯皮德再不拆那些信了，而是把它们统统堆在店铺的后间储藏室，三十封一摞。她向上帝祈祷别再有信来了，只愿丈夫还活着，好去对付科菲尔德。

而这个时候，BBC 摄制的纪录片已经播出，记者频繁地给黛博拉打电话，索要海瑞塔和家人的照片，不停地打听海瑞塔的往事和死因。可这时的黛博拉，除了从戈尔特书里读到的那些故事，对其他仍然一无所知。于是，黛博拉下定决心，一定要亲自看看妈妈的病历上究竟是怎么说的。她从霍普金斯申请了一份复印件，顺便还复印了一份姐姐的病历。

她也在霍普金斯见到了基德韦尔。这位律师叫她别担心，

---

* 指轰动一时的"辛普森案"（1994）。橄榄球星辛普森（O. J. Simpson）本有高度嫌疑故意杀害了妻子及餐厅侍应生，但律师科克伦（Johnnie Cochran）指出了警方取证中的失误，为辛普森成功做了无罪辩护。两人都是黑人。

并向她保证霍普金斯一定会对付科菲尔德。霍普金斯说到做到，诉讼被驳回，但案子牵扯的人都受了不小的打击。原本霍普金斯的那一小圈人一直在安排纪念海瑞塔的活动，一听说科菲尔德的案子纷纷退却，也没对拉克斯家的人提过他们曾经有这样的计划。

多年后，我见到了病理学家格罗弗·哈钦斯，他也在科菲尔德准备起诉的被告之列，他摇着头说："整件事让人非常遗憾。他们本来想为海瑞塔赢得某种认可，谁知道半路杀出个科菲尔德，事情就乱了。科菲尔德把拉克斯一家对霍普金斯的看法添油加醋地描述了一番，这样谁还敢和拉克斯一家打交道，于是决定多一事不如少一事。"

我又访谈了约翰·霍普金斯的发言人乔安·罗杰斯（JoAnn Rodgers），她说霍普金斯官方从没想纪念海瑞塔："这只是个人的行为，也许就一两个人。这些人撤了，事情就没了。从来不是机构的措施。"

传票终于不再来了，黛博拉却不相信案子已经彻底结束。她总觉得科菲尔德对妈妈的《圣经》和里面夹的发束没死心，还是可能派人来偷；闹不好他还想来偷黛博拉的细胞，以为它们跟她妈妈的一样值钱。

她干脆再也不查邮箱，除了需要去上给残障儿童开校车的班，几乎足不出户。后来黛博拉遭遇了一次怪异惊吓：车上一个十多岁的孩子攻击她，扑到她身上连抓带咬，还是两个男人跑上车来才把孩子拉开。几天后这个孩子又攻击了她，这次更严重，在她的脊柱上造成了多处椎间盘永久损伤。

黛博拉让丈夫在屋里挂上黑窗帘，她从此再不接电话，只是一个人坐在黑洞洞的客厅。科菲尔德的案子结束后一年半，她终于鼓起气力，开始一遍一遍读妈妈的病历，细细看妈妈死去的那些细节。她第一次得知，自己的姐姐原来被送去了一家名为克朗斯维尔的精神病院。

黛博拉转而担心姐姐，怕她在那家医院遭遇什么不测。她猜，或许她和我们的妈妈一样，也被用于了某些研究。黛博拉打电话给克朗斯维尔索要埃尔西的病历复印件，但管事的人说1955年前的记录都毁了，而那正是埃尔西去世的年份。黛博拉本就怀疑霍普金斯藏了海瑞塔的信息，这次更本能地怀疑克朗斯维尔也藏匿了姐姐的记录。

挂上电话没出几个小时，黛博拉突然头晕目眩，呼吸困难，发作了荨麻疹，脸上、脖子上、全身上下甚至脚心都是红色的疹块。她一进医院就说："我妈妈和我姐姐的事儿已经把我整得神经崩溃了。"医生说她血压过高，刚才差点没中风。

黛博拉从医院回来几周后，有一天，她收到罗兰·帕蒂略的电话留言，说有个记者想写一本关于海瑞塔和海拉细胞的书，建议她见见这个记者。这个记者就是我。

29　海瑞塔村

　　我们第一次通话后，黛博拉几乎一整年都拒绝再同我说话。我多次开车前往克洛弗找克利夫、虱子和格拉迪丝的儿子加里，要么坐在门廊，要么一起漫步烟草田。我一头扎进档案文件堆里，出没于教堂地下室和海瑞塔从前的学校——教学楼已经废弃，摇摇欲坠。在去的路上，我会每隔几天就试探地给黛博拉留言，期望她能回心转意同我交流，我们好一起了解海瑞塔的事。

　　"嘿，我现在正在你妈妈的烟草田里，就在家屋旁边，"我对她说，"我和克利夫表舅一起在门廊里呢，他问候你。""今天我找到你妈妈受洗的记录了。""格拉迪丝姨妈中风后恢复得不错。她可是给我讲了几个你妈妈了不得的故事。"我想象着黛博拉在留言机前探身倾听，迫切地想知道我发现了什么。

　　可她从没拿起电话。

　　一天，我又打电话过去。电话铃响刚响第二声，她丈夫詹姆斯·普鲁姆牧师就突然接了电话，连"你好"也不说就大声咆哮："他们只想得到一些金、钱、上、的、满、足。要是再没人给他们保证，把这些东西写成白纸黑字，他们就什、么、都、不、会、再、说。所有人都得到了补偿，就他们没有，那可是他们妈、妈！他们就是觉得这不对。我老婆已经被折磨得太久了。以前她只希望约翰·霍普金给她妈妈一点肯定，跟她解释解释那些细胞是怎么回事，让她明白她妈妈到底怎么了。结果他们根本不理我们，我们能不生气吗？"说完就挂了我的电话。

又过了几天，也就是我和黛博拉通话后十个月，她终于打来电话，对着听筒大吼："好吧，我和你谈！"她没说自己是谁，也不需要说。"但是你必须答应我几件事。第一，要是我妈妈在科学史上这么有名，你得让大家把她的名字弄对。她才不叫海伦·拉恩。第二，他们都说海瑞塔·拉克斯生了四个小孩，这也不对，是五个。我姐姐虽然死了，但书里不该把她漏掉。我知道你想报道拉克斯家的所有故事，所以这里有好事也有坏事，因为我兄弟们。你什么都会知道的，我不在乎。我在乎的是你必须找出我妈妈和姐姐后来怎么了，我必须知道。"

她深深吸了口气，接着笑了。

"做好准备吧，姑娘，"她说，"你可不知道你掺和进了什么。"

2000 年 7 月 9 日，我和黛博拉终于见了面。我们相约在巴尔的摩港口附近一条石子路口的小旅店，这一带叫菲尔斯角（Fell's

Point)。我站在大堂等候，她看见我，指着自己的头发对我说："看见了吗？我是我们这帮孩子里唯一一个头发都灰了的，因为只有我成天操心妈妈的事儿。也是因为这个，我这一年都不肯和你说话。我本来发誓再不和任何人讲我妈妈。"她叹了口气，"可我还是来了……希望我不要因此后悔。"

黛博拉长得很结实，一米五二的身高，却有 90 公斤重。一头乌黑浓密的卷发也就两三厘米长，只有细细一条灰发像头带一样勾勒着脸庞。50 岁的她看上去既像 60 岁也像 40 岁，光滑的浅棕色皮肤上点缀着大片的雀斑和两个酒窝，眼神明亮而调皮。她身着七分裤，脚踩帆布鞋，走路很慢，全身重量似乎都在那根铝制手杖上。

她跟着我来到房间，床上摆了一个扁平的大包裹，外面裹着一张鲜亮的印花包装纸。我对她说，这是一份给她的礼物，来自霍普金斯一位年轻的癌症研究者，叫克里斯托夫·兰高尔（Christoph Lengauer）。几个月前，我见了拉克斯家的男性成员后在《约翰·霍普金斯杂志》刊发了文章。兰高尔读过后给我写了封电子邮件。"我有点儿为拉克斯家人感到难过，"他写道，"他们应该得到更好的对待。"

兰高尔自进入科研领域以来，每天都在和海拉细胞打交道，如今，海瑞塔和她家人的故事在他心头挥之不去。他现在还是一名博士生，但已经用海拉细胞改善了"荧光原位杂交技术"（FISH），就是用不同颜色的荧光标记不同的染色体，在紫外线下染色体就能发光。对经过训练的人来说，FISH 可以揭示出某人 DNA 的细节信息，虽然对外行来说，这只是让染色体变成好看的五颜六色。

克里斯托夫把自己用 FISH 技术标记出的海瑞塔细胞染色体照片洗成小 20 寸*，裱在相框里，画面看起来就像夜空中飞满了闪烁着红黄绿青蓝紫色光的萤火虫。

"我想多少让他们知道一点，对于我这么一个年轻的癌症研究人员来说，海拉细胞意味着什么，我很感激他们多年前的捐献。"他写道，"我不代表霍普金斯，可我是这家机构的一分子。某种意义上，我甚至想表达歉意。"

黛博拉把自己的黑色帆布包扔在地上，扯开照片外的包装纸，伸直双臂，把相框举在眼前。她一言不发地穿过几扇对开玻璃门跑到旅店的小庭院，借着夕阳欣赏照片。

"太美了！"她从门廊处大喊，"我从来不知道它们这么好看！"她抓着照片走回来，涨红了脸。"你知道什么最奇怪吗？这个世界上有那么多我妈妈细胞的照片，比她本人的照片还多。我猜这就是为什么没人知道她是谁。她留下的就只有这些细胞。"

黛博拉坐到床上，继续说："我真想去那些搞研究的实验室和研讨会，看看我妈的细胞究竟干什么了，和那些治好了癌的人聊聊。"说着，她又蹦又跳，兴奋得像个小姑娘。"光想想这些，

---

* 即 14 英寸 ×20 英寸（35.6 厘米 ×50.8 厘米）。

我就想再出门去。可总是有事发生，我就只能再回来藏着。"

我跟她说，兰高尔希望她能去他实验室看看。"他想向你道谢，当面让你看看你妈妈的细胞。"

黛博拉用手指抚摸照片上妈妈的染色体。"我确实想去看看这些细胞，但我还没准备好，"她说，"我爸爸和兄弟们也该去，可他们觉得我光来这儿就够疯狂的了。他们总是大叫大嚷，说：'那些白人靠妈妈发了财，咱们却一个子儿也没得到。'"黛博拉叹了口气说，"我们不准备靠妈妈细胞这些东西赚钱，她在医学上帮了那么些人，这挺好，我就希望历史能被讲出来，让人们知道我妈妈，海拉，就是海瑞塔·拉克斯。我想多知道点关于妈妈的事。我特别肯定她用母乳喂过我，可又没什么确凿证据。没人聊起我妈妈和我姐姐，就跟她俩从没生出来过一样。"

黛博拉从地上抄起包，把里头的东西倒在床上。"我手里和我妈有关的全在这儿了。"她指着床上那堆东西说。里面有 BBC 纪录片的未剪辑原片、一本破字典、一本日记、一本遗传学教材、好多科学期刊文章、专利记录，还有几张从没寄出的贺卡，包括给海瑞塔买的几张生日卡和一张母亲节贺卡。黛博拉从这堆东西里拿起了母亲节贺卡。

"我把它带在包里已经很久了。"说着她把卡片递给我。白色的外边上印着粉色的花朵，里面用笔走龙蛇的花体字写着："愿我主的灵和救世主今日与你同在，你给予家人和亲爱之人的爱将得到赞美。献上祈祷和爱。母亲节快乐。"署名是"爱你的，黛博拉"。

　　但她的帆布包里最多的还是揉得破破烂烂的报纸杂志文章。她拎出《每周世界新闻》（*Weekly World News*）这种小报上的一篇，大标题写着"永生的女性！"。左右两篇分别报道了一条会心灵感应的狗和一个半人半鳄的孩子。

　　"我在食杂店看见这篇文章的时候吓个半死，"黛博拉说，"我琢磨，他们又胡扯我妈什么呢？人人都说霍普金斯抓黑人，用他们在地下室做实验。没人能证明，所以我从来都不信。可了解了妈妈细胞的事以后，我真是不知道该怎么想，就想也许拿人做实验的事都是真的。"

　　黛博拉告诉我，几周前，戴的新老婆——也叫玛格丽特——从霍普金斯看诊回来，就嚷嚷她在医院地下室见到了一些东西。"她按错了按钮，电梯就把她一路带到了地下室，那里漆黑一片。"黛博拉说，"门开了，她就往前一看，看见了好多笼子。她尖叫着对我说：'黛儿，你肯定不信，笼子里全是人那么大的兔子！'"

　　讲着讲着，黛博拉大笑了起来。"我才不信呢。当时我就说：'人那么大的兔子？！你疯了吧！'谁听说过有人那么大的兔子啊？可玛格丽特对我一般都实话实说，我明白她肯定是看见了什么，吓坏了。我猜什么都有可能。"

　　接着，她就像在聊"明天要下雨"这样的平常事那样，平静地说："科学家做的实验五花八门，你永远不知道他们在干什么。我到今天还在想，伦敦的街上，到底走着多少长得跟我妈很像的人。"

"什么？"我问，"为什么伦敦会有和你妈长得像的女性？"

"他们在那儿克隆我妈来着。"她说，看起来对我还不了解这一事件感到惊讶。"一个英国记者来了这儿，说他们克隆了一只羊。现在他们又开始把我妈克隆得到处都是。"她举起伦敦《独立报》上的一篇文章，指着用笔圈出来的一段说，"海瑞塔·拉克斯的细胞旺盛繁衍，总重量已经远超其源出之人的体重，多到大可组成一个海瑞塔村。"文章作者还开玩笑地说，海瑞塔1951年的时候应该在银行存上10美元，那样她的克隆们今天就发了。

黛博拉对我挑了挑眉毛，仿佛在说：瞅见没？我说的吧！

我跟她说，文章里说的不是海瑞塔本人，科学家们克隆的只是海瑞塔的细胞。可黛博拉在我眼前摆了摆手，示意我别说了，就跟我在胡说八道一样。她从那堆东西里翻出一盘录像带，侧面写着《侏罗纪公园》，递给我让我看。

"这个电影我看了好几遍，"她说，"里面就说什么基因，从细胞里取出基因，让恐龙复活。我就想，哦天哪，我这儿还有一篇论文，讲的就是他们怎么拿我妈的细胞做克隆！"她举起另一盘录像带，这次是一部电视电影，名字就叫《克隆人》（The Clone）。讲的是一个女人的儿子年幼时死于车祸，治不孕的医生秘密地从这女人体内取了多余的胚胎，给她克隆出一大群儿子。

"医生从那女人体内取细胞，整出一帮小男孩，长得和她儿子一模一样，"黛博拉说，"可怜的女人，根本不知道有这些克隆人，直到有一天突然看见商店里走出这么个男孩。我真不知道我要是看见我妈的克隆在什么地方走着，我该怎么办。"

黛博拉知道这些电影是虚构的，可自从多年前医院第一次给她爸爸打电话，告诉他海瑞塔的细胞还活着，对她而言，科幻与现实间的界限就模糊了。黛博拉以为妈妈的细胞就跟《幽浮魔点》中的怪物一样，越长越多，已经够把地球裹上好几层。听起来太疯狂了，但又千真万确。

"真说不准到底会怎样。"接着黛博拉又拎出两篇报道递给我。一篇是《"人植细胞"融合：接下来是会走路的胡萝卜？》，另一篇是《实验室繁育出"人兽细胞"》。两篇说的都是她妈妈的细胞，也都不是科幻。

"我不知道他们干了什么，"黛博拉说，"但在我听着就像《侏罗纪公园》。"

接下来三天，黛博拉每天早上都来我住的小旅店，坐在床上对我倾诉。要是需要换个环境，我们就乘水上计程船到巴尔的摩的港口漫步。或者去吃螃蟹、汉堡和炸薯条，驾车在街上兜风。我们去拜访了她童年居住的几处房子，它们现在多数都拿木板封住了，门口挂着"危房"的牌子。我白天黑夜跟她形影不离，脑子里塞满她的故事，然而却总在担心她有朝一日会改变主意，再不和我讲话。但事实上，黛博拉现在应该说已经打开了话匣子，再也不会停止了。

黛博拉的世界里就没有沉默。她说话嗓门很大，几乎每说一句都要高门大嗓地笑，而且对身边的一切都有话可说："看那些树多大啊！""那辆车的绿色多棒？""哦老天，我从没见过这么好看的花。"她走在街上，和游客、清洁工、流浪汉交谈，不管遇见谁都挥舞手杖打招呼："嘿，你好吗？"一遍又一遍。

黛博拉有好多古怪又有意思的小毛病。比如她车里老放一瓶来苏水，没事就喷，但她自己也没太当真。有好几次我一打喷嚏她就往我鼻子前面喷，不过多数时候是当我们到了一些看起来特别不卫生的地方，车一停她就朝窗外喷，这种地方还真不少。她说话的时候总要挥动手杖，还经常用手杖拍我的肩膀让我注意，要强调什么东西的时候就用它敲我的腿。

她第一次拿手杖敲我，我们就坐在我屋里。她递给我一本维克多·麦库西克的《医学遗传学》说："我见过这人，他想给我抽血做癌症测试。"

我跟她说麦库西克是想取血研究海瑞塔的细胞，并不是给她和她兄弟们检查癌症。她当即拿手杖敲我的腿。

"妈的！"她大骂一声，"你可算告诉我了！我一问他问题，让他说说是什么测试，说说我妈的细胞，他就递给我一本书，拍拍我的后背，把我打发回了家。"她伸过手，把书翻开，指着里面说："他还给我签名来着。"黛博拉翻着白眼说："要是也能告诉我这本破书里说的是什么，那才算他人好。"

黛博拉和我每天都花好几个小时趴在床上，翻阅材料，也聊她的生活。第三天即将结束时，我在枕头上发现了一个厚厚的硬纸文件夹。

"这些是你妈妈的病历吗？"我问道，一边伸手去拿。

"不！"黛博拉尖叫一声，大瞪着眼睛扑到纸夹上，就跟扑橄榄球似的，然后把纸夹贴在胸口，紧紧搂在怀里。

我坐在那儿呆住了，手还悬在半空，只好结结巴巴地说："我……我的意思是……我没想……"

"你最好没想！"黛博拉气呼呼地说，"你要拿我妈病历干什么？！"

"我以为你把它放在那儿是想给我看……对不起……我现在不看……没关系。"

"我们还没到那个份儿上！"黛博拉怒目圆睁，语带惊惶。她抓起包，把所有东西塞回去，朝门口跑去。

我呆若木鸡。这么多天来，我和她肩并肩趴在一起，说笑、打闹，互相安慰，然而现在她却像躲避追击一样逃跑。

"黛博拉！"我朝她的背影大喊，"我什么坏事也没想做，只想了解你妈妈的事，就和你的心情是一样的。"

她猛地转过身，眼神依然惊恐："我不知道该相信谁。"说着嘘了口气跑出去，狠狠摔上了身后的门。

2000
30 扎喀里亚

第二天，黛博拉从前台打电话给我，就像什么事也没发生过。"下楼，"她说，"你该去见见扎喀里亚了，他总打听你。"

我其实没想见扎喀里亚。我听说过好些次，在拉克斯家的人里，他对他母亲的遭遇怨气最大，一直在尽可能找机会报仇。我还想活到30岁呢，但要是做了第一个跑去他的住所就她妈妈的事问东问西的白人，这个愿望可能没法实现了。

我出了旅店，跟着黛博拉向她的车走去，她说："扎喀里亚出狱后一直过得不太好。但别担心，我特别肯定他现在已经可以再谈我们的妈妈了。"

"你特别肯定？"我问。

"是这样的，我以前总是把关于妈妈的材料印一份给他，后来他受够了，有一天愣是把我给撵走了。他追着我喊：'我再也不想听见我妈的事，还有那个抢了我妈细胞的狗屁医生！'那以后我们就再没谈过这个。"黛博拉耸耸肩说，"但他说你今天可以去找他问问题。我们趁他还没喝酒，赶紧去找他。"

我俩一坐进黛博拉的车，就听见她的外孙达文和孙子阿尔弗雷德在后座嚷嚷，他俩一个不到 8 岁，另一个不到 4 岁。"这是我的两个小心肝儿。"黛博拉说。两个小孩漂亮极了，脸上满是笑容，还长着大大的黑眼睛。阿尔弗雷德脸上架着两副巨大的亮黑塑料框太阳镜，一副压着一副，都比他的脸宽很多。

我们刚坐进车里，他就大喊："丽贝卡小姐！丽贝卡小姐！"

我转过身问："什么事呀？"

"我爱你。"

"谢谢。"

我转向黛博拉，她不住地嘱咐我，见到扎喀里亚不该说什么。

"丽贝卡小姐！丽贝卡小姐！"阿尔弗雷德又叫起来，把两副墨镜慢慢向下推到鼻尖上，朝我挤眉弄眼。

"你是我的。"他说。

"快给我住嘴！"黛博拉呵斥道，回头给了他一巴掌。"我的老天，他就跟他爸爸一样，喜欢和

黛博拉的外孙达文，摄于 2000 年。

女孩纠缠。"她摇着头说，"我儿子老在街上拈花惹草，喝酒嗑药，这又随了他爸爸。真担心他惹麻烦，我可不知道小阿尔弗雷德会捅出什么娄子。我担心他已经学了太多坏习气。"小阿尔弗雷德虽然年龄和体格都比达文小，但总动手打哥哥，而达文不经黛博拉允许从不还手。

我让小家伙们给我讲讲他们的舅爷爷扎喀里亚，达文挺起胸，使劲吸气，鼻孔都快吸上了，突然暴吼一声："你他妈的给我滚！"声音低沉得根本不像个8岁男孩。接着他俩就笑作一团。"跟电视上的摔跤手似的！"达文上气不接下气地说。

阿尔弗雷德在座位上又叫又跳："WWF（世界摔跤联盟）！！WWF！！"

黛博拉看着我，笑着说："别担心，我知道怎么对付他。我就提醒他分清楚，丽贝卡和那帮科学家不一样，也不是约翰·霍普金派来的。她就是自己来的。他一直说：'我没事，我不会做傻事。'可我要是发觉有什么不对劲，我们马上撤。"

我们默默开出几条街，经过钉着木板的店面，一排排快餐店和酒行。路上达文把他的学校指给我看，说里面安了金属探测仪，还说学校上课的时候会把他们都锁在里面。最后，黛博拉终于凑过来悄悄对我说："弟弟总觉得生活要了他，因为妈妈生下他四个月后就病倒了。弟弟脾气很大。你一定要把他的名字念对。"

经黛博拉指点，我才知道我的发音一直是错的，可千万不能让扎喀里亚听见。他把自己的名字念成"扎喀里亚",而不是"宰卡来亚"。博贝特和桑尼总是记不住,干脆叫他的中间名阿卜杜勒。可也只能背着他叫。

"不管怎样,千万别叫他乔,"黛博拉说,"有一次感恩节,劳伦斯的一个朋友这么叫他,扎喀里亚直接把他的头按在了土豆泥里。"

扎喀里亚年近半百,住在黛博拉帮他安排的辅助生活机构里,省得睡大街。扎喀里亚耳朵不行,不戴眼镜几乎什么也看不见,所以算是满足住进去的资格。可他在那儿还没待多长时间,就已经因为大声喧哗和好斗闹事被"留院察看"。

我们停下车,一行人走向机构正门,一个穿卡其裤的壮汉蹒跚着从楼里走出来,黛博拉大声清清嗓子,朝来人点头。壮汉大约一米七高,体重差不多180公斤,脚踩亮蓝色矫形凉鞋,身穿褪色的鲍勃·马利(Bob Marley)T恤衫,头戴白色棒球帽,上写"火腿,培根,香肠"。

"嗨,扎喀里亚!"黛博拉大声打招呼,同时举起双手在头顶挥舞。

扎喀里亚停下脚步,看着我们。他的黑发打着细卷紧贴着头皮,脸和黛博拉的一样光滑、年轻,可眉头却拧在一起,就跟皱了几十年似的。厚厚的塑料框眼镜遮挡着肿胀充血的双眼,黑眼圈很重。他一手挂着同黛博拉一样的金属拐杖,另一只手托着大号纸盘，里面装了至少半升冰激凌，胳膊底下还夹着一沓报纸广告。

"你跟我说一个小时后才来。"他怒气冲冲地说。

"呃……是……对不起，"黛博拉嘟囔着，"路上不堵车。"

"我还没准备好。"说着他抄起腋下那一沓报纸在达文脸上狠狠扫了一下，怒吼道："你干吗带他们来？你知道我不喜欢身边有孩子。"

黛博拉一把搂过达文，贴在自己身上，一边给他揉脸，一边结结巴巴地说他们的父母要上班，没人照顾两个小孩。她保证小家伙们会安安静静的。扎喀里亚一言不发，掉头朝楼门口的长椅走去。

黛博拉拍拍我的肩膀，指着门口另一边的长椅悄声说："咱俩到那边坐。"那地方离扎喀里亚足有四五米远。接着黛博拉又转过头去朝孩子们喊："来吧，小子们，让丽贝卡小姐看看你们能跑多快！"

阿尔弗雷德和达文绕着楼前的混凝土断头路赛跑，一边喊着："看我！看我！给我照相！"

扎喀里亚坐下，一边吃冰激凌一边看广告，就跟我们不存在似的。黛博拉不几秒就瞄他一眼，然后看我，再看两个小鬼，接着再瞄向扎喀里亚。一次，她朝扎喀里亚对眼儿吐舌头，扎喀里亚没看见。

最后他终于发话了。

"你带杂志来了？"他问，眼睛却盯着街面。

扎喀里亚之前告诉了黛博拉，他和我说话之前想先看看我在《约翰·霍普金斯杂志》上写的关于他们妈妈的报道，看的时候还要我坐在旁边。黛博拉把我朝他那边拱了拱，然后跳起来说她要带孩子们到楼上等我们，还说外面天气不错，我们在这儿聊比圈在屋里强。其实当时屋外有三十几摄氏度，湿热得让人头晕眼花，可黛博拉和我都不想让我和扎喀里亚单独待在他屋里。

"我会从上面的窗户看着你，"黛博拉指着几层楼高的地方悄悄对我说，"一有什么不对劲就招手，我马上下来。"

黛博拉带着两个男孩走进楼里，我则坐到扎喀里亚身边，跟他讲我为什么来。扎喀里亚眼皮也不抬，一言不发地从我手里拿过杂志开始读。他不时叹气，每次都搞得我心跳加速。

"妈的！"他突然指着一幅图的图注大喊一声，图注说桑尼是海瑞塔最小的儿子。"他不是最小的！我才是！"说着把杂志摔在椅子上，狠狠地瞪着它。我忙说，我当然知道你是最小的，图注是杂志加的，不是我。

"我觉得我的出生就是一出奇迹，"他说，"我相信我妈等我出生后才去看的医生，因为她想把我生下来。一个妈妈身体里都是癌，病成她那样，还生出了我这样没伤没残的孩子？真可能是上帝的手笔。"

他第一次抬头看了我一眼，抬起手来把助听器上的一个钮扭了一下。

"我刚才把它关了，省得听蠢货小孩子吵闹。"他一边说一边调节音量，直到啸叫停止，"我觉得那帮医生的做法都不对。他们骗了我们25年，一直不让我们知道细胞的事，然后说是我们妈妈'捐'的。全是他们偷的！那帮蠢货来给我们抽血，说要化验，都不说他们这些年拿她赚了多少钱？就跟在我们背上挂牌儿说'我是傻蛋，踢我屁股'似的。没人知道我们还是很穷，他们准保以为我们靠妈妈细胞的那些功绩发了。我希望乔治·格雷在地狱里烈火焚身。要是他还没死，我就要拿魔鬼那种黑叉子插进他屁眼！"

我像神经反射似的脱口而出："是乔治·盖伊，不是格雷。"

扎喀里亚勃然大怒："谁管他叫什么？他还到处乱传我妈叫海伦·拉恩呢！"他站起身来居高临下地大吼："他的做法都是错的！大错特错！让上帝裁决吧。有人说，他们拿她的细胞，让细胞一直活着，是为了做药，这是上帝的旨意。我才不信呢。要是上帝想让一种病有的治，他早就把治法自己搞出来了，还轮得着人类来捣鼓？而且你不能说谎，背着人做克隆。这根本就不对，这是整件事里最恶劣的。就跟你在自家洗手间里脱了裤子，结果我走进去了一样，是最严重的不敬。所以我说我希望他到地狱里受罪去。要是他现在在这儿，我肯定宰了他。"

突然，黛博拉出现在我身边，手里拿着一杯水。"我怕你口渴。"可语气严肃，好像在说：这里究竟出了什么事？恐怕是因为她看见扎喀里亚站起来朝我吼了。

"一切正常？"她问道，"你们还在聊？"

"没错。"扎喀里亚回答。可黛博拉把手放在他肩膀上，建议我们都进屋去。

我们朝楼门口走去，扎喀里亚扭头对我说："那些医生说她的细胞特别重要，为别人做了这做了那。可她没得到半点好处，我们也没有。我和我姐要是需要帮助，可是连医生都看不起。能从我妈细胞里得到好处的都是有钱人；卖细胞的人也能得到好处，他们都靠我妈发了，可我们什么都没有。"他摇着头说："依我看，那帮烂人根本不值得她帮。"

扎喀里亚住的是一个小开间，里面有一条狭窄的厨房区，刚才黛博拉和孩子们就是从厨房窗户看着我们。扎喀里亚的全部家当只有一张简易贴面小桌、两把木椅、一张没配床架的大床垫、一条透明塑料床围和一套深蓝色床单被罩，没有被子和枕头，全部装在皮卡车后斗，一趟就运来了。床对面摆着一台小电视，电视上头还担着一台录像机。

屋里墙上空空如也，除了贴着一排复印的相片。有海瑞塔双手叉腰的那张，旁边是仅存的另一张海瑞塔的相片，摄于20世纪40年代，画面上，她和丈夫戴两人站在摄影棚里，后背笔直，四目圆睁直视前方，嘴上带着僵硬的假笑。有人修过相片，把海瑞塔的脸色修成了不自然的黄色。再向旁边看去，是一张令

埃尔西·拉克斯，海瑞塔的长女，5
岁后被送往克朗斯维尔州立医院，被
诊断为"痴呆"。

人屏息的照片——扎喀里亚的姐姐埃尔西站在白色门廊扶手前，
身边摆着一篮干花。那时她约莫五六岁，身着白 T 恤和格子背
带裙，脚穿波比袜和鞋子。她发辫松开，右手捏着什么东西放
在胸前，嘴巴微张，眉头锁住，似乎在担心什么，目光朝向右方，
黛博拉觉得当时他们的妈妈应该站在那儿。

照片边上还挂了几张文凭，分别是焊接、制冷和内燃机方
面的。扎喀里亚指着它们说："我有这么多操蛋的文凭，就是没
工作，因为我有犯罪记录什么的，所以还是麻烦不断。"扎喀里
亚出狱后还是不断犯事儿，受到过攻击他人、酒后行为失序等
多种指控。

"我感觉我这么坏都是因为那些细胞，"他说，"我还没成人
形儿的时候就开始干架了。不然我也没法解释在娘胎里的时候
怎么没长得浑身是癌。在她子宫里我就开始干架，后来也根本

不知道还有别的活法。"

黛博拉认为不止如此。"埃塞尔那个女魔头，扎喀里亚的仇恨都是她教的，"她说，"她把仇恨一点一滴全灌输进了他小小的身体，最后积攒成杀人犯那样的仇恨。"

扎喀里亚听见埃塞尔的名字，鼻子里哼了一声。"和那个女虐待狂住一起比蹲监狱还糟！"他眼睛眯成一条缝，吼道，"我都没法说她对我做过什么。一想起过去那些事，我就想杀了她，还有我爸。就因为他，我都不知道我妈埋在哪儿。那个蠢货死后埋哪儿，我也不想知道。他要去医院？自己打车去吧！其他合伙埋了她的所谓家人也是。我再也不想见到那帮黑鬼。"

黛博拉抖了一下，望着我说："看，其他人从不让他开口，因为他说话毫无遮拦。我就说，让他说吧，哪怕我们因为他的话不高兴也没关系。他是疯的，得释放，不然他就会自己一直憋着，早晚得爆炸。"

"对不起，"扎喀里亚说，"她的细胞也许确实帮了一些人，可我宁愿要我妈。要是她没这么被牺牲掉，我也许能长成一个比现在好得多的人。"

黛博拉本来坐在床边，两个孙辈的头枕在她腿上，这时，她起身走到扎喀里亚身边，伸手搂住他的腰说："陪我们到车那儿去吧，我有东西要给你。"

走出楼门，黛博拉打开吉普车后盖，在毯子、衣服和纸张中间翻找，最后终于转过身来，手里抱着克里斯托夫·兰高尔给她的那张海瑞塔染色体照片。她用手指滑过相框的玻璃，接着递给扎喀里亚。

"这就是她的细胞吧？"他问。

黛博拉点点头："看见那些亮色了吗？是她的 DNA。"

扎喀里亚把照片举到面前，默默注视。黛博拉抚摸他的后背，轻声说："我想，要说谁最应该拿着它，那就是你，扎喀里亚。"

扎喀里亚试着从各种角度观察照片，最后终于说："你想要我留着它？"

"嗯，我希望你留着，挂在你墙上。"黛博拉说。

扎喀里亚热泪盈眶。有那么一瞬间，他的黑眼圈似乎都消失了，身体也放松下来。

"好。"他说，声音特别温柔，是那天我们听到的最温柔的声音。他搂住黛博拉的肩膀说："嘿，谢谢。"

黛博拉尽量伸长手臂抱他的腰，然后紧紧搂住。"给我这个的医生说他干这行以来一直研究咱妈，却从来不知道这些细胞是哪儿来的。他说他很抱歉。"

扎喀里亚望着我问："他叫什么？"

我告诉了他，然后说："他很想见你们，给你们亲眼看那些细胞。"

扎喀里亚点点头，手臂还搭在黛博拉肩上。"好，听起来挺好。就这么干。"接着他慢慢走回自己住的那栋楼，照片仍然高举在眼前。此时，他眼里除了妈妈细胞里的 DNA，什么也没有。

2000—2001

31 海拉，死亡女神

就在我结束这次马拉松式的访谈回到家后的第二天，一名陌生男子给黛博拉打电话，问她想不想以黑人身份借海拉细胞闹个天翻地覆。男子叫黛博拉留心打听海瑞塔坟墓的人，因为海瑞塔的身体对科学极有价值，那些人保不准想偷她的尸骨。黛博拉告诉对方说已经和我聊过了，目的是出书。男子警告她别跟白人说海瑞塔的事。黛博拉慌了，打电话给哥哥劳伦斯，劳伦斯表示那男子说得对。于是黛博拉给我留言，说不能再和我讲话。而等我听见留言给她回电话的时候，她已经回心转意。

"所有人都叫着：'种族主义！种族主义！白人男的偷了女黑人的细胞！白人男的杀了那个女黑人！'真是疯了。我们所有人不是黑人就是白人或者别的种族，这不是种族主义。故事有两面，这才是我们要让世人知道的。关于我妈的哪件事要是只为了折腾科学家，那它就不是真的。它也不是要惩罚医生或者诋毁医院。我不想那样。"

黛博拉和我如此相处了整整一年。我每次拜访，我俩都一起在巴尔的摩港口漫步、乘船，一起阅读科学书籍，聊她妈妈的细胞。我们带达文和阿尔弗雷德去马里兰科学中心，那里有一面六米高的墙，顶天立地地挂着一张放大的显微镜下细胞照片，是染成荧光绿色的。达文抓着我的手，把我拽到细胞墙跟前喊道："丽贝卡小姐！丽贝卡小姐！这是曾外婆海瑞塔吗？"旁边的人全将目光投向我们，我说："事实上，没准还真是。"达文听了，跳得像一匹小马，高声唱道："海瑞塔奶奶出名了！海瑞塔奶奶出名了！"

一天深夜，黛博拉和我顺着菲尔斯角的石子路散步，她突然转向我，毫无预兆地说："我要依自己的意思，在我认为合适的时间再把病历拿出来。"她告诉我，那天晚上她以为我要偷走她妈妈的病历，所以才搂着病历跑了。"我只是需要一个可以信任的人，那人得把知道的告诉我，不让我蒙在鼓里。"她让我保证不会对她有任何隐瞒。我保证了。

不见面的时候，我和黛博拉每周都要讲几个小时电话。有时别人还是会劝她别信任白人，别把妈妈的事儿告诉白人。这种时候她就惊慌失措地给我打电话，逼问我是不是像其他人说的那样拿了霍普金斯的钱来打探消息。她也还是拿不准钱的事。一次，一个遗传学教材的出版社打电话给她，说想征求她的许可刊登她妈妈的照片，并支付300美元。黛博拉报价25000美元，对方不接受。于是她就给我打电话，勒令我告诉她，是谁给我钱写这本书，我又能给她多少。

每次我给她的回答都一样：书还没卖呢，我做调查用的是学生贷款和信用卡；但无论如何，我也不能花钱买她的故事，要是书顺利出版，我会为海瑞塔·拉克斯的后代设立一个奖学金。黛博拉心情好的时候特别看好这个主意，她说："教育就是一切。要是我当年多受点教育，我妈的这些事或许就不会像今天这么难。所以我老跟达文说：'继续学习，尽量多学点东西。'"可在心情不好的时候，她会觉得我在骗她，对我又是不理不睬。

好在这样的时候不会持续太久，最后每次还是黛博拉主动找我，让我再保证决不对她有所隐瞒就算完。后来我跟她说，我做调查的时候，她要是愿意可以一道来。她说："我是很想去那些中心、大学之类学习的地方。我还想拿到我姐姐的病历和尸检报告。"

从此以后，只要找到和她妈妈有关的信息，我统统发给她，包括科学期刊的文章、细胞的照片，偶尔还有提到海拉细胞的小说、诗歌和短文。在一本小说里，一个疯狂科学家把海拉细胞当成生物武器，用来散播狂犬病；还有一本书里有用海拉细胞做成的能说话的黄油漆。有些艺术家把海瑞塔的细胞投影在墙上举办展览，还有一名艺术家把她自己的细胞和海拉细胞融合，再培养出一片心形的组织，我也把这些展览的信息告诉黛博拉。每次寄东西，我都会附上一张便签，解释包裹里的材料都是什么意思，清晰地标明哪些内容是虚构的，哪些不是，警示她哪些内容可能让她不高兴。

　　每次收到包裹，黛博拉都会打电话给我分享她的阅读心得。后来她充满惊惶情绪的电话就越来越少了。再后来不久，她发现我竟然和她女儿一样大，就开始管我叫"卜卜"（Boo），而且坚持让我去买手机，因为她担心我一个人在州际公路上开车不安全。每次我和她的兄弟们说话，她都喝住他们，半开玩笑地说："你们别想把我的记者给拐跑了！想要自己也找一个啊！"

　　我和黛博拉第一次相约出行，一见面，她从车上下来，身着黑色及踝长裙，黑色高跟凉鞋，黑衬衣和黑色开襟羊毛衫。我们拥抱之后，她说："我也穿上记者这样的衣服了！"她指着我纽扣紧扣的黑衬衫、黑裤子和黑靴子说："你老穿黑的，我琢磨着得和你穿一样的，好和你一起混。"

　　每次旅行，黛博拉的吉普车里都塞满衣服和鞋子，只要是她觉得可能用上的都统统带上（"你可不知道天气什么时候变"）。另外，她为防中途抛锚还带了枕头和毯子，怕中暑带了电扇，还有从美容学校搬来的所有理发和美甲器具，成箱的录像带、音乐CD、办公用品，还有和海瑞塔有关的所有文件。我们每次都分开驾车，因为我还没得到她的充分信任。我开车尾随其后，望着她的黑色鸭舌帽随着音乐上下颠簸。减速拐弯或者停下等红灯的时候，我还能听见她引吭高歌，什么《天生狂野》《忘了做你的爱人》，后者是她最喜欢的威廉·贝尔的歌。*

　　后来黛博拉终于同意让我去她家。屋里很暗，厚厚的窗帘紧紧拉起，只能透进微弱的光；长沙发也是黑色的，深棕色的木板墙上挂着一溜宗教主题的黑底荧光招贴。我们来到她的书房，她在这间屋里度过的夜晚比在夫妻两人的卧室还多，她说自己老和普鲁姆吵架，需要清静清静。

　　这间屋子还不到两米宽，墙边靠着一张单人床，对面挤了张小书桌，桌面上是一摞摞的纸张、成箱的信封、信件和账单。压在这些东西下面的，是她妈妈的《圣经》，年代已久，书页卷曲残破，霉斑点点，不过里面依然夹着妈妈和姐姐的头发。

　　黛博拉的墙上从上到下贴满了熊、马、猫、狗等动物的彩色摄影，是她从台历上扯下来的。墙上还有十来块她和达文亲手做的小方毡，其中一块是黄色，上写"感谢基督对我的爱"；还有一块写着"预言实现"，旁边还装点了锡箔纸做的硬币。她床头的架子上堆满了广告专题片录像带，有介绍按摩浴缸、旅行房车的，还有介绍迪士尼乐园游的。几乎每天晚上黛博拉都问达文："嘿，想不想出去度个假？"他点头应和，黛博拉就问："想去干吗，迪士尼乐园、水疗还是房车游？"他们一起把这些广告片看了无数遍。

---

*　　两首歌原名及表演者依次为 Born to Be Wild（Steppenwolf 乐队）、I Forgot to Be Your Lover（William Bell）。均为 1969 年首发的歌曲。威廉·贝尔是生于 1939 年的田纳西黑人音乐家。

一次采访结束，我用几年前别人送给黛博拉的一台计算机教她上网，然后教她用谷歌。不久她就开始在夜里一边吞安必恩*（一种镇静性助眠药）一边大耳机里放着威廉·贝尔的音乐，昏昏沉沉地用谷歌搜"海瑞塔"和"海拉"。

达文管安必恩叫"晕菜药"，因为黛博拉吃了药，就会深更半夜在屋里晃来晃去，跟僵尸似的，不仅胡言乱语，还拿砍肉刀剁麦片做早饭。达文在她家住的时候，只要夜里醒来，多半会看见黛博拉耷拉着脑袋，已经在电脑前睡着了，手还搭在键盘上。他会把黛博拉从椅子上推到床上，帮她盖好被子。要是达文不在，黛博拉常常就会一觉醒来发现自己的脸拍在桌上，打印出的纸飞了一地，在她周围堆积如山，有科学文章、专利申请，还有零散的报纸文章和博客，其中很多其实和她妈妈没有联系，只是文中出现了"海瑞塔""拉克斯"或"海拉"字样。

出人意料的是，后一种竟然如此之多。海拉是斯里兰卡当地人对自己国家的称呼，社会活动家常常举起"为海拉之国寻求正义"的大旗。以海拉命名的还有一家已倒闭的德国拖拉机公司、一只获奖狮子狗、波兰海边度假村、瑞士广告公司、丹麦一艘供人喝伏特加看电影的聚会船、漫威漫画里的一个角色——这个角色还出现在几种在线游戏里，其形象是一个两米多高的女神，她半边黑半边白，一半死一半活，拥有"难以估量"

---

* Ambien™，唑吡坦（zolpidem）的一种商品名。

的智慧、"超人"的力量、"神一般"的体力和耐力，以及230公斤、浑身肌肉的体魄。她掌管瘟疫、疾病和灾难；她不会得病或衰老，烈火、辐射、毒药、腐蚀物也没法伤她半分。海拉女神还能飘在空中，控制人的意识。

黛博拉看到海拉女神这个漫威角色的时候，以为就是在讲她妈妈，因为海拉女神的每种特质或多或少都符合黛博拉对她妈妈细胞的了解。但其实这个科幻版的海拉的原型，是古斯堪的纳维亚的死亡女神，她被困在人间和地狱之间。结果黛博拉以为这个北欧女神也是源自她妈妈。

一天凌晨3点，我正在睡觉，还因为流感在发烧，电话铃响了。黛博拉的吼声从听筒那端传来："我就跟你说过伦敦在克隆我妈！"嗓音缓慢又模糊，是安必恩的效果。

就在刚才，黛博拉用谷歌搜"海拉""克隆""伦敦""DNA"几个词，结果从一个在线聊天室的记录里找到几千条相关记录，大意是说："每个细胞里都含有海瑞塔·拉克斯的遗传蓝图……我们能克隆她吗？"她妈妈的名字出现在"克隆"和"人类养殖"这样的标题下，她以为几千条搜索结果铁证如山，说明科学家已经把海瑞塔克隆了几千个。

"他们没有克隆你妈妈，"我说，"只是复制了她的细胞。我向你保证。"

"谢谢你，卜卜，抱歉把你吵醒了。"她温柔地说，"可今天他们克隆了她的细胞，有朝一日是不是也会克隆她这个人？"

"不会，"我说，"晚安。"

之后好几次，达文发现黛博拉失去知觉，手里攥着电话，或者脸拍在键盘上。达文跟他妈妈说，他得长期住到外婆家去，好在她服药后照顾她。

黛博拉平均每天要吃 14 片药，除去丈夫的保险、低收入人群白卡 (Medicaid) 医疗保险和红蓝卡老年医保承担的那部分费用，还需要每月自费 150 美元。有一次，她跟我说："我觉得大概有 11 种处方药，也没准是 12 种。我记不清楚，因为总在变。"一次，一种治胃酸反流的药从每个月 8 美元突然涨到 135 美元，她就不再吃了。后来她丈夫的保险不再承担她的处方药费，她只好把药量全部减半，这样至少暂时不至于停药。等到安必恩吃完，她就彻底失眠了，直到重新拿到药为止。

黛博拉跟我说，从 1997 年她所谓的"骗钱事件"之后，医生就开始给她开这些药了，但她却不肯告诉我这个事件到底是什么，只说是她申请社会保障残疾金时发生的事，而这个钱也是她出庭好几次才换来的。

"社保局那边的人说，我的病都是我自己臆想的，"她对我说，"他们甚至前后要我看了五个精神科医生，还不算其他乱七八糟好几个医生。他们说我有偏执狂、精神分裂，说我太紧张。我被确诊为焦虑、抑郁、膝盖骨退化、滑囊炎、椎间盘突出、糖尿病、骨质疏松、高血压、高胆固醇。好多病我都记不住名字，我怀疑没人能记住。我只知道自己只要情绪一变，就特别害怕，就要找个地儿躲起来。"

她说，我第一次给她打电话之后，她就是这样的情形。"我当时激动坏了，说我真想看到这么一本写我妈的书。可后来好多念头冒出来，我就怕了。"

"我知道自己可以过得更好，也确实希望如此。"她对我说，"别人听说我妈妈的事，总说：'哦，你们要发了！你们可以去告约翰·霍普金，还可以这么做那么做……'可我不想那样。"她笑道："说实话我没法恨科学，毕竟科学救了很多人的命，我自己要离了科学肯定一团糟。我就是一个会动的药铺子！我不能说科学的坏话，可我也要说实话：我想要有一些健康保险，这样我就不用每个月花那么多钱买药，有的药大概还是借助我妈的细胞研制出来的。"

后来黛博拉渐渐适应了互联网，开始好好利用它，而不再只是因为它在深夜里担惊受怕。她给我列了一串问题，还打印出一些文章，讲的都是未经病人知情或同意擅自拿人做研究的事，比如乌干达的疫苗试验、美国军人参与的药物试验等。后来她开始整理，把收集到的信息分门别类，放进仔细标记的文件夹，一类是"关于细胞"的，一类"关于癌症"，还有一类专门解释"诉讼时效""病人隐私"这样的法律名词。她曾无意中看到一篇文章，标题是"海瑞塔·拉克斯还剩下什么？"，文中说海瑞塔大约是感染了HPV，因为她"水性杨花"。黛博拉看后勃然大怒。

"那些人根本不懂科学，"她说，"感染 HPV 并不代表我妈随便和人上床。大多数人都携带这种病毒——我在网上读到的。"

2001 年 4 月，也就是我们第一次见面后差不多一年，黛博拉打电话跟我说"一个癌症俱乐部的主席"打了电话，希望她在一个致敬她母亲的活动上登台亮相。她说很担心，想让我帮她查查这人来路正不正。

结果打电话来的其实是全美癌症研究基金会主席小富兰克林·索尔兹伯里 (Franklin Salisbury Jr.)。他决定以基金会的 2001 年年度大会向海瑞塔致敬。他说，大会定在 9 月 13 日举行，届时将有来自世界各地的 70 位顶尖癌症研究者齐聚一堂，介绍自己的成果，听者更有数百人，包括华盛顿市市长、公共卫生局局长这样的人物。他希望黛博拉能登台发言，并代表她妈妈接受奖牌。

"我明白这家人觉得自己受了极为不公的对待，"索尔兹伯里对我说，"我们给不了他们钱，但我希望这次大会能澄清历史真相，帮他们心里好受点，尽管我们已经晚了 50 年。"

我把这些转述给黛博拉，她听了特别高兴，说那这个会就会和帕蒂略在亚特兰大的大会一样，而且比那个规模还大。她立马开始计划上台穿什么，还就科学家们要谈的话题向我问这问那。她也又开始担心在台上安不安全，会不会有枪手在台下等着她。

"要是他们以为我要给他们找麻烦，因为他们拿走了细胞之类的事，可怎么办？"

"我觉得你不用担心这个，"我说，"科学家们特别希望见到你。"此外我还告诉她，会议将在联邦大楼里举行，安保级别很高。

"好吧，"她说，"但我得先去看看我妈的细胞，这样我才知道其他人在会上都在聊什么。"

挂上电话，我立马准备联系克里斯托夫·兰高尔，就是给黛博拉染色体照片的那位癌症研究者。谁知还没翻出号码，我的电话又响了。是黛博拉，她在电话那头放声大哭。我以为她害怕了，或者不想看细胞了。谁知她哀号道："哦我的宝贝！上帝啊，帮帮他，他们在比萨饼盒子上查出了他的指纹。"

她的儿子阿尔弗雷德和一名同伙持枪抢劫，至少抢了五家酒行。监控摄像头拍下阿尔弗雷德朝一名店员咆哮，还在头顶挥舞一瓶"爱尔兰野玫瑰"。他抢了一瓶355毫升的啤酒、一瓶爱尔兰野玫瑰，两条"新港"香烟，还有大约100美元现金。警察在他家门口逮捕了他，直接扔到了警车里。他儿子小阿尔弗雷德就在草地上玩，把这一切看在眼里。

"我还是要看那些细胞，"黛博拉哽咽着说，"我不会让这个妨碍我去了解我的妈妈和姐姐。"

2001
32 "这全是我妈妈"

等到黛博拉一切就绪，准备去看妈妈的细胞，戴已经无法同行了。他总说希望在死前看看老婆的细胞，可他已经85岁，心脏和血压方面的问题让他成了医院的常客，糖尿病刚让他丢了一条腿。桑尼必须上班，劳伦斯说他现在对看细胞没兴趣，只想找个律师告了霍普金斯这家"亿万美元大企业"。

因此，2001年5月11日，黛博拉、扎喀里亚和我三个人约在霍普金斯耶稣像前碰面，一起去看海瑞塔的细胞。当天早上，黛博拉警示我，劳伦斯认定我收了霍普金斯的钱，是被派来打探拉克斯家情况的。那天碰面前，他已经给黛博拉打了好几次电话，说要把她收集的母亲的资料都收走。所以黛博拉临走前把东西都锁进书房，拿走钥匙，然后再打电话给我："千万别告诉他你在哪儿，也别单独见他，一定要有我在。"

当我来到耶稣像这里，它还像50年前海瑞塔到来时那样地耸立着。雕像高逾三米，立在层叠的穹顶下，没有瞳孔的大理石眼睛凝视前方，双臂外展，身裹石袍。在耶稣脚下，人们扔了一堆又一堆的零钱，几束枯萎的雏菊，还有两朵玫瑰，一朵新鲜带刺，另一朵是布做的，还嵌着塑料露珠。耶稣像灰不溜秋的，唯有右脚光亮泛白，这是几十年来人们为求好运不断摩挲的结果。

黛博拉和扎喀里亚还没来，于是我退到远处，倚在墙边看来来往往的人，一个穿绿色刷手服的医生在耶稣像前屈膝祈祷，其他去医院的人经过这里也都会顺手摸摸雕像的脚趾，既不抬头看也不放慢脚步。雕像附近有几个木制立柱桌，上面摆了几本大书，有些人会在此驻足，写下祷告："亲爱的天父，请容许我再和埃迪说一次话吧。""请帮我的儿子们战胜毒瘾。""求您赐给我和我丈夫工作。""主啊，感谢您又给了我一次机会。"

我又朝雕像走去，鞋跟在大理石地面上敲出回响，接着我也把手放在耶稣的大脚趾上——这是我第一次做出类似于祈祷的动作。突然，黛博拉出现在我身边，轻声说："希望他能帮我们拿回一局。"她的嗓音极端平静，往日紧张的大笑一扫而光。

我告诉她我的想法也一样。

黛博拉闭上双眼开始祷告。这时扎喀里亚也突然出现在我们身后，发出一声低沉的笑。

"他这会儿什么也帮不了你！"扎喀里亚大吼一声。我才发现他比我们上次见面的时候又胖了，厚重的灰色毛料裤和蓝羽绒服让他显得块头更大。他的眼镜宽度不合适，黑色镜腿紧紧箍在肉里，可是他没钱换新的。

扎喀里亚看着我说："我这姐姐疯了，竟然不想从这些细胞里拿钱。"

黛博拉翻了翻白眼，用手杖敲他的腿，说："老实点儿，否则别想看细胞。"

扎喀里亚收敛了笑容，紧跟在我们身后走向克里斯托夫·兰高尔的实验室。若干分钟后，我们便看到克里斯托夫穿过他那栋楼的大堂迎着我们面带微笑地走来，朝我们伸开双臂。克里斯托夫30多岁，浅棕色的头发打理成"乱发"发型，穿着蓝格子衬衫和做旧得恰到好处的牛仔裤。他同我和黛博拉分别握手，接着又把手伸向扎喀里亚。扎喀里亚理也不理。

"好吧！"克里斯托夫望着黛博拉说，"你们经历了那么多事，还能来一间霍普金斯的实验室，一定很不容易。见到你们来我非常高兴。"他说话带奥地利口音，黛博拉于是趁他转身按电梯的间隙朝我挑了挑眉毛。"我觉得不如从冻存间开始，这样你们就能看到我们是如何保存你们妈妈的细胞了，然后咱们再拿活细胞到显微镜下观察。"

"挺好。"黛博拉回应，语气就像是兰高尔在说一件特别稀松平常的事。走进电梯，黛博拉靠在扎喀里亚身上，一手挂着拐杖，另一只手抓着她的破字典。电梯门打开了，我们跟着克里斯托夫排成一列，走过一条狭长的走道。墙壁和天花板不停颤动，发出深沉的嗡嗡声，而且随着我们的行走越来越响。"这是通风系统，"克里斯托夫提高嗓门说，"它把悬浮在空气里的所有化学物质和细胞都吸出去，省得被我们吸到肺里。"

他猛地推开实验室的门，就好像要让屋里的东西在我们面前亮相，接着招手让我们进去。"这是我们存放细胞的地方！"克里斯托夫大声喊道——屋里机器的轰鸣震耳欲聋，黛博拉和扎喀里亚的助听器都发出了啸叫。扎喀里亚受不了了，猛地抬手扯掉了助听器；黛博拉则调节音量，绕过克里斯托夫，走进一间满是白色冰柜的屋子。冰柜轰鸣，一个摞一个，场面就像个自动洗衣工厂。黛博拉望了我一眼，惊得目瞪口呆。

克里斯托夫顺手拉开一个从地板顶到天花板那么高的白色冰柜，哗的一声，里面立刻冒出一股白雾。黛博拉吓得尖叫，跳到扎喀里亚身后。扎喀里亚倒是面无表情，双手插兜。

"别担心，"克里斯托夫喊道，"并不危险，只是温度太低。这些冰柜和家里那些零下20摄氏度的冰柜不一样，都是零下80度的。所以一开门就会有白烟。"他示意黛博拉靠近点。

"里面全是她的细胞。"他说。

黛博拉放开抓着扎喀里亚的手，一寸一寸地挪向冰柜，直到脸上感到丝丝凉风。她站定，盯着面前，排列着上千个二三厘米高的塑料小管，里面都装着红色液体。

"天哪，"她倒吸一口凉气，"真不敢相信这全是我妈妈。"扎喀里亚仍在一边默不作声地盯着。

　　克里斯托夫伸手到冰柜里取出一支小管，指着侧面的"海拉"字样说："这么一小管里，细胞都是千万、上亿计的，闹不好有十亿百亿。她的这些细胞能永远保存下去，五十年、一百年甚至更久。只要拿出来解冻，细胞就又能开始生长。"

　　他把小管子上下摇了摇，话题一转，开始讲解操作这些细胞时要加多少小心："我们用这么一间屋子专门放海拉细胞，这至关重要。因为这些细胞一旦被别的什么污染，就不能再用了。也没人希望海拉细胞污染其他细胞。"

　　"苏联就出过这事儿对吧？"黛博拉说。

　　克里斯托夫愣了一下，随即恍然大悟地笑了："没错。你知道这件事，真厉害。"他解释了海拉污染的缘由，然后说："她的细胞造成了千百万美元的损失，倒有点像讨回了公道，对吧？"

　　"科学家做了那么多事都不告诉我们家，我妈妈只是把这件事找补回来了，"黛博拉说，"可不能惹海瑞塔，否则她用海拉细胞给你好看！"

　　大家都笑了。

　　克里斯托夫又伸手从他背后的冰柜里拿出另一管细胞递给黛博拉，眼神里充满温情。她有一瞬间不知如何是好，望着他伸过来的手，接着一把抓过小管，放在掌心不停揉搓，好像冬天暖手一样。

　　"她可真冷。"黛博拉拢起双手，朝管子哈气。克里斯托夫示意我们跟他去看给细胞增温的细胞培养箱，黛博拉没动。扎喀里亚和克里斯托夫走开后，黛博拉举起管子贴在唇上。

"你很有名，"她轻声说，"只是没人知道。"

克里斯托夫带我们走进一间小实验室，屋里塞满了显微镜和吸量管，还有各种容器，侧面贴着"生物危害"或"DNA"等字样的标签。他指着笼罩在实验台上方的通风橱说："我们可不希望癌细胞飞得到处都是，这个罩会把所有空气都吸进一个过滤系统，这样悬浮的细胞就都被拦截、杀死了。"

他给我们解释什么是培养基，还讲了他把细胞移出冰柜、放进培养箱培养的情形。"细胞最后会填满后面那些大瓶子，"他指着几排三四升的大罐子说，"这时候我们就可以拿它们做实验了，比如把待测试的抗癌新药倒在这些细胞上，看有什么反应。"他告诉扎喀里亚和黛博拉，测试药物要先做细胞试验，然后是动物试验，最后才能做人体试验，姐弟俩频频点头。

克里斯托夫在一台培养箱前蹲下身子，从里面取出一个平皿，里面有海拉细胞正在生长。"它们特别特别小，那些细胞，"他说，"所以我们现在必须到显微镜那儿，我才能让你们看见它们。"他拨开显微镜的电源，把平皿放到载物台上，然后指了指连接显微镜的小显示器。屏幕上亮起了绿色的荧光，黛博拉倒吸一口气。

"颜色真美！"

克里斯托夫俯身凑近显微镜目镜，把细胞调到焦面上，屏幕上出现了图像，感觉不像细胞，倒更像一池模模糊糊的绿水。

"在这个放大倍数下你看不到什么细节，"他说，"现在画面没有太大意思，因为细胞太小了，就算用显微镜也未必看得见。"他咔嚓咔嚓转动旋钮，把放大倍数逐渐调高，直到一片绿水变成几百个单独的细胞，细胞中心隆起，而且颜色很深。

"哇，"黛博拉小声嘟囔，"这就是那些细胞啊。"她伸手触摸屏幕，指尖从一个细胞摩挲到另一个。

克里斯托夫用指尖画出细胞轮廓。"这是一个细胞，"他说，"大致是个三角形，中间有个圆，看出来了吗？"

他抓过一张废纸，花了差不多半小时时间，画图讲解细胞的基础知识，中途黛博拉也不断问问题。扎喀里亚把助听器音量调大，凑近克里斯托夫和那张纸。

"所有人都聊细胞啦，DNA啦，"黛博拉突然说，"可我就是不明白DNA到底是什么，她的细胞又是什么。"

"啊！"克里斯托夫兴奋地叫起来，"DNA是细胞里面的一种东西！要是我们把细胞继续放大，你们就能在每个细胞核里都看到一段类似这样的DNA。"说着他画了一条弯弯曲曲的长线。"人类的细胞核里有46条这样的DNA，我们管它们叫染色体。我给你们的大相片里那些鲜亮彩色的东西就是染色体。"

"哦！我弟弟把那张照片挂在他墙上了，挨着我们的妈妈和姐姐，"黛博拉说着转向扎喀里亚，"你知道吗，照片就是这个人给的。"

扎喀里亚盯着地面点点头，嘴角微微上扬，露出不易察觉的笑容。

"照片上的 DNA 里包含海瑞塔·拉克斯的全部遗传信息，"克里斯托夫对他们说，"你们的妈妈是高是矮？"

"矮。"

"她的头发是黑色的，对吧？"

我们都点点头。

"嗯，所有这些信息都来自她的 DNA，"他说，"她的癌症也不例外，是来自 DNA 的一个错误。"

黛博拉的脸一下沉了下来。她听人说过好多次，说她妈妈这些细胞里的 DNA，她是遗传了一部分的。她可不想听到妈妈的癌症也在这些 DNA 里。

"当人暴露在化学物质或辐射中，DNA 就会出错，"克里斯托夫说，"但你妈妈 DNA 中的错误是由 HPV 引起的，它也是引起生殖器疣的病毒。好消息是，病人的孩子不会遗传这种 DNA 改变，只有接触了病毒才会出现这类改变。"

"所以我们的身体里没有让她的细胞永生不死的那种东西？"黛博拉问道。克里斯托夫摇了摇头。"这么多年来终于有你告诉我了！"黛博拉叫起来，"谢天谢地，我一直琢磨呢！"

她指着屏幕上一个看起来比其他细胞都长的细胞说："这个就是癌细胞吗？其他的都是她的正常细胞？"

"事实上，海拉细胞全是癌细胞。"克里斯托夫说。

"等一下，"黛博拉问，"你的意思是我妈妈的正常细胞一个也没活下来？只有癌细胞？"

"没错。"

"哦！看看，我一直以为我妈妈的正常细胞也活着！"

克里斯托夫一次次凑近显微镜，让细胞在视野中快速移动。突然，他叫道："看，就在这儿！看见这个细胞了吗？"他指着屏幕中心说："看见中间巨大的细胞核了吗？看起来好像要从中间一分为二？这个细胞正在分裂，就在我们眼前！分裂得到的两个细胞里都将含有你妈妈的DNA。"

"上帝怜恤。"黛博拉轻声感叹，用手捂住嘴。

克里斯托夫继续滔滔不绝地讲解细胞分裂，可黛博拉根本没在听。她就像着了魔，盯着那个细胞变成两个——海瑞塔还是个妈妈子宫里的胚胎时，细胞也是这样分裂的。

黛博拉和扎喀里亚注视着屏幕出了神，大张着嘴，双颊都凹陷了。这是他们自婴儿时期以来离活着的妈妈最近的时刻。

沉默许久的扎喀里亚，终于开言了。

"如果这些是我妈的细胞，为什么它们不是黑的？她可是黑人啊。"

"在显微镜下，细胞没有颜色，"克里斯托夫解释说，"所有细胞看起来都一样，是透明的，除非我们给它们染色。你无法从细胞颜色判断这个人的肤色。"他示意扎喀里亚凑近一点："你想从显微镜里看看它们吗？这比屏幕上看得清楚。"

克里斯托夫教黛博拉和扎喀里亚用显微镜,他说:"从这里,这么看……你把眼镜摘了……用这个旋钮调焦。"细胞终于清晰地浮现在黛博拉眼前。那一瞬间,透过显微镜,她看到的是妈妈的细胞组成的海洋,闪着荧荧的绿色。

"太——美了。"她小声感叹,然后继续默默注视细胞涂片,"上帝啊,真想不到我也能亲眼在显微镜下看见我妈妈,从没想过能有这么一天。"

"是,霍普金斯做得真糟糕,我认为。"克里斯托夫说。

黛博拉挺起身看着他,不敢相信这句话竟是出自一个霍普金斯的科学家之口。接着她又去看显微镜,边看边说:"约翰·霍普金斯是个学习的地方,这很重要。但这就是我妈妈啊。似乎没人注意到这点。"

"没错,"克里斯托夫说,"我们看书,到处都是'海拉'这'海拉'那的。也有人知道海拉是一个人名字的简写,但并不知道到底是谁。这可是一段重要的历史。"

黛博拉的神情看上去像是要给克里斯托夫一个拥抱。她望着面前的科学家,仿佛看着个幻象,摇着头说:"真是难以置信。"

突然,扎喀里亚开始大骂乔治·盖伊。黛博拉用手杖狠狠戳他脚指头,扎喀里亚才把说了一半的话咽回去。

"扎喀里亚对发生的事憋了一肚子的气,"黛博拉对克里斯托夫说,"我一直努力让他保持冷静。他偶尔也会爆发,不过他真的努力控制了。"

"也难怪你们有怨气。"说完，克里斯托夫拿出他订购海拉细胞的产品目录。上面列着一大串不同的克隆海拉细胞，谁都可以用 167 美元买上一小管。

"你们该拿到。"克里斯托夫对黛博拉和扎喀里亚说。

"是啊，对，"黛博拉说着就笑了，"可我们拿一管我妈妈的细胞干吗使呢？"

"不，我是说你们该拿到钱，至少该得一部分。"

黛博拉吃了一惊，说："哦，没关系的。你知道，当人们听说海拉是谁，第一句总是：'你们应该都是百万富翁！'"

克里斯托夫点点头说："她的细胞是这一切的前提，未来如果我们找到了攻克癌症的方法，绝对得感谢你们妈妈的细胞。"

黛博拉念了句"阿门"，对克里斯托夫说："他们肯定能靠这些细胞赚钱，我们无能为力。可我们什么也拿不到。"她的语气里没有一丝怒气。

克里斯托夫说他觉得这样是不对的，珍贵的细胞难道不该像石油一样吗？要是你在某人的领地上发现了石油，这些石油当然不会自动归那人所有，可他也能得到分成。"可现在同样的事发生在细胞上，就没人知道该怎么做了。"他继续说，"你妈妈得病的时候，医生想怎么样就怎么样，病人也不过问。可如今病人想要知情。"

黛博拉又说了句"阿门"。

克里斯托夫把自己的手机号码留给姐弟俩，说任何时候有

海瑞塔与戴维·拉克斯，1945 年。

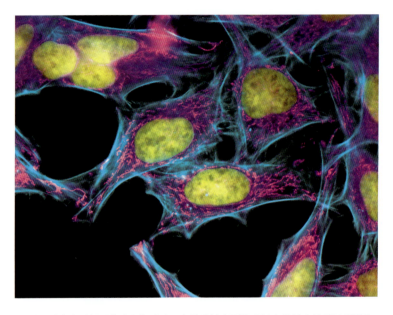

视野中的海拉细胞经过特殊染色，突出了细胞的特定区域。图中细胞核内的DNA呈黄色，肌动蛋白丝为浅蓝色，而细胞的能量工厂——线粒体——则为粉色。© Omar Quntero

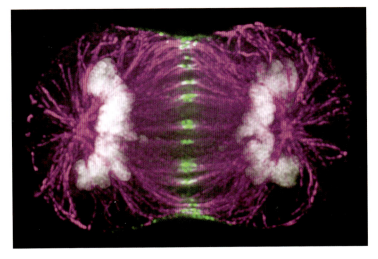

分裂中的海拉细胞。供图：Paul David Andrews

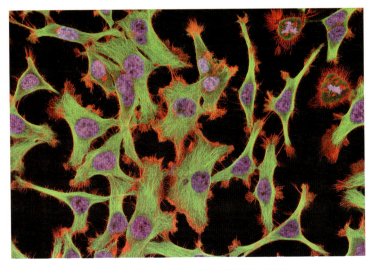

上图中的海拉细胞经过荧光染色，摄于共聚焦显微镜下。供图：Tom Deerink

2001 年，在接连听闻母亲和姐姐的坏消息后，黛博拉发作了严重的荨麻疹。

黛博拉举着克里斯托夫·兰高尔送她的经 FISH 技术标记的海瑞塔细胞染色体照片。

问题都可以打电话给他。我们朝电梯走去，扎喀里亚把手放到了克里斯托夫的背上，说了声谢谢。来到外面，他也如此这般对我表达了感谢，接着便转身朝回家的公共汽车站走去。

黛博拉和我默默伫立，看着他离开，接着她突然搂住我说："姑娘，你刚刚见证了奇迹。"

2001

33 黑人疯人院

　　我曾经答应黛博拉，一定陪她做几件事：第一件是看她妈妈的细胞，第二件就是查出埃尔西到底出了什么事。因此，从克里斯托夫实验室回来的第二天，黛博拉和我就踏上了一段历时一星期的旅程：我们从克朗斯维尔开始，希望在那儿找到埃尔西的病历；然后去克洛弗，最后要到海瑞塔的出生地罗阿诺克。

　　我们在母亲节当日出发。对黛博拉来说，这一天从来都是个悲伤的日子，这一次也开始得不顺。她本打算在我们离开前带孙子小阿尔弗雷德去监狱看爸爸。可她儿子突然打来电话，说现在不想见黛博拉或小阿尔弗雷德，等有一天他不用隔着玻璃看他们再说。但他说他想知道关于外婆海瑞塔的事，还嘱咐黛博拉把一路上的发现都告诉他。

　　"从他懂事起，我一直都在等他说这句话，"她哭着对我说，"只是实在不想看他关在监狱里和我说。"她还是那句老话："我不会让这个妨碍我。我要专注于那些好事，比如看我妈的细胞，了解我姐姐。"因此我们还是各自驾车，开向克朗斯维尔。

我从没具体想过旧时的黑人疯人院应该长成什么样子，但肯定不是我们看到的这样。克朗斯维尔中心医院占地近500公顷，其中山丘翠绿，齐整的草坪间步道蜿蜒，樱桃树枝低垂，还有野餐桌星罗棋布。主楼是红砖砌成，门口有白色的廊柱，门廊里点缀着吊灯和宽敞的椅子。看起来，这真是一个啜饮薄荷朱利普酒或沁凉甜茶的好地方。*以前的一栋医疗楼如今改成了食品赈济库；还有的成了警方刑事调查科、创新高中和扶轮社（Rotary club）活动点。

我们步入主楼，长长的白墙走道两边是一间间空荡荡的办公室。我们喊道："嗨？""人都在哪儿啊？"还感叹："这地方真怪。"走廊尽头有一扇白色的门，上面覆盖着多年的尘土，还有手印，门上挂着模板印刷的"病历室"几个字，笔画已经残破，下面用小字写着"禁止通行"。

黛博拉抓住门把手，深吸一口气。"准备好了吗？"她问。我点点头。接着她一手抓住我的胳膊，另一只手将门一把推开，和我一起走了进去。

穿过这扇厚重的白色金属门，眼前就是病历室，房间有仓

---

*　薄荷朱利普（mint julep）是以威士忌为基酒的一种甜鸡尾酒，由法国传入美国；甜茶口味类似"冰红茶"。两者皆是美国南方的流行冰饮。

库大小，但空无一物，没有工作人员，没有病人、访客，没有椅子，也没有病历。窗户全从里面闩住，上面盖满灰尘和铁丝网；灰突突的地毯经过几十年的踩踏已经皱褶累累。齐腰高的空心砖墙沿屋子的走向把空间隔成两半，一侧是等待区，另一侧写着"非公莫入"，里面立着几排高高的金属架，上面什么也没有。

"我真不敢相信，"黛博拉轻声说，"病历都不在这儿了？"她伸手抚过空荡荡的架子，嘟囔说："他们就是在1955年杀掉她的……我想看病历……里面一定有见不得人的东西……要不怎么会弄没了？"

克朗斯维尔一定发生了可怕的事，无须别人告诉，我们也能从四周的状况有所知觉。

"我们去找个人问问情况吧。"我说。

我们走到另一条走廊，黛博拉突然高喊："打扰一下！我们是来找病历的！有人知道在哪儿吗？"

一个年轻女人从一间办公室探出了头，让我们去走廊尽头的办公室看看，接着我们又从走廊尽头的办公室被指到另一间办公室。最后，我们终于找到一个高个儿男人，他留着圣诞老人一样的白胡子，还长着一对浓密杂乱的眉毛。黛博拉冲上前说："嗨，我叫黛博拉，这是我的记者。你可能听说过我们，我妈妈和她的细胞是载入史册的，我们要找一份病历。"

那人笑着问："你妈妈是哪位？你说的又是什么细胞？"

我们说明来意，他告诉我们，病历目前都在另一座楼里，而且这里已经没有多少历史档案了。"我也希望我们能有个档案管理员。"他说,"恐怕我知道的和你们也差不多。"

男人名叫保罗·卢尔茨(Paul Lurz),是医院的业绩及未来发展部主管,他刚好是个社会工作者,以前的专业是历史,离开校园后,这也一直是他的个人爱好。他示意我们到他办公室坐坐。

"上世纪四五十年代的时候,用于治疗黑人的经费不多,"他说,"所以恐怕克朗斯维尔当年并不是个舒服的地方。"他问黛博拉:"你姐姐在这里待过?"

黛博拉点头。

"给我讲讲她的事。"

"我爸爸总说她脑袋里一直是个长不大的小孩。"她说着从手包里掏出一份皱巴巴的死亡证明复印件,慢慢朗读:"埃尔西·拉克斯……死亡原因:(1)呼吸衰竭,(2)癫痫,(3)脑瘫……在克朗斯维尔州立医院居住五年。"她又取出扎喀里亚挂在墙上的那张埃尔西的照片递给卢尔茨:"我不信我姐姐得了这么些病。"

卢尔茨摇着头说:"从这张照片看,她一点也不像得了脑瘫。多可爱的孩子。"

"她确实脑子有问题,"黛博拉说,"也从没学会怎么用马桶。但我觉得她可能只是耳聋。因为我爸妈是近亲,又有梅毒,我和我所有兄弟都有点神经性耳聋。有时候我想,要是有人教她手语,或许她能活到今天。"

卢尔茨跷着腿坐在椅子上，看着埃尔西的照片，然后平静地对黛博拉说："你得做好准备，有时候知道真相和什么也不知道一样痛苦。"

"我准备好了。"黛博拉点头说。

"我们这儿曾经发生过特别严重的石棉污染，"他说，"50年代及以前的病历大多遭到了污染，当年上级没有让人逐页清理来拯救档案，而是装在口袋里拉走埋了。"

他走向书桌旁的小储藏间，里面靠墙摆着书架和文件柜。屋子紧里面还被他塞了一张面朝墙面的小桌子。卢尔茨从1964年起就在克朗斯维尔工作，当时他还是个20多岁的实习学生，从那时起他就有一个习惯：把将来可能做历史资料的东西都收藏起来，像病历啦，引起他注意的入院报告复印件啦，等等。比如曾经来过一个婴儿，一只眼睛失明，脸部畸形，没有家人；另一个孩子没有明显的精神障碍，也住了进来。

卢尔茨消失在储物间，里面响起丁零咣啷的翻箱倒柜声，只听他喃喃自语："好像有几份……几周前还翻出来来着……啊！这儿呢。"他从储物间走出来，怀里抱着一摞大本子，都是厚厚的皮制书脊和深绿色布封面，厚实的页子都已泛黄，由于经年累月而卷曲，表面尘土覆盖。

"都是尸检报告。"他翻开一本，一股霉味立刻充满房间。他说，这些都是他在20世纪80年代某个时候从医院一栋废弃大楼的地下室翻出来的。他第一回翻开这些本子时，里面簌簌地窜出好几百只虫子，全爬到了他桌上。

从1910年建院到20世纪50年代末发现医疗记录遭到污染，曾经有上万名病人住进过克朗斯维尔。他们的记录如果保存至今，一定能把卢尔茨这样的储物间堆满好些个。可如今，我们面前这些就是仅有的记录了。

埃尔西死于1955年，于是卢尔茨取出包含那一年部分报告的大册子，黛博拉兴奋地叫起来。

"你刚才说她全名叫什么？"卢尔茨边说边用手指由上至下划过一串名字，这些字全都字迹工整，旁边还有页码。

"埃尔西·拉克斯。"我脱口而出，接着越过他的肩膀看那些名字，心怦怦直跳。突然我感到一阵眩晕，指着页面说："哦我的天！不就在这儿呢吗！"

黛博拉倒抽一口气，一下子面无血色。她闭上双眼，紧紧抓住我的胳膊以免摔倒，低声说："感谢主……感谢主。"

"哇，我还真没想到，"卢尔茨说，"本来几乎不可能找到的。"

黛博拉和我情不自禁地拍手跳起来。不管病历上有什么，至少会告诉我们一点埃尔西生前的事儿，肯定比不知情要好。

卢尔茨打开到埃尔西那页，却立刻闭上眼，把本子压在胸口，我们还没来得及看到任何东西。他小声说："我还没见过这些报告里有照片的。"

他放下册子让我们看，时间突然就静止了一般。我们三个凑近页面，头几乎顶在一起，黛博拉突然哭了起来："我的宝贝啊！她看起来和我女儿一模一样！……和达文一样！……她长得就像爸爸！……她也有拉克斯家光滑的橄榄色皮肤。"

卢尔茨和我只是呆呆望着照片，一句话也说不出。

照片上的埃尔西站在一面量身高的墙前，墙上标记着刻度数字。海瑞塔曾经花几小时梳理的头发，如今杂乱卷曲，蓬蓬的一团，刚好够到身后的一米五刻度线。那双曾经美丽的眼睛已经肿得几乎睁不开，且略带淤青。她凝视镜头外下方的某处，哭着，脸庞变形到几乎不可辨认，鼻孔发炎，沾满黏涕；嘴唇肿得快要两倍大，周围的皮肤皲裂发黑；舌头伸出，也是肿的。看上去她似乎在尖叫。她的头不自然地扭向左侧，下巴被一双白人的大手抬起、固定住。

"她的头是被强行掰在那儿的，"黛博拉喃喃地说，"他们为什么让她这么待着？"

没人说话。我们只是站在那儿，注视着那双箍着埃尔西脖子的大白手。这是一双女人的手，指甲修剪整齐，小指微微翘起，就是指甲油广告里那种手，这会儿却箍着一个哭泣孩子的喉咙。

黛博拉把埃尔西小时候那张照片摆在这张照片旁边。

"哦，她可真美。"卢尔茨轻声感叹。

黛博拉用指尖抚摸着克朗斯维尔这张照片上的脸庞。"她看起来就像在找我，她肯定很需要她的妹妹。"

照片就贴在埃尔西尸检报告的上方一角，我和卢尔茨读下去，时不常念出一两个词："诊断为智障"……"同梅毒直接相

关"……"死前六个月不断用手指抠喉咙自我催吐"。报告结尾
写道，埃尔西"呕吐物呈咖啡末状"，可能是血块。

卢尔茨刚大声念出"呕吐物呈咖啡末状"，一个身穿深色西
装的矮胖秃头男人冲进房间，勒令我不许记笔记，还质问我们
的来意。

"这是病人家属，"卢尔茨厉声说，"是来看病人的病历的。"

那男人顿了一下，看了看黛博拉又看了看我：一个50多岁
的矮个黑人女性，和一个高一些的20多岁白人女性。黛博拉攥
着手杖，挑衅地直视对方的双眼，接着从包里掏出三张纸：一
张自己的出生证明，一张埃尔西的死亡证明，还有一张授权她
处理埃尔西相关事务的法律文书，她花了好几个月才搞到这份
文件，就是为了在这种场合派上用场，省得有人阻挠她像我们
现在这样做调查。

她把文件递给来人，对方已经抓过尸检报告开始读。黛博
拉和我瞪着他，都为他的横加阻挠气不打一处来。我们都不知道，
他是克朗斯维尔唯一一个曾经努力保护拉克斯家人隐私的职员。

"黛博拉能复印一份尸检报告吗？"我问卢尔茨。

"可以，只要提交一份书面申请就行。"说着他从桌上扯了
一张纸，递给黛博拉。

"我该怎么写呢？"黛博拉问。

卢尔茨念道："本人黛博拉·拉克斯……"

不一会儿，黛博拉就在撕下的纸上写好了正式的病历申请

书。她递给卢尔茨说："我还想放大复印一下那张照片。"

卢尔茨递来一摞照片和文件让我读，接着走出去复印，后来的秃顶男人紧跟在他身后。文件最上面是一篇 1958 年的《华盛顿邮报》文章，那是在埃尔西死后三年，标题是：

·过度拥挤的医院"损失"有望医治的病人：
克朗斯维尔人手不足，迁延病人病情

看到这个标题，我立马将报纸扣在腿上，第一反应是怕黛博拉看到。我觉得自己得先读完，才能帮她做好心理准备面对这些材料里描述的可怕历史。可她一把从我手中抢走报纸，大声读出标题，然后茫然地抬起头。

"这张不错。"她指着一幅大插图，画面上是各种各样神情绝望的人，有人抱着头，有人躺在地上，还有人蜷在墙角。"我要把它挂到我的墙上。"她把报纸递还给我，让我读给她听。

"你确定？"我问，"这里可能会说一些让你很难过的事，要不我先看一遍再讲给你听？"

"不用，"她生气了，"就像他跟我们说的，他们没钱花在诊治黑人身上。"她绕到我背后，随着我阅读的目光扫看报纸，时不常指出一两个词："毛骨悚然？""可怕的黑人病房？"

这个埃尔西临终时所在的克朗斯维尔，其糟糕的程度还要远超乎黛博拉的想象极限。病人被满满塞进一节火车车厢，从附近医院拉到这儿来。埃尔西去世的 1955 年，克朗斯维尔的病患超过 2700 人，这是历史最高纪录，比医院的最大容纳量多了近 800 人。根据克朗斯维尔仅存的 1948 年的统计资料，当年该院平均每名医生要负责 225 个病人，死亡率远高于出院率。病人被锁在通风极差的小隔间里，没有马桶，就在地板的下水道口解决。患有痴呆、结核或癫痫等疾病，或是有"神经质""缺乏自信"等问题的黑人男女及小孩，塞满了一切想得到的地方，包括没有窗户的地下室和用栅栏拦起来的门廊。有床的时候，他们就两个或更多人睡在一张单人床垫上，头脚相对，而且必须爬过一大片酣睡的人才能到达自己的床铺。患者不分年龄、性别统统住在一起，其中通常有性犯罪者。还有人拿着自制武器掀起暴动。不服管的病人会被捆在床上或锁进小黑屋。

　　后来我了解到，埃尔西在克朗斯维尔期间，科学家时常拿那儿的病人做研究，从没取得过知情同意。比如有个实验是"针对 100 名癫痫病人的气脑成像头颅 X 光片研究"。"气脑成像"是 1919 年发明的技术，为的是给脑部成像。要知道，脑是悬浮在液体中的，这些液体保护着人脑，但也给脑的 X 光成像带来了相当的难度，因为透过的成像很模糊。所谓"气脑成像"，就是先在研究对象的颅骨上钻孔，引流出脑周围的液体，再将空气或氦气压入颅内原本液体的位置，这样隔着颅骨拍到的脑部 X 光片就会特别清晰。这样做的不良后果是剧烈头痛、眩晕、癫痫和呕吐，直到身体产生新的脑脊液重新填满颅内为止，过程往往持续两三个月。气脑成像也可能造成永久性脑损伤和脑瘫，因此已经于 20 世纪 70 年代遭到废止。

没有任何证据显示，科学家拿克朗斯维尔的病人做研究前得到过病人本人或亲属的同意。卢尔茨后来告诉我，根据参与气脑成像实验的人数以及实验开展的年代来看，很可能医院里的癫痫患儿无一逃脱，埃尔西也在其中。大约与此类似的还有一个实验，叫"精神运动型癫痫研究中对颞深部探针的使用"，在这项实验中，金属探针要插入病人的脑子。

埃尔西死后不久，克朗斯维尔换了院长，一上任就让几百名并无住院必要的病人回了家。《华盛顿邮报》引述了他的话："对病人最糟糕的做法就是关上门，忘了他。"

我大声读出这一句，黛博拉喃喃道："我们没有忘记她。妈妈死了……没人告诉我她在这儿，否则我一定会把她弄出来。"

离开克朗斯维尔时，黛博拉感谢卢尔茨提供信息，她说："我等这一刻已经很久、很久了，大夫。"卢尔茨问黛博拉她现在是不是还好，黛博拉双眼噙泪，说："我一直跟我兄弟们说，你要了解过去，就不能带着仇恨的心态。你得记住，时代不同了。"

走出大楼，我问黛博拉是不是确实没事。她笑了，好像在说我是不是疯了。"我们来这儿真是明智的决定，"说着她疾步走向停车场，钻进她的车子，摇下窗户说："现在我们去哪儿？"

卢尔茨刚才提到，克朗斯维尔的其他旧资料可能保存在安纳波利斯的马里兰州立档案馆，那儿距离克朗斯维尔约有 11 公里。他认为那里不太可能有 20 世纪 50 年代的资料，不过看看无妨。

"我们去安纳波利斯吧，看能不能找到更多我姐姐的病历？"

"我不确定这样好不好。"我说，"你不要休息一下吗？"

"坚决不要！"黛博拉大喊，"我们还要做很多报道，现在刚找到感觉！"话音一落，她就笑着拿出姐姐的新照片在车窗外对我晃了两下，接着车便呼啸而去。我赶紧跳上自己的车追了上去。

约莫 10 分钟后，我们的车到了州立档案馆的停车场，黛博拉在座椅上颠着身子，我关着车窗都能听到她车里的福音音乐。走进档案馆，她径直走向前台，从包里掏出妈妈的病历在头顶挥舞："他们都管我妈妈叫海拉！所有电脑里都有她的名字！"

前台的人说档案馆里没有埃尔西的病历，这倒让我松了口气。真不知道黛博拉还能承受多少，我也真怕我们找出什么可怕的真相。

那天剩下的时间发生了什么有些模糊。在开车去克洛弗的路上，每次停下，黛博拉跳下车后，都抓着姐姐的新照片塞给我们遇到的每个人看，不管是街边的陌生妇女，给我们加油的男子，小教堂牧师，还是餐厅服务员，无一例外。每一次，黛博拉都告诉对方："嗨，我叫黛博拉，这是我的记者，你大概听说过我们吧，我妈妈凭她的细胞被载入了史册，我们刚找到我姐姐这张照片！"

　　每一次对方的反应都一样：完全吓坏了。可黛博拉浑然不觉，继续笑着说："我们的报道进展顺利，真让人高兴！"

　　越讲到后来，照片背后的故事就越复杂。有一次黛博拉说："她哭得眼睛都肿了，因为她特别想念妈妈。"还有一次她告诉一位女士："我姐姐很难过，她一直在找我，可一直没找到。"

　　有时候她会突然在路边停下，招手示意我停到她旁边，好跟我讲刚才开车时冒出的种种想法。有一次她突然觉得有必要搞个保险箱，用来放妈妈的《圣经》和头发；后来她问我要不要为海瑞塔的签名申请版权，省得给人偷了去。一次在加油站等洗手间，她突然从背包里抽出一把锤子说："我希望家族能把家屋给我，让我搞成个历史古迹。可他们不会答应的，所以我要去把门把手拿走，这样至少是从那里拿到点东西。"

　　还有一次黛博拉从车里爬出来，几乎要哭了。"我几乎没法看路，"她说，"我总是不住地去看姐姐的照片。"原来她刚才开车的时候，一直把埃尔西的两张照片放在副驾驶座上，不时瞅上一瞅。"我脑子里不停地想这想那，一直在想她死前那几年到底是怎么过的。"

　　我真想把照片拿走，好让黛博拉别再这么折磨自己，可我知道她不会同意。所以我只能不断劝她，我们已经出来了这么多天，或许该回家了，一下子搞这么多报道，没准已经超出了她的承受范围。可每次黛博拉都说我怕不是疯了才觉得她会就此收手。所以我们就继续下去。

那天路上，黛博拉说晚上住下之后，我该把她妈妈的病历拿去我房间看，说了不止一次。"我知道你得把每一页都看看，做笔记什么的，因为你需要知道所有的事实。"终于，晚上9点，我们在安纳波利斯和克洛弗之间的一家旅馆住下了。黛博拉把病历交给了我。

"我要睡了，"她一边走进我隔壁的房间一边说，"你自便吧。"

2001

34 病历

可几分钟后，黛博拉就来砸我的门。她换了一件长逾膝盖的大白T恤，上面一名简笔画妇女从炉子里取出烤司康饼，旁边用孩子的笔体写了"奶奶"字样。

"我决定不睡了，"她若无其事地说，"我想和你一起看看那些东西。"她说话神经兮兮的，像刚灌了好几盅浓缩咖啡。黛博拉一手攥着埃尔西在克朗斯维尔的照片，另一只手抓起我放在梳妆台上的海瑞塔的病历袋，把里面的东西一股脑儿倒在我床上，就像我们第一次见面的那晚一样。

"咱们开干吧。"她说。

摆在我们面前的有一百多张纸，许多都皱皱巴巴、残损破裂，全无任何顺序。我站在一旁，愣愣地看了一会儿，为摆在面前的工作不知所措，然后才说，或许我们可以一起整理这些东西，然后我找个地方把需要的东西复印下来。

"不行！"黛博拉吼道，旋即给出了一个紧张的笑容，"我们就在这儿看吧，你可以记笔记。"

"那没准得好几天。"我说。

"不会的。"黛博拉说着，爬过成堆的纸张，然后把腿一盘坐在床中间。

我拉过一把扶手椅，打开笔记本电脑，开始整理这些文件。有一份地契，是黛博拉在克洛弗买的一小块地，用的是戴得到石棉伤害赔偿后分给她的 2000 美元。还有一份 1997 年的报纸，上面印着劳伦斯儿子的嫌犯肖像照，图注写着:通缉，劳伦斯·拉克斯，持致命凶器抢劫。此外还有网上购买海拉细胞的订购单、收据，黛博拉所属教堂的新闻小报，无数张海瑞塔双手叉腰照的复印件。黛博拉总结的几十页生物名词和法律名词解释也混在其中，甚至有一首她写自己一生的诗:

癌症

检查

负担不起

有钱白人没问题

我妈是黑人

贫穷黑人没钱付

生气，是的我很生气

我们被利用取血，被欺骗

> 我们得为看病自己埋单，你能怎样
> 约翰·霍普金医院和所有
> 　　拿走我妈细胞的地方，给予她的
> 是零。

读这首诗的时候，黛博拉抓起她从一本如何制作家谱的书里复印的几页，举给我看："我就是从这儿知道了要借助法律的力量，所以才带着那些东西去克朗斯维尔找我姐姐的资料。他们就知道我不是好糊弄的！"她一边说，一边看着我的两只手在纸堆里不停翻找。

有一页病历上的字特别小，我把纸凑到眼前念道："'这位28岁的'……什么……我看不懂这个笔迹……'Rh 阳性'。"纸上的日期是 1949 年 11 月 2 日。

"哦，哇！"我恍然大悟，"这是你出生前三天，这时你妈妈怀着你呢。"

"什么？天哪！"黛博拉尖叫着，一把抓过这页记录，目瞪口呆地盯着它看，"上面还说了什么？"

我跟她说就是例行检查。"看这儿，"我指着纸上的一处说，"她的宫颈扩开 2 厘米……就要生你了。"

黛博拉拍着手，在床上跳起来，接着又抓过另一页病历。

"读读这个！"

日期是 1951 年 2 月 6 日。"这是她得宫颈癌一周后去医院复查，"我说，"她刚做了活检，从麻醉中醒来，这上面说她感觉良好。"

接下来的几个小时，黛博拉不停地从纸堆里抽出纸来让我读，让我整理归类。她一时因为我发现的某件事高兴得尖叫，一时又因为某个不妙的新情况或是看我拿着她妈妈的病历端详而心神不宁。每每惊慌失措，她都会拍着床说："我姐姐的尸检结果呢？"要么就是："哦不，我把我房间的钥匙放哪儿了？"

有时，她会把几张纸藏在枕头下面，后来觉得让我看看也无妨，就再拿出来。某一刻，她说："给，这是我妈的尸检报告。"几分钟后她又给我一张纸，说这是她的最爱，因为上面有她妈妈的签名，这也是海瑞塔留下的唯一手迹。这份文件是镭治疗的知情同意书，原代海拉细胞样本就是这次取得的。

黛博拉逐渐安静下来。她侧身躺下，抱着埃尔西在克朗斯维尔的照片蜷起身子，很久不出声。我以为她睡着了。突然，她轻声说："哦我的天哪。我不喜欢那女的那么抓着她的脖子。"她举起照片，指着那双白人的手。

"嗯，"我说，"我也不喜欢。"

"我知道你希望我没注意到这些，对吧？"

"不，我知道你看到了。"

她重新放下了脑袋。我们就又这么继续了几个小时，我看材料、记笔记，黛博拉长时间静静盯着埃尔西的照片，只偶尔发出感叹："我姐姐看起来很害怕。"……"我不喜欢她的表情。"……"她是不是呛到了？"……"我猜后来她明白再也见不到妈妈了，然后就放弃了。"黛博拉间或会狠狠地摇摇头，似乎想把什么想法从脑子里甩出去。

最后我只剩下靠在椅背上揉眼睛。已经是半夜了，但面前还摆着一大堆等着整理的文件。

"你可能得考虑一下再复制一份你妈妈的病历，把它们都按顺序订好，这样就不会乱了。"我说。

黛博拉乜斜起眼睛看着我，突然起了疑心。她穿过房间，爬上另一张床，趴着看她姐姐的尸检报告。几分钟后，她跳起来，抓过字典。

"他们把我姐姐诊断为'白痴'（idiocy）？"说着她大声念出字典上的解释："'白痴：完全无知或痴傻。'"她一把将字典扔到地上："他们认为我姐姐就是这个毛病？她就是傻？是个笨蛋？他们怎么能这样？"

我跟她说，医生通常用"白痴"这个词来描述精神发育迟缓，以及遗传性梅毒导致的脑损伤。"差不多算是个遗传学名词，只是用来说某人有点迟钝。"

她挨着我坐下，指着她姐姐尸检报告上的另一个词："这又是什么意思？"我给她解释。然后，我看到她的脸沉了下来，下巴一垂，轻声说："我不想让你把这个词写进书里。"

"不会的，"我说，可我犯了一个错误——我笑了。并不是因为好笑，而是她想护着姐姐，让我觉得特别温情。她从没干涉过我要往书里写什么，而这个词我也根本不会写，因为我觉得毫不相关。所以我笑了。

黛博拉瞪着我，突然怒吼："我叫你别把这个词写到书里！"

"我不会的。"我说，发自内心的。可我脸上还挂着笑容，这次主要是因为紧张。

"你骗人！"黛博拉大吼道。她关上我的录音机，握紧拳头。

"我没骗你，我发誓，看，我把这句话录下来，要是我在书里写了，你可以告我。"我打开录音机，对着话筒说我不会把那个词写进书里，然后再关上。

"你就是在骗人！"她又叫起来，同时跳下床，站在我面前，用手指着我的脸说："要是你没骗人，为什么笑？"

她开始疯狂地把床上的纸塞回帆布袋，而我则不停地解释，试图让她平静下来。但她突然把帆布袋扔在床上，一把将我扑到墙上，照着我胸口就是一拳，打得我头撞在墙上，喘不上气。

"你在为谁做事？"她怒吼道，"是不是约翰·霍普金斯？"

"什么？不是！"我也喊起来，拼命捯气，"你知道我是为我自己做事。"

"是谁派你来的？谁给你钱？"她大吼着，双手依然把我按在墙上，"谁付的今天的房钱？"

"我们不是谈过这些了吗！"我说，"你不记得了吗？信用卡，学生贷款？"

接着，我头一次对黛博拉失去了耐心。我挣脱她的手，说

别他妈的碰我，到一边凉快凉快。她站得离我不过几寸，又对
我怒目圆睁，时间似乎过了好几分钟。突然，她咧嘴笑了，还
伸手抚摸我的头发，说："以前从没见你生过气。我甚至琢磨你
究竟是不是人啊，当着我从不说脏字。"

　　之后，或许想为刚才发生的事给我个解释，她终于对我讲
了科菲尔德的事。

　　"他就很会装，"她说，"我跟他说我宁愿在火上走，也不让
他把妈妈的病历拿走。谁也不能拿走病历。世界上所有人都拿
了她的细胞，我们从妈妈那儿得到的就只有这些病历和她的《圣
经》了。就因为这样，我才会对科菲尔德这么生气。我们从妈
妈那儿就拿到这么两样东西，他还想抢走一样。"

　　她又指着床上我那台笔记本电脑说："我也不想让你把所有
词都打进你的电脑。你书里需要什么，就打什么，但不要见什
么都记。我希望我家人是唯一一掌握所有材料的人。"

　　我保证不会把所有病历内容都抄下来，黛博拉又说她要去
睡觉了，可在随后的几小时里，她每隔十几二十分钟就来敲我
的门，第一次身上飘着桃子味："我刚才必须去车上拿乳液，就
想我应该来打个招呼。"后面每次都有新的借口："我把指甲锉
落在车里了！"……"《X档案》开演了！"……"我突然想吃
煎饼！"她每次来敲门我都把门大大敞开，好让她看到屋里的
状况，病历摆放也都还是她离开时的样子。

　　她最后一次敲开门，径直冲过我身边进了洗手间，越过洗

手池，把脸贴近镜子。"我是不是发作了？"她大声喊道。我走进洗手间，她把额头上一块两三厘米长的红印指给我看，像是荨麻疹。

她转身拉下 T 恤衫，让我看她的脖子和后背，上面布满了红印子。

"我要抹点乳膏，"她说，"大概也该吃片安眠药。"她回了自己的房间，一会儿屋里就传出了电视声，里面的尖叫、哭声和枪声整夜没停，不过 6 点前我没再见到她——6 点的时候我刚躺下一个小时，她又敲着我的门喊："有免费的欧陆式早餐啦！"

我双眼红肿，黑眼圈严重，而且还穿着前一天的衣服。黛博拉望着我笑了。

"我们可真够混乱的！"她指着满脸的荨麻疹说，"老天啊，我昨晚紧张死了。什么也干不下去，就把指甲给涂了。"她伸出手来给我看。"涂得糟透了！"说着她笑了，"我看是吃了药之后干的。"

不仅是指甲，她指甲周围的皮肤也全跟消防车一样红。"远看还凑合。"她说，"我要还在靠这个吃饭，准得被炒鱿鱼。"

我们一起走到大堂去享用免费早餐。之后黛博拉还用餐巾包了好几个小玛芬蛋糕带走，她抬头看着我说："咱们之间什么问题也没有，卜卜。"

我点头说我知道。可那时我对任何事都不确定。

2001
35 灵魂净化

那天晚些时候，荨麻疹已经爬满了黛博拉的后背，她双颊泛红，斑斑点点，双眼下全是条痕，眼皮又肿又亮，就像涂了血红色的眼影。我反复问她是不是真的没事，并建议我们停一下好让她去医院看看。她只是一笑置之。

"常事，"她说，"我没事。买点苯那君*就好了。"于是她就买了一瓶揣在书包里，没事就拿出来大口喝，半天不到，三分之一已经下了肚。

到了克洛弗，我们沿河边和主街漫步，穿过海瑞塔从前的烟草田，还去家屋看了看。黛博拉说："我想让你帮我和姐姐在这儿合个影。"

她站在屋前，把两张埃尔西的照片面朝我举在胸前。家屋

* Benadryl®，"苯海拉明"（diphenhydramine）的一种商品名。

附近有当年海瑞塔最爱的那棵橡树，后来被人砍了，黛博拉让我给她和埃尔西在树墩前照相；后来又在海瑞塔妈妈的墓碑前照了一张。接着她跪在两条她觉得可能埋着她妈妈和姐姐的凹陷前，对我说："给我和姐姐在这儿照一张吧，就在她和妈妈坟前。好歹算我们仨唯一一张合影。"

最后我们来到海瑞塔的姐姐格拉迪丝的家，这是一栋黄色的小木屋，门廊里摆了几张摇椅。屋里的格拉迪丝，正坐在阴暗的木板墙面客厅里。屋外很暖和，穿长袖衫就够了，格拉迪丝却把双倍宽的黑色木柴壁炉烧得热烘烘，坐在一旁用纸巾擦额头上的汗。格拉迪丝有关节炎，手脚膨大；她背驼得厉害，前胸几乎碰到膝盖，得靠胳膊肘才能撑起来。她没穿内衣，身上套了件薄睡袍，由于在轮椅上坐得太久，已经撮到了腰上。

格拉迪丝见我们进屋，赶紧整理睡袍，双手却抓不住。黛博拉走过去帮她拉扯好衣服，并问道："大家都去哪儿了？"

格拉迪丝没回答。隔壁传来她丈夫的呻吟声，此时他正躺在病床上，时日无多。

"哦对了，"黛博拉说，"他们上班呢，对吧？"

格拉迪丝还是没出声，于是黛博拉提高了嗓门，确保她能听见："我有了互联网！我要给妈妈建个网页，这样也许能拿到些捐款或资助什么的，这样我就能回来在她坟上建个纪念碑，把老家屋改成博物馆，让这儿的人记得我妈妈！"

"你要在里面搁什么？"格拉迪丝问道，语气就像是黛博拉说了什么疯话。

"细胞，"黛博拉说，"放细胞，这样人们就能看见她复制。"

她想了想，说："还得放一张她的超大照片，没准再放个蜡像什么的。还有老房子里那些旧衣服旧鞋。那些玩意儿的意义大着呢。"

这时，房门突然开了，格拉迪丝的儿子加里走进来大喊："嘿，表姐！"加里刚50岁，长着拉克斯家典型的光滑皮肤，上唇留着细细的胡须，下唇蓄着一撮小胡子，门牙之间有一道缝，颇招女孩子喜爱。他穿着红蓝相间的橄榄球短袖衫，正配红蓝两色的牛仔裤和运动鞋。

戴博拉和她的表弟加里·拉克斯站在晒干的烟草垛前，摄于2001年。

　　黛博拉尖叫一声，双臂搂住加里的脖子，接着从口袋里掏出了埃尔西的照片。"看我们从克朗斯维尔找到什么了！是我姐姐！"加里收起笑容，伸手接过了照片。

　　"照得不好，"黛博拉说，"她冷得直哭。"

　　"也给他看看她小时候在门廊照的那张照片怎么样？"我说，"那张不错。"加里看了看我，似乎在说：到底发生了什么？

　　"这张照片让她有点难过。"我说。

　　"我知道为什么。"他轻声说。

　　"而且她刚看过她妈妈的细胞。生平第一次。"我告诉加里。

　　加里点点头。这些年来，加里和我聊过很多，他比家里任何一个人都更理解黛博拉，更清楚这么多年来她经历了什么。

　　黛博拉指着自己脸上的荨麻疹说："我又起疹子了，红肿，还一直发。我是一边哭，一边又高兴。"她开始在屋里来回踱步，脸上汗水闪烁。这时，炉子噼啪作响，似乎要吸光屋里的氧气。"我了解到的这些事让我感到我真的有一个妈妈，也体会到了她经历的那些惨事。"她说，"虽然很痛苦，但我仍然想知道更多；我对姐姐也是这样。这让我觉得和她们之间的距离近了。但我确实很想她们，真希望她们还活着。"

　　加里目光不离黛博拉，穿过屋子坐在一张超大的沙发躺椅上，示意我们也过去坐。黛博拉没有照办，还在油毡地板上继续徘徊，一边抠掉指甲上的红色指甲油，嘴里一边前言不搭后语地说着些不相关的事，有新闻里听说的杀人案，还有亚特兰大的堵车。加里眼皮不眨地盯着她从房子一端走向另一端。

"姐,"他终于开口了,"坐下吧。"

黛博拉飞快地走过去,一屁股坐在离加里不远的一把摇椅上,拼命摇晃,上身前后摆荡,双脚猛踹,像要把椅子掀翻。

"你绝想不到我们知道了什么!"她说,"他们给妈妈的细胞里注射各种各样的东西,唔,比如毒药什么的,看它们会不会弄死人。"

"黛儿,"加里说,"做点对你自己有好处的事。"

"是,我是想这样。"黛博拉回答说,"你知道吗,他们把她的细胞给监狱里的杀人犯注射?"

"我是说放松点,"加里说,"做点能让你自己放松下来的事。"

"这我也没办法,"黛博拉摆手叫他住口,"我时时刻刻都在担心。"

"就像《圣经》说的,"加里轻声说,"人赤身而来,也必赤身归去。*有时候我们忧虑太过,没什么可担心的时候也担心。"

黛博拉恍然大悟地点点头说:"老担心,把身体都搞坏了。"

"现在你看起来可不太好,老姐。把时间留给自己一些。"加里说,"就像我开车,也不用非得去哪儿,来回绕圈就挺好。就是找时间借脚下的路放松自己。每个人都需要这样的方式。"

"要是我有钱,"黛博拉说,"就给自己买一辆旅行房车到处

---

*　出自《约伯记》1:21。

开，不在一个地方待着。要是你总换地方，就没人能烦你。"

说完她又站起来走来走去。

"我唯一放松的时候就是开车过来的路上，"她说，"可这次我一边开车，脑子里一边不停地想我妈妈和姐姐的遭遇。"

"姐姐"和"妈妈"字眼一出口，黛博拉突然脸颊发红，慌乱不堪。"你知道吗，他们把妈妈的细胞射进太空，还拿核弹把她炸碎。他们还做了那个……你们怎么说来着……唔……克隆！……没错，他们用她做克隆来着。"

加里和我紧张地对视一眼，然后同时开口，想把她从自己的想象里揪出来。

"没有什么克隆人，"我说，"记得吗？"

"不用怕，"加里说，"上帝说，只要尊敬父母，我们就能在地上活得长久。*而你正在这么做，在尊敬你妈妈。"他闭上眼，笑着说："我喜欢《诗篇》里的一段，说即使我们的父母病了，主也会照顾你。†即使你失去妈妈、姐姐这样的亲人，上帝的爱也永远不会背弃你。"

可黛博拉一点也没听进去。

"你一定不会相信，"她说，"你知道吗，他们把她和老鼠混在一起做'人鼠'！他们说她甚至已经不是人了！"她大声狂笑，

---

*　《申命记》5:16。

†　《诗篇》27:10，但原文是"即使父母离弃我，主也会收留我"的意思。

奔向窗户。"该死！"她大喊，"外面下雨了？"

"及时雨啊。"加里嘟囔着，身体在椅子里前后摇摆。

黛博拉抓起一直挂在脖子上的蓝缎带钥匙链，上面写着"WWJD"。"这是什么？"她问，"广播站？我从没听说过WWJD。"她开始从脖子上把钥匙带往下扯。

"别闹了，老姐，意思是'耶稣会怎么做'(What Would Jesus Do)，"加里说，"你知道的。"

黛博拉停下手，跌坐回椅子上。"你相信吗，他们甚至拿那什么艾斯病毒感染她，之后再注射到猴子体内。"她盯着地面，猛烈摇晃起来，胸脯随着呼吸快速起伏。

加里则平缓地摇晃椅子，审视着黛博拉的一举一动，像医生查看病人。"别因为你根本无能为力的事把自己折腾病了。"加里望着黛博拉轻声说，她正在揉搓眼旁的红疹。加里继续道："不值当……得让主去解决。"他垂下眼皮，喃喃地说："黛博拉又在为黛博拉做什么呢？"

她没有回答，加里望着我说："刚才我在和上帝说话，他要让我说话，让我移动。"黛博拉管加里叫"门徒"，因为他总在谈话中间像上帝附体一样说话。这个习惯始于20年前他30岁那年，前一分钟他还在豪饮、和女人周旋，转眼间心脏病接连发作，做了几次搭桥，醒来就开始传道。

"我一直不想让上帝插手，因为有外人在场，"他看着我，害羞地咧嘴笑了笑，"可有时他就是不肯袖手旁观。"

加里缓缓从沙发椅上站起身，棕色的眼眸变得虚空、缥缈，他展开双臂伸向黛博拉，黛博拉也挣扎着站起来，摇摇晃晃走过去，揽住他的腰。黛博拉一触到加里，他的上身就像触电一样抖动，手臂突然合拢，双手捧着黛博拉的脸颊，手掌托着她的下巴，四指绕到脑后，拇指扶在鼻梁上。接着他浑身颤抖，把黛博拉的脸紧紧压在自己胸腔上。黛博拉无声地啜泣，肩膀随之起伏，加里的泪水也划过双颊。

他们抱在一起前后摇晃，加里突然抬起头，用余音绕梁的美妙男中音唱起歌来。

"欢迎进入这里——欢迎进入这残破的躯壳。"*开始声音很小，后来每个词都愈见嘹亮，充满整栋房屋，溢进烟草田，"您希望驻留在子民的赞美中，所以我举起手，敞开心灵，将这份赞美献给您，上帝。"

"欢迎进入这残破的躯壳，上帝。"他轻声说，手掌紧捧着黛博拉的头，双眼猛然睁开再闭上，随即开始布道，汗水顺着他的脸颊流下。

"主啊，您说过，只要信徒把手按在病人身上，他们就能痊——愈！"他的声音忽高忽低，从轻声呢喃到高声吼叫再恢复平静，"我认——识到了，上帝，今——晚，有些事，医生无、能、为、力！"

---

* "Welcome Into This Place" 是一首久为传唱的黑人福音歌曲。

"阿门，上帝。"黛博拉咕哝着，脸压在加里胸口，嗓音含糊不清。

"今晚我们感谢您，"加里低声说，"关于细——胞，我们需要您的帮助，主啊……我们需要您帮忙，把细胞的重——担从这个女人身上卸下！卸下这些负担吧，主啊，把它们都带走，我们不、需、要！"

黛博拉开始在加里怀里剧烈抽泣："感谢主……感谢主。"加里紧闭双眼，随着她大声喊道："感谢您，主——！今晚感谢您——！"两人声音一起越来越大。加里突然停下，泪水混杂着汗水从他脸上涌出，滑落到黛博拉身上。黛博拉高声喊道："感谢您耶稣！"接着连诵了几声"哈利路亚"和"赞美上帝"。加里仍旧前后摇摆身躯，再度引吭高歌，他的嗓音低沉而苍老，仿佛来自那些耕作在烟草田里的先辈："我知道主特别好，哦哦——哦——我知道主特别好。"

"真的很好。"黛博拉轻声说。

"他把食物摆上我的桌……"加里放低嗓音开始哼鸣。黛博拉说："主啊，告诉我该怎么走。告诉我在细胞的事上您想我何去何从，主，求您了。无论您想让我怎么做我都照做，主，求您帮我卸下重——担。我没法独自面对……我以为我行。现在再也受、不、了、了，主啊。"

加里则一直在旁边哼鸣：Mmmmmmm mmmmmmm mm-mmmmm。

"主啊，谢谢您让我得知妈妈和姐姐的消息，可再帮——帮我吧，因为我知道我没法独自应付这些重担。拿走那些细——胞吧，主啊，拿走重——担。取下重担，帮我放——下！我再也负担不住了，主。您以前想让我把这些担子给您，我不愿意，现在请吧，主啊！请、拿、走、吧！哈利路亚，阿门！"

接着，加里从起身到现在第一次扭过脸来，直视着我。

我坐在离他们只有一两米远的沙发椅上目睹了这一切，惊得目瞪口呆，大气都不敢出，只有疯狂地记笔记。换任何一个场合，我可能都觉得所见所闻疯狂至极，但加里和黛博拉此时的表现却是那天最合理的事。我旁观时，脑子里只有一个念头：哦天哪……这都是我给黛博拉带来的。

加里凝视我的双眼，搂着黛博拉颤抖的身躯，轻声对她说："你并不孤单。"

接着他望着我说："主啊，她再也应付不来这些细胞的负担了！她做不到了！"接着他将自己的双臂举到黛博拉的头顶上，高喊："主——啊，我、知、道你派丽贝卡小姐来，是帮忙卸、下、细、胞、的、担、子！"他把两臂朝我一伸，双手直指我头的两侧。"把、重、担、给、她、吧！"他喊道，"让、她、去、承、担！"

我愣愣地坐着，盯着加里，心想：等等，不该这样呀！

黛博拉离开加里的怀抱，摇了摇头，抹了下眼泪，大声呼了一口气。他俩都笑了。"谢谢，老弟，"她说，"我感觉好轻松！"

"有些事你必须放下，"加里说，"你越坚持，结果越糟。一旦放手，它们就跑去其他地方了。《圣经》说上帝能承担一切。"

黛博拉伸手抚摸加里的脸颊。"你总能知道我需要什么。你最了解怎么照顾我。"

"不是我知道，是上帝知道，"加里笑着说，"我知道这些话不是从我嘴里说出来的，是主在跟你说话。"

"哦，哈利路亚，"黛博拉咯咯笑道，"明天我要再来和他多说点儿！阿门！"

屋外的雨已经滴滴答答了几个小时，此时突然瓢泼而下，噼里啪啦打在铁皮屋顶上，好像巨大的掌声。我们三人走去门口观看。

"这是主在说，他听见咱们了，"加里笑着说，"他把水龙头拧大，要把你的灵魂洗干净，老姐！"

"赞美主！"黛博拉喊出来。

加里和她拥抱道别，接着也拥抱了我。黛博拉拿过她的黑色长雨衣摊开，像伞一样举起来，点头示意我钻进去。她让雨衣搭在我俩的头顶，用手臂紧紧搂住我的肩膀。

"你准备好清洗灵魂了吗？"她高声朝我喊，接着打开了门。

　　第二天早上，黛博拉的荨麻疹有所好转，可双眼仍然肿着，于是她决定回家看病。我留在克洛弗，因为还想问问加里昨晚的事。当我走进他的客厅时，他正身着一件鲜亮的蓝绿色衬衫，站在塑料折叠椅上换灯泡。

　　"我忘不了那首歌，太美了，"我说，"一上午都在唱。"说着我哼了几小节："欢迎进入这里……欢迎进入这残破的躯壳。"

　　加里跳下椅子，大笑起来，挑起眉毛看着我。

　　"那你觉得这个调子为什么会在你脑袋里挥之不去？"他问，"我知道你不愿意想这个问题，但这是上帝要告诉你一些事。"

　　他说这是一首圣歌，然后跑出客厅，拿回一本蓝色软皮《圣经》，封面上烫着大大的金字。"我想把这个送给你，"他用手指弹了弹封面说，"他为我们而死，好让我们有可能享受永生。很多人不信，可人确实能永生不死。看看海瑞塔就知道了。"

"你相信海瑞塔在那些细胞里？"

他笑了，眼神越过鼻尖向下看我，像是在说：这傻孩子。"那些细胞就是海瑞塔。"说着他将《圣经》拿回去，打开《约翰福音》指着一段文字说："读读这段。"我的目光扫过文字，他突然用手捂住纸面，说："大声读。"

于是我这辈子第一次大声朗读《圣经》："信我的人，虽然死了，也必复活。凡活着信我的人必永远不死。"

加里翻开另一页让我读："或有人问：'死人怎样复活，带着什么身体来呢？'无知的人！你所种的，若不死，就不能生。并且你所种的，不是那将来的形体，不过是子粒……神随自己的意思给它一个形体，并叫各等子粒各有自己的形体。"

"海瑞塔是受拣选的，"加里轻声说，"当主选择一个天使执行他的旨意，你永远不知道这个天使将以什么形态出现。"

加里又指着另一段让我读："有天上的形体，也有地上的形体。两者的美各不相同。"

几天前，当克里斯托夫让海瑞塔的细胞显示在他实验室的屏幕上时，黛博拉曾由衷感叹："真美。"她说得没错。那些细胞美得不似此世之物，闪着绿光，像水一样游动，平静而飘忽，真像来自天上的形体。它也确实能飘在空中。

我往下读："死人复活也是这样：所种的是必朽坏的，复活的是不朽坏的……既有血气的身体，也必有灵性的身体。"

"海拉？"我问加里，"你的意思是海拉是她灵性的身体？"

加里笑着点点头。

此时此刻，读着这些段落，我彻底明白了为什么拉克斯家有人会坚信是上帝拣选了海瑞塔，让她永生。只要相信《圣经》句句真言，海瑞塔细胞的不朽就有了完美的解释。这些细胞理应在她死后几十年繁衍生存，理应飘在空中，理应带来各种疾病的疗法，也理应被送上太空。天使就是这样，《圣经》说的。

科学家说，海瑞塔的细胞之所以不死，都是因为端粒，还有 HPV 和她 DNA 的相互作用。而对黛博拉及其家人（当然还有世界上很多人）来说，《圣经》上的答案比科学家的实在多了。上帝选海瑞塔做天使，她死后重生的形态就是不死的细胞。这显然比黛博拉几年前从维克多·麦库西克的遗传学书上读到的东西好理解得多，那本书里用临床术语大谈海拉细胞的"非典型组织生物学特性""异常恶性的表现"，还用了"肿瘤特异性"这样的措辞，并称海拉细胞是"形态学、生物化学等领域的信息宝库"。

耶稣曾告诉他的追随者："我赐给他们永生，他们永不灭亡。"简单、扼要，切中要害。

"你最好小心点，"加里对我说，"用不了多久，你就会发现自己相信了。"

"我怀疑。"我对他说，说完我俩都笑了。

他从我手上拿过《圣经》，又找出一段，指着其中的一句交给我说："神叫死人复活，你们为什么看作不可信的呢？"

"你明白吧？"他说着露出调皮的笑。

我点点头，加里将我手中的《圣经》合上。*

---

* 本章《圣经》内容的出处："信我的人……永远不死"：《约翰福音》
11:25–26；"或有人问……灵性的身体"连续段：《哥林多前书》15:35–45；"我
赐给他们永生……"：《约翰福音》10:29；"神叫死人复活……"：《使徒行传》
26:8。翻译结合和合本、当代译本等。

37 "没什么好怕的"

黛博拉到医生那儿一测，血压和血糖都特别高，医生说我们在克洛弗的时候她没中风或者犯心脏病简直是奇迹。他说，像黛博拉这么高的指标，随时可能犯病。被这么一说，黛博拉在旅途中的种种奇怪行为突然变得不那么怪了：困惑、恐慌、前言不搭后语，全是血压和血糖畸高的症状，再发展下去就可能发作心脏病或中风。皮肤红肿也是症状之一，难怪她喝了那么多苯那君，红印子也没消。

医生说她必须完全避免压力，因此我们一致决定，她不能再和我一起出去做调查。可黛博拉还是坚持要我在路上给她打电话，向她汇报所见所闻。于是，在接下来的几个月里，我独自继续调查，并对黛博拉只报喜不报忧。比如，我会给她讲海瑞塔在克利夫家跳舞、看男孩们打棒球的故事，还有从郡档案和遗嘱里搜罗出的拉克斯家族史。

　　但我俩都清楚，黛博拉和海拉细胞只是暂时作别，她还要去全美癌症研究基金会纪念海瑞塔的大会上做报告呢。她虽然惧怕登台，但还是决意要去，已经开始准备演讲稿了。

　　一天下午，她在为会议做准备的当间儿打电话给我，突然说她要去上学，决心已定。"我一直想，要是我懂点科学，我妈和我姐姐的故事就不会那么吓我了，"她继续说，"所以我一定要去。"不出几天，她已经给当地好几个社区活动中心打了电话，发现其中一家提供成人教育课程，于是就报名参加数学和阅读的分班测评。

　　"要是达到十年级水平，我就能上大学了！"她对我说，"你能想象吗？到那个时候，我就能看懂和我妈有关的所有科学知识了！"她盘算着去当一名牙医助理，但后来又更想去放射科当技术员，那样一来，她就能学习癌症，帮助和她妈妈一样的放疗患者。

　　会议一天天临近，黛博拉依然镇静，我却开始焦虑，不停地问她："确定要去吗？""血压怎么样？""你的医生知道你要去做报告吗？"她每次都说感觉良好，还说连医生也这么说。

　　黛博拉参加了分班测评，注册了课程，一心想学到十年级，然后上梦寐以求的社区大学。她在电话里叽叽喳喳地叫道："一个星期后的今天我就坐在教室里了！"

　　可其他事似乎都不朝期望的方向发展。会议没几天就要开始了，劳伦斯和扎喀里亚突然打电话给她，再次跟她大喊大叫着说不该跟外人聊这些，还说他们想告世界上所有拿海瑞塔细胞做过研究的科学家。桑尼劝他们少管闲事："她现在只是到一些地方，说几句话，学点东西，你们自己不想去，就别干涉她。"可劳伦斯非要黛博拉把收集的妈妈的材料都交给他。

黛博拉的儿子阿尔弗雷德也从监狱打来电话，说他的案子要开庭，指控的罪名是持械抢劫和谋杀未遂，时间就在会议之后。当天黛博拉还接到另一个电话，通知她说劳伦斯的一个儿子刚因抢劫被捕，和阿尔弗雷德关在同一所监狱。

"最近魔鬼频繁出动，姑娘，"她跟我说，"我爱这两个男孩，但我现在不想让任何人搅乱我的心情。"

说这话的第二天正是 2001 年 9 月 11 日。

早上 8 点，我打电话给黛博拉，说我要离开匹兹堡的家，出发去华盛顿特区参加会议。不到一小时，第一架飞机撞上了世贸中心。我的一位记者朋友打我手机，把这个消息告诉了我，说："别去华盛顿，那儿不安全。"于是我掉转车头往回走，这时第二架飞机也撞上了。等到了家，电视上全是五角大楼断壁残垣的画面，还有城内各大楼人流疏散的情景，其中包括罗纳德·里根大厦，海瑞塔纪念大会接待处正该设在这里。

我给黛博拉打电话，她的声音充满恐惧。"这完全是珍珠港事件重演，"她说，"还有俄克拉荷马爆炸案！我现在坚决不去华盛顿了！"实际上她也去不了了。华盛顿封闭了，航班也暂停运营，全美癌症研究基金会只好取消大会，重开遥遥无期。

接下来的几天，黛博拉和我通了很多次电话，我们想理清恐怖袭击的来龙去脉。黛博拉很难接受会议被取消的事实，她特别沮丧，担心再等十年才会再有人要纪念她妈妈。

"9·11"事件五天后，正是星期天早上，阿尔弗雷德不日即将受审，黛博拉去教堂替他祷告，顺便祈祷海瑞塔纪念会能重上日程。她身着红色正装坐在前排，双手交叉放在腿上，听她丈夫就"9·11"事件布道。大约过了一小时，黛博拉发现自己的胳膊动弹不得了。

这时的达文已经9岁，每次礼拜都坐在唱诗班里看着外婆。这一天，他看到黛博拉的面容和身体松垮下来，以为她来之前不小心吃了安眠药。黛博拉见他睁着小眼睛望着自己，努力想招手，让他知道出事了，可人就是动不了。

礼拜接近尾声，全体起立，黛博拉扭动嘴唇，拼命想叫出声来，可唯一的声音只有达文的喊叫："奶奶出事了！"黛博拉向前栽倒，单膝跪地，达文飞也似的从唱诗台冲下来，同时高喊："爷爷！爷爷！"普鲁姆看了黛博拉一眼便喊出："是中风！"

达文一听"中风"这个词，立刻抓起黛博拉的皮夹，掏出车钥匙，向她的车跑去。他把所有车门大敞开，把副驾驶座尽可能放平，接着跳上驾驶座——他的脚还远远够不着踏板，只能当嘟着。他把车打着，好让普鲁姆上车就能开走。

转眼间，他们已经飞驰在蜿蜒的路上。黛博拉坐在副驾位，意识时有时无，达文则从后排凑到她头顶大喊："别睡着，奶奶！"

只要一见黛博拉合眼，他就狠狠打她的脸。普鲁姆不停喝令达文住手："孩子，你会杀了你奶奶的！"但达文坚决不停手。

他们开到消防站，医护人员把黛博拉从小汽车上拉下来，给她输氧、打针还有静脉注射，最后把她送上了大救护车。望着救护车的背影，一名消防员告诉达文，刚才他打奶奶的脸，做得很对。

"小子，你帮了你奶奶，"消防员说，"你救了她一命。"

黛博拉醒来第一句话就是"我要测验"。医护人员以为她想验血或是做 CT（计算机体层成像），实际上她说的是入学考试。

医生终于同意家人探视。达文、普鲁姆和黛博拉的女儿拉敦娅全来了。黛博拉倚坐在床上，眼睛睁得大大的，很疲惫，但至少还活着。她的左半身仍然乏力，双臂还不能运动自如，可医生们说她很幸运，大概能完全康复。

"赞美主！"普鲁姆喊道。

几天后，黛博拉出院了，并给我的电话留了言。这天恰是我生日，我们本来约好要在克洛弗见面。"生日快乐，卜卜。"她说，声音非常镇静，"对不起我没法和你一起去乡下庆祝，我前几天中风来着。这是早晚的事，但感谢主，我现在没事了。我一边的嘴还不太好，说话还不利索，不过医生说我会好起来。你继续报道吧，别担心我，我感觉挺好的。从知道他们拿了我妈的细胞后，我还没像现在这么好过。感觉特轻松，你明白吗？

中风好像卸下了我的负担。为此我感谢主。"

医生告诉黛博拉，第二次中风基本都会比第一次严重。"相信我，"他说，"你可不想再来一次。"他劝黛博拉做好准备，了解中风的种种预兆，学会如何控制血压和血糖。

"上学又多了一条理由。"她说，"我报了糖尿病课和中风课，好对它们增进了解。没准将来再报个营养课，学学该怎么吃。"

黛博拉的中风事故似乎还缓和了家里的紧张气氛：兄弟们天天打电话，对黛博拉问长问短，扎喀里亚甚至说想来探望。黛博拉希望这些迹象意味着次事件之后，兄弟们能接受自己的做法，理解她搜罗妈妈信息的心情。

她打电话给我，大笑着说："姑娘，我得抓紧歇歇，好趁着热乎气儿和你一起继续上路调查！可从今以后我要坐你的车。一切都会好的，这是我醒来之后明白的。我只要动作慢一点，凡事小心点，别老吓唬自己。因为我妈妈和那些细胞的事根本没什么好怕的。我不想再被任何事阻挠了，我想学习更多。"

可阻挠黛博拉学习的事终究存在：她钱不够。她的社会保障支票连付生活费都不太够，遑论课程费和书费。她想了几个赚钱的招数，比如制作五彩缤纷的一次性婴儿奶瓶，里面有事先配比的水和配方奶粉，这样忙碌的妈妈就可以一手抱孩子，一手摇晃奶瓶。她仔仔细细地画了幅说明图表，和专利申请一起提交上去，结果发现光开个模就要好几千美元，只好作罢。

最后黛博拉放弃了自己上学的念头，转而寄希望于孙辈，希望这些男孩女孩们都能接受教育。

"海瑞塔的孩子没机会了，"一天，她在电话里对我说，"这事跟我们关系不大了，主角要变成拉克斯家的新一辈孩子了。"

黛博拉中风两个月后，我们一起去普鲁姆的教堂看他主持桑尼九个月大的孙女贾布莉亚（JaBrea）的受洗仪式。仪式开始时，教堂内座无虚席。普鲁姆身穿一袭黑袍站在讲坛后，前襟上缝着红色十字，额头满是汗珠。一位盲人钢琴师点着盲杖走到钢琴前开始演奏，众人随着音乐齐唱："站在我身畔，在我走这趟人生旅程之际；我不想这趟旅程徒劳无益。"*

普鲁姆指着我露出狡黠的笑。

"来，站在我身畔！"他高声喊道。

"姑娘，你有麻烦了。"黛博拉悄声说，用胳膊肘顶我肋骨。

"我才不上去呢，"

---

* 出自黑人福音歌曲"Guide My Feet"（引领我足迹）。

海瑞塔的儿子桑尼与他刚刚受洗的孙女贾布莉亚，摄于 2001 年。

普鲁姆在头顶挥舞双手，然后指着讲坛示意我过去。黛博拉和我紧紧盯着他身后的唱诗班，面无表情，假装什么也没看见。普鲁姆转了转眼珠，然后对着话筒大声喊："今天我们有位客人！丽贝卡·思科鲁特，今天早上你愿意为我们站台*吗？"

这么一来，众人都顺着他手指的方向看过来，黛博拉轻呼一声："呃哦。"

"丽贝卡·思科鲁特姊妹，"普鲁姆说，"我知道这对于你来说可能不是时候，但对我来说正是时候。"

"约翰·霍普金斯取走我太太的妈妈的身体，拣他们想用的用，"他继续对着话筒大喊，"他们满世界卖她的细胞！现在我想邀请丽贝卡·思科鲁特姊妹上台，跟大家讲讲她和我太太以及那些细胞的事。"

我从没坐在过一屋子信众中间，更别说当着他们讲话。我满脸通红，喉咙哽住，黛博拉则推我的后背让我上去。普鲁姆叫众人给点鼓励，教堂里立刻掌声雷动。我只好走上讲坛，从普鲁姆手里接过话筒。他拍拍我的后背，对我耳语道："照你自己的意思说。"我照办了。我讲了海瑞塔细胞的故事，讲了这些

---

* 原文 would you stand for us，有双关义：为我们站起来；支持我们。

细胞对科学的意义。我的声音越来越洪亮，众人也不住地喊"阿门""哈利路亚""上帝怜恤"。

"多数人以为她叫海伦·拉恩，"我说，"其实她叫海瑞塔·拉克斯。她有五个孩子，其中一个就坐在那儿。"我指着黛博拉，此刻她正把贾布莉亚抱在腿上。她咧嘴笑着，泪水划过双颊。

普鲁姆上前拿过话筒，紧紧搂住我的肩膀，不让我离开。

"刚开始，丽贝卡姊妹给我们打电话，我非常生气，"他说，"我太太也是。最后我们说：好吧，但你必须拿我们当寻常人看，而且要把所有进展都告诉我们。"

接着他看向黛博拉说："全世界都会知道你妈妈是谁。可你和桑尼还有海瑞塔的其他孩子，大概都没法从细胞里拿到什么真实的好处。"黛博拉点点头，普鲁姆从长袍下伸出一臂，指向贾布莉亚。婴儿身穿白色蕾丝裙，头上扎着个蝴蝶结，美得令人窒息。

"这孩子有一天会知道，她的曾祖母海瑞塔做了一件对天下有益的事！"普鲁姆高喊，又依次指向达文和贾布莉亚的其他同辈孩子，"还有那个孩子……那个……和那个。现在故事的主角是他们了。他们必须心存此事，并从中得到教益，明白自己也能改变世界。"

他再次将双臂举过头顶，高喊哈利路亚。贾布莉亚宝宝也突然挥起小手，发出响亮而开心的叫声。众人齐呼"阿门"。

38　通往克洛弗的漫漫长路

　　2009 年 1 月 18 日是个星期天，天气寒冷而晴朗，我驶下高速路，前方就是克洛弗。汽车驶过一片片绿色田野，我心里寻思：记着去克洛弗的路没这么长啊。接着就意识到自己刚刚开过了克洛弗邮局，而对面是一大片田野。但以前对面不是镇中心的其余部分吗？我很纳闷，如果那是邮局，那其他东西都去哪儿了？我又往前开了一会儿，琢磨着：难道邮局搬家了？突然一个念头闪过我的脑海。

　　克洛弗已经不在了。

　　我跳下车跑到田里，跑到过去电影院所在的位置——当年海瑞塔和克利夫就是在这里看巴克·琼斯的电影的。影院没了。格雷戈里和马丁食杂店、阿博特服装店也没了，只剩一片空荡荡的田野。我惊得捂住嘴呆呆伫立，不敢相信眼前的一切，直到看见嵌进脚下泥土和草里的砖头与白瓷砖碎片。我蹲下身子，把它们挖出来，海瑞塔年少故乡的残骸就这样被我装满衣兜。

我想：一定得给黛博拉寄些去，她绝不会相信克洛弗已经不在了。

我站在从前的主街上凝视克洛弗镇中心的残迹，和海瑞塔有关的那段历史仿佛正飘逝风中。2002年，也就是加里抱着黛博拉的头，把细胞的重担转给我的第二年，他因心脏病发作突然辞世，享年52岁。出事那天，他正要去参加虱子母亲的葬礼，手里举着自已最好的西服，准备放到虱子的车的后备厢里，省得在路上皱了。几个月后黛博拉打来电话，告诉我克利夫的亲兄弟弗雷德因喉癌去世。接着是戴，因中风在家人面前去世。再后来是虱子，他是自杀，用霰弹枪轰了自己的头。每次有人离世，黛博拉都会在电话里痛哭失声。

我感觉这样的电话会源源不断。

"不管我们去哪儿，不管故事如何发展，死亡总会跟来，"她说，"但我还撑在这儿。"

贾布莉亚受洗后，拉克斯家变化不多。博贝特和劳伦斯继续过日子。劳伦斯不再怎么过问细胞的事，只是他和扎喀里亚时不常还会头脑一热冒出告霍普金斯的念头。

桑尼于2003年做了第五次心脏搭桥，那年他56岁。他只记得被麻醉失去意识前医生站在身边，对他说他妈妈的细胞是医学史上最重要的事件之一。他一睁眼，已经负债超过12.5万美元，因为他没有医疗保险覆盖手术费用。

扎喀里亚接连被辅助生活机构和政府补贴租房（Section 8 housing project）扫地出门，因为他用 1.2 升啤酒瓶砸一个女人的后背，然后推得她撞碎了一大扇玻璃窗。他有时和桑尼一起开卡车。

2004 年，黛博拉离开丈夫，住进自己的辅助生活公寓。她早就想这么干了，和普鲁姆纷争不断的生活令她厌倦，而且他们的联排房台阶太多。女儿拉敦娅也把自己家开成了辅助生活住所，黛博拉搬出去后，为了养活自己，开始全职为女儿工作。每天早上，黛博拉离开自己住的辅助生活机构，到女儿家为五六个男住户做饭。两年后她就不干了，因为她的身体再也吃不消整天上下台阶。

2006 年，黛博拉同普鲁姆正式离婚。要申请免交离婚申请费 *，她得列出个人全部收入。她的清单上有每月 732 美元的社会保障残疾金和每月 10 美元的食品券，账户里没有分文存款。

我第二次去克洛弗，发现主街已成废墟之时，已经几个月没和黛博拉联络了。最后一次通话时，我告诉她书稿已经完成，她说希望我去巴尔的摩读给她听，这样遇到难懂的部分我就可以给她讲解。那之后我打过好几次电话，想约个时间过去，可她始终没有回复。我给她留了言，但也没有催她。我想，她需

---

* 马里兰州的离婚申请费（filing fee）为 165 美元。

要做好充分的心理准备，准备好了就会给我来电话。从克洛弗回到家后，我又留言给她说："我从克洛弗带了点东西给你，你绝不会相信那边发生了什么。"可依然音讯全无。

就这样反复留言了很多次，2009 年 5 月 21 日我再打过去，这次连语音信箱也满了。于是我拨了桑尼的号码，想再对他说这些年来我说过无数次的话："能不能转告你妹妹，别再闹了，赶紧回我电话？我有些事必须和她说。没时间了。"桑尼接起电话，我说："嘿，桑尼，我是丽贝卡。"电话那头却是一阵沉默。

最后他终于说："我一直在找你的电话。"听到这句，泪水一下涌上我的双眼，我知道只有一个理由会让桑尼找我。

我打电话前一周半，黛博拉去侄女家过母亲节。桑尼特地为她做了蟹肉饼，孙辈孩子们也来了，大家欢声笑语。晚餐后，桑尼送黛博拉回她心爱的住处，然后和她道别。第二天黛博拉在家待了一整天，吃了桑尼捎来的蟹肉饼，还和达文通了电话——达文正在学车，想转天早上来她家练车。第二天一早达文再打电话给黛博拉，却没有人应答。几小时后桑尼像往常一样来看黛博拉，就见她躺在床上，双臂交叉在胸前，面带微笑。他以为黛博拉在睡觉，碰碰她的胳膊说："黛儿，起床啦。"可她并不是在睡觉。

"她去了更好的地方，"桑尼对我说，"恰好在母亲节后犯心脏病——应该是她最满意的死法了。她一辈子受了那么多苦，现在终于能快乐了。"

发现妹妹去世后，桑尼剪了她一绺头发，夹在妈妈的《圣经》里，和海瑞塔以及埃尔西的发束放在一起。"她同她们团圆了，"桑尼对我说，"你知道，世上没有任何其他地方是她更想去的了。"

黛博拉死的时候应该是很满足的：孙子小阿尔弗雷德已经12岁，即将升入八年级，在学校表现不错。劳伦斯和博贝特的孙女埃丽卡 (Erika) 考入了宾夕法尼亚州立大学，她在入学申请中写道，自己受曾祖母海瑞塔的激励，决定研习科学。她后来转到马里兰大学，本科毕业后继续攻读心理学硕士，成为海瑞塔后代中第一个读研究生的孩子。黛博拉的外孙达文17岁了，即将高中毕业，他答应过黛博拉一定要上大学，直到把海瑞塔的所有事都搞明白。黛博拉曾经告诉我："这样我就死而无憾了。"

桑尼告诉我黛博拉的死讯时，我正坐在书桌前，望着上面她那张摆了快十年的照片。画面上的她目光坚毅，眉头紧锁，面带怒容。她穿一件粉色衬衫，手握一瓶粉色的苯那君。照片中的其他东西都是红色的：指甲，脸上的疹印，还有脚下的土地。

接下来的几天，我总望着她的照片出神，反复听我们的对话录音，看我见她最后一面时记下的文字。那次，黛博拉、达文和我并排坐在她床上，背靠着墙，腿伸在床外。我们刚刚一口气看了两部黛博拉最喜欢的电影，一部是《根》*，另一部是动画片《小马王》(Spirit)，后者的主角是一匹被美军捕获的小野马。黛博拉让我们把两部连在一起看，好能看到二者的相似之处。她说小马

---

* 应指1977年的8集电视剧 Roots，讲的是一个黑人家族的沧桑史。

2009 年拉克斯一家的合影。从右上角顺时针方向依次为：海瑞塔的儿子桑尼（戴棒球帽），桑尼的长女杰丽（Jeri），海瑞塔的小儿子扎喀里亚，海瑞塔的长子劳伦斯，劳伦斯的儿子罗恩（Ron），黛博拉的孙子阿尔弗雷德，劳伦斯的孙女考特妮（Courtnee），桑尼的妻子谢莉儿（Sheryl），桑尼的儿子大卫，劳伦斯的女儿安东妮塔（Antonetta），桑尼的女婿汤姆；中间：劳伦斯的妻子博贝特，左边是她与劳伦斯的孙女埃丽卡（戴眼镜）。

王为自由而战，《根》中的昆塔·肯特（Kunta Kinte）也是。

"人们老想压制他们，阻挠他们做自己想做的事，就像对我和我妈妈的故事那样。"她说。

电影结束后，黛博拉跳下床，换上另一盘录像带。她按下播放键，屏幕上出现了年轻时的自己。BBC 有十来盘没有剪入纪录片的带子，这就是其中之一。屏幕上的她坐在长沙发上，妈妈的《圣经》摊开放在膝头，当年她的头发并无灰白，而是棕褐色，眼睛也很明亮，完全没有黑眼圈；她说话的时候，一只手在轻抚妈妈那绺长发。

"我常常翻开《圣经》看看她的头发，"黛博拉对着镜头说，"只要想着这头发，我就不那么孤独了。我想象有妈妈可找是什么感觉，对她笑、对她哭，抱着她，都是什么感觉。但愿有一天我会同她在一起，我盼着那一天。"

年轻的黛博拉还说，她很高兴死后不用给妈妈讲细胞和家里人的事，因为海瑞塔肯定已经知道了。"她一直看着我们，目睹下界发生的一切，"黛博拉说，"她耐心地等着我们。不需要言语，我们会相拥而泣。我真的相信她就在天堂，过得很好，因为她为人间那么多人受了那么多苦。而人们又说天上没有痛苦……我真想到那儿去找她。"

我们坐在床上，黛博拉坐在我和达文中间，对着屏幕上年轻的自己点点头说："天堂就像弗吉尼亚的克洛弗一样吧，那是世上我和妈妈最喜欢的地方。"

她伸手抚摸达文的头发，轻声说："我不知道自己会怎样离开，只希望能安详平静地走。但我跟你说，要是不朽就是永远活着，那我真不想这样。其他人都在你面前变老死去，你却始终一个样，那得多伤心。"接着她笑了："可我没准会像妈妈那样，变成海拉细胞什么的回来，这样我们就能一块儿在世间做好事了。"她停顿了一下，又点了点头说："我想我会喜欢那样。"

他们如今身在何处

小阿尔弗雷德·卡特，黛博拉的儿子，目前在狱中服刑，他因持危险致命凶器抢劫和一级持手枪攻击罪被判刑30年。在狱中他接受了戒毒和戒酒治疗，获得了高中同等学力文凭（GED），并辅导其他狱友学习 GED 课程，每月借此挣得 25 美元。2006 年他写信给当年的主审法官，说自己想偿还当年偷盗的钱款，希望知道该把钱寄给谁。

基南·凯斯特·科菲尔德勋爵爵士医生，下落不明。最后一次的消息是，他因用偷来的支票在梅西百货买珠宝被捕，在监狱待了几年，服刑期间又打了好几场官司。科菲尔德于 2008 年获释，随后就提交了一份长达 75 页的诉状，法官读后称其"不可理喻"，之后他就音讯全无。他告了 226 个机构和个人，索赔100 多亿美元，说以前的案件都该改判他胜诉，而且所有未经许可印出他名字的机构和个人都该列为被告，因为他已经给自己的名字申请了版权。我在写作本书期间一直没能同他取得联系，也就没能采访到他。

克利夫·加勒特，海瑞塔的表兄弟，2009 年前一直住在克洛弗的农场，后来身体每况愈下，只好搬到弗吉尼亚州的里士满和儿子同住至今。

海拉细胞，仍然是全世界实验室使用最多的细胞系之一。截至 2009 年，基于海拉细胞的研究所形成的科学论文，数量已逾 6 万篇，并以每月 300 多篇的速度稳步增加。海拉细胞也依然在污染其他培养物，每年因此造成的损失，据估计当以百万美元计。

霍华德·琼斯，海瑞塔当年的医生，目前是约翰·霍普金斯和东弗吉尼亚医学院的荣休教授。他和已故妻子乔治安娜 (Georgeanna) 在弗吉尼亚州的诺福克 (Norfolk) 成立了琼斯生殖医学中心。二人是不孕症治疗领域的先驱，在他们手中诞生了美国第一例试管婴儿。本书（英文版）付印时（2009 年），他已 99 岁高龄。

玛丽·库比切克，现已退休，目前居于马里兰州。

扎喀里亚、桑尼和劳伦斯·拉克斯，黛博拉的去世对三兄弟产生了很深的影响。劳伦斯用信用卡付了 6000 多美元的丧葬费用。桑尼正在为购置墓碑存钱。扎喀里亚戒了酒，并将注意力转向瑜伽修行者和其他获得了内心平静的人，琢磨他们的生活。他开始多花时间陪家人，包括为数众多的侄男甥女。这些孩子经常抱他、亲他。他的笑容也多了。桑尼发誓要完成黛博拉的遗愿，让世人都知道他们的妈妈。如今再聊到海瑞塔，拉克斯家的兄弟们会更关注她为科学做出的重要贡献，而不是起诉约翰·霍普金斯了。不过扎喀里亚和劳伦斯仍然认为海拉细胞的盈利中应该有他们家一份。

克里斯托夫·兰高尔，就职于全球最大的制药公司之一赛诺菲–安万特集团（Sanofi-Aventis），任肿瘤药物研发部门全球总裁。他手下的很多科学家都经常用到海拉细胞。现居法国巴黎。

达文·米德和小小阿尔弗雷德，黛博拉的孙辈，他们同另外 22 位海瑞塔的后代一起住在巴尔的摩，其中有她的孙辈、曾孙辈和玄孙辈。另有两位住在加利福尼亚州。

约翰·穆尔，后来向美国最高法院上诉，但被拒绝受理。他死于 2001 年。

罗兰·帕蒂略，莫豪斯医学院教授，他坚持在该校每年举行海拉大会纪念海瑞塔。他和妻子帕特（Pat）为海瑞塔的坟墓买了块碑。

詹姆斯·普鲁姆，黛博拉的前夫，目前仍在巴尔的摩担任牧师。

考特妮·斯皮德，还在经营着自己的食杂店，同时教当地孩子算数，她希望有朝一日能开设海瑞塔博物馆。

关于海瑞塔·拉克斯基金会

在本书出版之前，作者丽贝卡·思科鲁特建立了海瑞塔·拉克斯基金会。作者将把本书的部分收入捐献给基金会。请访问HenriettaLacksFoundation.org，以获取更多信息。

後 记

　　我给人讲海瑞塔·拉克斯和她的细胞的故事时，人们的第一个问题往往是：医生拿她的细胞不告诉她，这难道不违法吗？医生用细胞做研究，不该先告诉你吗？答案是否定的，无论是在 1951 年，还是在这本书（英文版）交付印刷的 2009 年。

　　今天，绝大多数美国人都有些组织存放在某个地方。无论是去找医生做常规的验血、除痣，还是去做阑尾切除、扁桃体切除或是任何一种"切除"，切下的组织都未必直接扔掉，而有可能被医生、医院或实验室保留下来。常常是无限期地保留。

　　1999 年，兰德公司发布了一项报告，"保守估计"光是美国就保存了来自 1.78 亿人的 3.07 亿份组织样本，且这个数字还在以每年 2000 万的速度增长——这是第一次也是迄今唯一一次此类报告。样本来自常规的医疗处置、检测、手术、临床试验和科研捐赠。它们储藏在实验室冰柜、实验架或工业用液氮罐里，军事机构、FBI、NIH 都有此类储藏，生物技术公司的实验室和大多数医院里也有。生物样本库中存有阑尾、卵巢、皮肤、括约肌、睾丸、脂肪，甚至多数经环切术切下的包皮。美国从 20 世纪 60 年代末开始要求所有新生儿做遗传筛查，所以这之后出生的大多数美国婴儿也有血样保存在生物样本库。

　　组织研究的规模也变得越来越大。照分子生物学家凯茜·哈德森（Kathy Hudson）的话说："过去，可能佛罗里达州有某个研究人员，他冰柜里有 60 个样本，犹他州的另一个人那儿也有一些。但现在已经是超大规模了。"哈德森早年在约翰·霍普金斯大学创立了遗传学与公共政策中心，目前是 NIH 的办公厅主任。2009 年，NIH 投资 1350 万美元建成了一座样本库，专门保存全国新生儿的样本。而在此之前几年，美国国家癌症研究所为了定位癌症基因也开始收集组织样本，预计总量将数以百万计；"基因地理工程"（Genographic Project）则为了建立人类迁移史的图谱，效仿了 NIH 追踪致病基因的方法。这些年，还有千百万的公众把样本寄给"23 和我"（23andMe）之类的公司做个性化 DNA 检测，这些公司会为客户提供个人医疗和家族谱系信息，但会要求客户先签署协议允许公司保存他们的样本，以做未来科研之用。

　　科学家利用这些样本做各种研发，从流感疫苗到阴茎增大产品，不一而足。他们让培养皿里的细胞接触各种东西，有辐射、药物、化妆品、病毒、家用化学品甚至生物武器，然后看细胞的反应。没有这些人体组织的帮助，就没有肝炎、HIV 等病毒的检测法，没有狂犬病、天花、麻疹的疫苗，治疗白血病、乳腺癌、结肠癌的新药也将遥遥无期，依赖人体生物材料的产品开发者们也将失去数十亿美元的商机。

　　我们该对这样的状况作何感受？答案并非显而易见。科学家并没有偷走一条胳膊或者什么重要器官，而只是用了一丁点你自愿抛弃的组织。但无论如何，你的一部分毕竟被人取走了。而人对身体的所有权通常特别在意，哪怕只有一丁点。更别说别人还可能用你那一丁点组织赚钱，或者从这些组织里发现对你不利的遗传信息和病史。但"觉得"自己有所有权并不代表着法律效力。迄今为止，还没有判例充分明晰了一个人是否对自己的组织有所有权或控制权。当组织还在你身上时，它们毋庸置疑是你的；可一旦被切出来就不好说了。

　　凯茜·哈德森曾主持焦点小组，访谈公众对人体组织问题的感受，她认为"组织权利"有朝一日可能带来一场货真价实的社会运动。

　　她对我说："我能想见人们会陆续开始表示：'不行，你不能拿我的组织。' 我只能说，我们最好现在就着手解决问题，未雨绸缪，别等问题发展到那一步。"

　　这里大体有两方面的问题：知情同意和金钱利益。对多数人来说，了解他们的组织是否及如何被用于科学研究是最重要的，比获利的事重要得多。但截至本书（英文版）付印之时，以科研为目的保存血液和组织在法律上并不需要知情同意，因为相关法律一般不涉及组织研究。

美国《保护人类被试的联邦政策》（其中最著名的部分又称《普通规则》），规定所有以人为对象的研究必须使用知情同意书。可实际上大部分组织研究都不包括在内，可能因为：第一，研究不是联邦政府出钱；第二，研究人员很多时候不直接接触组织"捐献人"，甚至根本不知道供体是谁，因此不应看作对人开展研究。结果就是，大多数组织研究根本不受《普通规则》管辖。

今天，医生如果想专为科研目的而从人身上取组织，像海瑞塔当年的情况那样，必须取得同意。可如果是诊断过程，比如在给痣做活组织切片的过程中取样保存，未来再用于科研，则不需要知情同意。尽管多数机构还是会取得患者的许可，但做法不一。其中确有一些会提供相当数量的信息，能凑成一本册子，详细解释会用病人的每种组织做什么；可大多数只在入院通知书上附上短短一行，说任何被切除的组织都可能用于教学或科研。

美国国家综合医学遗传和发育生物学系主任朱迪丝·格林伯格（Judith Greenberg）表示，NIH 对其生物样本库取样所需的知情同意遵循"非常严格的指导方针"。她说："捐献人必须了解组织研究的可能后果。"可这些规范只适用于 NIH 的研究，且不具备法律约束力。

赞同现状的人认为：没必要专为组织研究颁布新法，目前的监管措施已经足矣。他们指出有机构审查委员会存在，还有许多行业指导方针，如《美国医学会伦理准则》（要求如果病人的组织样本将被用于科研或带来收益，医生必须告知患者）；《纽伦堡公约》之后也产生了《赫尔辛基宣言》《贝尔蒙报告》等文件，它们都把知情同意列为必需。可问题还是没有解决：指导方针还是伦理公约都不是法律，很多组织权利的支持者也认为内部审查根本不起作用。

　　某些组织权利支持者还认为：捐献人除了知道自己的组织被用于科研，还应享有决定组织用途的权利，比如可以不让自己的组织被用于核武器、堕胎、种族差异、智力差异等方面的研究，总之不被用于任何有违自身信念的研究。他们也认为捐献人须能决定自己的组织可以由谁使用，因为他们担心从组织样本中获取的信息可能会以不利于捐献人的方式被使用。

　　2005 年，美国哈瓦苏帕伊（Havasupai）部落的原住民控告亚利桑那州立大学，因为科研人员把部落捐献的用于糖尿病研究的组织擅自用于精神分裂和近亲生殖研究。本案目前仍悬而未决。2006 年，约 700 名刚生完小孩的妈妈发现，医生未经同意拿她们的胎盘测试胎儿畸形，为的是万一孩子生下来有缺陷，他们好拿结果给自己辩护。还有一些案子涉及未经同意的遗传检测，而相关结果可能用于拒付工伤赔偿或医保理赔。（此类行为已被 2008 年出台的《反遗传信息歧视法案》禁止。）

　　鉴于这些先例，越来越多的社会活动人士，包括伦理学家、律师、医生和患者，纷纷通过诉讼推动新法规的产生，以期有一天人们能赢得自己组织的掌控权。越来越多的组织"捐献人"也站出来，用法律手段争取对自身组织样本和 DNA 的控制。2005年，6000 名病人要求华盛顿大学把他们的组织样本从其"前列腺癌样本库"中移除，但遭校方拒绝。这个案子诉讼了好几年，病人两度败诉，理由都和穆尔判例一样（给予病人相关权利会阻碍科研之类）。2008 年这些病人向最高法院上诉，仍然遭到驳回。本书付印之际，他们正考虑提出集体诉讼。2009 年 7 月，明尼苏达和得克萨斯两州的父母上诉，要求颁布法令在全国范围内禁止未经同意保存胎儿血样和拿胎儿血样做研究，因为多数样本都能追溯到供体来源。父母们提出，拿这些样本做研究将会侵犯他们孩子的隐私。

美国联邦政府 1996 年颁布了《健康保险流通和责任法案》，这样，至此，像医生未经拉克斯家同意擅自公开海瑞塔的名字和病历这样的侵犯隐私行为，无疑就要触犯联邦法律。而在《普通规则》之下，组织样本与供体身份间的联系也受严格监管，所以像海瑞塔的细胞那样用供体名字的开头缩写来命名样本的事儿也再不会发生，而代之以数字代码。可正如 NIH 的朱迪丝·格林伯格所说："100%匿名是不可能的，因为理论上我们现在可以做基因测序，从细胞追溯到来源个体。所以现在的同意程序更要详尽地列举组织研究的风险，这样人们才能决定是否真想参与其中。"

范德比尔特大学生物医学伦理与社会中心主管埃伦·赖特·克莱顿（Ellen Wright Clayton）既是医生也是律师，她表示应该围绕这件事开展"公开讨论"。她说："要是有人在国会提案说'从此以后，只要去看医生寻求治疗，不管是病历还是组织样本，都可以用于科研，无须征得病人同意'，要是我们能讲得这么通俗直白，人们能真正明白现在是什么状况，然后还表示认可，我就会对我们目前的做法坦然一些。因为目前事情并不像人们想象的那样。"

伊利诺伊理工大学科学、法律和技术研究所所长洛丽·安德鲁斯（Lori Andrews）希望看到更彻底的改变，她曾呼吁民众成为"DNA强征中的自觉反对者"，即干脆拒绝提供组织样本，从而引起政策制定者的足够重视。

哈佛大学主管科研的副教务长戴维·科恩（David Korn）认为，让病人拥有自己组织的掌控权是短视的。他说："当然，知情同意听起来很好，让人们决定自己身体组织的用途看似正确之举。但知情同意实际上减损了组织的价值。"科恩举了西班牙流感为例。20世纪90年代，科学家利用保存了几十年的组织样本重构了西班牙流感病毒的基因组，以期通过研究该病毒为何如此致命来了解当下的禽流感。样本来自一名死于1918年的士兵，但当时是不可能以此项未来的研究去征得这名士兵的许可的。科恩说："这个理由在当时是不可想象的——当时都没人知道什么是DNA！"

　　科恩认为，公众对科学应履行的责任远比知情同意重要。"我觉得为了推进知识、造福他人，人们在道德上有义务准许自己身上的一点东西被他人使用。因为人人都会受益，所以人人也可以承担小小的风险，让自己身上的一丁点组织用于科研。"他只提了一个例外，就是个人的宗教信仰禁止组织捐献行为。"如果有人说，要是不以全尸下葬，自己就会永世漂泊、得不到救赎，这是可以理解的，人们应该尊重。"但科恩也承认，要是人们根本不知道自己的组织被用于科研，也就谈不上反对。

　　安德鲁斯说，相对于自主权和个人自由，"科学绝不是一个社会中至高无上的价值"。"你这么想：我能决定我死后我的钱归谁。你要是把我的所有钱都另给了别人，这对死了的'我'没什么影响。可我活着的时候，知道自己想把钱给谁就给谁，有着心理上的好处。每人可以说：'她不应该对自己的钱有这样的权力，因为这对社会可能不是最有利的。'现在把这句话里的'钱'换成'组织'，就是反对把对组织的掌控权交给捐献人的许多人的逻辑了。"

　　加州大学洛杉矶分校诊断分子病理学实验室的主管韦恩·格罗迪（Wayne Grody）一度非常激烈地反对组织研究要取得知情同意的制度。不过在同安德鲁斯和克莱顿这样的人争论了多年以后，他也变得温和了。他对我说："我确信我们需要再加把劲，让知情同意程序更完善更具体。"但他还是想不出来知情同意制度如何能够成立。"组织会进入一条流水线，里面有成百上千万份样本，你要怎么区别？比如有的病人说自己的样本可以用于结肠癌研究，而有人说我们怎么用都可以，但不能商业化。我就想说，难道要把所有组织都标上颜色代码吗？"不管具体怎么操作，格罗迪强调，知情同意应该只适用于未来的样本获取，至于过去已经保存的千百万份样本，包括海拉细胞，就不要再追究了。"不然我们该怎么办，把以前的样本全扔了？"

爱荷华大学生物医学伦理中心创始人罗伯特·韦尔（Robert Weir）认为，要是知情同意的问题不解决，只可能有一个结果："病人觉得自己的参与得不到认可，最终就会诉诸法律。"韦尔希望少一点法律纠纷，多一些公开讨论。"应该把这件事摆到台面上，得出一个我们大家都能接受的法律指导方针，"他说，"毕竟打官司是无奈之举。"实际上现在这类事多半要闹上法庭，尤其是其中涉及金钱利益的时候。

说到金钱利益，问题不在于人体组织和组织研究是否会商业化——这已经是既成事实，将来也会继续如此；没有商业化，各公司就不会开发出我们目前依赖的众多药物和诊断检查。关键在于如何面对这种商业化，包括科学家是否必须告诉相关的人，他的组织可能被用来谋利，以及提供"原材料"的人在这样的市场中应处于什么位置。

法律禁止买卖人体器官和组织用于移植和治疗，然而捐献组织器官，并为收集和处理过程收取费用，却完全合法。现在

业界并没有专门的数字，但据估计一个人整个身体的价值约在
1万至1.5万美元。像约翰·穆尔那样，仅细胞就价值数百万美
元，是极少数的情况。事实上，正如一只小鼠或一只果蝇并没
有多大的科研价值，大多数细胞系和组织样本本身也意义不大。
它们的科学价值正是作为很多样本的一分子体现出来的。

目前，供应组织的公司规模不等，从私人小企业到大型集
团都有，后者如Ardais，它向贝斯以色列女执事医学中心、杜
克大学医学中心等机构购买病人组织的专属使用权，支付金额
未公开。

"谁拿到钱，这些钱又用在哪里，是不容忽视的问题。"克
莱顿说，"我不知道该怎么做，但我肯定，要是所有人都有钱分，
只有原材料的提供者被排除在外，是完全没道理的。"

究竟该如何补偿组织的提供者，政策分析专家、科学家、
哲学家、伦理学家提出了林林总总的方法：比如借鉴社会保障
系统的经验，让补偿随捐献次数的增加逐渐升级；给捐献人减
免税额；设立"使用权利费"，就像电台播放音乐人的歌曲时要
向后者支付的那种；或者要求使用人体组织的研究将一定比例
的利润回馈科研或医疗慈善机构，或全部用回科研。

总之，论战双方的专家都担心，要是直接补偿病人，可能
导致一些逐利者狮子大开口，坚持让使用自己组织的非商业或
非营利研究项目付个大价钱或者和他达成不切实际的财务协议，
这就会对正常的科研造成阻挠。但在大多数情况下，组织捐献

人在意的根本不是经济利益。他们同大多数组织权利活动家一样，并非关心个人的获利，而是想确保公众和其他科研人员能获取到组织研究的知识成果。事实上，颇有一些病人团体已经成立了自己的组织样本库，好对用途进行把控，包括将来给相关成果申请专利。一位女士已经拿到了自己孩子的致病基因的专利，将来科研怎么做，如何授权，她说了算。

在关于人体生物材料的所有权以及该所有权可能如何影响科研的争论中，"基因专利"是关注的焦点。2005年公布的最新数据显示，美国政府为已知人类基因的20%颁发了专利，其中包括阿尔茨海默病、哮喘、结肠癌和鼎鼎大名的乳腺癌的风险基因。这就意味着基因研究的决定权交到了制药公司、科学家和大学手里，他们既能决定对这些基因做什么样的研究，也能给从中开发出的疗法和诊断检查定价。有些公司在主张专利权方面做得非常极致，万基遗传公司（Myriad Genetics）拥有对BRCA1和BRCA2基因的专利（多数遗传性乳腺癌和卵巢癌都是与这两个基因的突变有关），该公司对这两个基因的检测要价3000美元。万基已经被控垄断，因为其他人都不能提供类似检测，而科研人员若非得到万基的同意并支付高昂的许可费，也不能开发价格更低的检测或新疗法。未获万基许可而研究这两种基因的科学家，就曾收到停止警告函和诉讼威胁。

2009年5月，美国公民自由联盟、一些乳腺癌幸存者和代表超过15万科学家的专业团队联名就万基遗传公司对乳腺癌风险基因掌握的专利提起诉讼，诸多诉讼理由中的一条就是给基因授予专利的做法已经严重影响了科研，科学家们希望停止这种做法。原告科学家为数众多，其中很多来自顶级研究机构，这挑战了此前"法律不支持生物会影响科学进步"的标准论述。

迄今为止生物研究中重要的所有权案，洛丽·安德鲁斯都参与其中，而且都是无偿的，其中就包括眼下这桩乳腺癌基因官司。她说，法院以前总担心组织捐献人会干扰科研进展，而现在造成这种后果的恰恰是许多科学家。"这很讽刺，"她说，"穆尔案中，法院的考虑是，要是把人体组织的财产权交予个人，科研会受拖累，因为个人可能为了钱而限制别人对自己组织的使用。但穆尔案的判决无异于搬起石头砸自己的脚，它只是把商业价值转交给了研究人员。"安德鲁斯和加州最高法院一位持反对意见的法官一致认为，裁决并没有阻止商业化，而只是把患者踢出了局，让科学家变本加厉地把组织商品化。安德鲁斯等许多人认为，这样做会使科学家越发不愿分享样本与实验成果，这才会拖累科研；他们还担心这样做会影响医疗救治。

此派想法已有支持证据。一项调查显示，53%的实验室曾有过因有人主张专利权而停止提供至少一项遗传检测或相关研发工作的经历，67%认为专利权影响了医学研究。即使想研究遗传性血色素沉着病这种最普通的血液异常，科研机构也要付2.5万美元的许可费；而要针对同一基因开展商业化测试，则需支付高达25万美元的许可费。以此计算，要给一个人做全套的已知遗传病检测，学术机构成本最低，约需 4640 万美元，而成本最高的商业实验室要 4.64 亿美元。

关于人体生物材料商业化的争论总会回到一个基本要点：不管是否喜欢，我们毕竟生活在一个市场驱动的社会，科学是这个市场的组成部分。巴鲁克·布伦伯格曾使用泰德·斯莱文的抗体开展乙肝研究并因此方面贡献获得了诺贝尔奖，他对我说："一个人觉得医学研究的商业化是好是坏，取决于他的资本主义倾向有多强。"布伦伯格认为，商业化总体而言是有益的，不然我们怎么得到需要的药和诊断检查？不过他也看到了弊端。"我觉得，确实可以说，商业化干扰了科研，"他说，"它改变了科研的精神。"以前免费流通的信息，现在要受专利和所有权的限制。"科研人员成了企业家。这促进了经济，也刺激了科研，但同时带来了问题，比如研究开放度降低，也出现了对所有权的争执。"

斯莱文和布伦伯格之间从没签署过知情同意书，也没办过所有权转让手续；斯莱文只是伸出手臂贡献了样本。"如今我们生活在一个完全不同的时代，伦理和商业环境都变了，"布伦伯格觉得今天的病人可能不再像当年那样慷慨，"他们恐怕希望尽可能扩大商业价值——别人也都是这样。"

布伦伯格多年来从事的重要科学研究，全都获益于免费和无限量的组织材料。然而他仍然认为不该为如此获取材料而让病人蒙在鼓里："泰德当时迫切需要钱来生存，那么说科学家能将他的抗体商业化而他本人无权这样做，肯定是没道理的。别人想用他的抗体赚钱，他凭什么没有发言权？"

针对这种情况，我问过许多科学家的意见，很多人都同意布伦伯格的看法。韦恩·格罗迪说："我们这儿是资本主义社会，泰德·斯莱文这样的人充分利用了这一点。你看，我是这么想的：一个人越早想到这么做，就有越多的掌控权。"

问题是一般人"早想不到"，除非他能知道自己的组织对科研可能有价值。泰德·斯莱文、约翰·穆尔和海瑞塔·拉克斯的区别在于，有人告诉斯莱文他的组织很特殊，科学家想用它们做研究，所以他才能在组织离开自己身体前拟好条件，获得控制权。换句话说，他"知情"然后"同意"。所以最后问题归结为，科学界究竟有多少义务（伦理的、法律的）将人置于斯莱文那样的条件下。于是我们又回到了"同意"这个复杂议题。

法律没有规定为科研保存组织必须取得知情同意，也没有明确规定要告诉供体他们的组织可能创造经济利益。2006年，NIH的一位科研人员把数千份组织样本交给辉瑞制药公司，因此获得了约50万美元。他被控违反了联邦利益冲突法，并不是因为没对组织捐献人讲清经济利益和组织的价值，而是因为联邦政府雇用的科研人员不可以接受制药公司的钱。国会对他的案子进行调查，并举行了听证会；从始至终，一直没人提及病人的潜在利益和对自身样本价值的无知。

约翰·穆尔一案的主审法官曾表示，如果组织样本有商业潜力，必须如实告诉患者。但人们从未制定法律来贯彻这个判决，所以穆尔案依然只是判例。今天，是否披露信息的决定权掌握在机构手里，而许多机构选择对病人隐瞒。有些知情同意书全然不提钱的问题，有的只有一句"我们有可能将你的样本或某些医疗信息让渡或出售"，有的干脆写"提供组织是无偿的"；还有的含糊其词说："你的样本为［大学］所有……目前无法确定你是否会从相关研究的获利中获得经济报偿（或得到分红）。"

组织权利活动家主张，公开人体组织的潜在经济收益至关重要。"这么做不是为了让病人从经济行为中分一杯羹，"洛丽·安德鲁斯说，"而是允许人表达愿望。"克莱顿认同这种看法，但也表示："这里的根本问题不是钱，而是有人认为组织来自谁并不重要。"

穆尔案之后，国会举行了听证会，并发布了报告。报告指出，人体组织研究已经获得了千百万美元的利润。国会组建特殊委员会来评估现状，并对后续发展提出指导性意见。委员会发现，生物技术对人类细胞和组织的使用，"大有希望"促进人类健康，但也引发了大量的伦理和法律问题，它们都"未获解决"，也"没有一条法规、政策或伦理准则适用于此"。委员会表示，这种状况必须得到澄清。

1999 年，克林顿总统成立的美国国家生物伦理顾问委员会（NBAC）发布了一份报告，表示联邦政府对人体组织研究监管"不充分"且"职权不明"。它提出几点具体建议，以确保病人对自己组织的使用有决定权。但报告对利益分配问题避而不提，只说当前形势"引发了一系列问题"，应予进一步调查。报告没有带来多大的改观。

多年后，我询问参与了 20 世纪 90 年代那些激烈论战的韦恩·格罗迪，国会的指导性意见和 NBAC 的报告后来为什么悄无声息。

"很奇怪，但我也不知道，"他说，"要是你搞明白是怎么回事，请告诉我。我们都想忘了这件事，好像不提它，问题就不存在了。"但问题一点没有消失，关于人体组织的案子仍然不断涌现。看来这件事不会很快消失。

尽管有不少先例，也赢得了不少媒体关注，拉克斯家却从没把和海拉细胞有关的什么人告上法庭。一些律师和伦理学家对我说，由于现在让海拉细胞隐姓埋名已不可能，那么和海拉细胞有关的研究就该受《普通规则》的管辖。海瑞塔细胞里的一些 DNA 也存在于她后代体内，所以我们可以说，用海拉细胞做研究也就是拿拉克斯家的孩子做研究。这些专家告诉我，《普通规则》规定，研究对象可以随时退出科研活动，所以按理说拉克斯家现在也许可以要求全球停止和海拉细胞有关的研究。事实上也真有这样的先例，比如一位妇女曾成功将她父亲的 DNA 从冰岛的一处基因库里去除。我把这个可能性告诉科研人员，所有人都吓了一跳。哥伦比亚大学微生物及免疫学教授文森特·拉卡涅洛（Vincent Racaniello）曾经计算，光他自己的研究就培养了 8000 亿个海拉细胞。他说，要是有一天海拉细胞的使用受到限制，那将是一场灾难。"对科学的影响将无可估量。"

而拉克斯一家在法律上并没有多少选择。他们没法对当年的医生获取细胞提出控告，原因有几个，其中一点就是，诉讼时效已经过了几十年。理论上说他们可以通过法律手段要求终止涉及海拉细胞的研究，理由是海瑞塔的细胞也包含着他们的DNA，而现在隐去海瑞塔的名字已不可能。我就此征询过多位法律专家的意见，他们都说胜诉概率不高。不过，拉克斯家也并没想让海拉细胞研究全部告停。本书（英文版）付印之际，桑尼对我说："我不想给科学制造问题，黛儿肯定也不想。况且，我也为妈妈和她给科学所做的一切感到骄傲。我只希望霍普金斯和其他从中获益的人能做点事纪念她，也给她的家人应有的待遇。"

人物表

海瑞塔家的核心成员

戴维·"戴"·拉克斯（David "Day" Lacks），海瑞塔的丈夫和表兄。

小戴维·"桑尼"·拉克斯（David Jr. "Sonny" Lacks），海瑞塔和戴的第三个孩子。

黛博拉·"黛儿"·拉克斯（Deborah "Dale" Lacks），海瑞塔和戴的第四个孩子。

伊丽莎·拉克斯·普莱曾特（Eliza Lacks Pleasant），海瑞塔的母亲，在海瑞塔4岁时去世。

埃尔西·拉克斯（Elsie Lacks），出生时本名为露西尔·埃尔西·普莱曾特（Lucile Elsie Pleasant），海瑞塔的第二个孩子、最大的女儿。她由于癫痫被送入医院，死于15岁。

格拉迪丝·拉克斯（Gladys Lacks），海瑞塔的姐姐，一直反对海瑞塔嫁给戴。

约翰尼·普莱曾特 (Johnny Pleasant)，海瑞塔的父亲，在他妻子去世之后，就抛弃了他们的十个孩子。

劳伦斯·拉克斯 (Lawrence Lacks)，海瑞塔和戴的第一个孩子。

洛蕾塔·普莱曾特 (Loretta Pleasant)，海瑞塔出生时的名字。

汤米·拉克斯 (Tommy Lacks)，海瑞塔和戴的外祖父和抚养人。

扎喀里亚·巴里·阿卜杜勒·拉赫曼 (Zakariyya Bari Abdul Rahman)，出生时本名为乔·拉克斯 (Joe Lacks)，海瑞塔和戴的第五个孩子，他出生后不久，海瑞塔就被诊断出宫颈癌。

拉克斯大家族成员

艾伯特·拉克斯 (Albert Lacks)，海瑞塔的白人曾外祖父。他和一位名叫玛丽亚的女奴生下五个孩子，并把拉克斯种植园的一部分作为遗产留给了这几个孩子，这部分种植园后来就成了"拉克斯镇"。

"猎豹"阿尔弗雷德·卡特 (Alfred "Cheetah" Carter)，黛博拉的第一任丈夫。他们的婚姻充满了暴力，以离婚告终。

小阿尔弗雷德 (Alfred Jr.)，黛博拉和"猎豹"的第一个孩子，"小小阿尔弗雷德"的父亲。

博贝特·拉克斯 (Bobbette Lacks)，劳伦斯的妻子。海瑞塔死后，她伸出援手，抚养劳伦斯的弟弟妹妹，发现他们受虐待后，站出来为他们说话。

克利夫·加勒特 (Cliff Garret)，海瑞塔的表兄弟，他们小时候一起在烟草田里干活。

"乔疯子"·格利南 ("Crazy Joe" Grinnan)，海瑞塔的表兄，作为戴的情敌，他也曾经追求过海瑞塔，最后败给了戴。

达文·米德 (Davon Meade)，黛博拉的外孙，经常去陪黛博拉住并照顾她。

埃塞尔 (Ethel)，盖伦的妻子，照管海瑞塔三个最小的孩子，但对他们凶恶残暴。

弗雷德·加勒特 (Fred Garret)，海瑞塔的表兄弟，劝戴和海瑞塔搬到了特纳车站。

盖伦 (Galen)，海瑞塔的表兄。海瑞塔死后，他和妻子埃塞尔搬去和戴同住，帮忙照看海瑞塔的孩子们。然而后来他却猥亵黛博拉。

加里·拉克斯 (Gary Lacks)，格拉迪丝的儿子，黛博拉的表弟。他不是神职人员，却充当了布道者的角色，给黛博拉做过信仰治疗。

拉敦娅 (LaTonya)，黛博拉和"猎豹"的第二个孩子，达文的妈妈。

"小小阿尔弗雷德" ("Little Alfred")，黛博拉的孙子。

玛格丽特·哈里斯 (Margaret Harris)，海瑞塔的表姐妹和密友。海瑞塔在约翰·霍普金斯医院放疗之后，就去她家。

詹姆斯·普鲁姆牧师 (Reverend James Pullum)，黛博拉的第二任丈夫，早先是钢厂工人，后来做了牧师。

萨蒂·斯特迪文特 (Sadie Sturdivant)，玛格丽特的姐妹，海瑞塔的表姐妹和密友，在海瑞塔生病期间给予了很多支持，有时候会和海瑞塔溜出去跳舞。

相关医学及科学共同体成员

亚历克西·卡雷尔（Alexis Carrel），法国外科医生暨诺贝尔奖得主，
宣称成功培养了"永生"的鸡心细胞。

切斯特·索瑟姆（Chester Southam），癌症研究者，为验证海拉细
胞能否使人感染癌症，开展了不符合伦理的实验。

克里斯托夫·兰高尔（Christoph Lengauer），约翰·霍普金斯的癌
症研究者，参与研发了荧光原位杂交技术，该技术可用于检
测并确定 DNA 序列。他主动接触拉克斯家的成员。

伊曼纽尔·曼德尔（Emanuel Mandel），犹太人慢性病医院的医务
主任，与索瑟姆在一系列不符合伦理的实验中有合作。

乔治·盖伊医生（Dr. George Gey），约翰·霍普金斯组织培养研
究的负责人。他从海瑞塔的癌变组织中成功培养出了海拉
细胞，用的是他在自己的实验室开发出的技术。

霍华德·琼斯（Howard Jones），海瑞塔在约翰·霍普金斯的妇科医生。

伦纳德·海弗利克（Leonard Hayflick），微生物学家，证明了正常
细胞分裂约 50 次后就会死亡，即所谓的"海弗利克极限"。

玛格丽特·盖伊（Margaret Gey），乔治·盖伊的妻子和研究助理。
她受过外科护士训练。

玛丽·库比切克（Mary Kubicek），乔治·盖伊的实验室助手，是
她第一次成功培养了海拉细胞。

理查德·韦斯利·特林德（Richard Wesley TeLinde），海瑞塔被诊断
为癌症时美国顶级的宫颈癌专家之一。在研究中，他使用

了从海瑞塔和其他宫颈癌患者的癌变组织中取得的样本。

罗兰·帕蒂略 (Roland Pattillo)，莫豪斯医学院妇科教授，也是乔治·盖伊唯一的黑人学生。为纪念海瑞塔，他在莫豪斯组织起一年一度的"海拉大会"。

斯坦利·加特勒 (Stanley Gartler)，遗传学者。他提出，大多数最常用的培养细胞都被海拉细胞污染了。这一言论引发了恐慌，在业界犹如扔出一颗"海拉炸弹"。

苏珊·许 (Susan Hsu，音)，维克多·麦库西克实验室的博士后，被指派联系拉克斯家的成员，从他们身上取样做遗传检测，但这些没有经过知情同意。

维克多·麦库西克 (Victor McKusick)，约翰·霍普金斯的遗传学家，曾利用从海瑞塔的孩子们身上取得的样本研究海拉细胞，但没有经过知情同意。

沃尔特·纳尔逊–里斯 (Walter Nelson-Rees)，遗传学家，他追踪并公布被海拉细胞污染的细胞系，且不提前知会被他曝光的研究人员，充当了"海拉污染"监督员的角色。

记者及其他人

"妈妈"考特妮·斯皮德 (Courtney "Mama" Speed)，特纳车站的居民，斯皮德食杂店的主人。她整合资源筹建海瑞塔·拉克斯博物馆。

约翰·穆尔 (John Moore)，癌症患者。在加州大学治疗癌症期间，医生用他的癌细胞培养出了"Mo 细胞系"，他因此起诉了医生和校董会，最后败诉。

迈克尔·戈尔特（Michael Gold），《细胞阴谋》一书的作者。他在没有获得拉克斯家成员许可的情况下，发表了海瑞塔病例中的细节及海瑞塔的尸检报告。

迈克尔·罗杰斯（Michael Rogers），《滚石》杂志记者，1976年发表了一篇关于拉克斯一家的文章，也是最早联系拉克斯一家的记者。

基南·凯斯特·科菲尔德勋爵爵士（Sir Lord Keenan Kester Cofield），曾试图控告约翰·霍普金斯医院和拉克斯一家。

泰德·斯莱文（Ted Slavin），血友病患者，从医生那里得知自己的细胞非常有价值。斯莱文创立了"要素生物制品"公司，起初专门售卖自己的细胞，后来也售卖其他人的细胞，从而让这些细胞提供者能从自己提供的生物材料中获利。

时间线

1889 年　约翰·霍普金斯医院成立。

1912 年　亚历克西·卡雷尔宣布成功培养出"永生"的鸡心细胞。

1920 年　海瑞塔·拉克斯在美国弗吉尼亚州罗阿诺克市出生。

1947 年　《纽伦堡公约》诞生，它由一系列人体实验的伦理标准组成。第二次世界大战期间，数名纳粹医生用囚犯做实验，事后他们受了审判，《纽伦堡公约》正是这次审判的成果。

1951 年　乔治·盖伊用海瑞塔的宫颈细胞，成功培养了第一个"永生"的人细胞系。他从海瑞塔·拉克斯的名和姓中各取首段，命名了这个新细胞系——"海拉细胞"。

1951 年　海瑞塔·拉克斯因患侵袭性异乎寻常的宫颈癌病逝。

1952 年　海拉细胞成为第一例被邮寄的活细胞。

1952 年　塔斯基吉学院建成第一个"海拉工厂"，工厂以非营利模式运作，为实验室和科研人员提供海拉细胞。几年后，微生物联合公司成立，开始售卖海拉细胞盈利。

1952 年　科学家用海拉细胞研制脊髓灰质炎疫苗。

1953 年　海拉细胞成为第一种被用于分子克隆的细胞。

1954 年　"海伦·拉恩"这个假名首次作为海拉细胞供体的名字出现在报刊上。

1954 年　切斯特·索瑟姆在病人不知情的情况下对他们开展实验，想看看给病人注射海拉细胞是否会引发癌症。

1957 年　"知情同意"一词首次出现在法庭文件中。

1965 年　科学家将海拉细胞和小鼠细胞相融合，制造出第一例人兽杂交细胞。

1965 年　纽约州立大学评议委员会裁定，索瑟姆和他的一位同事违反了职业操守，号召业内就人类作为研究被试和知情同意的情况制定更严格的准则。

1966 年　NIH 规定，所有其资助的研究都必须经过机构审查委员会评议，确保涉及人类被试的研究都符合新准则。

1966 年　斯坦利·加特勒提出，海拉细胞已经污染了众多细胞系，在业界犹如扔出一颗"海拉炸弹"。

1970 年　乔治·盖伊因胰腺癌病逝。

1971 年　在一篇纪念盖伊的文章里，海瑞塔·拉克斯作为海拉细胞的来源，第一次拼写正确地见于报刊。

1973 年　拉克斯一家终于得知，海瑞塔的细胞还活着。

1973 年　约翰·霍普金斯的科研人员从海瑞塔的子女身上取样，
　　　　继续关于海拉细胞的研究，却未征得他们的知情同意。

1974 年　《保护人类被试的联邦政策》（《普通规则》）规定，所
　　　　有以人为对象的研究必须使用知情同意书。

1975 年　迈克尔·罗杰斯在《滚石》杂志上发表了一篇关于海
　　　　拉细胞和拉克斯一家的文章。拉克斯一家这才知道海
　　　　瑞塔的细胞已经被商业化。

1984 年　约翰·穆尔就他对自己组织的所有权，起诉了他的主
　　　　治医生和加州大学校董会，结果败诉。穆尔提起上诉。

1985 年　海瑞塔的病历在其家人不知情也未同意的情况下，被
　　　　部分发表。

1988 年　加州上诉法院对约翰·穆尔作出有利判决，表示被试
　　　　必须有权掌控自己的组织被如何处置。穆尔的医生和
　　　　加州大学提起上诉。

1991 年　加州最高法院最终判决约翰·穆尔败诉，理由是：一
　　　　旦组织从身体取出，无论当事人是否同意，其对组织
　　　　的所有权随即消失。

1996 年　《健康保险流通和责任法案》规定，医疗提供方和承
　　　　保机构公开个人的医疗信息是违法行为。

1999 年　兰德公司发布了一项报告，"保守估计"光是美国就
　　　　保存了来自 1.78 亿人的 3.07 亿份组织样本。其中大
　　　　多数样本的收集都没有经过知情同意。

2005 年　美国哈瓦苏帕伊部落的原住民控告亚利桑那州立大学，

因为科研人员把部落捐献的用于糖尿病研究的组织擅自用于精神分裂和近亲生殖研究。

2005 年　6000 名病人参与了对华盛顿大学的诉讼，要求把自己的组织样本从"前列腺癌样本库"中移除，结果两度败诉。

2005 年　截至此时，美国政府为已知人类基因的 20% 颁发了专利，其中包括阿尔茨海默病、哮喘、结肠癌以及鼎鼎大名的乳腺癌的风险基因。

2006 年　NIH 的一位科研人员把数千份组织样本交给辉瑞制药公司，因此获得了约 50 万美元，被控违反联邦利益冲突法。

2009 年　NIH 投资 1350 万美元建成样本库，专门保存胎儿血样。

2009 年　明尼苏达和得克萨斯两州的父母上诉，要求在全国范围内禁止未经同意储存胎儿血样，并用这些血样做研究，因为许多样本都能追溯到提供血样的婴儿。

2009 年　超过 15 万名科学家与美国公民自由联盟及乳腺癌患者一起，就万基遗传公司对乳腺癌风险基因掌握的专利提起诉讼。诉方认为给基因授予专利的做法违反了专利法，并阻碍了科学研究。

致 谢

　　我一次次地看到人们为海瑞塔和海拉细胞的故事而激动，之后又化作动力。大家都想做点什么，以感谢海瑞塔对科学的贡献，也为她的家人做出弥补。在我写作这本书的过程中，很多人用这股动力帮助了我。感谢所有付出时间、提供信息、金钱和对我的写作项目倾心关注的人。碍于篇幅，我无法提及所有人的名字，但没有你们的帮助，我就无法完成这本书。

　　首先，我要把无尽的感激献给拉克斯一家。

　　黛博拉是本书的灵魂，她的活力、欢笑、痛苦、决心，以及她难以置信的力量都给了我鼓舞，帮我这么多年坚持了下来。能参与她的一段人生，我深感荣幸。

　　感谢劳伦斯和扎喀里亚信任我，同我分享他们的故事。桑尼看到了此事的价值，在家人中为我说话。他非常真诚，乐观无限，坚信我一定能、一定会把这本书写出来，对此我非常感激。

黛博拉的（外）孙子达文和阿尔弗雷德对奶奶（外婆）的愿望无比支持，鼓励她去探寻自己妈妈和姐姐的故事。感谢两个男孩为我和黛博拉带来欢笑，也谢谢他们回答了我那么多问题。感谢博贝特·拉克斯，几十年来，这位坚强的女性将拉克斯家维系在一起。她耐心接受了我许多小时的采访，不厌其烦地帮我准备文件，分享她的所知，毫无保留。感谢桑尼的女儿杰丽·拉克斯–维侬（Jeri Lacks-Whye），她非常可靠，帮我核查事实、搜寻照片，还常常为了我和她的大家族发生争执。感谢她和她妈妈雪莉（Shirley）·拉克斯，还有劳伦斯的（外）孙女埃丽卡·约翰逊、考特妮·西蒙娜·拉克斯，以及黛博拉的儿子小阿尔弗雷德·卡特，感谢他们的坦诚和热情。詹姆斯·普鲁姆一直坚定地支持我，感谢他同我分享他的故事，也感谢他的笑容和祈祷。我同样感谢加里·拉克斯，他在我的电话留言机里留下美妙的圣歌歌声，每当我过生日，他总为我哼唱温柔的旋律。

没有海瑞塔·拉克斯的家人、朋友和邻居的鼎力相助，我根本不可能用文字再现海瑞塔的生平。尤其要感谢弗雷德·加勒特、霍华德·格利南（Howard Grinnan）、"虱子"赫克托·亨利、本（Ben）·拉克斯、卡尔顿·拉克斯、老戴维·"戴"·拉克斯、埃米特·拉克斯、乔治亚（Georgia）·拉克斯、格拉迪丝·拉克斯、鲁比·拉克斯、瑟尔（Thurl）·拉克斯、Polly Martin、萨蒂·斯特迪文特、John and Dolly Terry 夫妇、彼得·伍登（Peter Wooden）。特别感谢克利夫·加勒特，他是个讲故事高手，是他把海瑞塔的年轻时光和克洛弗的过往活生生地展现在我眼前，还总能逗我发笑。谢谢克莉丝汀·普莱曾特·东金（Christine Pleasant Tonkin），她是海瑞塔的远房亲戚，是她帮我追溯海瑞塔父系家族的历史，一直追到奴隶时代，还把她的调查结果同我慷慨分享。她也读了本书的手稿，提了许多宝贵的建议。还要感谢考特妮·斯皮德热情分享她的故事，并召集众人与我交谈。

很幸运，我见到了玛丽·库比切克，她有清晰的记忆、无尽的耐心和热情，这对我来说非常珍贵。我也有幸遇到小乔治·盖伊和他妹妹 Frances Greene，二人在父母的实验室度过了许多童年时光，能够活灵活现地为我描述当年的情景。也要感谢 Frances 的丈夫 Frank Greene。

感谢我一路遇到的众多图书馆员和档案管理员，他们花时间帮我查寻旧的报刊文章、照片和影像等资料。特别感谢 Andy Harrison，他是艾伦·梅森·切斯尼医学档案馆乔治·盖伊档案的主管；感谢匹兹堡大学图书馆学系的毕业生 Amy Notarius 和 Elaina Vitale；感谢 Frances Woltz 提供大量资料和故事；感谢 Hap Hagood、Phoebe Evans Letocha 和 Tim Wisniewski。纽约公共图书馆的 David Smith 给予我很多帮助，就像对其他幸运的写作者一样；他还为我在沃特海姆研习室保留了安静的一角。"为一毛钱奔走"基金会的档案管理员 David Rose 对本书怀有极大的兴趣，他为这本书花费了很多时间，我从他的努力中获益，欠他很多人情（和午餐）。

更有数以百计的人慷慨付出宝贵时间，接受我的采访，我对他们所有人表示感谢，尤其是 George Annas、洛儿·奥雷利安、巴鲁克·布伦伯格、埃伦·赖特·克莱顿、Nathaniel Comfort、Louis Diggs、Bob Gellman、Carol Greider、Michael Grodin、韦恩·格罗迪、Cal Harley、Robert Hay、凯茜·哈德森、格罗弗·哈钦斯、理查德·基德韦尔、戴维·科恩、Robert Kurman、John Masters、Stephen O'Brien、Anna O'Connell、Robert Pollack、John Rash、朱迪丝·格林伯格、保罗·卢尔茨、Todd Savitt、特里·沙雷尔、Mark Sobel、罗伯特·韦尔、芭芭拉·威奇和 Julius Youngner。特别感谢洛丽·安德鲁斯、Ruth Faden 和 Lisa Parker，她们付出时间和勇气，在我写作的初期便同我探讨，激发我的思考，并在阅读书稿后给我提了诸多有益的意见。还要感谢 Duncan Wilson，他让我参考了他毕业论文的早期稿和另外一些非常有价值的研究材料。

我要特别感谢几位科学家：霍华德·W. 琼斯、维克多·麦库西克和苏珊·许，他们同我分享了珍贵的回忆，对我没完没了的提问报以坦诚和耐心。伦纳德·海弗利克总共接受了我十好几个小时的电话采访，接我电话时还经常人在旅途或正忙于工作。对于本书的成形，他的回忆和学识是非常丰富的资源。海弗利克和罗伯特·史蒂文森都在阅读本书草稿后给我反馈了极为宝贵的意见。史蒂文森更是从一开始没有太多科学家参与进来时就支持我，对我的帮助非常之大。

我要感谢罗兰·帕蒂略，他花时间了解我的意图，信任我，教我很多，还帮我联络上黛博拉。他和他妻子帕特从一开始就对我敞开大门，也敞开心灵，之后一直支持我。他们读了本书的草稿后，也给我提出了有益的意见。

克里斯托夫·兰高尔一直充满热情，主动希望参与拉克斯一家的事，他的态度令人振奋。我要感谢他的耐心、坦诚和远见。他回答了我许多问题，他也读了本书的草稿，给了我真诚且极为有用的反馈。

另外，好几位写过海拉细胞的作者也拨冗帮助了我。迈克尔·戈尔特在他的著作《细胞阴谋》里详细梳理了细胞污染的来龙去脉，为我提供了宝贵的素材。迈克尔·罗杰斯于 1976 年在《滚石》杂志发表了关于海拉细胞的报道，这篇文章在我开始调查之初就成为我的重要参考资料，后来我得以联系上他，每次同他交谈总是那么愉快。我的书得到了《医疗种族隔离》（*Medical Apartheid*）一书的作者 Harriet Washington 的大力支持，她和我分享了 1994 年为《出现》（*Emerge*）杂志采访拉克斯一家的经验，并对本书的草稿给予了宝贵的点评。

我要特别感谢 Ethan Skerry & Lowenstein Sandler 专业事务所，他们无偿帮我成立了海瑞塔·拉克斯基金会。感谢孟菲斯大学提供经费，让我完成本书最后阶段的研究和查证工作。感谢我的学生和同事，尤其是 Kristen Iversen 和 Richard Bausch，他们是良师益友，本人也是非常好的作者。特别感谢 John Calderazzo 和 Lee Gutkind 十多年来的鼓励、支持和友谊。在我自己远没有意识到之前，John 就坚持认为我有写作的潜质，并不断启发着我。从 Lee 那里，我学会深入思考故事的结构，并正式进入专业写作领域，学会早上 5 点起来工作。十分感谢唐纳德·德夫勒热情洋溢地教授生物课，是他让我得知海瑞塔的故事。

本书经过了严格的事实核查，出版前也由若干专家审读，以确保内容准确。感谢他们为我付出时间并给予我宝贵的反馈。他们是：Erik Angner（我的挚友，从本书构思阶段就大力支持我）、斯坦利·加特勒、Linda MacDonald Glenn、Jerry Menikoff、Linda Griffith、Miriam Kelty（她从个人档案中为我提取了特别有用的文件）、Joanne Manaster（@sciencegoddess）、Alondra Nelson（我应该特别感谢她的坦诚，使我没有出现严重的遗漏）、Rich Purcell、Omar Quintero（他也为本书及本书网站提供了很多漂亮的海拉细胞图片和视频）、Laura Stark 和 Keith Woods。也感谢阅读了本书部分章节的人，尤其是 Nathaniel Comfort 和 Hannah Landecker，Hannah 就海拉细胞和细胞培养史所做的大量工作，尤其是她的著作《培养生命》(*Culturing Life*)，为本书提供了丰富的素材。

对于每一位作者来说，能遇到像文森特·拉卡涅洛这样愿意慷慨付出时间、分享学识的人，都是莫大的幸运。他读了我好几版草稿，给我提供了很多资料和极为宝贵的反馈。他认为向公众传播科学，重要的是要既准确又易懂——这种看法在他的播客"每周病毒学"(This Week in Virology，网址 TWiV.tv)和推

特 @profvrr 上即有所展现。他的这种理念应该得到更多科学家的认可和效仿。David Kroll（@abelpharmboy）也非常支持本书的写作，他自己也在个人博客 scienceblogs.com/terrasig 上写作科学文章。他给了我很多有用的反馈和研究资料，甚至亲自带着扫描仪到图书馆帮我扫描了几份关键文件。能将他引为朋友，我感到非常幸运。

我的研究生助理 Leigh Ann Vanscoy 以极大的热情投入她的工作，努力查询照片，获得各种授权许可，并在本书成稿的最后阶段协助事实核查。Pat Walters（patwalters.net）是我杰出的研究助理和好朋友，自己也是颇具天赋的年轻记者和写作者。他以无比的热情投入工作，对整本书的事实做了精细的核查。他关注细节，挖掘隐蔽的事实，他的工作让我免于很多错误（我连基本的数学计算都不灵光）。这本书大大得益于他的贡献。能得到他的帮助，我真是非常走运，我期待看到他大展宏图。

还有好几位对事实的调研与核查给予了帮助，我也想谢谢他们。了不起的 Charles Wilson 供职于《纽约时报杂志》，他核查了本书中摘录自该杂志的部分，与他共事非常愉快。我无法亲自赶往巴尔的摩时，Heather Harris 会坚持不懈地替我收集法庭文件和档案文件，很多时候都是我临时委托。yourmaninthe-stacks.com 网站专门提供图书馆查询服务，对我的所有请求，该网站的 Av Brown 果真都查询得既透彻又迅速。Paige Williams 在自己繁忙的写作中抽出时间，协助我进行最后的事实核查。

我应该对我的老朋友 Lisa Thorne 给予特别的感谢（外加几副护腕），她帮我把大部分采访录音做了转写，还根据所听到的内容提了极好的建议。

感谢众多杰出的记者、作家和编辑，他们一路以来给予我鼓励、建议、反馈和友谊，尤其是 Jad Abumrad、Alan Burdick、Lisa Davis、Nicole Dyer、Jenny Everett、Jonathan Franzen、Elizabeth Gilbert、Cindy Gill、Andrew Hearst、Don Hoyt Gorman、Alison Gwinn、Robert Krulwich、Robin Marantz Henig、Mark Jannot、Albert Lee、Erica Lloyd、Joyce Maynard、James McBride、Robin Michaelson、Gregory Mone、Michael Moyer、Scott Mowbray、Katie Orenstein、Adam Penenberg、Michael Pollan、Corey Powell、Mark Rotella、Lizzie Skurnick、Stacy Sullivan、Paul Tough、Jonathan Weiner 和 Barry Yeoman。特别感谢 Dinty W. Moore、Diana Hume George 和参与中部大西洋非虚构创意写作夏季作者大会的各位杰出作者。可惜如今会议已不再举办。我们当年一起在大会上授课，我想念你们所有人。也感谢同我合作过的几位编辑，我在他们的帮助下发表过与本书相关的早期报道，他们是《纽约时报》的 Patti Cohen、《约翰·霍普金斯杂志》的 Sue De Pasquale、《匹特杂志》（匹兹堡大学的刊物）的 Sally Flecker，还有《纽约时报杂志》的 James Ryerson，他总能把我的作品改得更好。我还要感谢 ScienceBlogs.com 的各位博主、总给予我帮助和启发的"看不见研究所"（Invisible Institute）、了

不起的 Birders，以及脸书和推特上的诸位好友，他们给我提供了很多资源，为我带来欢乐和鼓励，分享我大大小小的喜悦时刻。感谢 Jon Gluck，为本书提出了很好的早期编辑意见；Jackie Heinze 慷慨借车给我，让我能消失几个月专心写作；特别感谢 Alfred French，他和我比赛，特意让我赢了，帮我跨出了写作本书最困难的第一步。

深深感谢全美书评人协会理事会的前同事，他们对好书的热忱时刻启发和激励着我，让我保持批判性思维。特别感谢 Rebecca Miller、Marcela Valdes 和 Art Winslow，多年来，他们一直给我鼓励，读了本书的几版草稿，提了很有见地的意见。John Freeman 花了很多时间和我探讨写作和对本书的构思，我也要感谢他的福特汽车和他的友谊。

非常感谢我的经纪人，"作者之家"(Writers House) 的 Simon Lipskar，他在别人会放弃的时候依然与我并肩作战，甚至为我而战。他像个摇滚明星，也是我的朋友，我怎能不欣赏他？和如今众多图书一样，本书的付梓也历经波折，在经历了三家出版社和四位编辑之后，我的书有幸在皇冠 (Crown) 出版社落脚，由 Rachel Klayman 担任我的编辑。她接手我的书后，就像对待她自己的书一样用心，从始至终一直支持，倾注了超乎我想象的时间和心血。能和这样出色的编辑、这样全力以赴的出版社合作，是每位写作者莫大的幸运。我深深感谢皇冠出版社的"《永生》团队"，他们对本书抱有极大的热情，为本书的诞生做出了最大的、非凡的努力，不仅令人称赞，也让我自叹弗如。特别感谢 Tina Constable 对我长期不断的支持；感谢不知疲倦的 Courtney Greenhalgh 所做的公关工作，非常了不起；感谢 Patty Berg 富有创意地抓住每一个营销机会；感谢 Amy Boorstein、Jacob Bronstein、Stephanie Chan、Whitney Cookman、Jill Flaxman、Philip Patrick、Annsley Rosner、Courtney Snyder、Barbara Sturman、Katie Wainwright 和 Ada Yonenaka，和你们合作我感到万分幸运。同样感谢兰登书屋学术营销部的 Leila Lee 和 Michael Gentile，他们对本书充满信心，努力让它走进校园；感谢兰登书屋的销售团队，特别是 John Hastie、Michael Kindness、Gianna LaMorte 和 Michele Sulka 对本书的接纳和推广。

深深感谢 Erika Goldman、Jon Michel 和 Bob Podrasky，他们之前都在弗里曼出版社（W. H. Freeman）工作，谢谢他们从一开始就对我和我的书充满信心，鼓励我坚持自己的看法和做法。也要感谢 Louise Quayle 在写作项目初期的帮助。感谢 Caroline Sincerbeaux 自始至终对本书的厚爱，正是她把本书介绍给皇冠出版社，让它有了上佳的着落。

我对兰卡斯特文学社（Lancaster Literary Guild）的 Betsy and Michael Hurley 夫妇的感激无以言表：他们交给我西弗吉尼亚州山间美丽别墅的钥匙，那里是写作者的天堂，让我可以心无旁骛地写作，常常一连数月。我想，假如有更多兰卡斯特文学社这样的机构来支持艺术事业，这个世界一定会更美好。山上除

了僻静的别墅，还有特别好的邻居，Joe and Lou Rable 夫妇让我
生活得安全、充实、快乐，备受关爱。Jeff and Jill Shade 夫妇让
我在连续数月无休无止的写作过程中保持了活人的气息，感谢
他们的友谊和风趣，也感谢他们有那么美的田产让我遛狗，谢
谢他们的 Baristas 咖啡和 JJS 按摩中心，这是我在世上最爱的咖
啡厅品牌，在那儿，Jill 为我提供了足够的食物和咖啡因，Jeff 帮
我按摩胳膊上他所谓的"作家结"，还在我需要的时候帮我斟满
饮料，不厌其烦地和我聊我的书。感谢西弗吉尼亚州的新马丁
斯维尔镇对我的接纳。感谢当地书店的 Heather 努力找出那些
有跳跃性结构的好小说让我参考，从而构思自己这本书的结构。

　　我有幸拥有那么多好朋友，即使一遍遍听我说"我不行，
我还得写书"，他们还是不知疲倦地为我鼓劲儿。我感谢我所有
的好朋友，特别是 Anna Bargagliotti、Zvi Biener、Stiven Foster（庆
祝委员会！）、Ondine Geary、Peter Machamer、Jessica Mesman
（小笨蛋！）、Jeff and Linda Miller 夫妇、Elise Mittleman（P 和
PO！）、Irina Reyn、Heather Nolan（她也读了本书的早期草稿，
并给了非常有益的反馈）、Andrea Scarantino、Elissa Thorndike
和 John Zibell。谢谢 Gualtiero Piccinini 在本书写作初期给我鼓
励和支持。特别感谢亲爱的朋友 Stephanie Kleeschulte，她带给
我喜悦，让我保持年轻。也谢谢 Quail Rogers-Bloch，我从心里
感谢我们共同经历的一切，那些欢笑、美酒，还有疯狂时刻看
的那些傻乎乎的电影（"是的，先生，是他干的！"）。没有她，

我不会是今天的样子。她向我敞开家门，让我在巴尔的摩工作一天后有家可回，给我出主意，帮我度过本书的一次次写作难关。当我写不下去或没有经费时，她总是救我于水火，还总能给草稿提出明智的意见（一部分稿子还是她在电话里听的）。她的丈夫 Gyon 也很好，会在我精疲力竭时递上芒果，他们的儿子（我的教子）Aryo 更是带给我很多欢乐。Quail 的母亲 Terry Rogers 让我深受启发，她也给了我不少建议，让我非常受用。

我能有 Mike Rosenwald（mikerosenwald.com）这样的好朋友，也是一件极其幸运的事。作为一位作家、记者和读者，他给了我很多启发。迈克自始至终都在给我鼓励、同情和建议，更有几次给了我非常有用的点拨。他读了我好几版草稿（其中好几部分都是在电话里听的），给我的建议都很有帮助。我真心希望有一天能报答他。

我的家人支撑我完成了本书的写作：马特（Matt）是那种一个女孩想要的世上最好的哥哥，他耐心与我长谈，分享我的欢笑，还总提醒我要照顾好自己。可爱的侄子尼克（Nick）和贾斯汀（Justin）永远带给我欢乐，这本书让他们度过了很多没有姑姑相伴的假期，我期望将来能弥补他们。嫂子勒妮（Renée）一直支持我的写作，她不仅是一位好友，也是眼光敏锐的好读者，给我指出错误和矛盾之处的本事特别厉害。我的继母贝弗莉（Beverly）也非常棒，她也读了好几版草稿，提供了宝贵的支持和见解。身为一名社会工作者，她的敏感和所受的专业训练让我获益匪浅，让我懂得了怎样去理解和面对拉克斯家人的复杂经历。

多年来，我的父母和他们的伴侣毫无保留地支持我，这本书应该献给他们。我母亲贝琪·麦卡锡（Betsy McCarthy）始终对我和本书充满信心。她充满鼓励的话语、务实的提点以及亲手编织的小礼物（也是我珍视的家庭传统），让我能清醒前行。她的干劲儿、巧手和坚定的决心一直是我无上的指引。她和她丈夫特里在我最艰难的时候鼓励我，读了我好几版草稿，给我提了许多富有智慧的建设性意见。

无尽的感激献给我的父亲弗罗伊德（Floyd）·思科鲁特，谢谢他教我用写作者的眼光看世界，带我领略众多好书的魅力，还把这本书当他自己的作品那样珍视。他总是鼓励我走自己的路，为自己的信念而奋斗，哪怕我辞去稳定的工作、冒险做了自由职业时，他依然如此。本书出版前他读了六遍（还不算之前零散读的章节）。他不仅是我的父亲，也是我的同行和朋友，更无私地为我的书做宣传。我真是福泽不浅。

最后是 David Prete，我全部的焦点（你懂的）。本书一度冗长得离谱，他读了书稿后，用他作为作家和演员的卓越才华帮我整理思路，把稿子缩减到了适度的篇幅。他的风度和心肠，他的支持和体贴，还有精湛的厨艺，让我活得很开心。即使"丽贝卡·思科鲁特的永生不死图书工程"霸占了我们的家庭生活，他仍然无所保留地支持我。我的爱和感激献给他，我真是个非常幸运的女人。

注 释

写作本书用到的素材装满了好些个档案柜，数百小时采访录音的转写塞满了好几个书架，采访的人有拉克斯家的人、科学家、记者、法学家、生物伦理学家、卫生政策专家及史学家等。我无法在注释里列出他们所有专家的名字，但我已在致谢中向其中许多位表达了感谢，或是在书中引用之处提了他们的名字。

由于资料来源非常广泛，很难一一罗列，此处只收录最有价值和可以公开查到的部分。其他信息和资料，请见我的网站 RebeccaSkloot.com。

条目先后顺序大多遵照章节顺序。不过由于拉克斯家人和乔治·盖伊出现在若干章节中，我把他们的资料集中列于最前。没有注释内容的章节，相关资料通常是围绕盖伊和拉克斯家人的。

海瑞塔·拉克斯及其家人

为还原海瑞塔的生平和她诸位亲人的生活，我参考了对她家人、朋友、邻里及熟悉他们居住地往昔的专家所做的采访，以及拉克斯家保留的声音和影像资料，还有 BBC 纪录片《众生之路》（The Way of All Flesh）未剪辑的花絮内容。我还参考了黛博拉·拉克斯的日记、海瑞塔的病历、法庭文件、警方记录、家庭照片、报刊报道、社区简讯、遗嘱、地契、出生及死亡证明。

乔治·盖伊及其实验室

为还原乔治·盖伊和玛格丽特·盖伊的生活和工作，我借助了约翰·霍普金斯医学院艾伦·梅森·切斯尼医学档案馆（AMCMA）收藏的乔治·盖伊档案、巴尔的摩郡马里兰大学的组织培养协会档案馆（TCAA）、盖伊的私家档案，以及相关的学术论文和采访，采访对象涵盖了他们的家人、同事、癌症研究和组织培养领域的科研人员。

前 言

海拉细胞总重量的估计值来自伦纳德·海弗利克，他推算正常人的细胞株可能达到的最大重量为 2000 万吨，而海拉细胞的潜力比这个"大无限倍"，因为其增殖不受"海弗利克极限"的约束。海弗利克在给我的邮件中写道："要是我们让海拉细胞分裂 50 代，如果把所有细胞都保存下来，那就是 5000 万吨。显然这并不现实。"有关正常细胞生长潜力的更多资料，见 Hayflick and Moorehead, "The Serial Cultivation of Human Diploid Cell Strains," *Experimental Cell Research* 25 (1961)。

我提到的关于拉克斯家的文章，见 "Miracle of HeLa," *Ebony* (June 1976) 及 "Family Takes Pride in Mrs. Lacks' Contribution," *Jet* (April 1976)。

第一部 生命

01 检查

海瑞塔第一次去约翰·霍普金斯就诊的日期说法不一，通常认为是 1951 年 2 月 1 日。此项日期分歧源自抄写错误，她的医生在 2 月 5 日就注意到了。其他记录都显示她的肿瘤于 1 月 29 日确诊，因此我采用了这一日期。

关于本章及后续章节所涉的约翰·霍普金斯历史文件，见 AMCMA 里的相关记录，以及 *The Johns Hopkins Hospital and the Johns Hopkins University School of Medicine: A Chronicle*, by Alan Mason Chesney; *The First 100 Years: Department of Gynecology and Obstetrics, the Johns Hopkins School of Medicine, the Johns Hopkins Hospital*, edited by Timothy R. B. Johnson, John A. Rock, and J. Donald Woodruff。

本章及后续章节中提到的约翰·霍普金斯种族隔离情况，来自采访，以及 Louise Cavagnaro, "The Way We Were," *Dome* 55, no. 7 (September 2004), at http://www.hopkinsmedicine.org/dome/0409/featurei.cfm; Louise Cavagnaro, "A History of Segregation and Desegregation at The Johns Hopkins Medical Institutions," unpublished manuscript (1989) at the AMCMA; and "The Racial Record of Johns Hopkins University," *Journal of Blacks in Higher Education* 25 (Autumn 1999)。

关于种族隔离政策对医疗服务的提供所造成的影响及后果，参考：*The Strange Career of Jim Crow*, by C. Vann Woodward; P. Preston Reynolds and Raymond Bernard, "Consequences of Racial Segregation," *American Catholic Sociological Review* 10, no. 2 (June 1949); Albert W. Dent, "Hospital Services and Facilities Available to Negroes in340 Notes the United States," *Journal of Negro Education* 18, no. 3 (Summer 1949); Alfred Yankauer Jr., "The Relationship of Fetal and Infant Mortality to Residential Segregation: An Inquiry into Social Epidemiology," *American Sociological Review* 15, no. 5 (October 1950); and "Hospitals and Civil Rights, 1945–1963: The Case of Simkins v. Moses H. Cone Memorial Hospital," *Annals of Internal Medicine* 126, no. 11 (June 1, 1997)。

海瑞塔的病历是她的家人交给我的，不便公开，但部分诊断结果可见 Howard W. Jones, "Record of the First Physician to see Henrietta Lacks at the Johns Hopkins Hospital: History of the Beginning of the HeLa Cell Line," *American Journal of Obstetrics and Gynecology* 176, no. 6 (June 1997): S227–S228。

02　克洛弗

弗吉尼亚州烟草种植的历史来自弗吉尼亚州历史协会、哈利法克斯郡网站、南波士顿图书馆的档案和新闻，以及多本书籍，包括 *Cigarettes: Anatomy of an Industry, from Seed to Smoke*, by Tara Parker Pope，这本书向非专业读者系统介绍了烟草业的历史。

几本书帮我重构了海瑞塔生活的时代和环境，包括 *Country Folks: The Way We Were Back Then in Halifax County, Virginia*, by Henry Preston Young, Jr; *History of Halifax*, by Pocahontas Wight Edmunds; *Turner Station*, by Jerome Watson; *Wives of Steel*, by Karen Olson; and *Making Steel*, by Mark Reutter。特纳车站的历史是由历史上的新闻稿件及文件中查得，文件均取自位于马里兰州邓多克的邓多克-帕塔普斯科河口历史协会和北角图书馆。

03 诊断和治疗

关于帕氏涂片法的开发和发展，见 G. N. Papanicolaou and H. F. Traut, "Diagnostic Value of Vaginal Smears in Carcinoma of Uterus," *American Journal of Obstetrics and Gynecology* 42 (1941)，及 "Diagnosis of Uterine Cancer by the Vaginal Smear," by George Papanicolaou and H. Traut (1943)。

理查德·特林德对原位癌和浸润癌的研究，以及他对不必要的子宫切除术的看法，在多篇论文中有所记录，包括 "Hysterectomy: Present-Day Indications," JMSMS (July 1949); G. A. Gavin, H. W. Jones, and R. W. TeLinde, "Clinical Relationship of Carcinoma in Situ and Invasive Carcinoma of the Cervix," *Journal of the American Medical Association* 149, no. 8 (June 2, 1952); R. W. TeLinde, H. W. Jones and G. A. Gavin, "What Are the Earliest Endometrial Changes to Justify a Diagnosis of Endometrial Cancer?" *American Journal of Obstetrics and Gynecology* 66, no. 5 (November 1953); and TeLinde, "Carcinoma in Situ of the Cervix," *Obstetrics and Gynecology* 1, no. 1 (Jan uary 1953); 以及传记 *Richard Wesley TeLinde*, by Howard W. Jones, Georgeanna Jones, and William E. Ticknor。

关于镭及将其用作癌症疗法的历史资料，见 *The First 100 Years*; 美国环保局网站 epa.gov/iris/subst/0295.htm; D. J. DiSantis and D. M. DiSantis, "Radiologic History Exhibit: Wrong Turns on Radiology's Road of Progress," *Radiographics* 11 (1991); and *Multiple Exposures: Chronicles of the Radiation Age*, by Catherine Caufield。

关于 19 世纪 50 年代宫颈癌的标准治疗方案，资料包括 A. Brunschwig, "The Operative Treatment of Carcinoma of the Cervix: Radical Panhysterectomy with Pelvic Lymph Node Excision," *American Journal of Obstetrics and Gynecology* 61, no. 6 (June 1951); R. W. Green, "Carcinoma of the Cervix: Surgical Treatment (A Review)," *Journal of the Maine Medical Association* 42, no. 11 (November 1952); R. T. Schmidt, "Panhysterectomy in the Treatment of Carcinoma of the Uterine Cervix: Evaluation of Results," *JAMA* 146, no. 14 (August 4, 1951); and S. B. Gusberg and J. A. Corscaden, "The Pathology and Treatment of Adenocarcinoma of the Cervix," *Cancer* 4, no. 5 (September 1951)。

L 细胞（第一个永生不死的细胞系，取自小鼠）的生长情况记录于 W. R. Earle et al., "Production of Malignancy in Vitro. IV. The Mouse Fibroblast Cultures and Changes Seen in Living Cells," *Journal of the NCI* 4 (1943)。

关于盖伊在海拉细胞之前的细胞培养工作，见 G. O. Gey, "Studies on the Cultivation of Human Tissue Outside the Body," *Wisconsin J.J.* 28, no. 11 (1929); G. O. Gey and M. K. Gey, "The Maintenance of Human Normal Cells and Human Tumor Cells in Continuous Culture I. A Preliminary Report," *American Journal of Cancer* 27, no. 45 (May 1936); 相关概述可见 G. Gey, F. Bang, and M. Gey, "An Evaluation of Some Comparative Studies on Cultured Strains of Normal and Malignant Cells in Animals and Man," *Texas Reports on Biology and Medicine* (Winter 1954)。

04 "海拉" 的诞生

关于盖伊开发的转管培养设备，见 "An Improved Technic for Massive Tissue Culture," *American Journal of Cancer* 17 (1933)；他早期拍摄细胞的工作，见 G. O. Gey and W. M. Firor, "Phase Contrast Microscopy of Living Cells," *Annals of Surgery* 125 (1946)。他最终发表的关于海拉细胞系最初培养经过的摘要，见 G. O. Gey, W. D. Coffman, and M. T. Kubicek, "Tissue Culture Studies of the Proliferative Capacity of Cervical Carcinoma and Normal Epithelium," *Cancer Research* 12 (1952): 264–65。关于他培养、研究海拉细胞和其他培养细胞的详细讨论，见 G. O. Gey, "Some Aspects of the Constitution and Behavior of Normal and Malignant Cells Maintained in Continuous Culture," *The Harvey Lecture Series L* (1954–55)。

05 "黑色已经在我身体里扩散得到处都是"

特林德针对"子宫切除术造成的心理影响"所做的讨论，可见"Hysterectomy: Present-Day Indications," *Journal of the Michigan State Medical Society*, July 1949。

06 "有个女的来电话"

第一届海拉研讨会的论文刊于 "The HeLa Cancer Control Symposium: Presented at the First Annual Women's Health Conference, Morehouse School of Medicine, October 11, 1996," edited by Roland Pattillo, *American Journal of Obstetrics and Gynecology* suppl. 176, no. 6 (June 1997)。

一般大众若想了解塔斯基吉研究，请见概述 *Bad Blood: The Tuskegee Syphilis Experiment*, by James H. Jones；亦可见 "Final Report of the Tuskegee Syphilis

Study Legacy Committee," Vanessa Northington Gamble, chair (May 20, 1996)。

07 细胞培养的死与生

乔治·盖伊的电视节目，见 "Cancer Will Be Conquered," *Johns Hopkins University: Special Collections Science Review Series* (April 10, 1951)。

若想深入了解细胞培养的完整历史，见 *Culturing Life: How Cells Became Technologies*, by Hannah Landecker, the definitive history；亦可见 *The Immortalists: Charles Lindberg, Dr. Alexis Carrel, and Their Daring Quest to Live Forever*, by David M. Friedman。关于霍普金斯对细胞培养的贡献，笼统概述可见 "History of Tissue Culture at Johns Hopkins," *Bulletin of the History of Medicine* (1977)。

为重现亚历历克西·卡雷尔和他的不死鸡心的故事，我参考了包括但不限于如下资料：A. Carrel and M. T. Burrows, "CultivationNotes 343 of Tissues in Vitro and Its Technique," *Journal of Experimental Medicine* (January 15, 1911); "On the Permanent Life of Tissues Outside of the Organism," *Journal of Experimental Medicine* (March 15, 1912); Albert H. Ebeling, "A Ten Year Old Strain of Fibroblasts," *Journal of Experimental Medicine* (May 30, 1922), and "Dr. Carrel's Immortal Chicken Heart," *Scientific American* (January 1942); "The 'Immortality' of Tissues," *Scientific American* (October 26, 1912); "On the Trail of Immortality," *McClure's* (January 1913); "Herald of Immortality Foresees Suspended Animation," *Newsweek* (December 21, 1935); "Flesh That Is Immortal," *World's Work* 28 (October 1914); "Carrel's New Miracle Points Way to Avert Old Age!" *New York Times Magazine* (September 14, 1913); Alexis Carrel, "The Immortality of Animal Tissue, and Its Significance," *The Golden Book Magazine* 7 (June 1928); and "Men in Black," *Time* 31, number 24 (June 13, 1938)。诺贝尔奖网站也收录了许多关于卡雷尔的有用信息。

欧洲的细胞培养史，见 W. Duncan, "The Early History of Tissue Culture in Britain: The Interwar Years," *Social History of Medicine* 18, no. 2 (2005)，及 Duncan Wilson, "'Make Dry Bones Live': Scientists' Responses to Changing Cultural Representation of Tissue Culture in Britain, 1918–2004," dissertation, University of Manchester (2005)。

卡雷尔的鸡心细胞实际上并非永生不死，这一结论来自对伦纳德·海弗利克的采访；亦见于 J. Witkowski, "The Myth of Cell Immortality," *Trends in Bio-*

chemical Sciences (July 1985)，及 J. Witkowski 给编辑的信，*Science* 247 (March 23, 1990)。

09　特纳车站

记录了海瑞塔当年地址的报刊文章是 Jacques Kelly, "Her Cells Made Her Immortal," *Baltimore Sun*, March 18, 1997。迈克尔·罗杰斯的文章是 "The Double-Edged Helix," *Rolling Stone* (March 25, 1976)。

10　铁路的另一侧

关于克洛弗的衰败，相关报告可见 "South Boston, Halifax County, Virginia," an Economic Study by Virginia Electric and Power Company; "Town Begins to Move Ahead," *Gazette-Virginian* (May 23, 1974); "Town Wants to Disappear," *Washington Times* (May 15, 1988); "Supes Decision Could End Clover's Township," *Gazette-Virginian* (May 18, 1998); and "Historical Monograph: Black Walnut Plantation Rural Historic District, Halifax County, Virginia," Old Dominion Electric Cooperative (April 1996)。人口数据可在 census.gov 查询。

第二部　死亡

12　暴风雨

关于遗体解剖的法院判决和相关权利的发展史，见 *Subjected to Science*, by Susan Lederer。

13　海拉工厂

关于脊灰疫苗发展史的进一步阅读资料，见 *The Virus and the Vaccine*, by Debbie Bookchin and Jim Shumacher; *Polio: An American Story*, by David M. Oshinski; *Splendid Solution: Jonas Salk and the Conquest of Polio*, by Jeffrey Kluger; and *The Cutter Incident: How America's First Polio Vaccine Led to the Growing Crisis in Vaccines*, by Paul Offit。

最初以海拉细胞培养脊灰病毒的详细情况，以及后续邮寄方法的发展，均以信件的形式收藏于 AMCMA 及"为一毛钱奔走"档案中，亦可见 J. Syverton,

W. Scherer, and G. O. Gey, "Studies on the Propagation in Vitro of Poliomyelitis Virus," *Journal of Experimental Medicine* 97, no. 5 (May 1, 1953)。

塔斯基吉学院大量培养海拉细胞的设施，在"为一毛钱奔走"档案的信件、支出报告及其他文件中有所记述。相关的详细概述可见 Russell W. Brown and James H. M. Henderson, "The Mass Production and Distribution of HeLa Cells at the Tuskegee Institute, 1953–55," *Journal of the History of Medicine* 38 (1983)。

海拉细胞成功培养之后的科研进展，从 AMCMA 和 TCAA 收藏的信件及论文中可以查到。图书 *Culturing Life: How Cells Became Technologies*, by Hannah Landecker 提供了详细的概述。本章提及的学术论文，有多篇收于 *Readings in Mammalian Cell Culture*, edited by Robert Pollack，包括 H. Eagle, "Nutrition Needs of Mammalian Cells in Tissue Culture," *Science* 122 (1955): 501–4; T. T. Puck and P. I. Marcus, "A Rapid Method for Viable Cell Titration and Clone Production with He-La Cells in Tissue Culture: The Use of X-irradiated Cells to Study Conditioning Factors," *Proceedings of the National Academy of Science* 41 (1955); J. H. Tjio and A. Levan, "The Chromosome Number of Man," *Cytogenics* 42 (January 26, 1956)。亦见 M. J. Kottler, "From 48 to 46: Cytological Technique, Preconception, and the Counting of Human Chromosomes," *Bulletin of the History of Medicine* 48, no. 4 (1974); H. E. Swim, "Microbiological Aspects of Tissue Culture," *Annual Review of Microbiology* 13 (1959); J. Craigie, "Survival and Preservation of Tumors in the Frozen State," *Advanced Cancer Research* 2 (1954); W. Scherer and A. Hoogasian, "Preservation at Subzero Temperatures of Mouse Fibroblasts (Strain L) and Human Epithelial Cells (Strain HeLa)," *Proceedings of the Society for Experimental Biology and Medicine* 87, no. 2 (1954); T. C. Hsu, "Mammalian Chromosomes in Vitro: The Karyotype of Man," *Journal of Heredity* 43 (1952); D. Pearlman, "Value of Mammalian Cell Culture as Biochemical Tool," *Science* 160 (April 1969); and N. P. Salzman, "Animal Cell Cultures," *Science* 133, no. 3464 (May 1961)。

本章涉及的其他素材包括：*Human and Mammalian Cytogenetics: An Historical Perspective*, by T. C. Hsu; and C. Moberg, "Keith Porter and the Founding of the Tissue Culture Association: A Fiftieth Anniversary Tribute, 1946–1996," *In Vitro Cellular & Developmental Biology–Animal* (November 1996)。

14 海伦·拉恩

对是否公布海瑞塔名字的争论，相关的往来信件收藏于 AMCMA。指出海拉细胞系来自"海瑞塔·拉克斯"的文章是"U Polio-detection Method to Aid in Prevention Plans," Minneapolis Star, November 2, 1953。最先提出海拉细胞系来源是"海伦·L"的文章是 Bill Davidson, "Probing the Secret of Life," *Collier's*, May 14, 1954。

17 违法悖德，可悲可叹

索瑟姆的癌细胞注射实验在他为作者或联合作者的很多科学文章中都有记载，包括："Neoplastic Changes Developing in Epithelial Cell Lines Derived from Normal Persons," *Science* 124, no. 3212 (July 20, 1956); "Transplantation of Human Tumors," letter, *Science* 125, no. 3239 (January 25, 1957); "Homotransplantation of Human Cell Lines," *Science* 125, no. 3239 (January 25, 1957); "Applications of Immunology to Clinical Cancer Past Attempts and Future Possibilities," *Cancer Research* 21 (October 1961): 1302–16; and "History and Prospects of Immunotherapy of Cancer," *Annals of the New York Academy of Sciences* 277, no. 1 (1976)。

媒体也对索瑟姆拿囚犯做研究做了报道，见"Convicts to Get Cancer Injection," *New York Times*, May 23, 1956; "Cancer by the Needle," *Newsweek*, June 4, 1956; "14 Convicts Injected with Live Cancer Cells," *New York Times*, June 15, 1956; "Cancer Volunteers," *Time*, February 25, 1957; "Cancer Defenses Found to Differ," *New York Times*, April 15, 1957; "Cancer Injections Cause 'Reaction,'" *New York Times*, July 18, 1956; "Convicts Sought for Cancer Test," *New York Times*, August 1, 1957。

关于索瑟姆的癌细胞注射研究及后来的听证会，最全面的资料是 *Experimentation with Human Beings*, by Jay Katz。他在此书中收集了大量原始通信、法庭文件和其他资料，若是没有他的整理，这些资料很可能失传，因为当时评议委员会并没有保存。亦可见 Jay Katz, "Experimentation on Human Beings," Stanford Law Review 20 (November 1967)。海曼的诉状，可见 *William A. Hyman v. Jewish Chronic Disease Hospital* (42 Misc.2d 427; 248 N.Y.S.2d 245; 1964 and 15 N.Y.2d 317; 206 N.E.2d 338; 258 N.Y.S.2d 397; 1965)。亦可见病人的诉状，*Alvin Zeleznik v. Jewish Chronic Disease Hospital* (47 A.D.2d 199; 366 N.Y.S.2d 163; 1975)。比彻的论文

是 H. Beecher, "Ethics and Clinical Research," *New England Journal of Medicine* 274, no. 24 (June 16, 1966)。

围绕索瑟姆事件的伦理争议，媒体也做了报道，如 "Scientific Experts Condemn Ethics of Cancer Injection," *New York Times*, January 26, 1964; Earl Ubell, "Why the Big Fuss," *Chronicle-Telegram*, January 25, 1961; Elinor Langer, "Human Experimentation: Cancer Studies at Sloan-Kettering Stir Public Debate on Medical Ethics," *Science* 143 (February 7, 1964); and Elinor Langer, "Human Experimentation: New York Verdict Affirms Patient Rights," *Science* (February 11, 1966)。

关于人体实验的伦理和历史，*Subjected to Science: Human Experimentation in America Before the Second World War*, by Susan E. Lederer，以及 *The Nazi Doctors and the Nuremberg Code: Human Rights in Human Experimentation*, by George J. Annas and Michael A. Grodin 是必读文献。二者都是我本章写作的重要素材。有关囚犯实验的历史，见 *Acres of Skin: Human Experiments at Holmesburg Prison*, by Allen Hornblum，该书的作者也把在索瑟姆去世前对他的采访内容慷慨与我分享。

关于生物伦理学的历史，包括索瑟姆争议的后话，进一步阅读资料可见 *The Birth of Bioethics*, by Albert R. Jonsen; *Strangers at the Bedside: A History of How Law and Bioethics Transformed Medical Decision Making*, by David J. Rothman; *Informed Consent to Human Experimentation: The Subject's Dilemma*, George J. Annas; M. S. Frankel, "The Development of Policy Guidelines Governing Human Experimentation in the United States: A Case Study of Public Policy-making for Science and Technology," *Ethics in Science and Medicine* 2, no. 48 (1975); and R. B. Livingston, "Progress Report on Survey of Moral and Ethical Aspects of Clinical Investigation: Memorandum to Director, NIH" (November 4, 1964)。

关于知情同意制度的发展，权威读物可见 *A History and Theory of Informed Consent*, by Ruth Faden and Tom Beauchamp。第一次提到"知情同意"的庭审案例，见 *Salgo v. Leland Stanford Jr. University Board of Trustees* (Civ. No. 17045. First Dist., Div. One, 1957)。

18 "最诡异杂交生命体"

在家培养海拉细胞的说明，刊于 C. L. Stong, "The Amateur Scientist: How to Perform Experiments with Animal Cells Living in Tissue Culture," *Scientific*

American, April 1966。

在太空中进行细胞培养研究的历史，见 Allan A. Katzberg, "The Effects of Space Flights on Living Human Cells," Lectures in Aerospace Medicine, School of Aerospace Medicine (1960); and K. Dickson, "Summary of Biological Spaceflight Experiments with Cells," *ASGSB Bulletin* 4, no. 2 (July 1991)。

尽管海拉细胞的空间研究合法且饶有成效，但现在我们已经知道，该研究从属于一套掩护活动，掩护的是从太空对苏联进行侦察拍摄。关于用"生物荷载"来掩饰间谍行动的信息，见 *Eye in the Sky: The Story of the Corona Spy Satellites*, edited by Dwayne A. Day et al。

最早提出海拉细胞可能污染了其他细胞的论文是 L. Coriell et al., "Common Antigens in Tissue Culture Cell Lines," *Science*, July 25, 1958。关于早期对细胞污染的忧虑，其他资料还包括：L. B. Robinson et al., "Contamination of Human Cell Cultures by Pleuropneumonialike Organisms," *Science* 124, no. 3232 (December 7, 1956); R. R. Gurner, R. A. Coombs, and R. Stevenson, "Results of Tests for the Species of Origins of Cell Lines by Means of the Mixed Agglutination Reaction," *Experimental Cell Research* 28 (September 1962); R. Dulbecco, "Transformation of Cells in Vitro by Viruses," *Science* 142 (November 15, 1963); R. Stevenson, "Cell Culture Collection Committee in the United States," in *Cancer Cells in Culture*, edited by H. Katsuta (1968)。美国典型培养物保藏中心（ATCC）的历史，见 R. Stevenson, "Collection, Preservation, Characterization and Distribution of Cell Cultures," *Proceedings, Symposium on the Characterization and Uses of Human Diploid Cell Strains: Opatija* (1963); and W. Clark and D. Geary, "The Story of the American Type Culture Collection: Its History and Development (1899–1973)," *Advances in Applied Microbiology* 17 (1974)。

关于细胞杂交的早期研究，重要资料包括 Barski, Sorieul, and Cornefert, "Production of Cells of a 'Hybrid' Nature in Cultures in Vitro of 2 Cellular Strains in Combination," *Comptes Rendus Hebdoma daires des Séances de l'Académie des Sciences* 215 (October 24, 1960); H. Harris and J. F. Watkins, "Hybrid Cells Derived from Mouse and Man: Artificial Heterokaryons of Mammalian Cells from Different Species," *Nature* 205 (February 13, 1965); M. Weiss and H. Green, "Human-Mouse Hybrid Cell Lines Containing Partial Complements of Human Chromosomes and

Functioning Human Genes," *Proceedings of the National Academy of Sciences* 58, no. 3 (September 15, 1967); and B. Ephrussi and C. Weiss, "Hybrid Somatic Cells," *Scientific American* 20, no. 4 (April 1969)。

关于哈里斯的杂交细胞研究，更多信息可见他的 "The Formation and Characteristics of Hybrid Cells," in *Cell Fusion: The Dunham Lectures* (1970); *The Cells of the Body: A History of Somatic Cell Genetics*; "Behaviour of Differentiated Nuclei in Heterokaryons of Animal Cells from Different Species," *Nature* 206 (1965); "The Reactivation of the Red Cell Nucleus," *Journal of Cell Science* 2 (1967); and H. Harris and P. R. Harris, "Synthesis of an Enzyme Determined by an Erythrocyte Nucleus in a Hybrid Cell," *Journal of Cell Science* 5 (1966)。

此外的媒体报道包括 "Man-Animal Cells Are Bred in Lab," *The* [London] *Sunday Times* (February 14, 1965); and "Of Mice and Men," *Washington Post* (March 1, 1965)。

20 海拉炸弹

这一章的写作根据的是 AMCMA 和 TCAA 收藏的通信及其他文件，以及 "The Proceedings of the Second Decennial Review Conference on Cell Tissue and Organ Culture, The Tissue Culture Association, Held on September 11–15, 1966," *National Cancer Institute Monographs* 58, no. 26 (November 15, 1967)。

关于培养细胞遭到污染的大量科学论文，包括 S. M. Gartler, "Apparent HeLa Cell Contamination of Human Heteroploid Cell Lines," *Nature* 217 (February 4, 1968); N. Auerspberg and S. M. Gartler, "Isoenzyme Stability in Human Heteroploid Cell Lines," *Experimental Cell Research* 61 (August 1970); E. E. Fraley, S. Ecker, and M. M. Vincent, "Spontaneous in Vitro Neoplastic Transformation of Adult Human Prostatic Epithelium," *Science* 170, no. 3957 (October 30, 1970); A. Yoshida, S. Watanabe, and S. M. Gartler, "Identification of HeLa Cell Glucose 6-phosphate Dehydrogenase," *Biochemical Genetics* 5 (1971); W. D. Peterson et al., "Glucose-6-Phosphate Dehydrogenase Isoenzymes in Human Cell Cultures Determined by Sucrose-Agar Gel and Cellulose Acetate Zymograms," *Proceedings of the Society for Experimental Biology and Medicine* 128, no. 3 (July 1968); Y. Matsuya and H. Green, "Somatic Cell Hybrid Between the Established Human Line D98 (presumptive HeLa) and 3T3," *Science* 163, no. 3868 (February 14, 1969); and C. S. Stulberg, L. Cori ell, et al., "The Animal Cell Culture Collection," *In Vitro* 5 (1970)。

对细胞污染论争的详述，见迈克尔·戈尔特的《细胞阴谋》。

21 暗夜医生

关于暗夜医生和美国黑人被用作医学研究的历史，信源包括 *Night Riders in Black Folk History*, by Gladys-Marie Fry; T. L. Savitt, "The Use of Blacks for Medical Experimentation and Demonstration in the Old South," *Journal of Southern History* 48, no. 3 (August 1982); *Medicine and Slavery: The Disease and Health Care of Blacks in Antebellum Virginia*; F. C. Waite, "Grave Robbing in New England," *Medical Library Association Bulletin* (1945); W. M. Cobb, "Surgery and the Negro Physician: Some Parallels in Background," *Journal of the National Medical Association* (May 1951); V. N. Gamble, "A Legacy of Distrust: African Americans and Medical Research," *American Journal of Preventive Medicine* 9 (1993); V. N. Gamble, "Under the Shadow of Tuskegee: African Americans and Health Care," *American Journal of Public Health* 87, no. 11 (November 1997)。

可公开查询的详细资料，见 *Medical Apartheid: The Dark History of Medical Experimentation on Black Americans from Colonial Times to the Present*, by Harriet Washington。

霍普金斯的历史，见第 01 章注释。

1969 年美国公民自由联盟控告霍普金斯医院立项研究犯罪行为的遗传倾向，相关资料见 Jay Katz's *Experimentation with Human Beings*, 题为 "Johns Hopkins University School of Medicine: A Chronicle. Story of Criminal Gene Research" 一章。更多资料见 Harriet Washington, "Born for Evil?" in Roelcke and Maio, *Twentieth Century Ethics of Human Subjects Research* (2004)。

关于霍普金斯所做的与铅相关的研究，资料来自法院文件和美国卫生与公众服务部的记录，以及对案件相关人员的采访，*Ericka Grimes v. Kennedy Kreiger Institute, Inc.* (24-C-99-925 and 24-C-95-66067/CL 193461)。亦见于 L. M. Kopelman, "Children as Research Subjects: Moral Disputes, Regulatory Guidance and Recent Court Decisions," *Mount Sinai Medical Journal* (May 2006); and J. Pollak, "The Lead-Based Paint Abatement Repair & Maintenance Study in Baltimore: Historic

Framework and Study Design," *Journal of Health Care Law and Policy* (2002)。

22 "她当之无愧的名誉"

海瑞塔真名的公布，首次是在 H. W. Jones, V. A. McKusick, P. S. Harper, and K. D. Wuu, "George Otto Gey (1899–1970): The HeLa Cell and a Reappraisal of Its Origin," *Obstetrics and Gynecology* 38, no. 6 (December 1971)。另见 J. Douglas, "Who Was HeLa?" *Nature* 242 (March 9, 1973); J. Douglas, "HeLa," *Nature* 242 (April 20, 1973); and B. J. C., "HeLa (for Henrietta Lacks)," *Science* 184, no. 4143 (June 21, 1974)。

关于海瑞塔癌症的误诊以及该误诊是否影响了她的治疗，资料来自对霍华德·W. 琼斯、罗兰·帕蒂略、Robert Kurman、David Fishman、Carmel Cohen 等人的采访。我也参考了数篇科学论文，其中包括 S. B. Gusberg and J. A. Corscaden, "The Pathology and Treatment of Adenocarcinoma of the Cervix," *Cancer* 4, no. 5 (September 1951)。

关于海拉污染的论争，资料来源请见第 20 章注释。美国《国家癌症法案》(1971) 的条文可见 cancer.gov/aboutnci/national-cancer-act-1971/allpages。

关于后续的相关争议，资料来源包括 L. Coriell, "Cell Repository," *Science* 180, no. 4084 (April 27, 1973); W. A. Nelson-Rees et al., "Banded Marker Chromosomes as Indicators of Intraspecies Cellular Contamination," *Science* 184, no. 4141 (June 7, 1974); K. S. Lavappa et al., "Examination of ATCC Stocks for HeLa Marker Chromosomes in Human Cell Lines," *Nature* 259 (January 22, 1976); W. K. Heneen, "HeLa Cells and Their Possible Contamination of Other Cell Lines: Karyotype Studies," *Hereditas* 82 (1976); W. A. Nelson-Rees and R. R. Flandermeyer, "HeLa Cultures Defined," *Science* 191, no. 4222 (January 9, 1976); M. M. Webber, "Present Status of MA-160 Cell Line: Prostatic Epithelium or HeLa Cells?" *Investigative Urology* 14, no. 5 (March 1977); and W. A. NelsonRees, "The Identification and Monitoring of Cell Line Specificity," in *Origin and Natural History of Cell Lines* (Alan R. Liss, Inc., 1978)。

我还参考了直接参与论争的人士发表或未发表的言论。其中已发表文章有 W. A. NelsonRees, "Responsibility for Truth in Research," *Philosophical Transactions of the Royal Society* 356, no. 1410 (June 29, 2001); S. J. O'Brien, "Cell Culture

Forensics," *Proceedings of the National Academy of Sciences* 98, no. 14 (July 3, 2001); and R. Chatterjee, "Cell Biology: A Lonely Crusade," *Science* 16, no. 315 (February 16, 2007)。

第三部　永生

23 "还活着"

本章部分参考了收藏在 AMCMA 的信件、黛博拉·拉克斯的病历，以及 "Proceedings for the New Haven Conference (1973): First International Workshop on Human Gene Mapping," *Cytogenetics and Cell Genetics* 13 (1974): 1–216。

维克多·麦库西克的科研履历，见美国国家医学图书馆网站：nlm.nih.gov/ news/victor_mckusick_profiles09.html。他创立的遗传资料数据库现名"在线人类孟德尔遗传"（OMIM），可在 ncbi.nlm.nih.gov/omim/ 了解。

关于在研究中保护人类被试的相关规范，部分文件可见 "The Institutional Guide to DHEW Policy on Protection of Human Subjects," DHEW Publication No. (NIH) 72-102 (December 1, 1971); "NIH Guide for Grants and Contracts," U.S. Department of Health, Education, and Welfare, no. 18 (April 14, 1972); "Policies for Protecting All Human Subjects in Research Announced," *NIH Record* (October 9, 1973); and "Protection of Human Subjects," Department of Health, Education, and Welfare, *Federal Register* 39, no. 105, part 2 (May 30, 1974)。

关于对使用人类被试的研究的监管史，更多信息可见 *The Human Radiation Experiments: Final Report of the President's Advisory Committee* (Oxford University Press, 网址 hss.energy.gov/HealthSafety/ohre/roadmap/index.html)。

24 "至少应该把名誉给她"

原来的微生物联合公司后分成几部分，并入几家更大的公司，包括 Whittaker Corp、BioWhittaker、Invitrogen、Cambrex、BioReliance 及 Avista Capital Partners。想了解这些公司以及其他销售海拉细胞的公司的状况，可见 *OneSource CorpTech Company Profiles* 或 Hoover.com 网站。

关于海拉细胞的价钱，可查询相关生物医药耗材公司的产品目录，如 Invitrogen.com。

专利信息可在 patft.uspto.gov 搜索 "HeLa" 进行查询。

关于非营利组织 ATCC 的信息，包括财务报告，可于 GuideStar.org 网站搜索 "American Type Culture Collection"。想查询 ATCC 的海拉细胞条目，请于 atcc.org 网站搜索 "HeLa"。

关于海拉细胞和植物细胞杂交的信息，见 "People-Plants," *Newsweek*, August 16, 1976; C. W. Jones, I. A. Mastrangelo, H. H. Smith, H. Z. Liu, and R. A. Meck, "Interkingdom Fusion Between Human (HeLa) Cells and Tobacco Hybrid (GGLL) Protoplasts," *Science*, July 30, 1976。

Dean Kraf 就试图用 "通灵疗愈" 法杀死海拉细胞，最终治愈癌症，相关内容可见他的书 *A Touch of Hope*，也可在 YouTube 搜索相关视频（关键词 Dean Kraft）。

对拉克斯家庭成员的血样进行的研究，见 S. H. Hsu, B. Z. Schacter, et al., "Genetic Characteristics of the HeLa Cell," *Science* 191, no. 4225 (January 30, 1976)。该研究受 NIH 资助，拨款号 5P01GM019489-020025。

25 "谁允许你卖我的脾脏？"

关于穆尔的故事，许多内容见于法庭和政府文件，尤其是 "美国众议院科学与技术委员会关于从病人身上取材用于研发商业生物医学产品的听证会" 上的 "Statement of John L. Moore Before the Subcommittee on Investigations and Oversight" (1985.10.29); *John Moore v. The Regents of the University of California et al.* (249 Cal.Rptr. 494)；*John Moore v. The Regents of the University of California et al.* (51 Cal.3d 120，793 P.2d 479，271 Cal.Rptr. 146)。

Mo 细胞的专利号是 4438032，可于 patft.uspto.gov 网站查询。

关于穆尔案及其影响的文献不胜枚举，一些有用资料如 William J. Curran, "Scientific and Commercial Development of Human Cell Lines," *NEJM* 324, no. 14 (April 4, 1991); David W. Golde, "Correspondence: Commercial Development of Human Cell Lines," *NEJM*, June 13, 1991; G. Annas, "Outrageous Fortune: Selling Other People's Cells," *The Hastings Center Report* (November–December 1990); B. J. Trout, "Patent Law — A Patient Seeks a Portion of the Biotechnological Patent Profits in Moore v. Regents of the University of California," *Journal of Corporation Law* (Winter 1992); and G. B. White and K. W. O'Connor, "Rights,

Duties and Commercial Interests: John Moore versus the Regents of the University of California," *Cancer Investigation* 8 (1990)。

部分对约翰·穆尔案件的媒体报道，有 Alan L. Otten, "Researchers' Use of Blood, Bodily Tissues Raises Questions About Sharing Profits," *Wall Street Journal*, January 29, 1996; "Court Rules Cells Are the Patient's Property," *Science*, August 1988; Judith Stone, "Cells for Sale," *Discover*, August 1988; Joan O' C. Hamilton, "Who Told You You Could Sell My Spleen?" *BusinessWeek*, April 3, 1990; "When Science Outruns Law," *Washington Post*, July 13, 1990; and M. Baringa, "A Muted Victory for the Biotech Industry," *Science* 249, no. 4966 (July 20, 1990)

关于管理部门对穆尔案的回应，见 "U.S. Congressional Office of Technology Assessment, New Developments in Biotechnology: Ownership of Human Tissues and Cells — Special Report," Government Printing Office (March 1987); "Report on the Biotechnology Industry in the United States: Prepared for the U.S. Congressional Office of Technology Assessment," National Technical Information Service, U.S. Department of Commerce (May 1, 1987); and "Science, Technology and the Constitution," U.S. Congressional Office of Technology Assessment (September 1987)。亦可见于 1993 年 2 月 18 日提出，但从未通过的 "Life Patenting Moratorium Act of 1993," (103rd Congress, S.387)。

查克拉巴蒂案中所涉嗜油细菌的详情，可于 patft.uspto.gov 查询专利号 4259444 了解。关于本案的更多信息，见 *Diamond v. Chakrabarty* (447 U.S. 303)。

关于本章提到的其他细胞所有权之争，进一步阅读资料可见 "Hayflick-NIH Settlement," *Science*, January 15, 1982; L. Hayflick, "A Novel Technique for Transforming the Theft of Mortal Human Cells into Praiseworthy Federal Policy," *Experimental Gerontology* 33, nos. 1–2 (January–March 1998); Marjorie Sun, "Scientists Settle Cell Line Dispute," *Science*, April 22, 1983; and Ivor Royston, "Cell Lines from Human Patients: Who Owns Them?" presented at the AFCR Public Policy Symposium, 42nd Annual Meeting, Washington, D.C., May 6, 1985; and *Miles Inc v. Scripps Clinic and Research Foundation et al.* (89-56302)。

26　侵犯隐私

今天，公开病人的病历是否违反《美国健康保险流通和责任法案》(HIPAA)，取决于多方面因素，其中最重要的是，是谁公开的信息。HIPAA 保护"所有'可以查出个人身份的健康信息'……无论其媒介形式，无论是电子、纸质抑或口头的"。但该法案只适用于"受规范的实体"，包括"供应医疗服务、为之付费或收费"的医疗提供方及保险方，以及以电子形式传送被约束的医疗信息的个人和机构。也就是说，只要不在受规范对象之列，即使透露或公开了个人医疗记录，也不违反 HIPAA。

美国政府隐私权及保密小组委员会主席 Robert Gellman 是一位医疗隐私专家，他表示，如今，如果霍普金斯的教员透露海瑞塔的医疗信息，将很有可能违反 HIPAA，因为霍普金斯是受规范的实体。

然而，2009 年 10 月本书付印之际，海瑞塔的部分医疗记录再度在未经她家人许可的情况下被公开了出去。公开信息的是一篇学术论文，作者包括内利斯空军基地迈克·奥卡拉汉联邦医院（Mike O'Callaghan Federal Hospital）的 Brendan Lucey、海拉细胞污染问题的先驱沃尔特·A. 纳尔逊-里斯（文章发表两年前去世）和约翰·霍普金斯医院解剖室主任格罗弗·哈钦斯，见 B. P. Lucey, W. A. Nelson-Rees, and G. M. Hutchins, "Henrietta Lacks, HeLa Cells, and Culture Contamination," *Archives of Pathology and Laboratory Medicine* 133, no. 9 (September 2009)。

这篇论文公布的部分资料，此前已在迈克尔·戈尔特的《细胞阴谋》中出现。但他们还公开了一些新的信息，包括首次公开了海瑞塔宫颈切片的照片。

Gellman 表示："这篇论文很可能违反了 HIPAA，然而要想确认，只能进一步详加调查，这又涉及复杂的因素，包括他们是如何获得这些医疗记录的。"我打电话给论文的第一作者 Lucey，问他是如何得到的海瑞塔的病历，以及他们中是否有人就发布相关信息向海瑞塔的家人寻求了许可。他回答我说，这些记录来自联合作者，霍普金斯的哈钦斯。"理想情况下是应该获得家人的许可，"他说，"我印象中，哈钦斯博士试图联系一位家庭成员，但没有成功。"这篇文章的三位作者获得了机构审查委员会的批准，在一系列文章中引用尸检报告；在其他文章中，他们均使用了名字的缩写来隐去病人的身份。Lucey 指出，海瑞塔的病历有一部分之前已经公开，还有她的姓名。"因此用姓名缩写实际上无法隐匿她的身份，"他说，"谁都能猜到她是谁，因为她的名字已经和那些细胞联系在了一起。"

在大部分情况下，死者无法享有活人的全部隐私权，但 HIPAA 是一项例外。

"就算是杰斐逊总统的病历，只要还在，且由受规范实体拥有，就受该法案的保护，"Gellman 说，"无论病人是死是活，医院都不能公开病历。你的隐私权始终受 HIPAA 保护，直到太阳熄灭。"

还有一点需要考虑：虽然海瑞塔已经离世，没法享有活人的隐私权，但我问过的很多法律和隐私权专家都指出，拉克斯家的人其实可以提出，公开海瑞塔的病历侵犯了他们的隐私。尽管当时还没有类似判例，但现在已经有了。

有关病历机密性的法律，更多相关信息及争议可见 Lori Andrews's "Medical Genetics: A Legal Frontier"; *Confidentiality of Health Records*, by Herman Schuchman, Leila Foster, Sandra Nye, et al.; M. Siegler, "Confidentiality in Medicine: A Decrepit Concept," *NEJM* 307, no. 24 (December 9, 1982): 1518–1521; R. M. Gellman, "Prescribing Privacy," *North Carolina Law Review* 62, no. 255 (January 1984); "Report of Ad Hoc Committee on Privacy and Confidentiality," *American Statistician* 31, no. 2 (May 1977); C. Holden, "Health Records and Privacy: What Would Hippocrates Say?" *Science* 198, no. 4315 (October 28, 1977); and C. Levine, "Sharing Secrets: Health Records and Health Hazards," *The Hastings Center Report* 7, no. 6 (December 1977)。

相关案件可见 *Simonsen v. Swensen* (104 Neb.224, 117 N.W.831, 832, 1920); *Hague v. Williams* (37 N.J. 328, 181 A.2d 345. 1962); *Hammonds v. Aetna Casualty and Surety Co.* (243 F. Supp. 793 N.D. Ohio, 1965); *MacDonald v. Clinger* (84 A.D.2d 482, 446 N.Y.S.2d 801, 806); *Griffen v. Medical Society of State of New York* (11 N.Y.S.2d 109, 7 Misc. 2d 549.1939); *Feeney v. Young* (191, A.D. 501, 181 N.Y.S. 481. 1920); *Doe v. Roe* (93 Misc. 2d 201,400 N.Y.S.2d 668,677. 1977); *Banks v. King Features Syndicate, Inc.* (30 F.Supp. 352. S.D.N.Y. 1939); *Bazemore v. Savannah Hospital* (171 Ga. 257, 155 S.E. 194. 1930); and *Barber v. Time* (348 Mo. 1199, 159 S.W.2d 291. 1942)。

27 永生的秘密

杰里米·里夫金一案的更多信息，见 *Foundation on Economic Trends et al.v. Otis R Bowen et al.* (No.87-3393)，及 *Foundation on Economic Trends et al.v. Margaret M. Heckler, Secretary of the Department of Health & Human Services et al.* (756 F.2d 143)。关于本案的媒体报道，见 Susan Okie, "Suit Filed Against Tests Using AIDS Virus Genes; Environmental Impact Studies Requested," *Washington Post*, December 16,

1987; and William Booth, "Of Mice, Oncogenes and Rifkin," *Science* 239, no. 4838 (January 22, 1988)。

关于海拉细胞究竟属何物种的争议，见 L. Van Valen, "HeLa, a New Microbial Species," *Evolutionary Theory* 10, no. 2 (1991)。

关于细胞的永生，更多信息可见 L. Hayflick and P. S. Moorhead, "The Serial Cultivation of Human Diploid Cell Strains," *Experimental Cell Research*, 25 (1961); L. Hayflick, "The Limited in Vitro Lifetime of Human Diploid Cell Strains," *Experimental Cell Research* 37 (1965); G. B. Morin, "The Human Telomere Terminal Transferase Enzyme Is a Ribonucleoprotein That Synthesizes TTAGGG Repeats," *Cell* 59 (1989); C. B. Harley, A. B. Futcher, and C. W. Greider, "Telomeres Shorten During Ageing of Human Fibroblasts," *Nature* 345 (May 31, 1990); C. W. Greider and E. H. Blackburn, "Identification of Specific Telomere Terminal Transferase Activity in Tetrahymena Extracts," *Cell* 43 (December 1985)。

关于衰老和人类寿命延长的研究，进一步阅读资料可见 *Merchants of Immortality*, by Stephen S. Hall。

关于用海拉细胞做 HPV 研究的部分资料，可见 Michael Boshart et al., "A New Type of Papillomavirus DNA, Its Presence in Genital Cancer Biopsies and in Cell Lines Derived from Cervical Cancer," *EMBO Journal* 3, no. 5 (1984); R. A. Jesudasan et al., "Rearrangement of Chromosome Band 11q13 in HeLa Cells," *Anticancer Research* 14 (1994); N. C. Popescu et al., "Integration Sites of Human Papillomavirus 18 DNA Sequences on HeLa Cell Chromosomes," *Cytogenetics and Cell Genetics* 44 (1987); and E. S. Srivatsan et al., "Loss of Heterozygosity for Alleles on Chromosome 11 in Cervical Carcinoma," *American Journal of Human Genetics* 49 (1991)。

28 伦敦之后

海拉研讨会的相关信息，见第 06 章注释。

科菲尔德漫长诉讼史的示例，可见 *Sir Keenan Kester Cofieid v. ALA Public Service Commission et al.* (No.89-7787); *United States of America v. Keenan Kester Cofield* (No.91-5957); *Cofield v. the Henrietta Lacks Health History Foundation, Inc., et al.* (CV-97-33934); *United States of America v. Keenan Kester Cofield* (99-5437); and *Keenan Kes-*

ter Cofield v. United States (1:08-mc-001 10-UNA)。

29　海瑞塔村

本章提到的《霍普金斯杂志》的文章，见 Rebecca Skloot, "Henrietta's Dance," *Johns Hopkins Magazine*, April 2000。

本章提到的其他文章有 Rob Stepney, "Immortal, Divisible; Henrietta Lacks," *The Independent*, March 13, 1994; "Human, Plant Cells Fused: Walking Carrots Next?" *The Independent Record*, August 8, 1976 (via the *New York Times* news service); Bryan Silcock, "Man-Animal Cells Are Bred in lab," *The* [London] *Sunday Times*, February 14, 1965; and Michael Forsyth, "The Immortal Woman," *Weekly World News*, June 3, 1997。

31　海拉，死亡女神

名为"海拉"的人物曾出现在漫威的多种漫画书中。例如 "The Mighty Thor: The Icy Touch of Death!" *Marvel Comics Group* 1, no. 189 (June 1971)。

33　黑人疯人院

描写克朗斯维尔历史的文章，见 "Overcrowded Hospital 'Loses' Curable Patients," *Washington Post* (November 26, 1958)。克朗斯维尔的历史也载于 Howard M. Norton, "Maryland's Shame," in *Baltimore Sun* (January 9–19, 1949, 系列文章)；以及克朗斯维尔中心医院给我的资料，包括他们的"历史回顾""人口普查"及"小型规划：社区设施"。

我和黛博拉拜访后没几年，克朗斯维尔中心医院就关闭了。相关报道见 Robert Redding Jr., "Historic Mental Hospital Closes," *Washington Times* (June 28, 2004)，网址 washingtontimes.com/news/2004/jun/28/20040628-115142-8297r/#at。

36　天上的形体

本章中，加里·拉克斯给我的《圣经》版本是 *Good News Bible: Today's English Version* (American Bible Society, 1992)。

后 记

我引用的数字，包括自身组织被用于科学研究的美国人的数量，以及这些组织是如何被使用的，可见 *Handbook of Human Tissue Sources*, by Elisa Eiseman and Susanne B. Haga。关于美国国家生物伦理顾问委员会针对人体组织用于科学研究的调查，及该委员会在政策方面的建议，见 *Research Involving Human Biological Materials: Ethical Issues and Policy Guidance*, vol.1: *Report and Recommendations of the National Bioethics Advisory Commission*, and vol.2: *Commissioned Papers* (1999)。

关于用人体组织进行研究，相关文献及伦理和政策争议，资料相当庞杂，包括 E. W. Clayton, K. K. Steinberg, et al., "Informed Consent for Genetic Research on Stored Tissue Samples," *Journal of the American Medical Association* 274, no. 22 (December 13, 1995): 1806–7, 及后续的给编辑的信；*The Stored Tissue Issue: Biomedical Research, Ethics, and Law in the Era of Genomic Medicine*, by Robert F. Weir and Robert S. Olick; *Stored Tissue Samples: Ethical, Legal, and Public Policy Implications*, edited by Robert F. Weir; *Body Parts: Property Rights and the Ownership of Human Biological Materials*, by E. Richard Gold; *Who Owns Life?*, edited by David Magnus, Arthur Caplan, and Glenn McGee; and *Body Bazaar*, by Lori Andrews。

部分相关诉讼见 *Margaret Cramer Green v. Commissioner of Internal Revenue* (74 T. C. 1229); *United States of America v. Dorothy R. Garber* (78-5024); Greenberg v. Miami Children's Hospital Research Institute (264 F.Supp.2d 1064); Steven York v. Howard W. Jones et al. (89-373-N); *The Washington University v. William J. Catalona, M. D., et al.* (CV-01065 and 06-2301); *Tilousi v. Arizona State University Board of Regents* (04-CV-1290); *Metabolite Laboratories, Inc., and Competitive Technologies, Inc., v. Laboratory Corporation of America Holdings* (03-1120); *Association for Molecular Pathology et al. v. United States Patent and Trademark Office; Myriad Genetics et al.* (案卷可见 aclu.org/brca/); and *Bearder et al. v. State of Minnesota and MDH* (申诉可见 cchconline.org/pr/pro31109.php)。

译名表

A　埃博拉：Ebola

癌前病变：precancerous lesion

艾伦·梅森·切斯尼医学档案馆：
Alan Mason Chesney Medical Archives，AMCMA

艾滋病（获得性免疫缺陷综合征）：
Acquired immunodeficiency syndrome，AIDS

安必恩：Ambien™

B　白痴：idiocy

白血病：leukemia

版权：copyright

包皮：foreskin

《保护人类被试的联邦政策》：The Federal Policy for the Protection of Human Subjects

保释金：bail

《贝尔蒙报告》：Belmont Report

贝斯以色列女执事医学中心：Beth Israel Deaconess Medical Center

被试：subject

本生灯：Bunsen burner

苯那君：Benadryl®

鼻窦：sinus

鼻中隔偏曲：deviated septum [in nose]，nasal septal deviation

扁桃体切除 [术]：tonsillectomy

表皮样癌：epidermoid carcinoma，另见"鳞状细胞癌"

殡仪员：undertaker

病变：lesion

病毒学：virology

病理学：pathology

病历（医疗记录）：chart，medical record

不可让渡：inalienable

布基胶带：duct tape

布拉克板：Brack plaque

C 《产科与妇科学》：*Obstetrics and Gyne-cology*

产权：property rights

长春新碱：vincristine

诚信义务：fiduciary duty

惩教所：correctional institution

臭氧层：ozone layer

出血热：hemorrhagic fever

触诊：palpate

传票：subpoena

创新学校：alternative school

雌激素：estrogen

D 大鼠：rat

[新陈]代谢：metabolism

单克隆抗体（单抗）：monoclonal antibody

胆固醇：cholesterol

蛋白[质]：protein

导管：catheter

地美露：Demerol™

癫痫：epilepsy

佃农：sharecropper

杜冷丁：Dolantin®

端粒：telomere

端粒酶：telomerase

多发性硬化：multiple sclerosis, MS

E 恶心：nausea

恶性：malignant

F 发现者18号：Discoverer XVIII

发育生物学：developmental biology

[胃酸]反流：reflux

反遗传信息歧视法案：Genetic Information Nondiscrimination Act, GINA

防水鱼裤：waders

肺癌：lung cancer

风湿性心脏病：rheumatic heart [disease]

福尔马林（甲醛溶液）：formaldehyde

辅助生活机构：assisted-living facility

妇科：gynecology

G 肝炎：hepatitis

感染：infection

干细胞：stem cell

肛门癌：anal cancer

高压灭菌锅：autoclave

睾丸：testicle

隔膜：diaphragm

更年期：menopause

公共卫生局局长：the surgeon general

共聚焦显微镜：confocal microscop

供体（捐献人）：donor

[子]宫颈：cervix

[子]宫颈癌：cervical cancer, cervical carcinoma

骨盆：pelvis

骨质疏松：osteoporosis

关节炎：arthritis

冠状动脉搭桥术：coronary bypass

贵格会：Quakerism

《国家癌症法案》：National Cancer Act

《国家环境政策法案》：National Environmental Policy Act，NEPA

国立美国历史博物馆：National Museum of American History

H　海弗利克极限：Hayflik Limit

海军生物医学研究实验室：Naval Biomedical Research Laboratory

海瑞塔·拉克斯健康历史博物馆基金会公司：Henrietta Lacks Health History Museum Foundation, Inc.

《赫尔辛基宣言》：Declaration of Helsinki

赫赛汀：Herceptin®

黑豹党：Black Panthers

呼吸衰竭：respiratory failure

滑囊炎：bursitis

化疗：chemotherapy

环切术：circumcision

活检（活体组织检查）：biopsy

J　肌动蛋白丝（微丝）：actin filament

机构审查委员会：institutional review board，IRB

基因：gene

基因工程：genetic engineering

基因图谱：gene mapping

基因型：genotype

基因组：genome

激酶抑制剂：kinase inhibitor

激素：hormone

急性：acute

集体诉讼：class action

脊髓灰质炎（脊灰）：polio[myelitis]，旧称"小儿麻痹"

计算机体层成像：computer tomography，CT

加州上诉院：California [State] Court of Appeals

假死：suspended animation

检查床：exam table

《健康保险流通和责任法案》：Health Insurance Portability and Accountability Act，HIPAA

焦点小组：focus group

焦虑：anxiety

角膜：cornea

酵母：yeast

接种：inoculate

结肠：colon

结核 [分枝] 杆菌：[Mycobacterium] tuberculosis

结核病：tuberculosis，TB

结节：nodule

金仓鼠：golden hamster

浸润性（侵袭性）：invasive

精神病照护院：[mental] asylum

精神发育迟缓：mental retardation

精神分裂 [症]：schizophrenia

精神运动型癫痫：psychomotor epilepsy

精子：sperm

静脉注射：intravenous injection，IV

窘迫：distress

酒后行为失序：drunk and disorderly conduct

[坏] 疽：gangrene

K 抗生素：antibiotics
抗体：antibody
抗抑郁：antidepression
《科学》：*Science*
《科学美国人》：*Scientific American*
克隆：clone
克氏综合征：Klinefelter syndrome
口腔癌：oral cancer
狂犬病：rabies
括约肌：sphincter

L 来苏水（煤酚皂溶液）：Lysol
阑尾破裂：ruptured appendix
阑尾切除 [术]：appendectomy
阑尾炎：appendicitis
类固醇：steroid
离心机：centrifuge
[美国] 联邦调查局：Federal Bureau of Investigation, FBI
《联邦公报》：*Federal Register*
镰状 [红] 细胞：sickle cell
镰状细胞性贫血：sickle-cell anemia
淋巴结：lymph node
淋病：gonorrhea
鳞状细胞癌（鳞癌）：squamous carcinoma，另见"表皮样癌"
流感：influenza
流行性腮腺炎：mumps
卵巢：ovary
卵巢癌：ovarian cancer

MPF（促成熟因子；旧：有丝分裂促 M
进因子）：maturation promoting factor；mitosis promoting factor
麻痹（瘫痪）：paralysis, paralyzed
麻疹：measles
麻醉：anaesthetic
马脑炎：equine encephalitis
吗啡：morphine
迈克·奥卡拉汉联邦医院：Mike O'Callaghan Federal Hospital
毛细胞白血病：hairy-cell leukemia
梅奥诊所：Mayo Clinic
梅毒：syphilis
酶：enzyme
美国癌症研究协会：American Association for Cancer Research, AACR
美国典型培养物保藏中心（美国模式菌种收藏中心）：American Type Culture Collection, ATCC
美国公民自由联盟：American Civil Liberties Union, ACLU
美国国家癌症研究所：National Cancer Institute, NCI
美国国家航空航天局：National Aeronautics and Space Act, NASA
美国国家生物伦理顾问委员会：National Bioethics Advisory Commission, NBAC
美国国家卫生研究院：National Institutes of Health, NIH
美国国家小儿麻痹基金会：National Foundation for Infantile Paralysis, NFIP
美国红十字会：American Red Cross

美国环保局：U.S. Environment Protection Agency，EPA

美国医学会：American Medical Association

美国有色人种协进会：National Association for the Advancement of Colored People，NAACP

美国专利商标局：U.S. Patent and Trademark Office，USPTO

免疫系统缺陷：immune system deficiency

免疫抑制：immune suppression

N　脑瘫：cerebral palsy

尼古丁油：nicotine resin

尿道：urethra

尿毒症：uremia

凝血因子：clotting factor

《纽伦堡公约》：Nuremberg Code

纽伦堡审判：Nuremberg Trials

O　呕吐：vomit

P　帕金森病：Parkinson's disease

帕氏涂片法：Pap smear

排异：reject

哌替啶：meperidine

疱疹：herpes

胚胎：embryo

培养室：incubator room

培养箱：incubator

培养液（培养基）：cell culture medium

偏执狂：paranoia

贫血：anemia

平皿（皮氏培养皿）：Petri dish

[大学] 评议委员会：board of regents

葡萄糖–6–磷酸脱氢酶 A：glucose-6-phosphate dehydrogenase-A，G6PD-A

普通感冒：common cold

普通教育发展：General Educational Development，GED

Q　脐带：umbilical cord

气密室：airtight room

气脑成像：pneumoencephalography

前列腺：prostate

侵权责任：liability

禽痘：fowl pox

青霉素：penicillin

全美癌症研究基金会：the National Foundation for Cancer Research，NFCR

全美书评人协会：National Book Critics Circle

R　染色体：chromosome

人白细胞抗原：human leukocyte antigen，HLA

人类基因图谱第一届国际研讨会：the First International Workshop on Human Gene Mapping

人类基因组计划：Human Genome Project

人类基因组图谱：human genome map

人类孟德尔遗传 [数据库]：Mendelian Inheritance in Man，MIM

人类免疫缺陷病毒：human immunodeficiency virus，HIV

人类嗜 T [淋巴] 细胞病毒：human T-lymphotropic virus，HTLV

人乳头瘤病毒：human papillomavirus，HPV

乳糖：lactose

乳腺癌：breast cancer

S　三 K 党：Ku Klux Klan

沙门氏菌：salmonella

擅离职守：absence without leave，AWOL

上皮癌：carcinoma

上皮细胞：epithelial cell

社会保障卡：social security card

神经性耳聋：nerve deafness

生物样本库：biobank

生殖道：reproductive tract

尸检：autopsy

失智（痴呆）：dementia

石棉瓦：asbestos shingle

食品赈济库（食品银行）：food bank

食杂店：grocery

世界摔跤联盟：World Wrestling Federation，WWF

《世界新闻周报》：*Weekly World News*

受体：recipient

输血：transfusion

刷手服：scrubs

双焦点眼镜：bifocals

水蝮蛇（食鱼蝮）：cottonmouth snake (Agkistrodon piscivorus)

[纪念] 斯隆 - 凯特琳癌症研究中心：[Memorial] Sloan-Kettering Institute for Cancer Research

私刑树：Lynch Tree

死胎：stillborn

诉讼时效：statute of limitations

宿主细胞：host cell

塔斯基吉学院：Tuskegee Institute　T

唐氏综合征：Down syndrome

糖尿病：diabetes

特纳综合征：Turner syndrome

体外受精：in vitro fertilization

体细胞融合：somatic cell fusion

停尸房：morgue

通风橱：[fume] hood

突变：mutation

兔热病：tularemia，rabbit fever

豚鼠：guinea pig

脱氧核糖核酸：deoxyribonucleic acid，DNA

维生素：vitamin　W

[美国] 卫生、教育与福利部：Department of Health, Education and Welfare，[D]HEW

[美国] 卫生与公众服务部：Department of Health and Human Services，HHS

污染：contamination

无症状神经梅毒：asymptomatic neuro syphilis

Z 杂货店：general store
詹姆斯·尤因医院：James Ewing Hospital
真菌：fungus
疹子：pox
镇痛药：analgesics
[美国]阵亡将士纪念日：Memorial Day
正式书面陈述（宣誓书）：affidavit
症状：symptom
知情同意：informed consent
中和[抗体]试验：neutralization test
中风（脑卒中）：stroke
[美国]众议院：House of Representatives
肿瘤：tumor
肿瘤抑制基因（抑癌基因）：tumor suppressor gene

州检察长：state attorney general
住院医师：resident
转鼓：roller drum
转管培养法：roller-tube culture
[癌症]转移：metastasize
子宫：uterus，womb
子宫内膜异位[症]：endometriosis
子宫切除[术]：hysterectomy
紫杉醇：taxol
自发转化：spontaneous transformation
《自然》：*Nature*
组织钳：forceps
组织学：histology
左啡诺：levorphanol